AF203580

Küstenkind

SALIM GÜLER

Küstenkind

– Ostseekrimi –

PAHLBERG

Salim Güler

www.salim-gueler.de

https://www.facebook.com/salim.gueler.autor

https://www.instagram.com/salimgueler

Copyright © 2022 Salim Güler

Alle in diesem Buch geschilderten Handlungen und Personen sind frei erfunden. Ähnlichkeiten mit lebenden oder verstorbenen Personen wären zufällig und nicht beabsichtigt.

Lizenzausgabe des Pahlberg Verlags,
ein Imprint des Belle Époque Verlags,
Inh. G. Pahlberg, Wiesenstr. 7, 72135 Dettenhausen,
mit freundlicher Genehmigung des Autors.

Lektorat: Christiane Saathoff, *www.lektorat-saathoff.de*
Innenlayout und Schriftsatz: Hans-Jürgen Maurer
Covergestaltung: Holland Design

Herstellung: Custom Printing, Wał Miedzeszyński 217/1,
04-987 Warszawa, Polen

ISBN: 978-3-98845-118-7

1

»Gleich sind wir da!« Emma strahlte ihn an.

»Wird auch höchste Zeit.« Daniel freute sich nicht weniger als seine Freundin. »Zum Glück sind wir gut durchgekommen.«

»Du hast dich wacker geschlagen.« Emma knuffte ihn sanft mit der Faust gegen den rechten Oberarm, dabei grinste sie schelmisch. Es war dieser Blick, der sein Herz jedes Mal höher schlagen ließ. Noch immer spürte er dieses starke Bauchkribbeln wie am ersten Tag ihrer Begegnung. Daniel liebte sie, aus tiefstem Herzen, und er glaubte, dass sie ihn auch liebte.

»Wenn du nicht so oft eine Pinkelpause gebraucht hättest, wären wir längst da.«

»Du bist gemein. Du warst auch auf Toilette.«

»Aber nur, weil du musstest.«

»Werd mir nicht frech, sonst gibt es Sexentzug.« Ihr Grinsen wurde breiter, doch dann veränderte sich ihr Blick, das Lustige und Freche verwandelte sich zu einem beinahe lustvollen Verlangen. Daniel wusste nicht, wie sie das anstellte, aber es gefiel ihm. Sanft strich er über ihre Hand, worauf sie sie zu seinem Schoss wandern ließ und ihn im Schritt berührte.

»Wenn du brav bist, gibt es heute Abend ein Verwöhnprogramm.«

Daniel spürte seine Erregung. »Ich bin immer brav.«

Sie massierte weiter seinen Schritt und Daniels Erregung stieg. Am liebsten wäre er irgendwo rechts rangefahren, um sich mit ihr zu vergnügen.

Das Navi riss ihn aus seinen Fantasien, in einhundert Metern musste er rechts abbiegen. Emma zog ihre Hand zurück.

»Darfst gerne weitermachen.«

»Das war nur ein Vorgeschmack. Das volle Programm gibt es heute Abend – wenn du artig bist.«

Daniel lächelte nur und folgte der Anweisung des Navis.

»Noch drei Kilometer.« Emma schaute aus dem Beifahrerfenster. Es war ein herrlicher Tag mit knapp 22 Grad, obwohl es bereits nach 19 Uhr war. Um elf waren sie in Mannheim losgefahren, hatten sich aber keinen Druck gemacht, um ihr Ziel schnell zu erreichen.

Sie waren im Urlaub, daher gab es überhaupt keinen Grund, sich schon während der Fahrt abzuhetzen.

»Fahr doch über die Strandstraße.« Emma zeigte auf das Display ihres Handys, wo die Naviapp lief. »Ist bestimmt schöner als über die B76.«

»Du hast recht.« Daniel bog links ab, kurz danach wieder rechts und erreichte die Strandstraße.

»Was für schöne Häuser hier stehen.«

»Klar, das gehört noch zu Timmendorfer Strand. Das ist nach Sylt quasi der Strand für die Hamburger Schickeria.«

»Ob wir irgendwann auch so ein schickes Häuschen haben werden?«

»Warum nicht? Wir sind jung, bald habe ich mein Studium beendet, dann werde ich Anwalt. Und du wirst bestimmt eine supererfolgreiche Journalistin.«

Emma lächelte. Daniel sah ihr an, dass ihr dieser Gedanke zu gefallen schien. Daniel hatte seine Worte auch durchaus ernst gemeint. Emma war sehr ehrgeizig. Seit einem Jahr arbeitete sie in der Redaktion des Mannheimer Morgen. Er stand kurz davor, sein erstes Staatsexamen abzuschließen.

»Und ich will zwei Kinder …«

»Einen Hund auch, ich weiß«, beendete Daniel ihren Gedanken. Sein Blick wanderte aus dem Seitenfenster. Die Umgebung gefiel ihm. Er war noch nie an der Ostsee gewesen und hatte sich daher lange auf den Urlaub gefreut. Der erste Eindruck bestätigte die Vorfreude.

Er sah zu Emma und beobachtete, wie sie neugierig die Ortschaft betrachtete. Das Gefühl vollkommenen Glücks durchflutete ihn und wieder einmal war ihm klar: Sie war das gewesen, was ihm immer gefehlt hatte. Daniel war nie ein Kostverächter gewesen, aber seit Emma in sein Leben getreten war, hatte er nur noch Augen für sie. Deshalb plante er etwas ganz Besonderes.

Emma ging davon aus, dass sie beide in Niendorf nur ihren ersten gemeinsamen Urlaub verbringen würden, aber das war nur die halbe Wahrheit. Daniel hatte eine noch viel größere Überraschung für sie.

Hoffentlich sagt sie Ja, dachte er. Obwohl er tief in seinem Herzen davon ausging, dass sie mit »Ja« antworten würde, hatte er ein wenig Bammel.

Keine zehn Minuten später parkte er Emmas Auto vor der Zielanschrift. Als Student konnte er sich kein eigenes Auto leisten, aber das störte ihn nicht. Er hatte in Mannheim nie das Gefühl gehabt, ein Auto zu benötigen, und da Emma deutlich mehr verdiente als er, war es nur zu verständlich, dass die meisten Kosten des Zusammenlebens von ihr getragen wurden. Daniel hatte deshalb ab und an ein schlechtes Gewissen, aber nach dem Studium würde er sein eigenes Geld verdienen und sich für alles revanchieren.

Außerdem würde es schon bald kein Dein oder Mein mehr geben, sie würde nur »Ja« sagen müssen.

Sie stiegen aus und betraten das Gebäude.

»Guten Abend«, machte sich Daniel am Empfang bemerkbar.

»Moin. Ihr seid bestimmt Emma und Daniel.« Eine junge Frau, die kaum älter war als Emma, begrüßte sie freundlich.

»Genau.«

»Super. Ich habe alles vorbereitet. Wie war eure Fahrt?«

»Ganz entspannt. Die Staus haben uns in Ruhe gelassen.« Emma lachte.

»Schön, dann steht einem erholsamen Urlaub ja nichts mehr im Wege.«

»Das wollen wir hoffen«, antwortete Emma.

»Wart ihr schon mal in Niendorf oder an der Ostsee?«

»Nein, ist für uns beide eine Premiere. Es ist auch unser erster richtiger gemeinsamer Urlaub, die anderen waren immer nur fürs Wochenende und so.«

»Es wird euch bestimmt gefallen. Ihr habt großes Glück mit dem Wetter. Die Prognose für die nächste Woche ist sehr gut. Richtiges Strandwetter. Unsere kleinen Hütten liegen auch am feinen Sandstrand, sodass ihr von da aus direkt ans Wasser könnt.«

»Ist die See noch kalt?«

»Für Hartgesottene nicht.« Die junge Frau lachte. Ihr Name war Nadine, so stand es auf ihrem Namensschild. »Aber unter uns: Ich persönlich würde nicht mehr als meine Füße reinstellen, ich gehöre eher zur Abteilung Weichei.«

»Ich bin schon total gespannt auf unsere Hütte. Im Internet sah sie sehr romantisch aus und die Bewertungen waren auch durch die Bank genial.«

»Es wird euch gefallen. Wir hatten noch keine Gäste, die den Aufenthalt nicht genossen haben. Wenn was ist, könnt ihr mich oder die Kollegen immer erreichen. Die Rezeption ist durchgehend besetzt. Wollen wir jetzt den Papierkram hinter uns bringen?«

»Gerne.«

Keine fünfzehn Minuten später standen sie vor ihrer kleinen Hütte. Nadine öffnete die Tür, trat ein und schaltete das Licht an. Emma und Daniel folgten ihr mit ihren Koffern. Nach einem kleinen Rundgang, bei dem Nadine ihnen alles erklärte, reichte sie Emma die digitalen Zimmerkarten.

»Habt ihr noch Fragen?«

»Nein, ich denke, das ist alles sehr überschaubar«, antwortete Daniel.

»Gut. Wie gesagt, wenn was ist, meldet euch an der Rezeption, aber jetzt möchte ich euch nicht weiter aufhalten. Genießt euren ersten gemeinsamen Urlaub. Und vergesst meinen Restauranttipp nicht.«

»Das werden wir gleich morgen Abend ausprobieren«, versprach Emma. »Heute sind wir zu müde, da werden wir nur eine Kleinigkeit essen.«

»Wie ihr mögt.« Nadine verabschiedete sich von den beiden und ließ die Haustür ins Schloss fallen.

»Die ist sehr nett.«

»Das stimmt. Wollen wir erst was essen gehen oder die Koffer auspacken?« Daniel verspürte Appetit.

»Was hältst du davon, wenn ich dir erst mal helfe, ein bisschen Druck abzubauen.« Emma fuhr mit der Hand in seinen Schritt.

»Das ist eine verdammt gute Idee.« Kaum hatte Daniel das ausgesprochen, hatte Emma ihm auch schon die Hose heruntergezogen und hielt seinen erigierten Penis in der Hand. Zuerst massierte sie ihn sanft, um dann ihre Zunge mit einzubeziehen. Daniel wurde immer erregter. Behutsam berührte er ihren Kopf und führte sie, bis sein Penis in voller Größe in ihrem Mund verschwand. Ihre Liebkosungen wurden immer schneller und seine Lust immer größer, bis er sich nicht mehr halten konnte und in ihrem Mund kam.

»Das war geil, Schatz.«

»Das glaube ich dir. Hat sogar lecker geschmeckt. Meine tägliche Proteinration.« Emma grinste, kam hoch und sie küssten sich. »Ich möchte übrigens nachher auch noch verwöhnt werden.«

»Nach dem Essen«, versprach Daniel. Nach einer kurzen Pause würde er erneut seine Lust unter Beweis stellen können. Seine Standfestigkeit hatte ihn noch nie im Stich gelassen.

»Dann lass uns keine Zeit verlieren.« Sie nahm Daniel an der Hand und beide verließen die Holzhütte.

Die Sonne machte sich bereit, für die Nacht das Feld zu räumen. Der Himmel war wolkenlos, nur ein leichter Wind war zu spüren. Es war so mild, dass sie sogar im T-Shirt nicht froren.

»Rechts oder links?«, fragte Emma, als sie die Strandstraße erreichten.

»Rechts.«

Händchen haltend folgten sie der Straße und überlegten, wo sie eine Kleinigkeit essen könnten.

»Das sieht ganz nach dem süßen Hafen aus, von dem du erzählt hast«, sagte Daniel.

»Jep.« Emma nickte. Sie hatte im Vorfeld einige Recherche zu ihrem Urlaubsort betrieben. »Da müsste es kleine Imbissstände geben. Ein leckeres Fischbrötchen wäre doch was.«

»Bin dabei.«

Der Hafen war gut besucht, was sicherlich an dem schönen Wetter lag. Sie steuerten den ersten Stand an, der laut Googlebewertungen ein Muss war, und bestellten sich zwei Backfischbrötchen, dann suchten sie sich ein schönes Plätzchen im Grünen und setzten sich auf die Wiese, die einer Düne glich.

»Ist das nicht schön hier?«

Daniel nickte nur, während er von seinem Backfischbrötchen abbiss. Er ließ seinen Blick umherwandern. Der Hafen war klein, sehr übersichtlich. Einige Boote hatten angelegt, drumherum standen jede Menge kleiner Holzhütten, die ihn irgendwie an Skandinavien erinnerten. Alles wirkte harmonisch und durchdacht. Hier schien die Welt noch in Ordnung zu sein.

Gefühlt waren mehr Pärchen als Familien unterwegs, was sicher an der Uhrzeit lag, außerdem waren keine Schulferien. Einige der Passanten aßen wie sie Fischbrötchen, andere hatten einen Kaffeebecher in der Hand.

»Irgendwann würde ich gerne mit dir ein Boot mieten und für ein paar Wochen über die Ostsee schippern.« Daniels Blick blieb an einer kleinen Yacht hängen, die gerade anlegte.

»Dafür brauchst du zuerst einen Bootsführerschein«, zog Emma ihn auf.

»Den mache ich, sobald ich einen Job als Anwalt gefunden habe.«

»Du weißt, wir Frauen stehen auf Männer in Uniform.«

Sie beugte sich zu Daniel und gab ihm einen Kuss auf die Lippen. »Wollen wir ein bisschen spazieren gehen?«

»Klar. Wie wäre es mit einem Coffee to go? So viele Becher, wie ich hier gesehen habe, müsste ein nettes Café ganz in der Nähe sein.«

»Bin dabei.«

Sie standen auf, entsorgten ihren Müll in einem Mülleimer und gingen Hand in Hand die Promenade am Hafen entlang.

Daniel ließ seinen Blick weiter über den Hafen und zur anderen Seite hinüberwandern, wo scheinbar eine Düne den Strand von der Promenade trennte. In kurzer Distanz sah er eine Holzhütte, die gelb gefärbt war und sich so von den anderen abhob. Ein Schild mit dem Namen »Ahoi Kaffee« war an der Außenwand angebracht.

Sie steuerten das Café an, reihten sich in die Schlange ein und bestellten zwei Milchkaffee to go. Mit den Bechern in der Hand gingen sie weiter.

»Der ist echt lecker«, sagte Emma.

»Gibt nichts dagegen einzuwenden. Und die Preise sind im Gegensatz zum Starbucks sehr vernünftig, vor allem wenn man bedenkt, dass wir hier in einer Touriregion sind. Wir können gerne morgen noch mal herkommen.«

»Auf jeden Fall.« Emma gönnte sich einen Schluck und ihr Blick wanderte über das Wasser bis zum Strand, der links von ihnen lag. »Das da hinten müsste das *Maritim Hotel* sein, in Timmendorfer Strand. Dein erster Vorschlag.«

»Möglich.«

»Das mit der Hütte ist doch tausendmal schöner, gib's zu.«

»Ja, hast recht. Ein Hotel hat aber auch was. Man muss sich

um nichts kümmern. Trotzdem, die Hütte ist wirklich toll und die Ecke hier sowieso.«

»Musst halt nur auf deine Freundin hören, die weiß schon, was gut für dich ist.« Sie schenkte ihm ein Lächeln, das ihre Grübchen aufblitzen ließ.

Sie nahmen auf einer Bank Platz, unterhielten sich noch ein wenig und schmiedeten Pläne für den nächsten Tag.

»Wollen wir zurück?«, fragte Daniel schließlich. Es war inzwischen kurz vor 22 Uhr und so langsam spürte er die Müdigkeit in den Beinen, die lange Fahrt war doch nicht so spurlos an ihm vorbeigegangen, wie angenommen.

»Klar.«

Sie standen auf und gingen gemütlich zurück, der Weg war nicht weit. Kurz bevor sie den Hafen hinter sich ließen, nahm Daniel Emmas und seinen Kaffeebecher, um sie in einen Mülleimer zu werfen, dabei fiel sein Blick auf einen Mann, der seine Freundin anzustarren schien. Emma war attraktiv, daher wusste er, dass sie immer wieder von Männern angeschaut wurde. Er hatte damit auch kein Problem, doch der Blick dieses Mannes war anders, intensiver, fast schon abartig. Er schaute den Mann ebenfalls an, und als dieser das bemerkte, drehte er sich sofort um und lief davon.

Komischer Vogel, dachte Daniel und ging zurück zu Emma, die einige Meter vor ihm stand. Als er bei ihr ankam, drehte er sich erneut um, denn er meinte, einen kalten Luftzug im Nacken zu spüren, als würde der Mann sie noch immer beobachten. Aber der Fremde war nicht zu sehen.

»Alles gut?«

»Ja, alles gut«, beschwichtigte Daniel seine Freundin. Er wollte ihr nicht von dem seltsamen Typen erzählen und die schöne Stimmung ruinieren. Stattdessen nahm er ihre Hand und sie bogen links ab in die Strandstraße.

»Wollen wir noch ein Bad nehmen?«, fragte Emma.

»Um die Zeit?«

»Ja, warum nicht? Wir könnten im Bad auch …«

Daniel lächelte. Der Vorschlag kam ihm nicht ganz ungelegen.

Sie erreichten ihre Hütte und packten ein paar Sachen aus dem Koffer aus.

»Soll ich das Wasser schon mal einlaufen lassen?«

»Klar.«

»Schade, dass wir keinen Sekt haben.«

»Könnten wir doch trinken.«

»Haben wir denn welchen? Ich habe nämlich keinen eingepackt.«

»Hier nicht, aber jede Wette, dass die an der Rezeption welchen verkaufen. Du lässt das Wasser einlaufen und ich lauf mal schnell rüber.«

»Das ist sehr lieb von dir.« Emma drückte ihm einen Kuss auf die Lippen.

Daniel verließ die Hütte und lief zum Hauptgebäude, das gut hundert Meter entfernt lag.

Er trat ein und ging zur Rezeption.

»Hallo, Daniel, was kann ich für dich tun?« Nadine arbeitete noch immer. Wie es schien, hatte sie die Spätschicht.

»Ich wollte nur kurz checken, ob für morgen alles vorbereitet ist.«

»Klar. Du kannst dich auf uns verlassen. Um 20 Uhr steht euer romantischer Tisch am Strand bereit.«

»Sehr schön.«

»Bist du nervös?«

»Und wie.«

»Ich kann dich verstehen, aber alles wird gut. Es ist nicht zu übersehen, dass Emma dich mindestens so sehr liebt wie du sie. Ihr seid ein echtes Traumpaar.«

»Danke, das ist lieb von dir. Sie bedeutet mir alles. Verkauft ihr zufälligerweise Sekt?«

»Klar. Warte kurz.« Sie betrat einen Raum hinter der

Rezeption und kam mit einer Flasche zurück, die sie Daniel reichte.

»Was kriegst du?«

»Der geht aufs Haus.«

»Vielen lieben Dank.«

»Nichts zu danken. Kann ich noch was für dich tun?«

»Nein, das war's. Gute Nacht.«

»Gute Nacht. Und wenn was ist, meld' dich einfach.«

»Mach ich. Ich werde Emma morgen um 20 Uhr an den Strand vor der Hütte führen.«

»Genau. Und ganz wichtig: Sorge dafür, dass sie sich nach 18 Uhr weder in der Hütte noch in Strandnähe befindet, damit wir alles vorbereiten können.«

»Das mache ich. Bis morgen.«

»Bis morgen.«

Daniel verließ das Gebäude. Er beschloss, am Strand zurückzugehen. Die Luft war noch immer mild, ebenso der Wind. Sein Blick wanderte zum Wasser, es war recht ruhig. Das verhaltene Rauschen der Wellen beruhigte ihn und er atmete bewusst aus. Der Gedanke, dass morgen etwas schiefgehen könnte, bereitete ihm größere Bauchschmerzen, als er sich eingestehen wollte.

»Sie liebt dich, entspann dich. Warum redet sie sonst die ganze Zeit über Kinder?«, sprach er sich Mut zu.

Ein Leben ohne Emma konnte er sich nicht mehr vorstellen. Sie zu verlieren, wäre das Schlimmste, was ihm passieren könnte.

»Entspann dich. Sie wird vor Freude weinen, du wirst schon sehen.« Daniel blieb stehen und atmete ein paar Mal tief ein und aus. Die Luft hier war nicht mit der in Mannheim zu vergleichen. Hier war sie frisch und sauber, in Mannheim irgendwie abgestanden. Kein Wunder, die Stadt lag schließlich nicht am Meer, sondern in einem Kessel.

So in Gedanken hatte er gar nicht bemerkt, dass er längst

an ihrer Hütte vorbeigelaufen war. Als es ihm bewusst wurde, drehte er um und erhöhte das Tempo. Sicherlich hatte Emma schon das Badewasser eingelassen und wartete auf ihn.

Moment! Daniel blieb stehen. Hatte er eben einen Schrei gehört? Er wandte sich um und glaubte, erneut einen Schrei zu hören. Es war die Stimme einer Frau. Er lief in die Richtung, aus der die Laute kamen, sie mussten von ihm aus gesehen von rechts gekommen sein, nahe am Strand. Eine Sanddüne, keine zwei Meter hoch, stand zwischen ihm und dem Schrei.

Dann hörte er einen weiteren Schrei, aber deutlich leiser. Der Laut brach abrupt ab.

Er lief noch schneller, umrundete die Düne und wollte seinen Augen nicht trauen: Ein Mann machte sich über eine Frau her.

»Was tun Sie da?«, brüllte Daniel. Der Mann sprang auf und trat einen Schritt auf Daniel zu. Der brachte nur noch ein: »Sie −« hervor, ehe die scharfe Klinge eines Messers in seinen Bauch fuhr und er zu Boden sackte.

2

Emmas Handy vibrierte, sie schaute aufs Display. Ihre beste Freundin Claudia hatte ihr eine Nachricht geschickt.

Na, Maus, hoffe, Ihr seid gut angekommen.

Alles super bei uns. Die Hütte, der Strand, das ist einfach ein Traum. Beste Entscheidung gewesen.

Das freut mich sehr für Euch. Ihr habt es Euch verdient.

Emma nickte, als wäre Claudia gerade bei ihr. Claudia war ihre beste Freundin, sie kannten sich seit der zweiten Klasse und sie vertrauten sich alles an, häufig sogar die intimsten Details. Neben Daniel und ihrer Familie war Claudia die Person, der sie am meisten vertraute.

Danke. Wie geht's Dir? Any news?

Alles bestens hier. Liege schon im Bett. Muss morgen früh raus, kann ja nicht ausschlafen wie Ihr.

Wir gehen auch gleich ins Bett. Sind ziemlich müde, die Fahrt war doch sehr lang.

Verstehe ich. Hoffe, das Wetter spielt mit. An der Ostsee weiß man ja nie.

Laut Wetterapp soll es die Tage immer um die 24 Grad warm werden. Also bestes T-Shirt-Wetter.

Schön. Und, bist du schon nervös?

Emma schmunzelte, spürte aber gleichzeitig, wie sich ihr Magen leicht zusammenzog.

Ein wenig schon. Was, wenn ich mich geirrt habe?

Vor einem Monat hatte Emma durch Zufall mitbekommen, was Daniel plante. Er hatte sein Handy auf dem Tisch liegen gelassen, entsperrt, und sie hatte sich nichts dabei gedacht, als sie kurz aufs Display geschaut hatte. Aus reiner Neugierde. Vielleicht schlug da ihr Beruf als Journalistin durch, jedenfalls hatte sie die Nachricht gesehen und gelesen. Sie war an die Ferienanlage in Niendorf gerichtet und es stand darin, dass er seiner Freundin eine große Überraschung bereiten wolle und dass dafür alles perfekt und romantisch sein müsse. Für seinen Heiratsantrag! Emma hatte einfach nicht anders gekonnt und Claudia dieses kleine Geheimnis anvertraut. Niemand sonst wusste davon und dass Claudia dichthielt, stand für sie außer Frage.

Quatsch. Die Nachricht war doch mehr als eindeutig.

Und wenn er kalte Füße bekommen hat?

Emma nahm zwar an, dass sie sich unnötig Sorgen machte, dennoch wollte sie sich nicht zu früh freuen. Sie fürchtete schlechtes Karma.

Daniel? Niemals! Eine wie dich findet er nie wieder. Mach dir keinen Kopf. Morgen wird er um deine Hand anhalten, tu auf jeden Fall überrascht. Ein paar Tränen machen das Ganze glaubhafter.

Emma grinste in sich hinein. Claudia war immer für einen trockenen Spruch zu haben. Dass sie weinen würde, sobald er vor ihr kniete, war gar keine Frage. Das würde automatisch passieren. Daniel war ihre große Liebe!

Sie hielt kurz inne. Nein, ganz richtig war das nicht. Sie liebte Daniel über alles und nichts wünschte sie sich mehr, als seine Frau zu sein und mit ihm eine Familie zu gründen, aber er war nicht ihre große Liebe. Das war jemand anders, aus einem anderen Leben.

Ich bin trotzdem nervös.

Das ist gut so. Das muss so sein. Gut, Maus, ich muss jetzt schlafen. Wir schreiben morgen. Fühl dich gedrückt und geküsst.

Tausend Küsse zurück.

Emma legte das Handy zur Seite. Dann ging sie zur Badewanne und ließ Wasser ein.

»Oder soll ich noch warten?«

Sie schüttelte den Kopf. Daniel würde vermutlich keine fünfzehn Minuten benötigen, bis er zurück wäre, und es würde sicher einige Zeit dauern, bis die Wanne vollgelaufen wäre. Da würde sie es sich doch schon mal im warmen Wasser bequem machen können, bevor er käme.

Also ließ sie das Wasser laufen und betrat das Schlafzimmer. In der Holzhütte stand ihnen neben Bad und Schlafzimmer noch ein abgetrenntes Wohnzimmer zur Verfügung, damit war der Grundriss eher wie der einer Wohnung. Alles in allem mochte die Hütte um die fünfzig Quadratmeter groß sein. Genau richtig für einen Urlaub.

Sie öffnete ihren Koffer und packte die restlichen Sachen aus, dabei schaute sie immer wieder zur Badewanne, aber sie war noch nicht mal zu einem Fünftel gefüllt. Die Wanne war wirklich groß, ein klarer Pluspunkt, denn mit ihrer Körpergröße von einem Meter achtundsiebzig war sie nicht die

Kleinste und Daniel mit seinen eins neunzig ebenso wenig. Da konnte die Wanne nicht groß genug sein.

Nachdem sie ihren Koffer ausgepackt hatte, überlegte sie, ob sie Daniels Koffer auch schnell auspacken oder damit warten sollte. Da die Wanne aber fast voll war, beschloss sie, schon einmal hineinzusteigen.

»Schade, dass wir keine Duftseife haben.«

Auf dem Weg ins Bad glaubte sie, ein Geräusch zu hören. Ihr Blick wanderte zum Schlafzimmerfenster und sie zuckte zusammen. Da war etwas!

Emma trat ans Fenster, um vorsichtig nachzuschauen.

»Mach dich nicht verrückt. Ist sicherlich nur der Wind«, ermahnte sie sich, nicht gleich den Teufel an die Wand zu malen. Misstrauisch schob sie die Gardine zur Seite und versuchte, etwas zu sehen, aber alles war dunkel, sie sah nichts. Nur den leichten Wellengang der Ostsee, dazu vernahm sie das Geräusch der Wellen. Es wirkte alles sehr beschaulich, fast friedlich.

»Siehste. Nur der Wind. Oder irgendeine Katze.«

Sie ging ins Bad. An der rechten Ecke der Wanne stand ein kleines Kästchen, in dem auch ein Fläschchen Schaumbad enthalten war. Sie leerte den Inhalt in die Wanne, wo er sich zu einem Meer aus Wolken verwandelte, drehte den Hahn ab und fuhr mit der Hand durchs Wasser.

Perfekt, dachte sie zufrieden und überlegte erneut, ob sie nicht doch auf Daniel warten sollte.

Nein, der Anblick war einfach zu verlockend. Sie zog sich aus und stieg langsam in die Wanne. Dann schloss sie die Augen und spürte, wie der Druck des Tages von ihr abfiel.

Nichts geht über ein schönes Bad, dachte sie glücklich. Die Müdigkeit schlich sich mit jeder Minute näher, bis sie sie ganz umfing und Emma eindöste.

Als sie die Augen wieder öffnete, musste sie sich kurz orientieren. Sie hatte keine Ahnung, wie lange sie geschlafen hatte oder ob ihr die Augen nur für einen Moment zugefallen waren.

»Daniel?«, rief sie. Immerhin war es möglich, dass er inzwischen zurückgekommen war. Aber Daniel antwortete nicht. Sie griff nach ihrem Handy auf dem rechten breiten Rand der Badewanne.

»Dreißig Minuten?« Emma erschrak. Daniel war schon eine halbe Stunde weg.

Schatz, wo bist du?,

schrieb sie.

Die Antwort ließ auf sich warten. Nach einigen Minuten rief sie ihn an. Ein Freizeichen, Daniel nahm den Anruf jedoch nicht an.

Langsam machte sie sich Sorgen. Sie rief erneut an, aber wieder ging Daniel nicht dran. »Mach mir keine Angst, du Dummkopf, und geh ans Telefon.«

Auch der dritte Anruf wurde nicht angenommen.

Ihre Sorge wurde immer größer. Was, wenn das Geräusch vorhin doch etwas anderes gewesen war als der Wind oder eine entlaufene Katze?

Sie wählte die Nummer der Rezeption, die sie bereits vor einigen Tagen in ihrem Handy gespeichert hatte.

Nadine nahm den Anruf entgegen.

»Hallo, Nadine. Ist Daniel bei dir?«

»Nein, er ist vor gut zwanzig Minuten weg. Warum?«

»Er ist noch nicht zurück. Weißt du, wo er hin sein könnte? Er wollte eine Flasche Sekt holen.«

»Die hat er von mir bekommen. Vielleicht ist er am Strand?«

»Möglich. Danke.«

»Nichts zu danken. Wenn was ist, melde dich sofort bei mir. Ich habe Nachtschicht.«

»Mach ich.« Emma legte auf. Ihr Herz raste. Dass Daniel noch am Strand war, wollte sie nicht glauben, das sah ihm nicht ähnlich.

Sie wählte erneut seine Nummer, aber wieder ertönte nur das Freizeichen.

Emma stieg aus der Wanne, trocknete sich ab und zog sich an. Dunkle Vorahnungen stiegen in ihr auf, sie konnte keinen klaren Gedanken fassen.

»Wenn das ein dummer Scherz ist, knallt es«, entfuhr es ihr, um die immer größer werdenden Sorgen zu unterdrücken.

Nachdem sie sich angezogen hatte, verließ sie die Hütte und ging den Strand entlang Richtung Hauptgebäude, wo die Rezeption lag. Mithilfe der Taschenlampe ihres Handys suchte sie aufmerksam die Umgebung ab. Immerhin war es möglich, dass er gestürzt war und deswegen nicht ans Handy gehen konnte. Aber sie konnte Daniel nicht finden.

Zurück ging sie über die Strandstraße, in derselben An-nahme oder vielmehr Hoffnung, dass er nur unglücklich ge-stürzt sein könnte. Das Resultat war jedoch das gleiche. Daniel war nicht zu sehen.

Beharrlich versuchte sie, ihn telefonisch zu erreichen.

Bald war sie wieder an ihrer Hütte angelangt, beschloss aber, weiterzugehen. Möglicherweise war er noch zu einem Kiosk gelaufen, um ein paar Süßigkeiten zu holen. In kurzer Distanz sah sie tatsächlich einen Kiosk, der allerdings längst geschlossen hatte.

Emmas Verzweiflung wurde immer größer. »Verdammt, Daniel, wo bist du?« Tränen flossen über ihr Gesicht.

»Moin, wollen Sie zum Kiosk?«, sprach sie eine ältere Frau an.

Emma zuckte zusammen, sie hatte die Fußgängerin nicht kommen sehen.

»Ich wollte Sie nicht erschrecken, verzeihen Sie.«

»Ist schon gut. Ich suche nach meinem Freund, ich dachte,

dass er vielleicht bei Ihnen war. Wie lange haben Sie denn geöffnet?«

»Bis 22 Uhr. Wie sieht Ihr Freund aus?«

»Er ist groß und hat kurze braune Haare.« Da der Kiosk bereits geschlossen war, als Daniel sich auf den Weg zur Rezeption gemacht hatte, glaubte Emma nicht, dass er noch hier gewesen war.

»So jemand war nicht bei mir. Tut mir leid. Geht er nicht ans Handy?«

»Nein, leider nicht.«

»Vielleicht sollten Sie die Polizei rufen.«

»Danke, mache ich.« Emma presste die Lippen zusammen und entfernte sich Richtung Strand, um den letzten möglichen Weg zur Hütte abzuklappern. Eventuell befand er sich an diesem Strandabschnitt und wartete verletzt auf Hilfe.

Würde man nicht rufen, um auf sich aufmerksam zu machen, wenn man hilflos daliegt und nicht ans Handy gehen kann?, überlegte sie.

Nicht, wenn man das Bewusstsein verloren hat, suchte sie nach einer Erklärung, um sich zu beruhigen.

»Wenn er nicht am Strand ist, rufst du die Polizei«, sagte sie zu sich.

Während sie weiterging, wählte sie Daniels Nummer und blieb unvermittelt stehen. Sie hatte etwas gehört. Da, sie hörte es noch einmal.

»Daniel?«, rief sie in die Richtung, aus der sie das Geräusch vernahm.

Keine Antwort, aber sie hörte den Klingelton eines Handys. Das konnte nur Daniels sein.

Emma wusste nicht, ob sie erleichtert oder noch ängstlicher sein sollte. Ihr Magen drehte sich, doch sie lief weiter, umrundete eine Sanddüne, ihr Handy weiter als Taschenlampe nutzend, aber sie konnte nichts erkennen.

Dann blieb sie abrupt stehen. Sie sah etwas.

Daniel! Er lag am Boden, um ihn herum eine dunkle

Lache. Ihr Verstand sagte ihr, dass es nur Blut sein konnte, aber sie wollte es nicht wahrhaben. Ihr Blick wanderte weiter, da sah sie noch etwas anderes. Eine tote junge Frau.

Emma schrie all ihre Angst heraus, bis sie sich ermahnte, nicht gänzlich die Fassung zu verlieren. Sie kniete sich zu Daniel und fühlte seinen Puls.

Er pochte, sehr schwach, entsetzlich schwach, aber er war noch da.

Emma rief sofort die 112 an.

3

Einen Tag später

Warum jetzt, dachte Gustav Johannsen. Aber gab es überhaupt einen richtigen Zeitpunkt? Für Mord sicherlich nicht, das wusste er nur zu gut. Gustav war der Leiter der recht neuen Einheit: Ostseekriminalpolizei 1.

Es klopfte an seiner Tür.

»Moin.« Seine Nichte Lena Johannsen trat ein.

»Moin.«

»Wenn es nichts mehr zu besprechen gibt, würde ich jetzt losfahren.«

»Von meiner Seite aus war's das. Alles andere heute Abend in der Besprechung. Soll ich mitkommen?«

»Nein, ich kriege das schon hin.«

Gustav schaute sie skeptisch an. Es war mehr ein Reflex als eine bewusste Handlung. Er wusste, dass Lena Profi genug war, um sich nicht von ihren Gefühlen beeinflussen zu lassen, aber derzeit hatte sie private Probleme, die ihr viel abverlangten.

»Ich kriege das hin«, wiederholte sie mit deutlich mehr Nachdruck.

»Gut. Du kannst gerne einen Kollegen mitnehmen.«

»Für die Befragung macht das keinen Sinn, das schaffe ich allein.« Lena schien entschlossen, keine Hilfe in Anspruch zu nehmen. Das war bei ihnen auch nicht unüblich. Es kam häufiger vor, dass Kriminalpolizisten jemanden allein befragten oder einzeln unterwegs waren, solange keine Gefahr zu befürchten oder aus Beweisgründen kein zweiter Kollege ratsam war.

»Melde dich, sobald du das Gespräch beendet hast.«

»Ich werde auch noch Emma Falk aufsuchen. Ihre Ferienunterkunft befindet sich ganz in der Nähe.«

»Kann nicht schaden.« Gustav nickte, seine Augen waren müde. »Das kurze Gespräch mit ihr am Tatort hat nichts gebracht, da stand sie zu sehr unter Schock.« Er warf seiner Nichte einen prüfenden Blick zu. Sie wirkte zwar gefasst, aber er kannte sie zu gut, um nicht zu wissen, dass das nur Fassade war. Lena war stark, sie hatte ihre Nerven im Griff, damit war sie weitaus kontrollierter als er oder ihr Bruder. Letzterer kam viel mehr nach ihm.

»Bis später.«

»Bis später.«

Lena verließ das Büro, zurück blieben Gustav und jede Menge sorgenvolle Gedanken, wohin dieser Fall sie führen würde.

Sein Bürotelefon klingelte. Er warf einen Blick auf das Display und erkannte die Nummer sofort. Es war der Bürgermeister.

»Johannsen, Ostseekriminalpolizei«, meldete er sich.

»Moin, Gustav. Albert hier.«

»Moin. Was hast du auf dem Herzen?« Albert Lange und er kannten sich schon eine halbe Ewigkeit. Lange war seit zwanzig Jahren Bürgermeister der Gemeinde Timmendorfer Strand, zu der auch Niendorf zählte.

»Die Presse, die Landesregierung und besorgte Bürger sitzen mir im Nacken. Ich weiß, dir auch. Aber was glaubst du, wann ich erste Informationen rausgeben kann?«

»Ich hoffe, heute nach 18 Uhr.«

»Nicht früher?«

»Leider nicht, alles andere wäre unseriös.«

»Komm schon, irgendetwas, was den Menschen ihre Ängste und Sorgen nimmt. Heute Morgen um 6 Uhr hat mir so ein Übereifriger aus der Landesregierung eine E-Mail geschrieben und betont, wie wichtig die Aufklärung des Falles sei. Als ob ich ein kleiner Schuljunge wäre, der nicht weiß, was für diese Region auf dem Spiel steht.«

»Kommt mir bekannt vor.«

»Hast du diese E-Mail auch bekommen?«

»Eine sehr ähnliche.« Gerade erst hatte Gustav sich ebenfalls über die E-Mail aufgeregt, dabei war er es gewohnt, dass sich Politiker gerne in Dinge einmischten, von denen sie keine Ahnung hatten. Müde fuhr er sich mit der Hand über die Augen. Bis 3 Uhr morgens war er am Tatort gewesen und hatte sich danach nur drei Stunden Schlaf gegönnt, weil er wusste, dass heute ein turbulenter Tag werden würde. In seinem E-Mail-Posteingang warteten noch fast vierzig unbeantwortete E-Mails.

»War klar. Wir dürfen uns von denen nicht verrückt machen lassen, hörst, du Gustav? Wir müssen zusammenhalten.«

»Ich lasse mich von niemandem verrückt machen, so gut solltest du mich inzwischen kennen.«

»Sehr gut. Und jetzt bitte ich dich, kurz zu überlegen, ob du nicht doch einen Hinweis hast, den ich nutzen kann.«

»Albert, wir haben keine Hinweise, die ich zu diesem Zeitpunkt rausgeben kann. Wir stehen gerade am Beginn unserer Ermittlungen. Wie seriös wäre es, wenn ich dir …« Gustav sprach das Offensichtliche nicht aus. Gleichzeitig bemühte er sich, nicht die Beherrschung zu verlieren, weil er wusste, dass Lange nicht übertrieb. Sie mussten zusammenhalten! Dennoch war er genervt, dass Lange immer wieder versuchte, etwas aus ihm herauszuquetschen.

»Mist, dann muss ich mir was ausdenken. Glaubst du, wir haben es mit einem durchgeknallten Psychopathen zu tun?«

»Ich hoffe nicht, aber auch dazu kann ich dir nichts sagen. Wir müssen den Laborbericht und die Analyse der Rechtsmedizin abwarten. Es sah jedenfalls nicht schön aus.«

»Verdammt, es war bestimmt ein Psycho und das in meiner Gemeinde!«, rutschte es Lange erneut heraus. »Wenigstens passiert dieser Schiet in der Nebensaison. Wobei sicherlich einige ihren Urlaub stornieren werden, wenn die überregionale

Presse darüber berichtet. Wir müssen versuchen, das Ganze so klein wie möglich zu halten, ansonsten riskieren wir den Erfolg der kompletten Saison.«

»Das ist nicht mein Bereich. Ich suche einen Mörder, alles andere interessiert mich nicht«, stellte Gustav klar. Er wollte sich mit Sicherheit nicht an politischen Spielchen beteiligen, das sollte Lange allein tun. Vor allem aber sollte der Bürgermeister ihn aus diesem ganzen Quatsch heraushalten, sonst würde er sehr ungemütlich werden, egal wie lange sie sich schon kannten.

»Ich denke mir was aus. Bitte ruf mich sofort an, wenn du was für mich hast.«

»Das mache ich.«

»Wie sieht es aus? Wollen wir heute Abend zusammen essen? Dann könnten wir die ersten Ergebnisse diskutieren.«

»Heute geht nicht. Morgen?«

»Eigentlich passt mir morgen nicht, das ist viel zu spät. Aber welche Wahl habe ich?«

»Keine.«

»Gut, morgen 18 Uhr. Ich reserviere einen Tisch im *Wolkenlos*.«

»Okay.«

»Wir sehen uns morgen, und bitte nicht vergessen …«

»… mich zu melden, sobald ich was habe«, beendete Gustav Albert Langes Satz und legte auf.

Ein Gedanke huschte ihm durch den Kopf, der seine Sorgenfalten noch größer werden ließ: *Was, wenn es wirklich …*

4

Lena war schrecklich aufgewühlt. Sie wusste, dass das Gespräch schwierig werden würde – nicht nur für die Eltern der Toten, sondern auch für sie. Immerhin kannte sie das Opfer sehr gut. So gut, dass sie Freunde waren.

Im Grunde war das alles zu viel für sie, denn sie hatte noch einen anderen Schmerz zu verarbeiten. Trotzdem durfte sie sich keine Schwäche anmerken lassen. Sie war Polizistin, da hatte man auch in so beschissenen Situationen, in denen man sich am liebsten in eine Ecke verkriechen und weinen wollte, stark zu sein.

»Du schaffst das«, machte sie sich Mut, denn sie hatte beschlossen, zunächst Emma Falk aufzusuchen. Zu dieser Emma hatte sie genug Abstand, die kannte sie bisher nicht persönlich. Was natürlich nicht hieß, dass sie nicht ihr Mitgefühl genoss.

Aus der Polizeidatenbank wusste sie, wo Emma wohnte. Immerhin hatten die Kollegen, die in der vergangenen Nacht mit Emma gesprochen hatten, alle Informationen sorgfältig protokolliert.

Jetzt stand sie vor der Tür der Ferienhütte und klopfte an.

Die Haustür wurde geöffnet.

»Ja bitte?«, fragte eine junge Frau, die nur Emma sein konnte. Ihre Augen wirkten sehr müde, die roten Äderchen waren deutlich zu sehen. Ein klares Anzeichen dafür, dass sie wenig geschlafen und viel geweint hatte.

»Guten Tag, Frau Falk, mein Name ist Lena Johannsen. Ich bin von der Kriminalpolizei. Darf ich kurz eintreten?«

»Bitte.« Emma ging mit hängenden Schultern voraus. Lena folgte ihr ins Wohnzimmer.

»Der Verlust Ihres Freundes tut mir sehr leid«, setzte Lena an. Sie konnte sich lebhaft vorstellen, wie sich Emma fühlte, denn sie kämpfte gerade selbst mit dem Verlust eines geliebten Menschen.

»Danke.« Die junge Frau räusperte sich. »Wieso Daniel? Er hat doch niemandem was getan.«

»Deswegen bin ich hier. Wir werden den Täter finden.«

»Ich wüsste nicht, wie ich Ihnen helfen kann.« Emma schaute sie an. Es war das erste Mal, dass sich ihre Blicke trafen. Obwohl sie körperlich sehr angeschlagen war, sah Lena etwas in ihren Augen, das sie erstaunte: Stärke!

»Ich möchte den Tatabend rekonstruieren. Vielleicht gelingt es uns, dem Täter auf die Spur zu kommen, wenn wir genau wissen, wo Ihr Freund sich aufhielt und zu welcher Uhrzeit.«

»Verstehe.« Emma nickte. Ihre Stimme klang schwach, müde und ausgelaugt.

»Lassen Sie sich Zeit.« Lena wollte keinen Druck aufbauen. Emma sollte nicht das Gefühl bekommen, dass sie in irgendeiner Weise die Schuld an dem Tod ihres Freundes tragen könnte. Dass Emma irgendwie in den Mord verwickelt sein könnte, schloss Lena aus. Auch wenn man als Polizist nie nie sagen sollte. Aber hier gab es noch eine zweite Leiche und nach Lenas Einschätzung war Daniel vermutlich Zeuge dieser Tat geworden und hatte deswegen sterben müssen.

Der bittere Spruch: »Zur falschen Zeit am falschen Ort« traf hier wohl leider zu.

»Es war nach 22 Uhr, vielleicht 22:20 Uhr, als er zur Rezeption wollte, um eine Flasche Sekt zu holen …« Emma unterbrach sich und holte Luft. »Ich bin in die Badewanne und da kurz eingedöst. Als ich aufwachte, war er noch nicht zurück, da habe ich mir Sorgen gemacht und die Rezeption angerufen«, fuhr sie fort und erzählte, was sie daraufhin unternommen hatte, schließlich schlug sie die Augen nieder, eine Träne löste sich aus ihrem Augenwinkel.

Lena reichte ihr ein Taschentuch, das Emma dankend annahm.

»Dann habe ich ihn gefunden. Er lag im Sand, eine Blutlache um ihn herum. Daniel hatte noch Puls und ich habe die 112 angerufen. Warum musste er sterben?« Jetzt konnte Emma ihre Tränen nicht mehr zurückhalten. »Es war meine Schuld!«, schluchzte sie.

»Das dürfen Sie sich nicht einreden. Es war nicht Ihre Schuld.«

»Doch, war es. Hätte ich ihn nicht gebeten, Sekt zu holen, wäre das nie passiert. Außerdem war es meine Idee, dass wir diese Hütte mieten. Er hatte das *Maritim Hotel* in Timmendorfer Strand vorgeschlagen.«

»Es war ein unglücklicher Zufall. Machen Sie es sich bitte nicht unnötig schwer. Es ist nicht Ihre Schuld.«

»Doch«, kam es schwach über Emmas Lippen. Ihre Tränen wurden stärker. »Er wollte mir heute einen Heiratsantrag machen. Ich …«

Lena nahm das alles mehr mit, als sie zeigen konnte, und sie verspürte den Drang, Emma einfach in die Arme zu nehmen und zu trösten, obwohl sie wusste, dass sie das nicht durfte. Vielleicht lag es daran, dass sie sich selbst gerade in einer emotional schwachen Phase befand und gerne in den Arm genommen werden wollte. Geteiltes Leid war manchmal erträglicher.

»Mir tut das alles sehr leid. Wir finden den Mörder, das verspreche ich Ihnen.«

»Hätte ich ihn doch nur ein paar Minuten früher gefunden, dann wäre er im Rettungswagen nicht gestorben.«

Lena spürte, dass sie hier nichts mehr erreichen konnte. »Soll ich Ihnen einen Seelsorger rufen?«

»Nein, ich möchte einfach allein sein. Bitte.«

»Gut. Hier ist meine Karte. Rufen Sie mich an, auch wenn es nur zum Quatschen ist.«

Emma nahm die Karte und zog die Nase hoch. »Danke.«

»Nichts zu danken.«

Lena verließ die Wohnung und ging zur Rezeption der Ferienwohnanlage.

»Moin«, machte sie sich bemerkbar.

»Moin. Was kann ich für dich tun?« Ein junger Mann stand hinter dem Tresen und sah von seinen Unterlagen auf.

»Mein Name ist Lena Johannsen von der Ostseekriminalpolizei.«

»Sie sind bestimmt wegen der beiden Morde hier.«

»Genau.«

»Da kann ich Ihnen leider nicht helfen. Gestern hatte Nadine Schicht. Wenn Sie wollen, kann ich Ihnen ihre Handynummer geben.«

»Das wäre sehr freundlich.«

Der junge Mann nannte ihr die Nummer und Lena verabschiedete sich, um draußen zu telefonieren. Nadine nahm den Anruf sofort entgegen, das Gespräch war von kurzer Dauer. Sie bestätigte Emmas Zeitangabe, konnte aber sonst wenig zu dem Fall beisteuern.

Lena straffte die Schultern. Jetzt stand ihr der schwerere Gang bevor.

»Egal, was ist, du darfst nicht weinen, hörst du? Du bist Polizistin und als Polizistin machst du diesen Besuch, nicht als Freundin der Familie«, ermahnte sie sich.

Die Wohnung des Opfers lag nur fünf Minuten zu Fuß von der Rezeption entfernt. Je näher sie ihrem Ziel kam, desto schwerer wurden ihre Beine und ein flaues Gefühl machte sich in ihrem Magen bemerkbar, als hätte sie etwas Schlechtes gegessen.

Sie erreichte die Anschrift an der Strandstraße, trat vor die Klingelanlage des Mehrfamilienhauses und drückte auf den Knopf neben dem Namensschild.

Der Türsummer ertönte und Lena schob die Haustür auf.

Während sie die Treppe in den ersten Stock hochging, sah sie bereits, wie sich eine Wohnungstür öffnete. Ihr Herzschlag erhöhte sich und der Kloß in ihrem Hals wurde immer größer. Ihre Hände wurden feucht.

»Moin, Lena«, begrüßte Anikas Mutter sie.

Helena Schneider wohnte hier allein mit ihrer Tochter. Ihr Mann hatte sich vor einigen Jahren von ihr getrennt. Wo er jetzt wohnte, wusste Lena nicht.

»Moin. Darf ich eintreten?«

»Ja, bitte. Hast du was von Anika gehört?« Helena schaute sie verunsichert an, als fürchtete sie eine schlechte Nachricht. Das kaum sichtbare Lächeln, das um ihre Mundwinkel spielte, signalisierte eine schwache Hoffnung.

Lena atmete einmal tief durch, damit sie nicht die Beherrschung verlor.

Es ist dein Job, ermahnte sie sich erneut.

»Es tut mir leid.« Ihr fiel nichts Besseres ein.

»Was ist geschehen?« Helenas Augen weiteten sich, sie starrte Lena regelrecht an, dann fuhr sie sich mit der Zunge über die Lippen und schluckte trocken.

»Anika wurde gestern Nacht ermordet.«

Helena schlug die Hand vor den Mund und gab einen kurzen, heftigen Schrei von sich, sie taumelte. Lena konnte sie rechtzeitig abstützen und half ihr, Platz zu nehmen. Dann trat sie an den Kühlschrank, holte eine Flasche Wasser heraus, griff im Hängeschrank nach einem Glas und füllte es mit Wasser, um es der Mutter zu reichen. Lena kannte sich in der gemütlichen Dreizimmerwohnung gut aus, sie war häufig hier gewesen.

»Trink einen Schluck, das wird dich beruhigen.«

»Wie kann das sein? Das kann nicht Anika gewesen sein.«

»Es tut mir sehr leid«, wiederholte Lena ihre Worte. »Ich wünschte, es wäre nicht so, aber die Leiche wurde eindeutig identifiziert.«

»Warum sie? Sie war doch so ein liebenswürdiger und lebensfroher Mensch. Das weißt du! Anika hatte mit niemandem Probleme. Das kann nicht sein.« Helena nahm einen Schluck aus dem Glas, ihre Hand zitterte und Tränen traten in ihre Augen.

»Ich finde heraus, wer ihr das angetan hat.« Lena presste die Lippen zusammen und versuchte gleichzeitig, dieses entsetzliche Gefühl der Ohnmacht abzuschütteln.

»Weißt du, was sie um diese Zeit noch am Strand zu suchen hatte?«

»Du kennst sie ja. Sie geht dort gerne spazieren oder joggen.«

»Joggen tut sie doch eigentlich immer morgens.«

»In letzter Zeit auch mal abends.«

»War sie joggen?« Auf den Fotos, die die Spurensicherung von der Leiche gemacht hatte, trug Anika Jeans und ein T-Shirt.

»Nein, sie hat sich mit einer Freundin getroffen.«

»Mit wem?«

»Melanie.«

»Melanie Krüger?«

Helena nickte nur. Das Glas war fast ausgetrunken. Lena stand auf, holte die Flasche und füllte nach.

»Trink auch etwas.«

»Nein, danke. Alles gut.«

»Ich kann einfach nicht glauben, dass Anika tot ist. Das ist so …« Helena unterbrach sich, die Tränen übermannten sie erneut. Sie nahm ein Taschentuch und wischte sie weg. »Es macht überhaupt keinen Sinn.«

Ein Mord macht nie Sinn, dachte Lena und blieb stumm. Helena sollte ihren Frust herauslassen, wenn es half, dass sie sich beruhigte.

»Hat Anika vielleicht doch Streit mit jemandem gehabt? Hat sie etwas in dieser Richtung erwähnt?«

»Nein, da war nichts. Sie war gut gelaunt wie immer.«

»Vielleicht ein heimlicher Verehrer, jemand, der ihr nachstellte?«

»Nicht, dass ich wüsste. Aber du kannst gerne ihren Laptop mitnehmen, wenn es hilft.«

»Danke, werde ich tun. Ist er in ihrem Zimmer?«

Die Mutter nickte. Lena stand auf und betrat das Zimmer von Anika. Erinnerungen wurden wach an die vielen Momente, wo sie auf der süßen rosa Couch gesessen und sich stundenlang über Gott und die Welt, über Mode und die Jungs unterhalten hatten.

»Du fehlst mir schon jetzt unendlich«, wisperte Lena und schluckte. Sie trat an den Schreibtisch und hob den Laptop auf, dabei fiel ihr Blick auf die Pinnwand, wo Anika Fotos angebracht hatte. Auf zweien war auch sie zu sehen. Nun konnte sich Lena nicht mehr beherrschen und erste Tränen kullerten ihr Gesicht herunter. Sie wischte sie weg und nahm ein Foto von der Pinnwand. Dann suchte sie das Zimmer ab in der Hoffnung, etwas zu finden, was ihr helfen könnte, Licht ins Dunkel dieses entsetzlichen Mordfalls zu bringen. Aber sie fand nichts, also ging sie zu Helena zurück.

»Darf ich das Foto behalten?«

»Natürlich, das wäre auch in Anikas Sinn.«

»Danke. Weißt du, ob sie ihr Handy zu Hause gelassen hat?« Die Spurensicherung hatte kein Handy bei dem Opfer gefunden. Lena selbst war in der Nacht nicht am Tatort gewesen, nur die Kollegen, einschließlich ihres Onkels.

»Sie hatte es mit. Wir haben noch geschrieben.«

Lena nickte. Das konnte nur heißen, dass der Täter das Handy mitgenommen und vermutlich vernichtet hatte. Aber warum hatte er das Handy von Daniel, dem zweiten Opfer, nicht mitgenommen?

Weil Daniel ihn überrascht hat und er danach in Eile war, versuchte sie sich die Frage selbst zu beantworten.

Bevor sie sich verabschiedete, bot sie Helena die Hilfe der Seelsorge an, die diese jedoch ablehnte, und mit dem Wissen, dass Helena für die weiteren Ermittlungen nicht mehr nötig war, verließ sie die Wohnung.

Als sie wieder auf der Straße war, rief Lena Melanie Krüger an. Sie kannten sich, waren aber eher Bekannte als Freunde. Melanie nahm das Gespräch nicht an, sodass sie ihr eine Nachricht schrieb, mit der Bitte um Rückruf.

Lena beschloss, zum Tatort zu gehen, der für die Öffentlichkeit noch gesperrt war.

Nur wenige Minuten später sah sie am Strand schon das Absperrband. Ein Kollege, der dafür sorgte, dass niemand den Tatort betrat, war nicht zugegen, aber die Menschen hielten sich auch so daran. Niemand hatte die Absperrung übertreten.

»Junge Frau, da dürfen Sie nicht hin«, hörte sie jemanden rufen. Sie drehte sich um und sah eine Frau um die fünfzig auf sie zueilen, im Schlepptau an der Leine ihren Hund, der bellte, als wollte er den Worten der Frau Nachdruck verleihen.

»Alles gut. Ich bin von der Kriminalpolizei.«

»Das kann ja jeder sagen«, erwiderte die Frau resolut.

Lena blieb nichts anderes übrig, als ihren Dienstausweis zu zücken.

»Das tut mir leid. So ohne Uniform hätten Sie auch nur irgendeine Neugierige sein können.«

»Passt schon, halb so wild. Wohnen Sie in der Nähe?«

»Ja, dahinten.« Die Frau zeigte nach rechts auf die Promenade, wo in ungefähr einhundert Metern Entfernung ein Mehrfamilienhaus zu sehen war.

»Gehen Sie regelmäßig hier spazieren?«

»Klar, muss ja Mäuschen Gassi führen.« Mäuschen war ein Dackel, der inzwischen wild mit dem Schwanz wedelte. »Ich glaube, sie mag sie.«

»Darf ich?«

»Klar doch. Welcher Hund mag keine Streicheleinheiten?«
Lena beugte sich nach unten und streichelte den Dackel,
der das sichtlich genoss. »Du bist ja eine ganz Süße.«

»Haben Sie auch einen Hund?«, fragte die Frau.

»Ich nicht, aber mein Onkel.«

»Ich kann mir ein Leben ohne Mäuschen gar nicht vorstellen.«

Lena erhob sich. Ob der Dackel tatsächlich Mäuschen hieß
oder war das der Kosename? Sie wandte sich wieder an die Frau.

»Waren Sie gestern Abend zufälligerweise auch Gassi
gehen?«

»Das war ich. Warum?«

»Um welche Uhrzeit?«

»Da fragen Sie mich was.« Die Frau überlegte, sie runzelte
die Stirn, atmete einmal tief ein und wieder aus, was etwas
seltsam aussah, dann antwortete sie: »Das muss nach 22 Uhr
gewesen sein.«

»Waren Sie hier am Strand spazieren?« Von der Uhrzeit
her passte es in etwa, möglicherweise hatte sie etwas bemerkt.

»Wir gehen um die Zeit immer die Promenade lang, wegen
der Beleuchtung. Und falls Mäuschen sich erleichtert, kann ich
es besser wegmachen.« Die Frau lächelte.

»Ist Ihnen irgendetwas aufgefallen? Eine verdächtige Person?«

»Junge Frau, wollen Sie mir nicht verraten, was geschehen
ist? Es wird gemunkelt, dass gestern zwei Menschen ermordet
wurden.«

»Das stimmt«, kam Lena zum Punkt. Es brachte nichts, sie
anzulügen, es würde ohnehin schon sehr bald die ganze Gemeinde wissen.

»Wie schrecklich. Ich wohne seit zwanzig Jahren in diesem
kleinen Ort und noch nie ist auch nur annähernd etwas so
Grauenvolles hier passiert. Das kann nur ein Auswärtiger gewesen sein. Ein Niendorfer tut so was nicht.«

»Ich würde gerne auf meine Frage zurückkommen. Sie sagten, dass Sie nach 22 Uhr mit dem Hund Gassi waren. Haben Sie da noch andere Personen unterwegs gesehen?«

»Nein, da war niemand …« Die Frau hielt inne und machte ihre Augen schmal. »Doch, jetzt, wo Sie mich fragen – der Jörn kam vom Strand, er wirkte aufgeregt.«

5

Emma wusste nicht, wie viele Taschentücher sie inzwischen verbraucht hatte, aber ihre Tränen wollten nicht versiegen. Das alles war wie ein intensiver, nie endender Albtraum.

Gestern hatte sie noch geglaubt, der glücklichste Mensch der Welt zu sein, und heute wollte sie einfach nur sterben.

Der Schmerz war so unendlich groß, ihn zu beschreiben, war unmöglich. Es war, als hätte ihr jemand bei lebendigem Leib das Herz herausgerissen, hielte es in den Händen und lachte sie höhnisch aus. Es war ein teuflisches Lachen.

»Wieso kann mir niemand sagen, dass das hier alles nicht echt ist, dass ich mir das Ganze nur einbilde? Kann mich niemand kneifen?« Ihre Worte waren voller Verzweiflung. Sie wusste, dass Daniel nie zurückkehren würde, so sehr sie sich das auch wünschte.

Sie und er würden nie heiraten, nie Kinder bekommen, keine Familie gründen. Sie hatte sich nie einsamer gefühlt als in diesem Augenblick.

Zu gerne hätte sie sich in Luft aufgelöst, um mit ihrem Schmerz allein zu sein, denn sie wusste, dass die nächsten Tage sehr hart werden würden. Sie würde Daniels Familie benachrichtigen müssen, ebenso ihre eigene Familie. Dann Freunde und Bekannte.

Es kam ihr geradezu paradox vor. Auf der einen Seite konnte sie den Schmerz kaum ertragen, auf der anderen Seite ging sie in Gedanken schon die nächsten Schritte durch. Es erschien ihr herzlos, als würde sie etwas Kaltes und Warmes gleichzeitig essen.

Ihr Handy vibrierte. Sie schaute aufs Display. Es war eine Nachricht von Claudia.

Wie läuft es?

Bitte ruf mich an. Es ist etwas Schlimmes passiert,

tippte Emma als Antwort. Sie hatte gerade keine Kraft, die Freundin selbst anzurufen. Es war wie eine Blockade.

Kurz darauf klingelte ihr Handy.

»Was ist los, Maus?«, fragte Claudia.

Emma war nicht fähig, zu antworten, sie fing hemmungslos an zu weinen.

»Maus, was ist los?« Sorge schwang in Claudias Stimme mit. »Hat er einen Rückzieher gemacht?«

»Nein.« Emma schluchzte und zog die Nase hoch.

»Was ist dann passiert?«

»Daniel ist tot.«

»Was?« Fassungslosigkeit lag in ihren Worten. »Du scherzt.«

»Nein, er ist tot …« Emma konnte nicht weitersprechen, ihre Stimme versagte.

»Oh mein Gott. Das ist schrecklich, was ist passiert?«

Emma sammelte sich, sie musste dieses Gespräch führen. Sich den Frust von der Seele zu reden, würde ihr helfen, sich etwas besser zu fühlen, ihre Gedanken zu sortieren.

»Er wurde gestern Nacht ermordet. Am Strand.«

»Ermordet?« Claudia schien ihr nicht folgen zu können.

»Ja. Es war noch eine andere Leiche am Strand. Die Polizei vermutet, dass er den Täter ertappt hat und deswegen sterben musste.«

»Zwei Tote in Niendorf?«

»Man mag es nicht glauben, wenn es nicht so brutal wäre.« Emma huschte ungewollt ein sarkastisches Lächeln übers Gesicht.

»Ich hoffe, sie schnappen das Schwein schnell.«

»Das will ich auch hoffen.«

»Maus, ich fahr los und hol dich ab.«

»Quatsch. Du bleibst zu Hause. Ich fahre morgen nach Mannheim.«

»Sicher? Mir ist nicht wohl dabei, dich da jetzt allein zu lassen.«

»Ganz sicher. Du bist noch in der Probezeit.«

»Na und? Mein Chef wird dafür Verständnis haben.«

»Kommt nicht infrage. Sicherlich wird mein Vater mich abholen.«

»Wissen sie es schon?«

»Nein, du bist die Erste. Ich war gestern so durch den Wind, dass ich niemanden informiert habe. Das wird noch ein schwerer Schritt, vor allem die Eltern von Daniel.«

»Soll ich sie anrufen?«

»Nein, ich mache das. Das bin ich Daniel und mir schuldig.« Emma richtete sich instinktiv auf. Sie würde nicht kneifen, das würde ihr auch nicht ähnlich sehen.

»Wenn du Hilfe brauchst, egal was, sag mir sofort Bescheid.«

»Mache ich. Danke.«

»Nichts zu danken. Das ist das Mindeste, was ich gerade für dich tun kann. Es tut mir so unendlich leid.«

»Danke. Ich brauche nur etwas Zeit für mich, dann wird das schon.«

»Nimm dir die Zeit. Ich finde, das ist eine gute Einstellung. Du hast noch dein ganzes Leben vor dir.«

Das war leichter gesagt als getan, denn genau dieses Gefühl hatte Emma gerade nicht. Vielmehr war ihr, als wäre ihr Leben bereits dem Ende nah. Welchen Grund gab es denn noch, zu leben, wenn keine Freude mehr in ihrem Herzen war?

»Ich versuche es«, antwortete sie dennoch, weil sie glaubte, dass Claudia genau das hören wollte. »Sei mir nicht böse, aber ich leg jetzt auf. Ich fühle mich sehr erschöpft.«

»Mach das. Leg dich hin und ruh dich aus. Und wie gesagt,

wenn irgendwas ist oder ich etwas tun soll, ruf mich an oder schreib mir.«

»Okay.« Emma beendete das Gespräch und legte auf. Kaum hatte sie ihr Handy zur Seite gelegt, war sie wieder da. Diese Schwermut und Hoffnungslosigkeit.

Das Gefühl der Ohnmacht, der Hilflosigkeit. Sie kannte das bisher nicht, es war Neuland für sie. Als wäre sie in Raum und Zeit verloren.

Sie legte sich auf die Couch und versuchte, etwas zu schlafen in der Hoffnung, dass die Schwere für einen kurzen Augenblick den Würgegriff um sie lockern würde.

Kaum hatte sie die Augen geschlossen, fing sie an zu weinen.

Sie ließ den Tränen freien Lauf und wischte sie nicht weg.

»Ich liebe dich so sehr. Du fehlst mir unendlich.«

Leider war ihr ein erholsamer Schlaf nicht vergönnt, sie wälzte sich auf der Couch hin und her, bis sie entschied, aufzustehen.

Sie ging ins Bad und wusch sich das Gesicht. Nachdem sie es abgetrocknet hatte, wagte sie einen Blick in den Spiegel und erschrak vor dem eigenen Spiegelbild. Sie wirkte um Jahre gealtert, entsetzlich blass und mit tiefen Augenringen. Sie sah wie ein Mensch aus, dem man die Seele genommen hatte.

Ihre Kehle wurde trocken. Sie ging in die Küche, nahm eine Flasche Wasser und setzte zum Trinken an. Dabei wanderte ihr Blick zu dem Messerblock, der auf der Arbeitsplatte stand.

Sie konnte es nicht steuern, es war, als würde eine dunkle Macht sie dazu zwingen. Sie nahm ein Messer heraus, setzte es an der Pulsader an und schnitt.

6

Jörn Hansen war in Niendorf kein Unbekannter. Lena lief ihm immer wieder über den Weg.

Im Vergleich zu dem mondänen Timmendorfer Strand war Niendorf sehr beschaulich, verträumt und überschaubar. Wenn man seit seiner Geburt in dem Ort lebte und zudem noch Polizistin war, kannte man irgendwann die meisten Einwohner. So war das auch mit Jörn.

Sie schaute auf die Uhr. Es war kurz nach 14 Uhr und sie wusste, wo sie ihn um diese Zeit finden würde. Am Hafen.

Die Frau, mit der sie eben gesprochen hatte, hieß Trude Sievers. Außer dem Hinweis auf Jörn hatte sie jedoch keine weiteren Informationen zu dem Fall beisteuern können.

Lena schaute sich noch ein wenig am Tatort um, fand aber nichts, was ihre Aufmerksamkeit auf sich zog.

»Zeit, Jörn aufsuchen.«

Kurz überlegte sie, ob sie zu Fuß zum Hafen gehen sollte oder lieber mit dem Auto fahren. Da jedoch die Sonne lachte und herrlich mildes Wetter herrschte, beschloss sie, das Stück am Meer entlangzuschlendern.

Der Strand in Niendorf war nicht so überlaufen wie der in Timmendorf, daher war diese Ecke besonders bei Familien beliebt, wobei in den letzten Jahren auch sehr viel Geld in die Promenade und vor allem in diesen Strandabschnitt investiert worden war. Allein die neue Seebrücke, die vor einigen Jahren eingeweiht worden war, hatte fast zwei Millionen Euro gekostet.

Lena liebte dieses Fleckchen Erde, sie konnte sich nicht vorstellen, woanders zu leben. Schon gar nicht in der Hektik einer

Großstadt. Sie wollte in Niendorf alt werden, trotz der persönlichen Rückschläge, die sie in den letzten Wochen erlitten hatte. Doch sie war kein Mensch, der den Kopf in den Sand steckte, da sie wusste, dass man nur etwas bewegen konnte, wenn man anpackte und sich seinen Problemen stellte. Sie kannte kein einziges Beispiel, wo jemand einen Vorteil davon gehabt hatte, dass er vor seinen Problemen davongelaufen war. Vielleicht lag das auch daran, dass sie in einer Polizistenfamilie großgeworden war, mit Männern, die ein starkes Ego hatten. Im Gegensatz zu ihnen war sie sich allerdings nicht zu schade, mal einen Schritt zurückzutreten, auch wenn sie sich als taff und durchsetzungsfähig empfand. Sie besaß sehr viel Empathie und musste nicht ständig im Mittelpunkt stehen.

So in Gedanken versunken, erreichte sie den Hafen.

»Warum so verträumt, Lenchen?«

»Moin, Oli.« Lena trat an den Imbiss, der Oli und seinem Kumpel Ali gehörte.

»Möchtest du ein Fischbrötchen?«

»Sehr lieb von dir, aber gerade habe ich keinen Hunger.«

»Man muss doch keinen Hunger haben, um ein Fischbrötchen zu essen. Oder trinkst du nur ein Glas Wein, wenn du durstig bist?«

Lena schmunzelte. »Der Vergleich hinkt ganz schön.«

»Mit Vergleichen hat es Oli nicht so. Du kennst ihn doch«, antwortete Ali, der nun ebenfalls ans Fenster trat. Der Imbiss der beiden hatte einen kleinen Gastraum, man konnte seine Bestellung aber auch durch ein großes Fenster aufgeben. »Wie geht's dir?«

»Geht so«, gestand Lena.

»Also stimmt es«, kam es wie aus der Pistole geschossen von Oli, der eigentlich Oliver hieß, den aber jeder Oli nannte.

»Was?«

»Dass irgendein Psychopath unsere Anika ermordet hat.«

»Das spricht sich aber schnell rum.«

»Der Hafen ist doch die erste Anlaufstelle früh morgens, wenn wir mit unserem Kutter einlaufen und die Leute ihren frischen Fisch bei uns holen«, erklärte Oli. Er und Ali gehörten zu den wenigen Fischern, die noch täglich rausfuhren. Den gefangenen Fisch verkauften sie direkt am Hafen an die Bewohner der umliegenden Dörfer, ab und zu auch an Touristen. Doch den Großteil verwendeten sie für ihren Imbiss, den es schon länger gab, als Lena auf der Welt war. Er war aus Niendorf nicht wegzudenken und hatte bereits einige Krisen erfolgreich gemeistert.

»Mein Beileid. Du warst doch mit Anika befreundet«, sagte Ali und auch Oli bekundete ihr sein Beileid.

»Ja, sehr gut sogar. Danke für eure Worte.«

»Und der zweite Tote? Der ist nicht von hier, oder?«

»Auch das stimmt. Ein Tourist, der vermutlich einfach nur Pech hatte. Habt ihr irgendetwas gehört?«

»Nichts, was dir von Nutzen sein könnte. Aber es wird nicht mehr lange dauern, dann weiß es nicht nur die gesamte Gemeinde, sondern auch die Küste bis hoch nach Flensburg.«

»Davon ist auszugehen, spätestens wenn die Lübecker Nachrichten und die Ostseezeitung davon berichten.«

»Ich hoffe, ihr findet diesen Psychopathen schnell, bevor er uns die Saison ruiniert.« In Olis Worten schwang Bitterkeit mit.

»Das wird nicht passieren. Wir finden den Mistkerl. Wisst ihr zufällig, wo Jörn ist? Der ist doch um die Zeit immer hier.«

»Du hast ihn knapp verfehlt. Er wird sicherlich die Boote anschauen.«

»Danke.«

»Was willst du von ihm?«

»Nichts, nur reden.«

Oli schien mit der Antwort nicht zufrieden. »Wir alle kennen Jörn. Er ist ein lieber Kerl.«

»Ich weiß.« Lena verabschiedete sich und ging die Hafenpromenade entlang. Sie war einigermaßen belebt.

Der Hafen war modern und einer der schönsten Plätze in Niendorf. Sie erinnerte sich ganz schwach an den alten Hafen, da war sie noch ein Kind gewesen. Er war im Winter 2005 grundsaniert worden, gefördert durch EU-Gelder.

In kurzer Distanz sah sie Jörn. Er saß allein auf einer Bank und aß sein Fischbrötchen.

»Hallo, Jörn.« Lena gehörte nicht zu den Norddeutschen, die immer »Moin« sagten. Der Gruß war zwar weit verbreitet, aber es war ein Klischee, dass sich in Norddeutschland alle nur mit Moin begrüßten.

»Moin.« Jörn schaute kurz zu ihr auf und aß sein Fischbrötchen weiter.

»Ich bin Lena. Wir kennen uns vom Sehen her.«

»Ja, du kommst mir bekannt vor.« Jörn wirkte freundlich und entspannt. »Ich kenne deinen Bruder ganz gut.«

»Darf ich mich kurz mit dir unterhalten?« Dass ihr Bruder Jörn kannte, wusste sie, aber sie waren keine Freunde, wie es jetzt bei Jörn klang.

»Worüber denn?«

»Es geht um deinen Spaziergang gestern Abend am Strand.«

»Warum willst du da was wissen?«

»Verzeih, ich habe vergessen, zu erwähnen, dass ich von der Polizei bin.«

»Von der Polizei?«

»Ja, genau.«

»Cool. Und warum fragst du mich das?«

»Weil ich in einem Fall ermittle.«

»Verstehe.« Sein Gesichtsausdruck verriet allerdings, dass er es eher nicht verstand. Die meisten in Niendorf, so auch Lena, wussten, dass Jörn sehr naiv und gutmütig war, was an einer leichten Lernbehinderung lag. Wobei Lena das nicht mit Sicherheit wusste, es war das, was im Dorf erzählt wurde. Man kannte das ja, Klatsch wurde irgendwann zur Wahrheit, ohne dass es am Ende den Tatsachen entsprach, doch gerade im Dorf entpuppte es sich meistens als wahr.

»Also, warst du gestern Abend am Strand?«

»Ja, ich denke schon. Warum?«

»Wann war das?«

»Keine Ahnung, irgendwann abends.«

»Versuch dich bitte zu erinnern.«

»Ich weiß wirklich nicht, welche Uhrzeit das war. Es war spät abends. Ich war lange spazieren.«

»Lange? Von wo kamst du denn?«

»Aus Sierksdorf. Ich war im Hansa-Park.«

»Bist du den ganzen Weg zu Fuß gegangen?« Das waren mindestens zwölf Kilometer, die Jörn zu Fuß zurückgelegt haben musste.

»Ja, aber das macht mir nichts aus. Ich habe ein paar Pausen gemacht und das Wetter war so schön. Ich hätte auch mit dem Fahrrad fahren können. Warst du mal im Hansa-Park?«

»Klar. Ich liebe die Loopingbahn.«

»Ich auch.« Jörn strahlte übers ganze Gesicht. »Supersplash ist voll cool. Da wird man ganz schön nass.«

Lena beschlichen leichte Zweifel, ob das Gespräch überhaupt einen Sinn hatte, dennoch wollte sie ihre Fragen weiter stellen.

»Weißt du, wann du den Hansa-Park verlassen hast?«

»Ja, als alle raus mussten.«

Soviel sie wusste, musste das nach 18 Uhr gewesen sein. Nur im Sommer hatte der Park länger offen. Somit hatte Jörn genug Zeit gehabt, um nach 22 Uhr in Niendorf zu sein.

»Du sagtest, dass du einige Pausen gemacht hast. Kannst du dich erinnern, wo das war?«

»Klar. In Haffkrug, dann in Scharbeutz und in Timmendorf.«

»Und in Niendorf?«

»Da war ich nur kurz am Hafen. Habe mir ein Backfischbrötchen gekauft und bin anschließend weiter.«

»Bei Oli und Ali?«

»Wie immer. Da schmecken sie am besten.« Jörn lachte, dann ließ er den Rest des Brötchens in seinem Mund verschwinden.

»Ist dir am Strand irgendwas aufgefallen?«

»Wie meinst du das?«

»Na ja, etwas Ungewöhnliches. Eine Person, die vielleicht in Schwierigkeiten steckte, oder ein Paar, das Streit hatte.«

»Ach so, nein. Warum?«

»Aber du warst doch am Strand in Niendorf?«

»Nein, ich war nur am Hafen, ich habe mir ein Backfischbrötchen gekauft und dann bin ich nach Hause.«

Lena war irritiert, das konnte unmöglich stimmen. Trude Sievers hatte Jörn gesehen und Jörn hatte zu Beginn ihres Gespräches gesagt, dass er am Strand gewesen sei, sich aber nicht an die Uhrzeit erinnern könne.

»Bist du dir sicher? Vorhin hast du gesagt, dass du am Strand warst.«

»Ja, war ich auch. Ich verstehe dich gerade nicht.«

Lena mühte sich, die Fassung zu bewahren, denn sie wollte kein Risiko eingehen, Jörn zu verlieren. Sie spürte, dass seine Konzentration nachließ.

»Möchtest du einen Kaffee?«

»Das wäre toll.«

»Was hältst du davon, wenn ich uns einen spendiere?«

»Warum nicht. Ich habe eh kein Geld mehr.«

»Okay. Du wartest hier auf mich.«

»Mach ich.«

»Was für einen Kaffee möchtest du?«

»Einen Milchkaffee, einen großen.«

»Hole ich.« Wie es schien, gehörte Bescheidenheit nicht zu Jörns Stärken. Lena hätte sich niemals von einer fremden Person einen großen Kaffee spendieren lassen, höchstens einen mittleren Becher. Sie war dazu erzogen worden, bescheiden aufzutreten, und sie war der Meinung, dass sich das auch so gehörte. Aber sie fand es in dieser Situation von Jörn nicht schlimm. Wenn es half, dass er sich erinnerte, war es ein gutes Investment, denn ihr Gefühl sagte ihr, dass Jörn etwas verheimlichte. Dass er sich ausgerechnet an seinen Aufenthalt am Niendorfer Strand nicht entsinnen konnte, war schon merkwürdig. Es signalisierte Lena, dass Jörn nicht ehrlich war, was eigentlich überhaupt nicht zu ihm passte, jedenfalls nicht nach dem, was andere über ihn erzählten. Die Frage war nur, warum er log.

Lena war gewillt, die Antwort herauszufinden. Daran, dass er etwas mit den zwei Morden zu tun haben könnte, wollte sie nicht glauben, das passte einfach nicht zu seinem Charakter.

Angeblich passt es auch nicht zu seinem Charakter, zu lügen, meldete sich ein kritischer Gedanke.

Sie betrat das *Ahoi Kaffee*, es lag keine dreißig Meter entfernt und sie trank den Kaffee dort gerne. Da ein paar Leute vor ihr in der Schlange anstanden, musste sie einige Minuten warten, bis sie an der Reihe war. Die Chefin, die sie gut kannte, war heute nicht anwesend. Sie bestellte zwei Kaffee to go, bezahlte, nahm ihre Bestellung entgegen und verließ das Café.

Als sie die Bank erreichte, wollte sie ihren Augen nicht trauen.

Jörn hatte sich aus dem Staub gemacht.

7

Gustav Johannsen ging ein weiteres Mal den Bericht der Spurensicherung und der Kollegen von der Streife durch.

Alles deutete darauf hin, dass Anika Schneider nur knapp einer Vergewaltigung entgangen sein durfte, weil Daniel Menges plötzlich am Tatort erschienen war. Dennoch hatte sie sterben müssen, ebenso wie Menges.

Dass es eine Verbindung zwischen den beiden Opfern gab, nahm Gustav nicht an. Weder die Unterlagen der Spurensicherung noch der Streife deuteten darauf hin. Auch die Nachrichten aus der Informationsbeschaffung, die gerade auf seinem Schreibtisch lagen, ließen diese Annahme nicht zu.

Daniel Menges war mit seiner Freundin Emma Falk in Niendorf im Urlaub gewesen und hatte unendliches Pech gehabt.

Die Frage, die Gustav jetzt am meisten beschäftigte, war, ob es noch weitere Morde geben würde. Ob sie es mit einem Serientäter zu tun hatten und er Anika vielleicht gar nicht hatte missbrauchen wollen, sondern nur Gefallen am Töten hatte. Wohl war ihm bei diesem Gedanken nicht, da er die Konsequenzen fürchtete.

Das kleinere Übel wäre eine Beziehungstat. Er war gespannt, was Lena herausfinden würde. Gustav kannte das Opfer sehr gut, sie war mit seiner Nichte befreundet, somit war er ihr öfter begegnet. Ob sie einen Freund hatte, konnte er nicht einschätzen.

Lena wird das wissen. Wenn es einen gibt, müssen wir den unbedingt befragen.

Ob es eine gute Idee gewesen war, Lena mit der Befragung

der Mutter und der anderen Personen aus Anikas Umfeld zu beauftragen? Vermutlich war sie mit vielen von ihnen befreundet. Würde sie da objektiv genug sein können, bissig genug, um die Dinge zu hinterfragen und tiefer zu bohren, oder würde sie sich mit den einfachen Antworten zufriedengeben? Gustav schüttelte den Kopf. *Sie ist Polizistin und kann sehr wohl zwischen Arbeit und Privatem unterscheiden.*

Es klopfte an seiner Bürotür und seine Sekretärin trat ein.

»Gustav, ein Pressevertreter von der Ostseezeitung möchte dich sprechen.«

»Sag dem Herrn, dass ich keine Zeit für Einzelgespräche habe und die Termine mit dem Bürgermeister, der Direktion und dem Innenministerium abgesprochen werden müssen. Sobald es einen öffentlichen Pressetermin gibt, wird seine Zeitung es erfahren.«

»Habe ich versucht, aber er lässt sich nicht abwimmeln.«

»Dann sag, dass ich zum Essen bin. Wo kommen wir denn hin, wenn ich für jeden Pressefuzzi eine Ausnahme mache?«

»Ist ja gut. Ich lass mir was einfallen.« Petra Wiese ließ die Tür ins Schloss fallen und Gustav glaubte noch zu hören, wie sie sagte: »Musst ja nicht gleich laut werden.«

Petra arbeitete seit fünfzehn Jahren für ihn, und wie es schien, war sie die Einzige, die mit seinen spontanen Ausbrüchen und seinem Temperament klarkam. Er wusste, dass er manchmal zu Wutanfällen neigte, und auch, dass er schnell aus der Haut fahren konnte. Allerdings geschah das nie ohne Grund. In diesem Moment war es der Groll darüber, dass Petra hätte wissen müssen, dass das Letzte, was er jetzt gebrauchen konnte, ein Gespräch mit jemandem von der Presse war.

Gustav schob den Gedanken an den wartenden Journalisten beiseite, schaute auf die Uhr und überlegte, ob er seine Nichte anrufen sollte, um den Stand ihrer Ermittlungen zu erfragen.

Nein, er würde ihr nicht schon so früh zu viel Druck machen. Ihr Partner bei der Polizei war in Elternzeit, daher arbeitete sie derzeit meistens allein. Wenn nötig, musste ein anderer Kollege sie unterstützen, zur Not sprang auch Gustav ein.

Obwohl er vor allem durch die administrative und die Führungsarbeit komplett ausgelastet war, war er sich nicht zu schade, selbst auf die Straße zu gehen und aktiv an den Ermittlungen teilzunehmen. Das wollte er auch nicht aufgeben. Von anderen Führungskräften bei der Polizei kannte er es eher so, dass sie nur noch hinterm Schreibtisch saßen.

Wieder klopfte es an der Tür und diesmal trat Lena ein.

* * *

»Moin, Gustav.«

»Moin, Lena. Hast du was Interessantes herausgefunden?«

»Nicht wirklich. Bin ja erst ganz am Anfang.« Auch wenn es keinen Grund dafür gab, fühlte Lena sich, als müsste sie sich rechtfertigen.

»Lass mich raten, du hast noch nichts gegessen.«

»Wann hätte ich das denn tun sollen?«

»Gut …«

»Gut?«, fiel Lena ihm ins Wort.

»Ich auch noch nicht. Lass uns alles Weitere beim Essen besprechen. Ruf doch deinen Bruder an, vielleicht hat er auch Hunger.«

»Echt?«

»Ja, klar. Warum nicht?«

»Er ist nicht in unserer Einheit.«

»Er ist dein Bruder. Glaubst du, er würde die Informationen an die Presse verkaufen?«

»Okay, ich schicke ihm eine Nachricht.«

»Ihr jungen Leut'. Früher haben wir zum Hörer gegriffen, heute schickt man sich Nachrichten.«

»Geht halt schneller.« Lena lächelte. Natürlich hatte sie nichts dagegen, dass ihr Bruder sie zum Mittagessen begleitete, nur leider war das Verhältnis zwischen ihm und ihrem Onkel nicht das beste. Und das Letzte, was sie wollte, war ein Streit beim Mittagessen. Doch sie wurde das Gefühl nicht los, dass ihr Onkel einen Hintergedanken hatte, warum er ihren Bruder beim Essen dabei haben wollte. Lena bohrte nicht weiter nach.

»Worauf hast du Hunger?«

»Wie wäre es mit *Wolkenlos*?«

»Klar, dein Wunsch ist mir Befehl.«

Keine fünfzehn Minuten später betraten sie die Brücke, an deren Ende sich das Restaurant *Wolkenlos* befand. Von außen wirkte es wie ein japanischer Pavillon, von innen war es recht modern, aber der Clou war der verglaste Boden. Da das Wetter sehr angenehm war, beschlossen sie, auf der Terrasse Platz zu nehmen.

Kaum hatten sie sich gesetzt, kam auch schon der Kellner, nahm die Getränkebestellung auf und beide schauten sich die Menükarte an.

»Und, kommt dein Bruder?«

»Er hat leider noch nicht geantwortet.«

»Dann kommt er nicht.« Lena sah am Gesichtsausdruck ihres Onkels, dass er mit der Antwort nicht zufrieden war.

Es war für sie ein Leichtes, in Gustavs Gesicht zu lesen. Er war ein ganz schlechter Schauspieler, hielt es aber auch nicht für nötig, sich zu verstellen. Er war authentisch – damit kamen einige, wie sie selbst, gut klar, viele andere eher weniger.

Der Kellner brachte die Getränke und beide gaben ihre Bestellung auf. Die Terrasse war gut besucht, was bei dem Wetter nicht verwunderte. So mitten in der Ostsee zu sitzen, das hatte schon etwas Einmaliges.

»Dann schieß mal los. Wie war das Gespräch mit Anikas Mutter?«

»Schwierig. Sie war zwar tapfer, aber ich glaube, das Ganze nimmt sie sehr mit. Ich werde sie die nächsten Tage besuchen und nach ihr schauen.«

»Gut. Wir können sie sicher als Verdächtige abhaken.«

»Sie war für mich nie eine Verdächtige. Helena und Anika hatten ein superinniges Verhältnis, warum hätte sie ihre geliebte Tochter umbringen sollen? Und anschließend noch Daniel Menges. Nein, der Täter war ein eiskalter Mörder, ein Mann.«

»Das denke ich auch. Hat sie denn etwas zur Aufklärung des Falls beisteuern können? Wo Anika sich aufgehalten hat zum Beispiel.«

»Ja, sie hat sich mit Melanie Krüger getroffen, einer Freundin. Ich konnte sie leider noch nicht erreichen, und ich habe Anikas Laptop, der ist schon bei den Kollegen aus der IT, vielleicht finden die ja was.«

»Gut gemacht. Mit wem hast du noch gesprochen?«

»Ich war am Tatort und bin dort Trude Sievers begegnet.«

»Wer ist das? Ihr Name stand nicht in den Berichten der Kollegen.«

»Sie wohnt ganz in der Nähe und war mit ihrem Dackel Gassi.«

»Hat sie was Interessantes zu erzählen gehabt?«

Das Gespräch mit Gustav kam ihr wie ein Verhör vor, weil durch seine knappen Fragen kaum eine richtige Unterhaltung in Gang kommen konnte.

»Möglicherweise. Sie hat Jörn Hansen am Tatort gesehen.«

»Jörn? Den leicht beschränkten Jörn, der immer bei Oli und Ali sein Backfischbrötchen kauft?«

»Genau den. Und bevor du die nächste Frage stellst: Ich habe Jörn am Hafen getroffen.«

»Interessant. Passte es denn von der Uhrzeit?«

»Ob Trude Jörn nach 22 Uhr gesehen hat?«

»Genau.«

»Ja, hat sie. Sie war nach 22 Uhr mit dem Hund Gassi, da ist er ihr über den Weg gelaufen.«

»Also passt das. Allerdings habe ich meine Bedenken, dass jemand wie Jörn zwei Morde hintereinander begehen könnte. Ich begegne ihm ab und zu, er wirkt doch eher schüchtern und gutgläubig.«

»Ich sehe das ähnlich. Aber heute ist er vor mir weggelaufen.«

»Weggelaufen?«

»Genau. Ich habe ihn am Hafen getroffen und in ein Gespräch verwickelt«, erklärte Lena. »Als ich dann mit den zwei Kaffeebechern zurückkam, hatte er sich aus dem Staub gemacht.«

»Das muss nichts heißen. Bleib trotzdem an ihm dran, zur Not bitten wir ihn auf die Dienststelle.«

»Das hatte ich eh geplant.«

Der Kellner kam mit der Bestellung, servierte und entfernte sich lautlos.

»Lass es dir schmecken.«

»Danke, du dir auch.« Lena hatte Pasta Carbonara bestellt, während sich ihr Onkel Filet vom Ostseedorsch gönnte.

»Möchtest du probieren? Er schmeckt sehr lecker.«

»Nein, danke. Ich bin mit meinen Nudeln mehr als zufrieden.« Das war ein Zug, den sie an ihrem Onkel immer gemocht hatte, er kannte keinen Futterneid und teilte gerne.

»Ich habe eine bessere Idee.«

»Was für eine Idee?« Lena konnte ihm nicht folgen.

»Lass mich mit Jörn sprechen.«

»Warum soll das eine bessere Idee sein?«

»Vielleicht ist Jörn weggelaufen, weil du eine Frau bist.«

»Du machst Witze?« Lena wollte nicht glauben, was Gustav ihr gerade vorschlug, das klang doch ziemlich machohaft.

»Ich meine das nicht, wie du wahrscheinlich denkst. Jörn ist schüchtern und etwas zurückgeblieben. Er hat so gut wie keinen Kontakt zu Frauen. Möglich, dass er deshalb bei dir gehemmt und mit der Situation überfordert war.«

»Wenn du meinst. Ich glaube, er hat sich verkrümelt, weil er mir nicht verraten wollte, was er am Niendorfer Strand zu suchen hatte.«

»Möglich. Ich finde das heraus, und wenn es mir nicht gelingt, kannst du noch immer mit ihm sprechen. Ist das ein Deal?«

»Na ja, als leitende Ermittlerin sollte ich eigentlich die Hoheit über die Gespräche haben.«

»Sei nicht so streng.«

»Na gut.«

»Danke. Wir müssen an einem Strang ziehen. Du bist gerade ohne deinen Partner unterwegs, daher ist es selbstverständlich, dass ich dich unterstütze.«

»Hast du überhaupt Zeit?«

»Nein, habe ich nicht. Aber ich denke, es gibt gerade nichts Wichtigeres als die Ermittlungen. Der Bürgermeister will sich heute Abend mit mir treffen, da muss ich ihm ein paar Brocken hinwerfen, sonst bellt er nur noch lauter.«

»Jetzt bist du gemein, ihr seid doch Freunde.«

»Das stimmt. Aber wir treffen uns in öffentlicher Funktion, nicht als Freunde.«

»Geht so was?«

»Klar geht das. Ich bin der beste Beweis, dass man Privates und Berufliches trennen kann.«

Lenas Handy vibrierte. Sie schaute aufs Display. Es war eine Nachricht von ihrem Bruder.

»Was schreibt er?« Gustav hatte es auch gesehen.

»Dass er in Travemünde ist und es nicht schafft.«

Gustav nickte nur, aber der fragende Blick in seinen Augen entging ihr nicht.

»Wie war das Gespräch mit Emma Falk?«

»Nicht wirklich zielführend. Sie ist ziemlich durch den

Wind, was nur allzu verständlich ist. Ich denke, wir können sie als Zeugin abschreiben, auch als Hinweisgeberin. Als Tatverdächtige scheidet sie genauso aus.«

»Dann haben wir schon zwei Frauen, die wir streichen können. Bleibt nur noch Jörn, und vielleicht kann diese Melanie den einen oder anderen verwertbaren Hinweis liefern. Weißt du, ob Anika einen Freund hatte?«

»Soviel ich weiß, nicht, ich habe sie aber schon einige Wochen nicht gesehen. Mal schauen, ob Melanie mehr weiß. Oder wir finden auf ihren Social-Media-Profilen etwas über einen Verehrer oder jemanden, der aufdringlich war.«

»Sobald du was hast, melde dich bei mir.«

»Das sowieso.«

»Möchtest du noch was trinken oder einen Nachtisch?«

»Nein, bin echt satt. Wir sollten langsam zurück zur Dienststelle. Ich habe jede Menge Mails zu beantworten und mit Melanie würde ich auch noch gerne sprechen.«

Gustav nickte und bat um die Rechnung.

»Wie geht es dir sonst?«

»So weit ganz gut. Wenn man die Umstände bedenkt.«

»Falls du einen oder einige Tage frei brauchst, sag mir Bescheid.«

»Nein, nein, Arbeit lenkt mich ab, sonst wird mich bestimmt die Trauer überkommen.«

»Wie du magst, aber mute dir nicht zu viel zu. Ich brauche eine fitte Polizistin an meiner Seite.«

»Ich kenne meinen Körper und meine Grenzen.«

»Unterschätz die Psyche nicht.«

»Das tue ich nicht. Ich habe alles im Griff.«

Ihr Onkel schaute sie an, als würde er daran zweifeln, erwiderte aber nichts. Der Kellner brachte die Rechnung und Gustav zahlte. Als sie aufstanden, grüßte ihr Onkel jemanden, den er gut zu kennen schien, der ältere Herr wirkte ebenso erfreut wie Gustav.

»Wer war das?«

»Das war Professor Engholm. Ein wandelndes Lexikon, wenn es um Geschichte geht. Als ich noch in der Polizeidirektion in Lübeck gearbeitet habe, war er mir bei dem einen oder anderen Fall eine große Hilfe.«

Lena nickte nur.

Fünfzehn Minuten später saß Lena an ihrem Schreibtisch und rief Melanie Krüger an, die das Gespräch sofort annahm.

»Hallo, Melanie, hier ist Lena Johannsen. Wir kennen uns.«

»Hallo, Lena, ich kann mir schon denken, warum du anrufst.«

»Du hast davon gehört?«

»Ja, schlimme Sache. Ich kann es noch immer nicht fassen.«

»Mir geht das auch ziemlich nahe, trotzdem muss ich meinen Job machen. Vielleicht kannst du mir helfen. Anikas Mutter meinte, dass du und Anika sich getroffen hätten.«

»Das stimmt.«

»Und wo habt ihr euch getroffen?«

»Ich denke, es ist besser, wenn du herkommst. Es gibt da etwas, was ich dir persönlich erzählen möchte.«

8

Als Emma die Klinge an ihrer Haut spürte und der erste Blutstropfen sichtbar wurde, warf sie sofort angewidert das Messer weg. Das war nicht sie. Sie war noch nie jemand gewesen, der vor Problemen weggelaufen war oder Erlösung im Tod suchte. Nein, sie hatte die Antworten immer in der Realität gesucht. So groß der Schmerz auch sein mochte, sie wusste, dass er irgendwann vergehen und sie lernen würde, damit umzugehen. Das jedenfalls hoffte sie, als sie ein Pflaster auf ihr Handgelenk klebte.

»Ich muss raus.«

In der kleinen Hütte bekam sie plötzlich Beklemmungen, Platzangst, als würden die dünnen Holzwände auf sie zu rücken und sie in ihrer Mitte zerquetschen wollen.

Sie zog sich an und verließ die Wohnung, um an den Strand zu gehen. Es war wie am vergangenen Tag beinahe sommerlich draußen. Die Sonne schien, es war kaum eine Wolke zu sehen. Die Sonnenstrahlen halfen, dass sie etwas aufatmen und die dunklen Gedanken verdrängen konnte.

An ihren nackten Füßen trug sie Flipflops, weshalb sie ein paar Schritte ins Wasser der Ostsee wagte. Es war kalt und klar. Kurz zuckte sie zurück, aber die Abkühlung tat ihr gut, also blieb sie an der Wasserkante stehen. Ihr Blick wanderte durch die Gegend. Der Strandabschnitt war sehr weitläufig und breit, nur wenige Menschen waren zu sehen. Ihr gefiel das, sie hatte noch nie viel für Massentourismus übrig gehabt. Sie mochte die Ruhe, was nicht hieß, dass sie eine Langweilerin war. Ab und an durfte es auch Trubel geben, aber immer mit der Möglichkeit, sich zurückziehen zu können.

Eine leichte Brise wehte, sie spürte den Wind in ihrem Gesicht und ihr langes blondes Haar flog sanft zur Seite. Sie nahm ein Haarband, das sie in der Hosentasche hatte, und band sich einen Zopf, dann schaute sie hinaus aufs Meer, in die Unendlichkeit. Plötzlich spürte sie etwas im Nacken, als hätte jemand ihn geküsst. Sie schrak auf und drehte sich um, aber da war niemand.

Der Wind, sagte sie sich, sah sich aber erneut um. Es war niemand zu sehen.

Sie beschloss, ein wenig am Strand spazieren zu gehen, nach rechts, weg von Timmendorfer Strand.

Nach einigen Minuten bemerkte sie eine Absperrung am Strand. Warum die da wohl aufgestellt war? Dann fiel es ihr ein: der Tatort!

Hinter der Absperrung waren Daniel und diese junge Frau brutal ermordet worden. Ihr fuhr es kalt den Rücken herunter und sie bekam am ganzen Körper eine Gänsehaut. Alles in ihr sagte, dass sie umkehren sollte, aber sie entschied sich dagegen.

»Du musst dich damit auseinandersetzen, sonst nimmt das kein gutes Ende mit dir«, ermahnte sie sich, jetzt nicht zu kneifen.

Also ging sie weiter Richtung Absperrung. Nur zwei Meter trennten sie noch davon.

Übelkeit überkam sie, ihr wurde kalt. Instinktiv schlang sie die Arme um den Oberkörper, dann drehte sie sich um und entfernte sich von der Absperrung. Sie konnte das nicht. So taff war sie doch nicht, das Ganze war zu frisch.

»Du schaffst es«, hörte sie plötzlich eine Stimme. Sie drehte sich um, konnte aber niemanden entdecken.

Unbewusst schüttelte sie den Kopf und spürte, wie sie kurz davor war, einen Schreikrampf zu bekommen. Mit letzter Mühe konnte sie ihn unterdrücken.

Hastig verließ sie den Strand. Sie hatte keine Kraft mehr

und sicherlich wollte sie nicht am Strand zusammenbrechen, so elend und schwach auf den Beinen fühlte sie sich.

Sie erreichte die Strandstraße und folgte ihr nach links. In einem Kiosk kaufte sie sich eine Flasche Wasser und ging weiter, bis sie zur Seebrücke gelangte. Dort nahm sie auf einer Bank Platz, öffnete die Wasserflasche und gönnte sich einen großzügigen Schluck. Danach schloss sie kurz die Augen, um etwas Ruhe zu finden. Es gelang, und ihr war, als würde ihr jemand den zentnerschweren Umhang von den Schultern nehmen. Für einen kurzen Moment fühlte sie sich wieder frei. Sie atmete einige Male ein und aus, dann öffnete sie die Augen.

Der Schwindel war verflogen. Sie nahm einen zweiten Schluck aus der Flasche und blieb noch ein paar Minuten sitzen, um ein wenig Sonne zu tanken. Danach ging sie auf die Brücke, lief bis zu ihrem Ende und schaute hinaus in die Weite. Noch immer wehte ein milder Wind und es gab leichten Wellengang, das Wasser war sehr klar. Einige Möwen kämpften um die besten Plätze auf der Brücke.

Am liebsten wäre sie von der Brücke gesprungen, sie konnte sich nicht erklären, warum, aber das Verlangen war sehr groß.

Sie beschloss, zurückzugehen, doch nach ein paar Metern wurde ihr plötzlich wieder schwindelig. Diesmal konnte sie sich nicht mehr auf den Beinen halten und sie stürzte zu Boden.

Wie durch ein Wunder knallte sie nicht mit dem Kopf auf, aber nur, weil der Sturz von einem Mann abgefangen wurde.

»Alles okay?«, fragte der Mann und half ihr auf die Beine.

»Alles gut. Danke. Mir war nur etwas schwindelig.«

»Zu wenig getrunken?«

»Vermutlich.« Emma war die Situation furchtbar unangenehm, versuchte sich ihre Scham aber nicht anmerken zu lassen. Der Mann war groß, fast so groß wie Daniel, doch man sah ihm an, dass er viel sportlicher war.

»Sie sollten vielleicht trotzdem zum Arzt.«

»Nein, alles gut. Ich habe das leider manchmal. Liegt wohl

an meinem Blutdruck.« Emma hoffte, dass der Mann den Bluff nicht bemerkte.

»Wie Sie meinen. Ich begleite Sie noch ein paar Meter, wenn es Ihnen recht ist. Ich würde es mir nicht verzeihen, wenn Sie erneut stürzen.«

»Sehr nett von Ihnen, aber mir geht es deutlich besser. Ich schaffe das schon alleine.« Sie glaubte eigentlich nicht, dass der Mann böse Absichten hatte, dafür wirkte er einfach zu höflich. Er sah auch nicht wie ein Psychopath aus, sondern eher ausgesprochen attraktiv, weshalb ihr der Zwischenfall noch unangenehmer war. Immerhin hatte sie erst vor einigen Stunden ihren Freund verloren und jetzt machte sie sich Gedanken über das Aussehen ihres Retters.

»Wie Sie meinen.« Der Mann schaute sie kurz an.

Etwas an seinem Blick war seltsam. Obwohl er sie vor dem Sturz bewahrt hatte, wirkten seine Augen traurig, melancholisch, irgendetwas musste ihn sehr bedrücken. Emma konnte seinem Blick nicht standhalten und sah zur Seite.

»Seien Sie vorsichtig«, sagte der Mann und ging weiter. Emma blieb zurück, sie wollte, dass er sich einige Meter entfernte, dann setzte auch sie ihren Weg fort.

War ich zu harsch?, überlegte sie kurz, wollte sich aber nicht weiter mit dem Mann, dessen Namen sie nicht mal kannte, beschäftigen. Sie hatte ganz andere Probleme als ihren Schwindel. Ihr Leben war ein einziger Scherbenhaufen.

Noch gestern hatte sie geglaubt, dass sie bald eine eigene Familie haben würde, mit Kindern und einem tollen Ehemann, doch heute spürte sie nichts außer Angst, Trauer und Wut, entsetzlicher Wut im Bauch. Wut über sich selbst, dass sie Daniels Vorschlag, im *Maritim Hotel* zu übernachten, nicht nachgegeben hatte, denn dann hätte er noch am Leben sein können. Und Wut auf diesen Mörder, weil er ihr Glück zerstört hatte. Wie skrupellos konnte ein Mensch sein, dass er ohne mit der Wimper zu zucken zwei Menschen tötete?

Soviel sie wusste, hatte der Mörder der jungen Frau die Kehle durchgeschnitten. Sie hatte das am Rande mitbekommen, als dieser Kriminalpolizist Gustav Johannsen sie an dem Abend der Tat verhört hatte.

Ihr Handy vibrierte. Sie fischte es aus ihrer Hosentasche. Es war ihre Mutter.

»Jetzt nicht.« Sie nahm das Gespräch nicht an. Sie würde sie zurückrufen, wenn sie in der Hütte wäre. In diesem Moment hatte sie nicht die Kraft, um ihr alles zu erklären, weil sie wusste, dass sie weinen würde, und das wollte sie mit Sicherheit nicht am Strand.

Zwei Minuten später berührten ihre Füße den warmen, weichen, feinen Sand des Niendorfer Strandes. Sie hatte ihre Flipflops ausgezogen.

Die Ecke hier war wirklich traumhaft schön, es hätte ein Traumurlaub werden können, wenn nicht …

Ihre Augen streiften wieder die Absperrung, erneut lief es ihr kalt den Rücken herunter und sie blieb stehen. Sie war hin- und hergerissen: Sollte sie sich ihrer Angst stellen und sich den Tatort anschauen, oder den Umweg wählen und zurück in die Hütte gehen?

Als Journalistin trieb eine natürliche Neugierde sie an, sie wollte Dinge hinterfragen, ihnen auf den Grund gehen. Es war dieser Teil, der sie drängte, sich nicht in ihr Schneckenhaus zu verkriechen. Doch der andere Teil in ihr, der verletzliche, sagte: *Lauf!*

Sie lief nicht weg. Sie ging auf die Absperrung zu.

»Du schaffst es«, hörte sie wieder eine Stimme, dieselbe wie vorhin, aber noch immer konnte sie niemanden sehen. Die Stimme kam ihr vertraut vor, es war eine männliche Stimme. Und dann wusste sie, wem sie gehörte: Daniel.

Aber das war unmöglich, Daniel war tot. Er konnte nicht zu ihr sprechen.

»Du musst dich deinen Dämonen stellen«, sagte sie zu sich

und nahm all ihren Mut zusammen. Als sie die Absperrung erreichte, schaute sie sich kurz um und schlüpfte dann unter dem Absperrband hindurch, was sicherlich verboten war. Die Absperrung war ja nicht ohne Grund vorgenommen worden.

Während sie sich jetzt umsah, war ihr nicht mehr übel, sie hatte auch keine Angst. Sie stand einfach da und inspizierte die Umgebung, als würde sie nach Spuren suchen, die ihr als Journalistin bei ihrer Recherche und Investigativarbeit helfen würden. Aber sie konnte nichts finden. Die Spurensicherung hatte gute Arbeit geleistet – das war nicht immer der Fall. Wie oft hatte sie von erfahrenen Kollegen schon gehört, wie schlampig die Polizei hin und wieder arbeitete.

Emma beschloss, umzukehren. Als sie sich umdrehte, sah sie in einiger Entfernung an der Promenade einen Mann, der sie anstarrte. Kaum hatte der Mann bemerkt, dass sie ihn ansah, drehte er sich um und lief weg.

Emma erstarrte.

9

»Moin, Jungs.« Gustav Johannsen war an den Fischimbiss von Oli und Ali getreten.

»Moin, der Chef persönlich!« Oli saß draußen, während Ali aus dem Fenster schaute. Drinnen waren einige Gäste, ein Mitarbeiter der beiden nahm die Bestellungen auf.

»Darf ich dir ein leckeres Backfischbrötchen anbieten?«, fragte Ali.

»Mein kleiner linker Zeh juckt, das sagt mir, dass du nicht zum Essen hier bist«, entgegnete Oli.

»Weil du mich nur zu gut kennst.« Gustav kannte die beiden seit unzähligen Jahren und sie verstanden sich sehr gut.

»Zum einen das und weil deine kluge Nichte auch schon hier war. Hat sie ihre Arbeit nicht zu deiner Zufriedenheit erfüllt?« Im Gegensatz zu Ali war Oli direkt und weniger diplomatisch, er sagte, was er dachte, ohne Rücksicht auf die Konsequenzen.

»Ganz und gar nicht. Sie macht hervorragende Arbeit. Wir haben uns nur aufgeteilt.«

»Alles andere hätte mich auch gewundert. Sie ist höchst professionell und in der Gemeinde deswegen sehr beliebt«, gab Ali Lena Schützenhilfe.

»So ist es. Ich wollte mich kurz mit euch über Jörn unterhalten.«

»Das wollte deine Nichte auch. Was hat denn der arme Kerl verbrochen?«, übernahm Oli wieder das Gespräch.

»Vermutlich gar nichts. Aber es wäre möglich, dass er am Tatort etwas beobachtet hat. Er war ja heute bei euch, Lena hatte das erwähnt.«

»Ja und?« Oli zog die rechte Augenbraue hoch.

»Hat er mit euch darüber gesprochen?«

»Nein, er hat nur sein Backfischbrötchen bestellt und ist dann abgedampft.«

»Verstehe. Ihr habt ihn danach nicht zufällig noch mal gesehen?«

»Leider nicht. Hatte Lena nicht mit ihm gesprochen?«

»Schon, aber er hat sich aus dem Staub gemacht, als sie ihm einen Kaffee spendieren wollte.«

»Daher weht der Wind also. Weil er weggelaufen ist, hat er sich verdächtig gemacht.«

»Quatsch.«

»Das will ich hoffen. Du weißt, Jörn könnte keiner Fliege was zuleide tun.« Oli verschränkte die Arme vor der Brust.

»Mag sein, trotzdem ist er weggelaufen, ohne Grund.«

»Der ist Frauen gegenüber doch total gehemmt, vermutlich hat er sich in Lenas Gegenwart nicht wohlgefühlt.«

»Deswegen möchte *ich* mit ihm sprechen. Ihr wisst nicht, wo er sein könnte?«

»Wenn er nicht hier in der Ecke ist, ist er bestimmt an der Seebrücke.«

»Verstehe. Ich versuche da mal mein Glück. Wir sehen uns.«

»Davon gehe ich aus. Niendorf ist überschaubar. Mach's gut.«

»Ihr beiden auch.«

Gustav verabschiedete sich und suchte die Umgebung nach Jörn ab, fand ihn jedoch nirgends. Über die Datenbank hätte er natürlich schnell seine Kontaktdaten ausfindig machen und ihn kontaktieren können, das wollte er aber nicht. Er wollte ihm in die Augen schauen, wenn sie sich unterhielten.

Außerdem war ihm danach, sich ein wenig die Füße zu vertreten, um seine Gedanken zu sortieren und die nächsten Schritte vorzubereiten.

Nach einer Weile hatte Gustav den Hafen, die Anlegestelle mit den vielen kleinen Jachten sowie den Strandabschnitt bis zum *Seaside Strandhotel* abgesucht, aber von Jörn fehlte jede Spur.

»Möglich, dass er nach dem Gespräch mit Lena gar nicht mehr herkommt«, murmelte er. Dennoch beschloss er, bei seinem Plan zu bleiben und sein Glück bei der Seebrücke zu versuchen.

Während er über die Promenade dort hinging, wanderten seine Gedanken zu Lena, ihrem Bruder und seinem Plan. Er wusste noch nicht, wie er seinen Neffen davon überzeugen sollte. Bisher hatte er das Gefühl, dass er ihm aus dem Weg ging.

»Es muss klappen.«

Nach einer Weile tauchte in kurzer Entfernung die Absperrung am Strand auf und Gustav änderte seinen Plan. Er würde sich den Tatort noch einmal anschauen, bisher hatte er ihn nur in der Nacht gesehen.

Am Absperrband angekommen, drückte er das Plastikband etwas herunter, stieg darüber und sah sich gründlich um. Immer wieder bückte er sich, schließlich war es möglich, dass die Spurensicherung etwas übersehen hatte, doch er konnte nichts finden. Er ließ seinen Blick über die Umgebung gleiten. Die Düne hinter dem Tatort hatte dem Täter genug Schutz vor neugierigen Blicken geboten. Vermutlich hatte er versucht, Anika zu missbrauchen, aber das Erscheinen von Daniel Menges hatte dies verhindert, was dazu geführt hatte, dass beide hatten sterben müssen.

Noch fehlte der Bericht der Rechtsmedizin, der belegte, dass seine Annahme mit der versuchten Vergewaltigung stimmte, denn die Spurensicherung hatte keine äußeren Hinweise darauf gefunden, nur dass es zu einer Rangelei gekommen war. Unter den Fingernägeln des Opfers waren Hautpartikel sichergestellt worden, allerdings hatte der Abgleich mit der Datenbank keine Übereinstimmungen ausgespuckt.

Dass also in seiner Gemeinde, seiner Heimat, ein Mörder frei herumlief, ließ ihn nicht los, es erhöhte den Druck um ein Vielfaches, obwohl er wusste, dass er das alles nicht so nah an sich heranlassen sollte. Trotzdem konnte er nicht anders. Er war nun mal ein emotionaler Mensch.

Ganz anders als dein Bruder, dachte er und sein Herz wurde schwer. Gleichzeitig stieg Bitterkeit in ihm auf. Schnell wischte er den Gedanken beiseite und verließ den Tatort, um zur See-brücke zu gehen.

Einige Minuten später war er auf dem Vorplatz der Brücke, doch auch hier konnte er Jörn nirgends ausmachen.

Wenn ich ihn hier nicht finde, müssen wir ihn anrufen. Dann wird es wohl so sein, dass das Gespräch mit Lena ihn komplett aus der Fassung gebracht hat. Aber warum? Seine Schüchternheit allein kann es nicht sein.

Gustav betrat die Seebrücke und ging Richtung Meer. Kein Jörn in Sicht.

Also beschloss er, zurückzugehen. Am Ende der Brücke blieb er plötzlich stehen. Dort, auf der anderen Straßenseite, war Jörn. Er stand an der Eisdiele an.

Gustav überquerte die Straße, wartete, bis Jörn sein Eis be-zahlt hatte, und sprach ihn dann an.

»Moin, Jörn.«

»Moin.« Der junge Mann wirkte gutgelaunt, was Gustav sehr gelegen kam.

»Hast du zwei Minuten Zeit für mich?«

»Warum?« Jörn leckte an seinem Eis.

»Kennst du mich?«

»Ja, Sie sind Polizist. Ich sehe Sie ab und zu bei Oli und Ali.«

»Genau. Ich würde mich gerne mit dir unterhalten.«

»Warum wollen heute alle Polizisten mit mir reden?« Jörns Blick veränderte sich, er ließ das Eis sinken, nun wirkte er nicht mehr so gelassen.

»Weil es wichtig ist. Nur zwei Fragen, dann lasse ich dich in Ruhe.«

Jörn machte einen Schritt auf Gustav zu. »Nein«, schrie er, schubste Gustav so heftig zur Seite, dass dieser stürzte, und lief weg.

10

Melanie Krüger arbeitete als Kellnerin im Restaurant *ROOF* in Scharbeutz. Das Lokal hatte eine großzügige Dachterrasse, es lag direkt neben der Seebrücke und genoss aufgrund dieser Lage einen unverbauten Blick auf die Ostsee und die Lübecker Bucht. Das dazugehörige *Bayside Hotel* war erst wenige Jahre alt und wertete Scharbeutz extrem auf. Ohnehin hatte man in den letzten Jahren einige Millionen Euro im Ort investiert, um ihn den Touristen hübscher und anspruchsvoller zu präsentieren. Lena fand, dass das sehr gut gelungen war.

Als sie oben auf der Dachterrasse aus dem Fahrstuhl stieg, sah sie auch schon Melanie, die an einem Außenplatz saß.

»Hallo, Melanie«, machte sie sich bemerkbar.

»Moin, Lena.« Melanie stand auf, die beiden begrüßten sich und nahmen dann Platz.

»Ich kann noch immer nicht glauben, dass Anika tot ist«, begann Melanie.

»Ich auch nicht. So ein sinnloser und schrecklicher Tod.« Lena schluckte den Kloß in ihrem Hals herunter.

»Melanie, möchtet ihr was bestellen?« Ein Kellner war zu ihnen an den Tisch getreten.

»Gerne. Ich nehme einen grünen Tee. Du?«

»Für mich auch. Danke.«

»Kein Thema. Ich lasse euch dann mal in Ruhe.« Der Kellner entfernte sich.

»Hast du heute frei?«

»Nein, nur Mittagspause, daher dachte ich, es wäre am besten, wenn wir uns hier unterhalten.«

»Ziemlich späte Mittagspause«, rutschte es Lena heraus.

Sie versuchte aber schnell, den Spruch durch ein Lächeln abzuschwächen.

»Spätschicht«, kommentierte Melanie mit einem Achselzucken. »Warst du schon bei Helena?«

»Ja.«

»Und wie kommt sie damit klar?«

»Es ist sehr schwer für sie, aber sie versucht, tapfer zu sein. Ich denke, es ist für keine Mutter leicht, ihr Kind zu verlieren. Du weißt ja, wie eng das Verhältnis zwischen den beiden war.«

Melanie nickte nur. »Ich muss sie später unbedingt anrufen.«

»Mach das, es wird ihr guttun, wenn sie weiß, dass Anikas Freunde Anteil an ihrem Leid nehmen.«

Bevor Melanie etwas erwidern konnte, kam der Kellner mit der Bestellung zurück und servierte die beiden Teegläser. Außerdem stellte er noch ein paar Knabbereien auf den Tisch. »Das geht aufs Haus.«

»Ist nicht nötig, ich zahle das.« Lena war im Dienst, somit konnte sie die Rechnung geltend machen, sie wollte sich nicht einladen lassen.

»Keine Widerrede. Geht aufs Haus.« Der junge Mann, den Lena auf Mitte zwanzig schätzte, zwinkerte ihr zu. Er war groß, hatte dunkle kurze Haare und ein einnehmendes Lächeln.

»Sehr lieb von dir, Patrick.« Melanie nahm ein paar Nüsse aus der Schale, Patrick entfernte sich. »Habt ihr schon einen Verdächtigen?«, wandte sich Melanie wieder an Lena.

»Nein, das wäre auch zu schön. Die Ermittlungen haben erst heute begonnen. Das kann noch dauern, leider.«

»Verstehe.« In Melanies Augen blitzte es kurz auf. Lena wusste nicht, wie sie dieses unbewusste Signal deuten sollte.

»Du und Anika, ihr habt euch doch gestern getroffen. Wann war das?«

»Wir hatten uns um 19 Uhr verabredet, das stimmt.«

»Und wo?«

»Wir waren in der *Seaside Lounge*, haben was gegessen und getrunken.«

Lena kannte das gemütliche Restaurant in Niendorf sehr gut, es lag in erster Lage mit Blick auf die Ostsee.

»Wart ihr allein?«

»Ja. Eigentlich wollte Janette noch vorbeikommen, aber der ging es nicht so gut.«

»Und worüber habt ihr euch unterhalten?«

»Deswegen wollte ich mit dir persönlich reden. Anika gehörte zu meinen besten Freunden, wie du sicherlich weißt.«

Das wusste Lena, daher nickte sie nur zustimmend. Anika und Melanie waren noch enger befreundet, als sie und Anika es gewesen waren.

»Worum ging es?«, fragte sie, gleichzeitig wanderte ihr Blick über die Dachterrasse. Ihr Platz war perfekt, keiner in der Nähe, der lauschen konnte.

»Um eine große Dummheit, die sie begehen wollte.«

»Welche Dummheit?«

»Na, ihr neuer Schwarm.«

»Wie, hatte sie einen heimlichen Freund?«

»So kann man es sagen.«

»Und wer ist dieser Schwarm?«

»Ein verheirateter Mann.«

»Verstehe. Deswegen wusste ich nichts davon.«

»Niemand wusste was davon. Sie hatte seit zwei Monaten eine Affäre mit ihm und sich in ihn verliebt.«

»Das sieht Anika überhaupt nicht ähnlich. Sie steht doch auf junge Männer wie Patrick.« Dass der verheiratete Mann ebenfalls um die zwanzig sein sollte, konnte sich Lena kaum vorstellen.

»Genau, das habe ich ihr auch gesagt. Der Kerl ist fast vierundvierzig und hat zwei Kinder.«

»Wie hat sie darauf reagiert?«

»Sie hat mir Vorwürfe gemacht. Sie wollte mit mir reden,

um sich Ratschläge zu holen, und nicht, um sich kritisieren zu lassen. Daraufhin habe ich erwidert, dass eine beste Freundin auch Kritik äußern dürfen muss, sonst ist es keine echte Freundschaft.«

»Hat sie eingesehen, dass das Ganze eine Dummheit war?«

»Leider nicht. Keine Ahnung, was der Mann mit ihr gemacht hat. Vielleicht hat er sie einer Gehirnwäsche unterzogen oder so. Anika war jedenfalls nicht mehr sie selbst.«

»Oder es war die Liebe.«

»Die Liebe zu einem verheirateten Mann, der fast ihr Vater hätte sein können?«

So falsch lag Melanie damit nicht, auch wenn sie ein wenig übertrieb. Anika war siebenundzwanzig und der Mann somit siebzehn Jahre älter. Für Lena wäre ein verheirateter Mann nie infrage gekommen, ebenso wenig einer, der über vierzig war. Sie selbst war neunundzwanzig, mehr als zehn Jahre Altersunterschied sollten zwischen ihr und ihrem Freund nicht liegen.

»Was weißt du über den Mann? Wie haben sie sich kennengelernt?«

»Nicht viel. Sie haben sich auf einer Party getroffen und da hat es wohl ordentlich gefunkt. Seitdem konnte sie nur noch an ihn denken.«

»Liebe auf den ersten Blick?«

»Aber der denkbar schlechteste Blick.«

»Weißt du, welche Party das gewesen ist?«, fragte Lena, nicht ohne Hintergedanken. Diese Frage würde sie auch dem Mann stellen, um zu überprüfen, ob er log.

»Leider nicht. Unser Gespräch war insgesamt zäh und Anika war irgendwann genervt, weil ich so wenig Verständnis für sie aufgebracht habe.«

»Hast du den Namen des Mannes?«

»Ja, er heißt Thorsten Möller. Ich habe ihn auf Instagram gesucht.«

»Hat sie dir sein Profil gezeigt?«

»Ja, hat sie. Möchtest du es sehen?«

»Gerne.«

Melanie öffnete Instagram und rief das Profil von Möller auf, dann reichte sie ihr das Handy.

Lena war überrascht. Es gab nur wenige Fotos auf seinem Profil und keine aktuelle Story, auch keine Videos im Archiv. Möller war offensichtlich jemand, der selbst kaum postete. Ein Verdacht drängte sich Lena auf: Möglicherweise nutzte Möller das Profil, um andere Personen zu beobachten oder junge Frauen anzuschreiben. Ein Mann, der seine Ehefrau mit einer Jüngeren betrog, hatte gegen weitere Affären sicherlich nichts einzuwenden, diese Erfahrung hatte sie als Polizistin bereits gesammelt. Leider.

»Weißt du, wo er wohnt?« Lena reichte Melanie ihr Handy zurück.

»Nicht genau. Er wohnt in Lübeck, glaube ich.«

»Okay, ich finde das schon raus.« Sie hatte sein Instagram-profil und sie wusste, wie er aussah, damit würde es ein Leichtes, den Mann über das Melderegister ausfindig zu machen. Oder sie würde ihn über Instagram kontaktieren und um ein Gespräch bitten.

»Habt ihr noch über was anderes gesprochen?«

»Ja, aber das waren belanglose Themen. Nichts, was dir und deinem Fall helfen könnte.« Melanie presste die Lippen zusammen, dann griff sie wieder nach den Nüssen.

»Wann habt ihr euch getrennt?«

»Nach 22 Uhr, wenn ich mich nicht irre.«

»Ich schätze mal, Anika war zu Fuß unterwegs?«

»Genau. Ich habe sie gefragt, ob ich sie nach Hause fahren soll, aber das wollte sie nicht. Sie wollte noch ein bisschen am Strand spazieren gehen.« Melanie knetete ihre Hand. »Hätte ich sie doch nur nach Hause gefahren.«

»Du konntest das nicht wissen, es gibt keinen Grund, dir Vorwürfe zu machen.«

»Ich weiß, aber trotzdem. Diese eine kleine Entscheidung hat dazu geführt, dass sie ermordet wurde.« Melanie, die bisher recht selbstbewusst und sicher aufgetreten war, wirkte plötzlich ungemein verletzlich.

Lena schwieg, erst nach einer kleinen Pause sagte sie: »Wir finden das Schwein und er wird zur Rechenschaft gezogen.«

Melanie nickte nur und ließ ihren Blick über die Lübecker Bucht wandern. Es war ein herrlicher Sonnentag, dennoch schienen unsichtbare dunkle Wolken über ihnen zu hängen. Wolken, die tief in der Seele verborgen lagen, weil der Schmerz über den Verlust eines geliebten Menschen schwerer wog als der blaue Himmel, den die Augen sahen.

11

Emma glaubte nicht an Zufall, das war eine der ersten Lektionen, die sie bei der Zeitung gelernt hatte. Mit einem Mal verspürte sie wieder diese Antriebsstärke, diesen Biss. Sie lief dem Mann hinterher. Sie musste wissen, warum er sie zuerst angestarrt hatte und dann weggelaufen war.

Der Sand bremste ihr Tempo. Als sie die Promenade erreichte, konnte sie den Mann nicht mehr sehen.

»Verdammt«, entfuhr es ihr. Sie schaute in alle Richtungen, aber der seltsame Kerl war nirgends zu sehen. »Entschuldigen Sie, haben Sie eben einen Mann wegrennen sehen?«, sprach sie zwei Passanten an, die ganz in der Nähe auf einer Bank Platz genommen hatten.

»Nein«, antwortete die Frau. Der ältere Mann, vermutlich ihr Lebensgefährte, beäugte sie kritisch von oben bis unten.

»Sicher? Das ist keine Minute her.«

»Ganz sicher. Wir haben gerade erst Platz genommen.«

Danke für nichts, hätte Emma der arroganten Frau am liebsten an den Kopf geworfen, stattdessen gab sie nur ein: »Danke« zurück. Ihr Gefühl sagte ihr, dass der Täter nach rechts gelaufen war, sie meinte, das im Augenwinkel bemerkt zu haben. Also sprintete sie weiter dort entlang, bis sie einen jungen Kerl auf einer Bank sitzen sah.

»Hallo.«

»Moin.«

»Sag mal, hast du hier eben einen Mann lang laufen sehen?«

»Einen Mann?« Der junge Kerl, er war höchstens achtzehn, überlegte. »Ehrlich gesagt, nicht drauf geachtet. Warum?«

»Unwichtig.« Emma lief weiter, begleitet von dem Gedanken, dass der Mann vielleicht doch in die andere Richtung gelaufen und ihre Mühe vergebens war.

Und ein weiterer Gedanke meldete sich: Was, wenn sie sich den Mann nur eingebildet hatte? Der Stress, der Schwindel – war es da nicht möglich, dass sie an Halluzinationen litt?

Emma schüttelte den Kopf. Nein, sie war nicht verrückt. Sie hatte den Mann gesehen, leider hatte sie sein Gesicht nicht genau erkennen können. Er war groß, hatte kurze dunkle Haare und sie meinte sich erinnern zu können, dass er einen blauen Pullover trug.

Oder war er schwarz?

Sie lief am *Seaside Hotel* vorbei und verlangsamte das Tempo. Es hatte keinen Sinn mehr, nach dem Mann zu suchen. Sicherlich war er längst über alle Berge.

Einige Meter weiter blieb ihr Blick an einer Person hängen. Sie war groß, hatte kurze braune Haare und trug einen blauen Pulli.

Doch blau!

Es musste schon ein sehr komischer Zufall sein, wenn das nicht der unheimliche Typ war, der sie angestarrt hatte.

Mit langsamen Schritten näherte sie sich der Person, so unauffällig wie möglich. Der Mann hatte ihr den Rücken zugedreht und konnte daher nicht sehen, dass sie sich an ihn heranpirschte. Da einige Passanten unterwegs waren, hatte sie auch keine Angst, dass der Mann irgendeine Dummheit anstellen würde.

Nur noch wenige Meter trennten sie und Emmas Pulsschlag beschleunigte sich unaufhörlich. Ihr war, als würde sie ihren Herzschlag hören. Adrenalin schoss durch ihre Adern, dennoch dachte sie nicht daran, kehrtzumachen. Sie würde den Mann zur Rede stellen.

»Warum haben Sie mich beobachtet und sind dann weggelaufen?«, sprach sie ihn an, als sie endlich vor ihm stand.

Der Mann drehte sich um. Er wirkte weder überrascht noch erschrocken, er lächelte nur.

12

Jemand half Gustav auf die Beine.

»Geht es Ihnen gut? Ich habe alles gesehen, falls Sie Anzeige erstatten wollen.«

»Nein, ist schon gut. Ich bin von der Polizei.« Ein Schmerz durchzuckte Gustavs Körper. Vermutlich war er zu schnell aufgestanden. Ansonsten spürte er keine Schmerzen, die darauf hindeuteten, dass er sich etwas gebrochen oder verstaucht hatte.

»Gut. Das sieht Jörn nämlich auch gar nicht ähnlich.«

»Sie kennen ihn?«

»Ja klar. Als Rentner hat man viel Zeit, und wie es scheint, Jörn auch. Ich sehe ihn jeden Tag am Strand.«

»Wissen Sie, wo er wohnt?«

»Leider nicht. Was hat er denn angestellt? Der ist doch eigentlich sehr friedlich. Geht Streit immer aus dem Weg.«

»Das sah eben aber nicht danach aus.« Diesen bissigen Kommentar konnte sich Gustav nun doch nicht verkneifen.

»Wie gesagt, ich kenne ihn nur hier vom Strand. Zu mir ist er immer nett, hat mir auch schon bei den Einkäufen geholfen.«

»Und wie kommen Sie darauf, dass er Streit aus dem Weg geht?«

»Weil ich es selbst gesehen haben. Einmal haben ihn ein paar ältere Jungs geärgert, und statt sich mit denen anzulegen, hat er die Straßenseite gewechselt.«

Gustav nickte, diesen Eindruck hatte er bisher auch von Jörn gehabt, aber gerade eben war etwas anders gewesen. Es war nicht der Jörn gewesen, der schüchterne, friedfertige junge

Mann, für den ihn offensichtlich alle hielten. Eben hatte er Gustav vorsätzlich geschubst und war dann weggerannt.

Die Frage war nur: Warum?

Gustav bedankte sich bei dem Mann und ging zur Eisdiele.

»Moin«, machte er sich bemerkbar.

»Moin. Becher oder Waffel?«, fragte der junge Mann hinter der Theke.

»Weder noch. Ich bin von der Polizei. Eben hat ein junger Mann mit dem Namen Jörn bei Ihnen ein Eis gekauft.«

»Ja, was ist mit ihm?« Augenscheinlich hatte der Eisverkäufer nicht mitbekommen, dass Jörn Gustav weggestoßen hatte und davongelaufen war.

»Ich muss mit ihm sprechen. Wissen Sie, wo ich ihn finde?«

»Leider nicht. Er treibt sich eigentlich immer irgendwo am Strand rum. Entweder hier oder am Hafen.«

»Verstehe.« Gustav bedankte sich und überquerte die Straße. Es war seltsam. Jeder kannte Jörn, aber keiner wusste, wo er wohnte.

Wie es aussah, würde die Informationsbeschaffung die Anschrift herausfinden müssen, Gustav musste dringend mit ihm sprechen.

Er ging an der Promenade zurück zum Hafen, wo sein Auto stand. Sein Blick wanderte zur Uhr. Er hatte noch Zeit bis zur Verabredung mit dem Bürgermeister.

Auf Höhe des *Café Strandvilla am Hafen* hätte er links abbiegen müssen, doch er entschied sich, zur Anlegestelle zu gehen, möglicherweise war Jörn hierher gelaufen. Ein anderer hätte den Strand nach so einem Vorfall vermutlich gemieden, bei Jörn war aufgrund seiner geistigen Verfassung jedoch alles möglich.

In kurzer Entfernung sah er auch jemanden, aber es war nicht Jörn, sondern Emma Falk. Sie wirkte nachdenklich, geradezu verloren.

»Moin«, machte er sich bemerkbar. Emma schrak hoch.

»Verzeihen Sie, ich wollte Sie nicht erschrecken«, fügte er rasch hinzu.

»Ist schon gut. Ich war in Gedanken. Sie sind doch der Kriminalpolizist.«

Gustav hatte sie in der vergangenen Nacht befragt und war da bereits zu dem Schluss gekommen, dass sie als Verdächtige ausschied. Kurz war die Idee aufgekommen, dass sie möglicherweise ihren Freund beim Fremdgehen erwischt haben könnte und aus lauter Wut beide getötet hatte. Doch wie albern dieser Gedanke war, wurde ihm bewusst, als er erfahren hatte, dass sie und Daniel das erste Mal in Niendorf waren.

»Genau. Ich bin der Leiter des K-11 in der Einheit Ostseekriminalpolizei 1.« Die Bezeichnung hörte sich sehr bürokratisch an, aber so hieß nun einmal die Abteilung, die ihm in Timmendorfer Strand unterstand und die für die Lübecker Bucht bis Kiel verantwortlich war.

Emma schaute gedankenversunken in die Ferne. Gustav sah ihr an, dass sie etwas auf dem Herzen hatte, es aus irgendeinem Grund aber nicht ansprach.

»Sie wirken nachdenklich«, versuchte er ihr entgegenzukommen. »Gibt es etwas, womit ich Ihnen behilflich sein kann?«

Sie schaute ihn an. »Ich denke nicht. Die ganze Situation ist nicht einfach für mich.«

»Das kann ich sehr gut verstehen. Bleiben Sie noch hier oder reisen Sie ab?«

»Darf ich denn abreisen?«

»Selbstverständlich. Wir haben Ihre Zeugenaussage. Wenn Sie nach Hause wollen, ist das absolut verständlich.«

»Danke. Ich werde vermutlich morgen abreisen. Heute fühle ich mich zu schwach für die Strecke.«

»Eine gute Entscheidung. Es ist ein langer Weg bis Mannheim. Gönnen Sie sich noch ein wenig Ruhe, auch wenn das nicht einfach ist. Sie haben ja meine Kontaktdaten und die von Lena. Falls irgendetwas ist, rufen Sie bitte einen von uns an.«

»Mach ich. Danke.« Sie verabschiedete sich, stand auf und ging weiter.

Der nachdenkliche Blick, den Gustav nicht einordnen konnte, ging ihm nicht aus dem Kopf.

Gustav beschloss, sich einen Espresso im *Ahoi Kaffee* zu gönnen. Es war gerade keine Schlange davor, sodass er ihn gleich am Fenster bestellte und ihn mit einem Schluck austrank.

Perfekt, dachte er, als er fühlte, wie die Müdigkeit wich. Gustav war ein ausgemachter Kaffeetrinker. Ohne Kaffee war der Start in den Tag für ihn nicht denkbar.

Nachdem er den kleinen Pappbecher in den Mülleimer geworfen hatte, ging er weiter Richtung Wagen, blieb jedoch kurz darauf wieder stehen.

»Das kann doch nicht sein.« Keine zwanzig Meter von ihm entfernt sah er Jörn. Er hatte sich in die Schlange vor dem Imbiss von Oli und Ali eingereiht.

Diesmal würde er Jörn nicht entwischen lassen. Gustav machte einen Bogen nach links und überquerte die künstliche, mit Gras bewachsene Düne, damit er sich von hinten an Jörn heranschleichen konnte. Zwischen dem Imbiss und ihm war eine schmale Straße, die hoch zum Hotel *Seaside* führte. Einige Fahrzeuge konnten hier gebührenpflichtig parken.

Sein Plan schien aufzugehen. Jörn war an der Reihe mit der Bestellung und unterhielt sich angeregt mit Ali. Augenscheinlich verstanden sich die beiden prächtig. Gustav war das nur recht, so konnte er sich weiter unbemerkt anschleichen.

Jörn bezahlte und nahm sein Fischbrötchen in Empfang. Als er sich ein paar Schritte vom Imbiss entfernt hatte, packte Gustav ihn von hinten am Handgelenk.

»Wenn du noch mal versuchst, wegzulaufen, werde ich ungemütlich.«

»Lassen Sie mich los!«

»Nein, das tue ich nicht. Wir beide gehen jetzt zu der Bank da drüben und unterhalten uns.«

»Wieso? Ich habe doch nichts getan. Was kann ich dafür, dass Sie gestolpert sind?«

»Gestolpert? Du hast mich geschubst.« Gustav versuchte, seinen Ärger herunterzuschlucken. Es brachte nichts, sich mit Jörn zu streiten, schließlich wollte er endlich wissen, warum er überhaupt weggelaufen war. Der junge Mann hatte doch nichts zu befürchten oder hatte er etwas zu verbergen?

»Nimm Platz.«

»Ich möchte aber stehen.«

»Du setzt dich. Sonst nehme ich dich mit auf die Dienststelle.«

»Warum?«

»Weil du nicht kooperierst.« Gustav spürte, wie die Wut wieder in ihm aufstieg. Er fühlte sich geradezu vorgeführt von diesem jungen Mann. Respekt gegenüber Älteren schien er nicht zu haben.

»Darf ich wenigstens mein Brötchen essen? Kalt schmeckt es nicht.«

»Ich hindere dich nicht am Essen.«

»Danke.« Jörn lachte etwas schief und biss in sein Brötchen. Fast war es, als würde er Gustav überhaupt nicht beachten, so genüsslich aß er von seinem Brötchen.

»Möchtest du mir jetzt erzählen, warum du mich geschubst hast und weggelaufen bist?«

»Polizei bedeutet immer Ärger, das weiß doch jedes Kind.«

»Was für Ärger?«

»Na, Ärger halt. Deswegen bin ich auch vor der hübschen Polizistin weggelaufen. Sie war wirklich sehr hübsch und eigentlich nett. Mir tat das deshalb im Nachhinein ein bisschen leid. Ich wollte nicht weglaufen. Aber ich will auch keinen Ärger. Ich habe keine Zeit für Ärger.«

»Verstehe.« Gustav nahm ihm die Antwort ab. »Lass uns über gestern Abend sprechen.«

»Warum?«

»Weil das sehr wichtig ist. Und ich möchte, dass du dich konzentrierst. Wenn du das tust, spendiere ich dir ein Eis.«

»Eine Cola wäre mir lieber. Ich hatte kein Geld mehr, um mir eine zu kaufen.«

»Gut.«

»Bringen Sie sie mir?«

»Erst, wenn du meine Fragen beantwortest.« So leicht wollte Gustav es ihm nicht machen, denn er fürchtete, dass Jörn wieder das Weite suchen würde.

Jörn machte eine komische Kopfbewegung. »Na gut, wenn es sein muss.«

»Du warst gestern Abend am Strand in Niendorf, richtig? Nach 22 Uhr.« Gustav kam gleich zum Punkt. Einen Moment hatte er überlegt, mit Nebenfragen zu starten, sich dann jedoch dagegen entschieden. Es war an der Zeit, dass Jörn erzählte, was er wusste. Ohne Ausflüchte.

»Ja, aber ich möchte nicht darüber sprechen. Das ist nicht gut.« Jörn biss in sein Brötchen. Obwohl seine Worte dramatisch klangen, wirkte er äußerlich sehr gelassen, was Gustav ein wenig schräg fand.

»Warum?«

»Weil ich da was Schlimmes getan habe.«

13

Die Kontaktdaten von Anikas Affäre herauszufinden, war dank des Instagramprofils und des Melderegisters nicht schwierig, doch Lena wollte nicht vorher anrufen, sie wollte Thorsten Möller überraschen. Er sollte sich seine Antworten nicht vorab zurechtlegen können, wenn sie ihn auf die Affäre ansprechen würde.

Eigentlich hätte sie sich darüber mit ihrem Onkel abstimmen müssen, aber sie hatte ihn telefonisch nicht erreicht, daher hatte sie beschlossen, Möller allein aufzusuchen. Gustav würde das sicherlich missfallen, er wollte, dass sie einen zweiten Kollegen bei solchen Gesprächen dabei hatte. Nur war dafür gerade keine Zeit.

Sie fuhr auf der A1 Richtung Lübeck und ging in Gedanken noch einmal die Ergebnisse durch. Die Personen, mit denen sie bisher gesprochen hatte, hakte sie erst einmal ab. Dass Melanie irgendetwas mit der Tat zu tun haben könnte, wollte sie nicht glauben. Sie hatte zwar schon einige heftige Dinge als Polizistin erlebt, aber Melanie hatte kein Motiv, ihre sehr gute Freundin und dazu einen ihr völlig fremden Mann zu töten.

Nein, Lena legte sich fest, *der Täter kann nur ein Mann gewesen sein.* Ob er Anika gekannt hatte oder nicht, konnte sie zum jetzigen Zeitpunkt genauso wenig einschätzen wie die Antwort auf die Frage, ob Möller in irgendeiner Verbindung zu den Morden stand.

Die Verkehrslage auf der Autobahn war sehr entspannt, sodass sie zügig vorankam und keine zwanzig Minuten später Richtung Lübecker Innenstadt abfuhr.

»Hätte ich das gewusst, hätte ich Anikas Laptop auch selbst zur Polizeidirektion Lübeck bringen können«, sagte Lena zu sich. Sie hatte das Gerät stattdessen einem Kollegen mitgegeben, der nach Lübeck fuhr, damit dieser ihn in der dortigen IT-Abteilung abgab.

Auch wenn die Dienststelle in Timmendorfer Strand als Einheit Ostseekriminalpolizei recht eigenständig war, gab es nicht jede Ressource vor Ort. Deshalb mussten sie immer mal wieder auf Lübeck zurückgreifen, wenn es zum Beispiel um die Auswertung von Computern oder Handys ging wie in diesem Fall.

Auch das Handy von Daniel Menges lag bei den Lübecker Kollegen. Dass sie darauf Hinweise auf den Täter finden würden, schloss Lena allerdings aus. Da war die Untersuchung von Anikas Laptop schon zielführender.

Lena lenkte ihr Fahrzeug über die Fackenburger Allee, erreichte den Kreisverkehr, bog Richtung Holstentor auf die Puppenbrücke ab und musste ehrlich staunen. Sie liebte zwar das Meer und Niendorf, aber der Anblick des altehrwürdigen Holstentors, das rechts und links jeweils von einer Kirche flankiert wurde, hatte schon etwas Beeindruckendes, Majestätisches.

Sie bog rechts in die Possehlstraße ab und später in die Wallstraße, wo Möller wohnte. Es war ein recht neues Einfamilienhaus, hübsch anzuschauen. Möller schien es finanziell nicht schlecht zu gehen, diese Ecke von Lübeck war nicht gerade günstig.

»Ja, bitte«, sagte Möller, als er die Haustür öffnete.

»Guten Tag, Herr Möller, mein Name ist Lena Johannsen. Ich bin von der Ostseekriminalpolizei.«

»Kriminalpolizei?«

»Es geht um Anika Schneider.«

»Kenne ich nicht. Wer soll das sein?«

Mit dieser Antwort hatte Lena gerechnet, und wieder einmal fragte sie sich, für wie dumm solche Männer die Polizei hielten.

»Frau Schneider wurde gestern Abend am Strand in Niendorf an der Ostsee brutal ermordet.«

Möller zuckte zusammen, sammelte sich jedoch schnell und setzte wieder seine coole Fassade auf. »Und was hat das mit mir zu tun? Verzeihen Sie, aber ich kann Ihnen gerade nicht folgen. Außerdem, warum ruft man mich nicht vorher an und behelligt mich stattdessen gleich vor meiner Haustür?«

»Weil ich mit Ihnen persönlich über den Mordfall sprechen möchte.«

»Welchen Sinn soll das haben? Ich bin in Eile.«

»Sie werden die zehn Minuten für mich erübrigen. Wir sind im Bilde über Ihre Affäre mit Frau Schneider.«

»Ich und eine Affäre? Wer erzählt so einen Unsinn?« Möller versuchte noch immer, den Unschuldigen zu spielen, aber Lena nahm ihm das nicht ab.

»Wollen Sie nicht endlich diese Spielchen sein lassen? Uns wurde von einer vertrauenswürdigen Person glaubhaft versichert, dass Sie seit zwei Monaten eine Affäre mit Anika Schneider hatten.« Melanies Namen würde Lena nicht erwähnen, ebenso wenig wie die Tatsache, dass sie mit Anika befreundet war.

»Wer soll denn diese Person sein?«

»Das darf und kann ich Ihnen nicht sagen. Sie haben zwei Möglichkeiten: Entweder Sie schenken mir jetzt zehn Minuten Ihrer Zeit oder Sie bekommen eine Vorladung, von der sicherlich auch Ihre Ehefrau erfahren dürfte.«

Das Zauberwort war: »Ehefrau«. Möller schluckte und seine Körpersprache signalisierte plötzlich viel weniger Ablehnung, sondern eher Unsicherheit.

»Gut. Zehn Minuten.«

Sie folgte ihm ins Haus.

»Wie haben Sie sich kennengelernt?«

»Das war auf einer Party, vor einigen Wochen. Wir haben uns auf Anhieb super verstanden. Auch wenn Sie das nicht glauben werden, aber das ist eigentlich nicht meine Art. Ich bin noch nie fremdgegangen. Es hat sich einfach ergeben.«

»Sagt das nicht jeder Fremdgänger?« Diesen Spruch konnte sich Lena nicht verkneifen.

»Möglich, aber das mit uns war wirklich anders. Irgendwie verstand mich Anika von Anfang an. Sie ist so ganz anders als meine Frau, weniger besitzergreifend und nicht so spießig.«

Wieder einmal war also die Frau schuld, dass der Mann fremdging. Eine typische, billige Ausrede, die Lena schon oft zu hören bekommen hatte. Sie ersparte sich einen Kommentar.

»Hatten Sie ernste Absichten?«

»So kann man es sehen.«

»Wollten Sie sich von Ihrer Frau trennen?«

Diesmal ließ sich Möller mit der Antwort Zeit. Lena wusste, warum. Sie hatte ihn ertappt. Bestimmt hatte Möller sich niemals trennen wollen, es war nur eine Floskel gewesen, dass es ihm mit Anika ernst sei. Am Ende war sie vermutlich nur ein Spielzeug für ihn gewesen. Möller war ein Macho, auch wenn er auf den ersten Blick nicht so wirkte. Er war nicht übermäßig attraktiv, guter Durchschnitt in Lenas Augen, dennoch war er ungemein von sich eingenommen, das war nicht zu übersehen.

Wahrscheinlich hatte der Erfolg ihn selbstbewusst gemacht oder er war mit sich so absolut im Reinen, dass er dieses Selbstbewusstsein schon immer gehabt hatte.

Rein äußerlich war er nicht Anikas Geschmack, stellte Lena fest, zumindest wenn man ihn mit ihren letzten Beziehungen verglich, so gut glaubte Lena ihre Freundin zu kennen. Allerdings war sie nach Lenas Auffassung auch keine, die sich auf eine Affäre mit einem verheirateten Mann eingelassen hätte, und doch hatte sie es getan. Menschen hatten eben ihre Geheimnisse, alle.

»Nein, ich wollte mich nicht trennen. Das war eine dumme Geschichte und es hört sich jetzt bestimmt herzlos an, weil Anika ermordet wurde, aber es ist die Wahrheit. Vermutlich war es Anikas Jugend, dann der Stress, den ich gerade habe. Alles nicht leicht. Anika war einfach zur rechten Zeit da.«

Das hörte sich nicht nur herzlos an, sondern furchtbar arrogant. Und es hörte sich danach an, dass er versuchte, den Kopf aus der Schlinge zu ziehen, um seine Ehe zu retten.

»Hat Frau Schneider mehr gewollt?«

»Mehr?«

»Sie verstehen schon. Wollte sie eine richtige Beziehung mit Ihnen?«

»Ich denke nicht. Sie wusste, dass ich meine Frau nicht verlassen würde. Ich habe zwei Kinder, all das war ihr bekannt. Ich habe immer mit offenen Karten gespielt. Sind wir fertig? Ich habe noch einen Termin.« Möller schaute auf seine Armbanduhr. Seine Augen funkelten genervt.

»Gleich.« Lena ließ sich nicht unter Druck setzen. »Wann haben Sie Frau Schneider das letzte Mal gesehen?«

»Keine Ahnung, letzte Woche oder so.«

»Keine Ahnung? Wie viele Affären haben Sie, dass Sie sich nicht daran erinnern können, wann Sie Frau Schneider zuletzt gesehen haben?«, reagierte Lena bissig. Mit so einer lapidaren Antwort wollte sie sich sicherlich nicht abspeisen lassen.

Möller machte einen Schritt auf Lena zu, sein Gesichtsausdruck war angespannt. »Glauben Sie, ich weiß nicht, worauf das hinausläuft?«

»Worauf läuft es denn hinaus?« Lena versuchte, sich nicht anmerken zu lassen, dass sie ein wenig Sorge hatte, Möller könnte handgreiflich werden. Er war ihr körperlich überlegen und wirkte sehr aggressiv. Genau wegen solcher Situationen hatte man immer einen Kollegen dabei, der einschreiten konnte, wenn es brenzlig wurde. Diesmal jedoch musste Lena es allein meistern, und das ging nur, wenn sie ihre Angst nicht zeigte und auf Deeskalation setzte.

»Verarschen Sie mich doch nicht!«, brüllte Möller und wedelte mit den Armen. Die Situation drohte ihr komplett zu entgleiten.

»Beruhigen Sie sich bitte. Kein Grund, aggressiv zu werden«, versuchte Lena zu deeskalieren.

»Beruhigen? Sie kommen in mein Haus, versuchen meine Ehe und meine Existenz zu zerstören und verlangen, dass ich mich beruhigen soll? Wollen Sie mich eigentlich verarschen?«

Lena überlegte, ob sie zur Waffe greifen sollte, behielt diese Option aber zunächst nur im Hinterkopf, es musste mit Worten gehen.

»Für Ihre Eheprobleme bin ich nicht verantwortlich …«

»Ich habe keine Eheprobleme«, unterbrach Möller sie scharf. »Anika war nichts weiter als ein netter Sonntagsfick. Und jetzt verlassen Sie mein Haus.«

Lena antwortete nicht sofort, damit wollte sie etwas Druck aus dem Gespräch nehmen.

»Wo waren Sie gestern Abend zwischen 20 und 24 Uhr?«, fragte sie nach einer kurzen Pause. Es hatte keinen Sinn, weitere Fragen zu stellen, daher war es wichtig, zu prüfen, ob er ein Alibi hatte.

»Was glauben Sie, wer Sie sind?«, brüllte Möller und ehe Lena sich's versah, traf Möllers Faust sie im Gesicht und brachte sie Fall.

14

War es ein Fehler gewesen?

Hätte Emma dem Polizisten reinen Wein einschenken und ihm von dem Vorfall am Strand erzählen sollen?

Sie war unschlüssig. Möglicherweise hätte dieser Johannsen ihre Sorgen ernst genommen, genauso gut hätte er sie aber auch als Hirngespinst abtun können.

Der bisherige Verlauf des Tages hatte ihr ziemlich zugesetzt. Der Mann auf der Promenade, den sie für den unheimlichen Beobachter gehalten hatte, weil er einen blauen Pulli trug und seine Statur hatte, war ein unschuldiger Passant gewesen, der auf seine Frau gewartet hatte. In der Nähe waren die öffentlichen Toiletten. Dass er ruhig und gelassen geblieben war und sie sogar angelächelt hatte, was auf Emma zunächst verstörend gewirkt hatte, da sie ihm deutlich ihre Meinung gegeigt hatte, lag daran, dass der arme Kerl taubstumm war. Als ihr das klar geworden war, hätte sich Emma am liebsten vor Scham in Luft aufgelöst.

Nach dem Gespräch mit dem Polizisten war sie sofort zurück in ihre Hütte gegangen.

Bisher hatte sie weder ihre Eltern noch die von Daniel benachrichtigt, dabei wusste sie, dass sie das endlich tun musste. Es durfte nicht sein, dass sie die schlimme Nachricht aus der Zeitung erfuhren. Aber ihr fehlte gerade jeder Wille und vor allem der Mut, sie anzurufen. Sie fühlte sich ausgelaugt und ihr war, als hätte wieder jemand diesen schweren Metallanzug um ihren Oberkörper gelegt.

Sie legte sich aufs Bett und versuchte, etwas zur Ruhe zu kommen. In den Gedanken an Daniel und daran, dass ihr

Leben keinen Sinn mehr hatte, wurde sie immer müder. Der Stress löste sich langsam und ihre Gedanken wanderten zu dem fremden hübschen Mann mit den traurigen Augen, der sie auf der Seebrücke vor dem Sturz bewahrt hatte. Mit diesem Bild vor Augen schlief sie ein.

Als sie erwachte, schien noch die Sonne, es konnte also nicht allzu spät sein.

Emma stieg aus dem Bett und eilte ins Bad, die Blase drückte. Nachdem sie sich erleichtert und mit kaltem Wasser das Gesicht gewaschen hatte, schaute sie ihr Spiegelbild an. Noch immer sah sie sehr abgeschlagen und müde aus, weiß wie die Wand. Und sie hatte Hunger.

Kurz überlegte sie, ob sie sich etwas bestellen sollte, entschied sich aber dagegen. Die Beine vertreten war die bessere Option, so würde sie in der kleinen Hütte wenigstens nicht auf dumme Gedanken kommen. Also zog sie sich an, nahm ihr Handy und sah dabei, dass sie mehrere Nachrichten bekommen hatte. Alle von ihren Eltern, die sich augenscheinlich Sorgen machten.

»Du musst es ihnen sagen.« Emma atmete hörbar aus, der Druck und das schlechte Gefühl nahmen wieder zu. »Nach dem Essen, wenn ich zu Hause bin, sonst breche ich zusammen. Ich muss was essen.«

Mit dieser Lösung war sie mehr oder weniger zufrieden. Sie griff ihre Handtasche und verließ die Wohnung, um zum Hafen zu gehen. Diese Ecke gefiel ihr am besten, dort würde sie ein Fischbrötchen essen. Mehr Hunger verspürte sie nicht.

Auf der Straße kam ihr Nadine entgegen, die Rezeptionistin.

»Moin, Emma, ich wollte gerade zu dir.«

»Moin. Worum geht es?«

»Ich wollte mich nur erkundigen, ob es dir gut geht und ob du irgendetwas brauchst.«

»Mir geht es den Umständen entsprechend gut. Ich versuche, mit der Situation klarzukommen. Danke.« Dabei war gar nichts gut. Allerdings wollte sie ihr Herz auch nicht bei einer Fremden ausschütten, was an sich vermutlich gar nicht mal eine so schlechte Idee gewesen wäre, wie sie mal in einer Studie gelesen hatte.

»Brauchst du vielleicht was? Irgendetwas?«

»Nein, ich habe alles. Sehr lieb von dir.«

»Wenn du irgendwas brauchst, und sei es nur eine Schulter zum Anlehnen, du kannst mich jederzeit anrufen. Meine Handynummer hast du ja.«

»Mach ich. Danke.«

Wie wenig Raum zwischen Glück und Unglück lag, wurde Emma damit wieder bewusst.

»Wenn du dich in der Hütte unwohl fühlst, hätten wir auch ein Apartment bei uns im Hauptgebäude. Wir würden es dir gerne ohne weitere Kosten zur Verfügung stellen.«

»Das braucht ihr nicht. Ich fühle mich in der Hütte nicht unsicher.« So ganz stimmte das zwar nicht – da waren die komischen Geräusche, die sie vor nicht allzu langer Zeit gehört hatte und die ihr für einen Moment Angst gemacht hatten –, aber Emma wollte nicht umziehen. Erst recht nicht, weil sie am nächsten Tag ohnehin zurück nach Mannheim fahren würde. Der Autoschlüssel lag noch zusammen mit dem Wohnungsschlüssel in der kleinen Box auf der Kommode im Flur. Dort hatte Daniel sie abgelegt.

»Gut, wie du magst. Falls du deine Meinung doch ändern solltest, ruf mich an oder schreib mir eine WhatsApp. Wir kümmern uns um den Umzug, du musst dir darüber keine Gedanken machen.«

»Mach ich. Wirklich alles sehr lieb von euch, ich weiß das sehr zu schätzen.«

»Das ist das Mindeste, was wir tun können. Von der gesamten Belegschaft und mir nochmals unser Beileid.« Vor einigen

Stunden hatte Nadine ihr bereits ihr Beileid bekundet, indem sie Emma eine WhatsApp geschrieben hatte.

Emma nickte nur.

»Ich muss leider weiter. Wenn was ist, schreib mir. Egal wann.«

»Mach ich. Dir noch einen schönen Abend.«

»Dir auch.«

Emma schaute ihr nach, wie sie nach links ging. Emma bog rechts ab, Richtung Hafen.

Einige Minuten später erreichte sie die Promenade, die um diese Zeit sehr belebt war. Bei dem guten Wetter hatten viele Menschen wohl den gleichen Gedanken gehabt wie sie.

Emma holte sich ihr Fischbrötchen im selben Imbiss wie gestern. Dieser Oli, der sie bediente, erkannte sie wieder und begrüßte sie freundlich. Er spendierte ihr sogar das Brötchen, was sie sehr nett fand. In gewisser Weise wirkte er traurig, nachdenklich, fast so wie der fremde hübsche Mann, der ihr auf der Brücke geholfen hatte.

Ob die an der Ostsee alle so gucken?, huschte ihr kein ganz ernst zu nehmender Gedanke durch den Kopf.

Mit dem Brötchen in der Hand schlenderte sie am Hafen entlang, bestellte sich einen Kaffee bei *Ahoi Kaffee* und beschloss dann, über die Promenade nach Hause zurückzugehen, um endlich ihre Mutter anzurufen.

Den Pappbecher warf sie in die Mülltonne, die in der Nähe der wenigen Parkplätze stand. Dabei hatte sie plötzlich die Szene vom vergangenen Abend vor Augen, als Daniel die Pappbecher in die Mülltonne geworfen hatte. Er hatte etwas genervt gewirkt und ihr fiel wieder ein, warum das so gewesen sein mochte: wegen dieses einen Mannes, der sie so komisch angeschaut hatte.

Emma hatte sich zu dem Zeitpunkt nicht viel dabei gedacht. Daniel war recht eifersüchtig und sie war es gewohnt, dass Männer sie anschauten. Daniel hatte das überhaupt nicht gemocht, doch jetzt, wo sie selbst hier stand und sich an die Szene erinnerte, wurde ihr plötzlich kalt. Wenn ihre Erinnerung ihr keinen Streich spielte, war der Mann groß gewesen, hatte dunkle Haare und einen blauen Pullover mit Polokragen gehabt.,

15

Einen Tag später

Lena betrat Gustavs Büro. Er saß an seinem Schreibtisch und schaute sie aufmerksam an. Sein Blick wirkte angespannt. »Wie geht es dir?«

»Kann nicht klagen, warum?«

»Weil ich gerade deinen Bericht gelesen habe.«

»Was soll damit sein?«

»Warum hast du mich gestern nicht angerufen?«

»Das war alles halb so schlimm. Ich hatte die Situation unter Kontrolle.«

»Unter Kontrolle?« Gustavs Stimme erhob sich. »Deswegen konnte Möller dir also ins Gesicht schlagen.«

»So was passiert. Es war nicht dramatisch. Möller hat die Nerven verloren und ich war kurz unaufmerksam.«

»Mensch, Lena, das ist ein Angriff auf eine Polizistin. So was musst du mir sofort melden! Ich bin mit Arbeit zu, da dauert es manchmal Tage, bis ich einen Bericht lese. Damit ist nicht zu scherzen.«

»Ich scherze doch gar nicht. Es war wirklich nicht so schlimm.«

»Sei froh, dass dein Bruder nicht dabei war. Der hätte diesem Möller eine ordentliche Rechte verpasst.«

»Hört sich fast so an, als würdest du das gutheißen.«

»Als Onkel mit Sicherheit.«

Lena schwieg, mit einer anderen Antwort hatte sie auch nicht gerechnet. Was das anbelangte, waren sich Gustav und ihr Bruder sehr ähnlich. Ihr Vater dagegen war anders gewesen, eher wie sie. Deeskalation und keine Gewalt.

»Gut, belassen wir es dabei. Um die Anzeige gegen Möller

kümmere ich mich. Aber die nächsten Besuche, Befragungen von Tatverdächtigen oder männlichen Zeugen nur mit einem Polizeikollegen. Haben wir uns verstanden?«

»Klar und deutlich.« Jetzt einen Streit mit ihrem Onkel anzufangen, war sinnlos. Auch in diesem Punkt unterschied Lena sich von ihrem Bruder, der noch dickköpfiger und starrsinniger als ihr Onkel sein konnte.

»Wir treffen uns in dreißig Minuten mit den Kollegen zur Besprechung.«

»Okay.« Lena verabschiedete sich und ging in ihr Büro, mit einem kleinen Umweg über die Küche, wo sie sich einen Kaffee gönnte.

Mit dem Becher in der Hand setzte sie sich an ihren Schreibtisch, startete ihren Rechner und checkte ihre E-Mails. Nichts dabei, was von Wichtigkeit war.

Sie öffnete einen Webbrowser und rief die Seiten der Lübecker Nachrichten, der Ostseezeitung und der Hamburger Morgenpost auf.

Nur in der Ostseezeitung hatten die beiden Morde es auf die Titelseite geschafft. Die LN widmete den Morden zwar eine halbe Seite, aber deutlich weiter hinten. Die Mopo hatte nur einen kurzen Text abgedruckt, der sich wie eine leicht angepasste dpa-Meldung las.

Lena war zufrieden damit. Je weniger über die Morde berichtet wurde, desto ungestörter konnten sie arbeiten.

In Gedanken ging sie das Gespräch mit Möller erneut durch und die Szene, wo er zugeschlagen hatte. Er hatte ihr sofort auf die Beine geholfen und sich vielmals entschuldigt. Erklärt, seine Nerven lägen blank und er könne sich nicht erklären, warum er das überhaupt getan habe. Danach hatte er ihr Rede und Antwort gestanden und sie war geneigt, ihm zu glauben, auch wenn sie seine Angaben noch würde überprüfen müssen.

Lena schaltete ihren Rechner in den Standbymodus und stand auf. Pünktlich erschien sie im Besprechungsraum.

Sie nahm Platz und grüßte die anwesenden Kollegen. Gustav und seine Sekretärin Petra Wiese traten kurz nach Lena ein und setzten sich ebenfalls.

»Moin. Wie ich sehe, sind wir vollzählig. Moin, Tim, kannst du uns sehen und hören?« Gustav sah prüfend zu dem Laptop, über den der Leiter der IT-Abteilung bei der Polizeidirektion in Lübeck zugeschaltet war. Tim war ein absoluter Fachmann, wenn es um Internet oder Technologie im Allgemeinen ging, ihm lag Anikas Laptop vor.

Lena mochte Tim und kam sehr gut mit ihm klar. Rein äußerlich wirkte er mit seinen ein Meter sechzig und der schmächtigen Figur etwas verloren neben den oft deutlich größeren Kollegen, aber was seine Fachkompetenz anbelangte, konnte ihm keiner das Wasser reichen. Besonders mochte sie an Tim, dass er überaus bescheiden war und mit seinen Fähigkeiten nicht prahlte, im Gegensatz zu manch anderen Kollegen.

»Moin in die Runde. Ich kann euch klar und deutlich hören und sehen. Ich hoffe, ihr mich auch.«

»Ja, sehr gut. Dann lass uns gleich starten. Wie ihr alle wisst, haben wir es im aktuellen Mordfall Anika mit zwei Toten zu tun. Der vorläufige Bericht der Rechtsmedizin bestätigt unsere Annahme, dass es zu keiner Vergewaltigung oder einem Missbrauch gekommen ist. Vermutlich, weil der Täter durch das zweite Opfer Daniel Menges gestört wurde.

Laut der Rechtsmedizin hat der Täter zuerst Menges mit mehreren Messerstichen in den Bauch angegriffen, dann Frau Schneider die Kehle durchgeschnitten. Zuvor hat er auch Schneider ein Messer in den Bauch gerammt. Möglicherweise war es ein Reflex, als er von Menges entdeckt wurde, damit sein erstes Opfer nicht weglief.

Was die Intention des Mörders ist, ob er sich an dem Opfer nur vergehen wollte oder etwas anderes verfolgte, können wir derzeit nicht einschätzen. Das ist in meinen Augen auch gerade unerheblich. Klar ist, dass in unserer Gemeinde ein eiskalter Killer herumläuft, und wir müssen ihn so schnell wie möglich verhaften, bevor das Ganze uns entgleitet. Wir haben leider sehr wenige Zeugen, eigentlich keinen echten, bis auf Jörn Hansen, zu dem ich später kommen werde. Die leitende Ermittlerin in diesem Fall ist Lena Johannsen. Sie wird von mir unterstützt, bei Bedarf werde ich ihr den einen oder anderen Kollegen zur Seite stellen, gerade wenn es um Befragungen geht.«

Keiner der Anwesenden hatte einen Einwand. Lena rechnete es ihrem Onkel hoch an, dass er nichts von dem Schlag erzählte, obwohl die Kollegen es bereits wussten, wenn sie ihren Bericht gelesen hatten.

»Lena, möchtest du übernehmen?«

»Gerne.« Lena nickte und schaute kurz in die Runde. »Wirklich viel habe ich leider nicht. Gestern habe ich mit Anikas Mutter, der Freundin des Toten und einigen weiteren Personen aus dem Umfeld der beiden Opfer gesprochen. Das interessanteste Gespräch war das mit Thorsten Möller, mit dem Anika, wie eben ausgeführt, eine Affäre hatte. Möller hat für die Tatzeit kein Alibi. Das letzte Mal hat er Anika laut eigener Aussage am Donnerstag vergangener Woche getroffen.«

»Glaubst du ihm?«, fragte Petra Wiese.

»Ich bin geneigt, es zu tun. Wäre er der Mörder, hätte er sicher behauptet, ein Alibi zu haben. Er ist verheiratet, hat Kinder und neu gebaut. Das setzt man nicht aufs Spiel. Schade, dass wir Anikas Handy nicht haben, sonst wüssten wir, ob sie nach dem Donnerstag noch Kontakt hatten. Vielleicht finden wir aber etwas über die Verbindungsnachweise heraus oder Tim auf dem Laptop.«

Lena machte eine kurze Atempause. Ihr Blick wanderte zum Bildschirm, wo sie sah, dass Tim aufmerksam zuhörte und nickte.

»So weit war's das von mir. Wie ich schon sagte, die Hinweise sind sehr dürftig, aber wir dürfen nicht vergessen, dass wir erst seit einem Tag ermitteln.«

»Danke. Tim, wie schaut's bei dir aus? Was hat die Auswertung des Laptops ergeben?«, übernahm Gustav wieder die Gesprächsleitung.

»Die Auswertungen dauern an, aber so viel kann ich schon sagen: Weder auf ihrem Instagramaccount noch auf den anderen Social-Media-Profilen gibt es Hinweise auf eine Affäre. Vermutlich weil dieser Möller das nicht wollte und Anika Schneider seinem Wunsch nachgekommen ist. Ich werde weiter Informationen über Möller sammeln, vielleicht finde ich was. Die Verbindungsnachweise habe ich bereits angefragt. Das Handy zu orten, ist nicht mehr möglich. Sollte die Kommunikation von Möller und der Toten nur über WhatsApp oder ein anderes Chatprogramm wie Telegram erfolgt sein, wird es verdammt schwer, die Gesprächsprotokolle einzusehen. Ich habe Anfragen bei den Anbietern gestartet, rechne aber damit, dass es sehr lange dauern und vermutlich nicht ohne einen richterlichen Erlass möglich sein wird. Ich bleibe dran. Sobald ich weitere Informationen habe, melde ich mich. Rechnet aber bitte eher mit Wochen als mit Tagen.«

»Danke. Ich mag es, wenn Kollegen mitdenken.« Gustav sparte nicht mit Lob, andererseits hatte er allerdings auch kein Problem damit, Mitarbeiter vor versammelter Mannschaft rund zu machen, wenn sie einen unverzeihlichen Fehler begangen hatten. Das war seinem emotionalen Charakter geschuldet. »Sonst noch was, was du den anderen mitteilen möchtest?«

»Leider nicht. Aber wie gesagt, die finale Auswertung des Laptops dürfte morgen Mittag vorliegen. Falls ich Neuigkeiten habe, melde ich mich bei dir.«

»Mach das. Danke für deine Zeit, du kannst dich gerne ausloggen. Ich weiß, dass du gerade in einen anderen Fall von dem Kollegen Arndt Schumacher eingebunden bist. Grüß ihn bitte von mir.«

»Mach ich. Euch allen einen schönen Tag und viel Erfolg bei den Ermittlungen.« Die Runde verabschiedete sich von Tim, dann wurde der Bildschirm schwarz.

»Bevor wir die Besprechung beenden, noch ein paar Ergänzungen von meiner Seite. Ich hatte gestern ein Gespräch mit Jörn Hansen, einige von euch werden ihn vermutlich kennen.«

»Jeder aus Niendorf kennt ihn, der ist doch leicht beschränkt«, kommentierte Nils Gustavs Einleitung. Er kam wie Lena aus Niendorf, war ein paar Jahre älter als sie und hatte ihr einmal Avancen gemacht, aber Lena hatte ihm schnell zu verstehen gegeben, dass sie kein Interesse an ihm hatte. Seitdem ließ er sie in Ruhe, was sie ihm hoch anrechnete, denn sie hatte schon andere Verehrer erlebt, die mit einem Nein nicht klarkamen.

»Er hat eine leichte Lernschwäche«, korrigierte Gustav. Sein Blick wirkte angespannt, er schien nicht erfreut über Nils' flapsigen Kommentar. »Wie dem auch sei. Eine Zeugin hat Jörn in der Nähe des Tatorts gesehen, daher habe ich ihn in ein Gespräch verwickelt, weil ich in Erfahrung bringen wollte, inwiefern seine Aussage relevant für unsere Ermittlungen sein könnte.« Gustav unterbrach sich, kratzte sich an der Stirn, dann fuhr er fort: »In dem kurzen Gespräch, das wir am Niendorfer Hafen geführt haben, hat er sich ständig in Widersprüche verwickelt. Deshalb möchte ich ihn auf der Dienststelle verhören, dafür muss ich aber wissen, ob er einen Betreuer oder dergleichen hat und ob wir ihn überhaupt verhören dürfen. Laut seiner Aussage hat er niemanden. Dennoch wird diese Angabe derzeit überprüft. Sobald die Kollegen mir eine Antwort gegeben haben, werden wir ihm eine Vorladung schicken.«

»Glaubst du, dass er was mit den Morden zu tun haben könnte?«, fragte Nils.

»Ich denke nicht. Er hat nur gesehen, wie sich wohl am Strand ein Paar stritt, und ist davongerannt. So hat er es mir zumindest erzählt.«

»Könnte einer davon das Opfer gewesen sein?«, erkundigte sich Carsten Meinke. Er gehörte zum Team Nils Schüler. Die beiden passten rein von ihrem Charakter her perfekt zusammen, denn beide waren sehr von sich eingenommen.

»Davon gehe ich aus. Die Uhrzeit spricht zumindest dafür. Die Zeugin hat Jörn nach 22 Uhr gesehen. Jörn selbst konnte die exakte Zeit nicht angeben, einmal sagte er, es sei nach 22 Uhr gewesen, weil er erst um 23 Uhr zu Hause gewesen sei. Dann sagte er, er wisse nicht, wie spät es gewesen sei, nur dass es abends war. Im weiteren Verlauf des Gespräches hat er seine Aussage dann wieder geändert und behauptet, das Paar habe nicht gestritten, sondern Sex gehabt, es sei ihm jedoch unangenehm, das zuzugeben. Daher ist es wichtig, dass wir ihn hier auf der Dienstelle in Ruhe verhören.«

»Sollte er tatsächlich den Täter gesehen haben, könnte er uns helfen, ihn zu identifizieren«, kommentierte Lena die Worte ihres Onkels. Etwas Hoffnung keimte in ihr auf. Schon bei ihrem ersten Gespräch mit Jörn hatte sie das Gefühl gehabt, dass er mehr wusste, als er preisgab. Vermutlich würde es wirklich das Beste sein, ihn in Ruhe auf der Dienststelle zu verhören.

»Das ist das Ziel, da wir derzeit keine anderen Hinweise auf den Täter haben. Kurz möchte ich auch noch betonen, dass der Fall inzwischen politisch geworden ist. Sowohl der Bürgermeister als auch das Land schauen sehr genau auf unsere Ermittlungen, da wir kurz vor der Hauptsaison stehen. Die Medien halten sich noch mehr oder weniger zurück, aber sollte ein weiterer Toter zu beklagen sein, haben wir ein Problem.«

»Nicht, dass wir es mit einem durchgeknallten Psychopathen zu tun haben wie vor vier Jahren. Die Stornierungswelle war riesig. Ihr erinnert euch an den Fall, oder?«, sagte Carsten.

Lena nickte. Wie konnte sie diesen Fall vergessen? Die Medien waren voll davon gewesen.

»Eine Verbindung zu diesem Fall wird es sicher nicht geben. Der Täter sitzt in Haft, und ich werde zu verhindern wissen, dass unser neuer Täter auch nur annähernd so viele unschuldige Frauen in meiner Gemeinde ermordet wie dieser. Ich erwarte von euch allen höchste Aufmerksamkeit und dass ihr 24 Stunden auf Abruf seid.« Gustav fixierte jeden Einzelnen von ihnen mit seinem Blick. Er stand unter Strom, und irgendwie hatte Lena das Gefühl, dass da noch etwas war, was ihn beschäftigte, was er aber nicht ansprach.

16

Emma hatte schlecht geschlafen. Die halbe Nacht hatte sie geweint, bis der Schlaf sie irgendwann erlöst hatte. Am Abend hatte sie endlich den Mut gefunden, ihre Eltern und die Eltern von Daniel zu informieren. Beide hatten ihr sofort angeboten, sie abzuholen, aber mit viel Mühe war es ihr gelungen, sie davon abzubringen.

Sie brauchte Zeit für sich, und sie wusste, dass ihre Eltern, so gut sie es meinten, ihr gerade keine Hilfe sein würden. Ihre Trauer würde sich bloß auf sie übertragen und sie würde überhaupt keine Luft mehr zum Atmen finden.

Auch hatten ihre Eltern sie gedrängt, nach Hause zu kommen, aber Emma hatte ihnen glaubhaft versichern können, dass sie noch ein paar Tage an der Ostsee bleiben müsse, wegen der Polizeiermittlungen und der behördlichen Angelegenheiten, da Daniels Leiche noch nicht freigegeben wurde. Emma hatte das Gefühl, dass ihre Eltern ihr glaubten und ihre Entscheidung daher akzeptierten.

Inzwischen war es kurz vor elf. Sie stand auf, ging ins Bad und gönnte sich eine lange Dusche.

Danach machte sie sich fertig und zog sich an. Sie hatte Hunger. Einen Moment lang überlegte sie, ob sie sich beim Bäcker ein Brötchen kaufen sollte, um in der Hütte zu essen, entschied sich aber dagegen. Sie wollte Leute um sich haben, das lenkte sie ab und hielt die dunklen Gedanken in Schach, vor denen sie sich so fürchtete.

Jeder Mensch verarbeitete seine Trauer auf seine Weise. Diese war eben Emmas, auch wenn sie manchem seltsam oder gar unpassend erscheinen mochte. Aber Emma war noch nie jemand gewesen, der sich seinen Ängsten ergab oder vor Trauer den Kopf in den Sand steckte. Schon als Kind nicht.

Damals hatte sie eine Katze gehabt, die sie über alles geliebt hatte. Als diese von einem Auto überfahren worden war, hatte sie ihre erste Begegnung mit dem Tod. Ihre Trauer dauerte genau einen Tag. Danach druckte sie fünfzig Handzettel und heftete sie überall in der Stadt an, weil der Fahrer einfach abgehauen war. Sie wollte wissen, wer so etwas Feiges getan hatte. Keine drei Tage später hatte sie den Täter gefunden und dieser hatte sich in Ausreden geflüchtet.

Vielleicht hatte sich schon damals abgezeichnet, dass sie irgendwann Journalistin werden würde, denn auch jetzt trieb sie die journalistische Neugier an, sie nahm mit jedem Tag mehr Besitz von ihr und verdrängte sogar zeitweise ihre Trauer. Sie musste herausfinden, wer für Daniels sinnlosen Tod verantwortlich war.

Emma verließ die Hütte und erreichte die Promenade, dort ging sie weiter Richtung Hafen in der Hoffnung, auf ein nettes Frühstücksrestaurant zu stoßen.

Bald kam sie zur *Seaside Lounge* und nahm auf der Terrasse Platz. Eine Kellnerin trat zu ihr und reichte ihr die Speisekarte.

»Haben Sie noch Frühstück?«

»Ja, bis 13 Uhr.«

»Super.«

»Wollen Sie schon etwas trinken?«

»Ja, einen Kaffee, schwarz bitte.«

»Kommt gleich.«

Emma brauchte dringend Koffein, die Müdigkeit musste raus aus ihrem Körper. Sie sah der Kellnerin kurz nach. Sie wirkte freundlich, da hatte sie schon ganz andere Erfahrungen gemacht, sie schien etwa in ihrem Alter zu sein.

Die Kellnerin brachte den Kaffee und Emma gab ihre Bestellung auf.

»Sie sind nicht von hier, oder?«

»Nein, ich bin Touristin.«

»Habe ich mir schon gedacht, sonst wärst du mir aufgefallen«, erwiderte die Kellnerin. Das »Du« fand Emma nicht schlimm, aber die Kellnerin korrigierte sich rasch. »Woher kommen Sie denn?«

»Aus Mannheim.«

»Das ist weit. Ich war schon mal dort, ist aber etwas länger her. Das mit den Quadraten ist irgendwie lustig.«

»Hat dir die Stadt denn gefallen?« Emma ging auch einfach zum »Du« über. Sie fühlte sich in der Gesellschaft der Kellnerin sehr wohl. Ob es an ihrer Art lag oder daran, dass Emma sich nach Nähe sehnte, konnte sie nicht sagen.

»Ich fand es ganz passabel, aber Heidelberg ist schöner. Ich bin nicht so der Stadtmensch. Unter uns, ich könnte niemals in Mannheim wohnen.« Die Kellnerin schmunzelte. »Ich bin durch und durch ein Küstenkind. Oder kann es was Schöneres geben als das Meer?« Ihr Blick wanderte über die Promenade und die Düne hinweg zum Strand.

Emma folgte ihrem Blick und konnte sie nur bestätigen. Die Ecke war traumhaft. Wenn nur nicht diese schlimme Nacht …

»Ich bring Ihnen Ihr Frühstück. Nicht, dass Sie meinetwegen hungern müssen.«

»Ist schon okay. Auf die zwei Minuten kommt es nicht an.« Das Gespräch war Emma wichtiger als ihr Hunger.

Die Kellnerin strich eine Strähne ihrer langen blonden Haare zur Seite, lächelte und entfernte sich. Sie war sehr hübsch. Etwas kleiner als Emma und schlank. Man sah ihr an, dass sie gerne Sport trieb, vermutlich ging sie regelmäßig ins Fitnessstudio.

Emmas Blick wanderte erneut über die Promenade, sie atmete die frische, saubere Ostseeluft tief ein und stellte wieder einmal erstaunt den gravierenden Unterschied zu der Luft in Mannheim fest.

In diesem Moment fühlte sie sich gut, die Trauer um Daniel war ein wenig in den Hintergrund getreten. Was so ein kurzes, nettes Gespräch bewirken konnte. Emma hoffte, dass das Gefühl etwas anhielte, da sie einige Entscheidungen zu treffen hatte. Vor allem, wann sie zurück nach Mannheim fahren würde oder ob sie lieber einige Tage hierbleiben sollte.

Was soll ich in Mannheim? Alle werden versuchen, mich zu trösten, und es damit noch schlimmer machen, überlegte sie. *Außerdem weiß ich nicht mal, wann Daniels Leiche freigegeben wird. So lange sollte ich auf alle Fälle hierbleiben und erst dann nach Mannheim fahren, um die Beerdigung vorzubereiten oder zu begleiten. Vermutlich werden das ja seine Eltern übernehmen.*

So in Gedanken bekam sie nicht mit, dass die Kellnerin mit dem Frühstück zu ihr gekommen war. Emma schrak hoch. Es war ein Reflex, sie war die letzten Tage ohnehin sehr schreckhaft.

»Verzeih, das wollte ich nicht.«

»Nein, nein. Das war mein Fehler. Ich war gerade mit meinen Gedanken ganz woanders. War nicht deine Schuld. Das sieht sehr lecker aus!« Emma schaute auf den Teller.

»Wenn es auch noch schmeckt, haben wir alles richtig gemacht.«

»Das wird es bestimmt.«

»Möchten Sie noch etwas?«

»Erst mal nicht. Danke.«

»Gut, dann lassen Sie es sich schmecken.«

»Mach ich.«

Die Kellnerin entfernte sich und Emma begann ihr Frühstück. Der laue Wind wirkte herrlich erfrischend, denn die Sonne hatte bereits ordentlich Kraft.

Jetzt erst merkte sie, wie hungrig sie war. Den ersten Kaffee hatte sie schnell ausgetrunken und sie bestellte einen zweiten.

Ihre Gedanken wanderten zu dem Mann mit dem blauen Polokragenpulli, von dem sie glaubte, dass er sie und Daniel bei der Mülltonne angegafft hatte und auch gestern am Strand. Nur, wie sollte sie diesen Mann finden, und vor allem, war er überhaupt gefährlich und stand in Verbindung zu dem Mord an Daniel?

Was, wenn es bloß ein Trottel war, der gerne hübsche junge Frauen anstarrte und er ihr rein zufällig am Strand erneut begegnet war?

Und was, wenn nicht? Was, wenn er dich bewusst stalkt?, meldete sich ein kritischer Gedanke. Emma ärgerte sich, dass sie am vergangenen Tag seine Spur verloren hatte.

Die Kellnerin kam mit dem Kaffee zurück.

»Darf ich dich, Entschuldigung, Sie was fragen?«

Die Kellnerin lachte kurz. »Schon gut. Du kannst gerne du sagen, wenn du möchtest. Bei jungen Leuten komme ich auch immer mit dem Du und dem Sie durcheinander.«

»Gerne. Ich heiße Emma.«

»Ich heiße Jule. Was möchtest du denn wissen?«

»Das klingt jetzt vielleicht ein bisschen komisch, aber gab es hier in der Gegend schon mal Probleme mit einem Spanner oder so?«

»Ein Spanner?« Jule schien ihr nicht folgen zu können.

»Genau. Ich habe irgendwie das Gefühl, dass mich seit ein paar Tagen ein Mann beobachtet. Vielleicht ist das nur ein blöder Zufall, aber gestern habe ich ihn erneut gesehen, als ich am Strand war. Kaum habe ich ihn bemerkt, ist er weggelaufen.«

»Bisher ist mir nichts dergleichen zu Ohren gekommen. Wie sieht er denn aus?«

»Groß, schätze mal, um die vierzig, aber schwer zu sagen, da ich ihn nicht richtig erkannt habe, dunkles Haar. Und er trug immer einen blauen Pullover mit Polokragen.«

»Sagt mir leider nichts. Ganz ehrlich, vielleicht solltest du mit der Polizei darüber sprechen. Seit irgend so ein Psycho meine Freundin Anika ermordet hat, muss man als Frau echt vorsichtig sein. Allein bei dem Gedanken daran kriege ich eine Gänsehaut. Richtig schlimme Sache für unsere Region hier.«

Emma zuckte zusammen, sie musste an Daniel denken. Dass am selben Abend eine zweite Person brutal ermordet worden war, hatte sie bisher ausgeblendet, der Mord an Daniel war schließlich entsetzlich genug.

»Alles gut?«

»Ja, ja …«, beschwichtige Emma.

»Ich wollte dir keine Angst einjagen. Verzeih. Hast du nichts davon gehört?«

»Ich bin selbst betroffen«, gestand Emma und zwang sich, nicht zu weinen.

»War der Mann …?« Jule schaltete offensichtlich schnell und sprach ihren Gedanken nicht aus. Emma nickte nur.

»Das tut mir sehr leid.« Jules Mitgefühl wirkte weder gekünstelt noch oberflächlich. Sie hatte wirklich Mitleid mit ihr. »Du solltest echt zur Polizei gehen. Wer weiß, was das für ein Spast ist.«

»Vielleicht hast du recht. Das Ganze ist gerade nicht leicht für mich.«

»Wenn es dir alleine schwerfällt, begleite ich dich gerne.«

»Das kann ich nicht von dir erwarten.«

»Blödsinn. Das tue ich wirklich gerne. Ich möchte wie du, dass sie diesen Dreckskerl schnappen. In einer Stunde habe ich Mittagspause. Wenn du magst, fahren wir danach direkt zur Polizei.«

»Ich möchte dir keine Umstände machen.«

»Das tust du nicht. Wirklich nicht. Also, haben wir einen Deal?«

»Deal.« Emma versuchte zu lächeln, aber tief in ihrem Inneren war sie viel zu aufgewühlt. Nicht nur, weil ihr wieder bewusst wurde, dass Daniel nie wiederkommen würde, sondern auch, weil eine junge Frau ermordet worden war. Diese Anika hatte ebenfalls Familie und Freunde, die um sie trauerten. So gesehen war sie nicht allein mit ihrem Kummer.

Ein schwacher, ein verdammt schwacher Trost.

»Gut. Möchtest du noch was trinken?«

»Ja, ein Wasser wäre lieb.«

»Geht klar.«

Jule entfernte sich und Emma ließ ihren Blick erneut über die Promenade, die Dünen und hinaus aufs offene Meer wandern. Ein Segelboot zog dort draußen durch die Wellen, es musste recht groß sein. Zu gerne wäre sie jetzt auf so einem Boot gewesen. Nur sie und die Weite des Meeres, weit ab von all den Problemen und dem Kummer. Gab es denn keine Pension, in der man seine schwere Last für ein paar Wochen abgeben konnte?

Drei junge Männer betraten die Terrasse und nahmen einen Tisch vor ihr Platz. Sie schienen gut gelaunt und machten die ganze Zeit Scherze. Wobei die meisten Scherze auf Kosten des einen gingen, der in der Mitte saß.

»Das geht aufs Haus.« Jule war wieder bei ihr, sie hatte eine große Flasche Wasser dabei und schenkte ihr daraus ein.

»Das ist nicht nötig. Ich bezahle das gerne.«

»Keine Widerrede.« Jule tat gespielt ernst.

»Danke.«

Dann trat sie an den anderen Tisch und nahm die Getränkebestellung der drei jungen Männer auf. Aus dem Gespräch konnte Emma heraushören, dass es Einheimische sein mussten, weil Jule einen von ihnen mit Vornamen ansprach. Mit einem Touristen hätte sie sich nicht so vertraut gegeben.

Gezwungenermaßen lauschte sie dem Gespräch, die drei waren recht laut, und rasch hatte sie Gewissheit, es waren Einheimische. Sie unterhielten sich über Autos und Sport und immer wieder musste sich der in der Mitte Sitzende einen dummen Spruch von einem der anderen jungen Männer gefallen lassen, die vermutlich alle etwa Anfang zwanzig waren.

Wie es schien, störte das den Jungen keineswegs, was Emma sehr befremdlich fand. Wenn eine ihrer Freundinnen sie so aufziehen würde, hätte sie ernsthafte Zweifel, ob sie wirklich Freundinnen waren.

Vielleicht ist er einsam und hat keine anderen Freunde, deshalb muss er sich mit diesen Idioten abgeben, suchte sie nach einer Antwort. *Oder das ist einfach so ein dummes Männerding, auf das wir Mädels nie kommen würden.*

In Gedanken schüttelte sie den Kopf. Nein, sie kannte Jungs und auch Männerfreundschaften, da ging man nicht so miteinander um. Klar gab es unter jungen Männern mehr Sprüche als bei den Mädels, aber das hier war doch arg übertrieben. Sie gönnte sich einen Schluck aus dem Glas und überlegte, ob es eine gute Idee gewesen war, Jule von dem Mann zu erzählen. Hätte sie nicht besser den Mund halten und morgen abreisen sollen? Was hatte sie hier in Niendorf noch zu suchen?

Sie kannte die Antwort. Es war der innere Drang, mehr über den Spanner in Erfahrung zu bringen und vor allem über die beiden Morde. Sie konnte jetzt nicht fliehen, das wäre, als würde sie resignieren und sich ihrem Schicksal ergeben. Aber so war sie nicht, so war sie nie gewesen. Egal wie sehr sie Daniel vermisste und wie schwer die Situation gerade zu ertragen war.

»Ärgern dich die Jungs?«, hörte sie Jule fragen, als diese wieder zu den Männern trat.

»Nein, ist schon gut. Ich habe ein dickes Fell.«

»Lass dir das nicht gefallen. Was seid ihr beide für Freunde?«

»Wir machen doch nur Spaß.«

»Da wäre ich mir nicht sicher.«

»Wir machen alle Spaß.« Der Junge grinste und verteidigte damit seine Begleiter − wohl sehr zum Missfallen von Jule.

»Wie du meinst. Aber seid bitte etwas leiser, hier sind noch andere Gäste.« Sie schüttelte verärgert den Kopf und entfernte sich. Emma schaute weiter zu dem seltsamen Dreiergespann, sie konnte nicht anders.

Der junge Mann in der Mitte schaute jetzt nach rechts und links, dann schob er fast verschwörerisch den Kopf nach vorne und sagte: »Wollt ihr ein Geheimnis erfahren?«

»Du und ein Geheimnis? Woher sollst du ein Geheimnis kennen?«, fragte der eine junge Mann.

»Du willst uns doch bestimmt nur veräppeln«, war der Kommentar des anderen.

Die Jungs hatten ihren Geräuschpegel etwas gesenkt, aber Emma verstand noch immer jedes Wort. Sie hatte das Gefühl, dass der Gemobbte gar kein Geheimnis hatte, sondern sich nur wichtigmachen wollte, um für eine Weile interessant zu sein und den Schikanen zu entgehen.

»Ganz bestimmt nicht. Ihr müsst es aber für euch behalten.«

»Wehe, du verarschst uns.«

»Nein, warum sollte ich? Versprecht mir nur, es für euch zu behalten. Das Ganze könnte gefährlich für mich werden.«

»Gefährlich? Was soll denn für dich gefährlich werden?«

»Wenn mein Geheimnis in falsche Hände gerät.«

»Na, dann spuck schon aus, um was für ein Geheimnis es sich handelt«, forderte der andere.

Emma hatte das Gefühl, dass die beiden Jungs tatsächlich neugierig waren. Der Gemobbte schien sein Ziel erreicht zu haben, aber wie lange würde es dauern, bis sie ihn wieder ärgerten?

»Es geht um die Strandmorde«, antwortete der Junge in der Mitte.

Emma wurde hellwach und sie strengte sich noch mehr an, jedes der folgenden Worte zu verstehen.

17

So langsam wurde er wieder nervös, da juckte es ihn und er brauchte einen Kick.

Die letzten Tage, die er sich hatte zurückhalten müssen, waren nicht einfach gewesen.

»Und das alles wegen diesem dämlichen Wichser«, platzte er heraus. »Was musste er auch um die Zeit am Strand erscheinen und den Helden spielen.«

Sein Magen knurrte, er hatte den ganzen Tag noch nichts gegessen, weil er einfach keinen Appetit verspürte. Dabei hatte er großen Hunger, aber nicht auf Essen, sondern auf etwas anderes: eine junge Frau.

»Ich darf kein Risiko eingehen. Der Strand wird bestimmt von den Bullen überwacht.«

Er saß auf seinem Bürostuhl und wippte hin und her, als wäre es ein Schaukelstuhl.

Immer wieder atmete er hörbar aus, als könnte er so den Druck, der ihn von innen zu sprengen drohte, entweichen lassen.

Es half nichts.

Er musste raus.

Das Wetter war schön, somit kein Grund, drinnen zu bleiben. Da er ein unscheinbarer Mensch war, fiel er draußen nicht auf. Immerhin war er die letzten Tage auch einfach so spazieren gegangen und keine Sau hatte sich dafür interessiert.

Also zog er sich an, verließ seine Wohnung und fuhr mit dem Auto in die Nähe der Niendorfer Seebrücke. Auf dem großzügigen Parkplatz des Edeka-Marktes stellte er das Auto ab und ging die Strandpromenade entlang Richtung Timmendorfer Strand.

Inzwischen war es nach 15 Uhr. Die Sonne stand hoch und laut seiner Handyapp waren es 24 Grad. Für diese Ecke und diese Jahreszeit waren das Toptemperaturen.

Von der Promenade bog er auf den Strand ab und schaute sich ein wenig um. Trotz des Superwetters war nicht viel los, aber das wunderte ihn nicht. Gerade im Mai war Niendorf deutlich weniger frequentiert als Timmendorfer Strand. Er ging wieder zurück zur Promenade und sah nach einer Weile in kurzer Distanz das *Seaside Strandhotel* mit angeschlossener Lounge. Einen Moment überlegte er, ob er sich einen Kaffee gönnen sollte, entschied sich aber dagegen. Nein, er würde lieber am Strand einigen Schönheiten beim Sonnenbaden zuschauen, also ging er an der *Seaside Lounge* vorbei. Sie war gut besucht und er entdeckte auch ein, zwei hübsche junge Frauen, die genau seine Kragenweite wären.

Trotzdem ließ er das Restaurant und Café hinter sich und ging zum Strand hinunter in der Hoffnung, dort fündig zu werden. Aber auch hier waren keine Frauen, die eine nähere Betrachtung wert waren.

Du musst nach Timmendorf, da sind die Chicks. Allerdings würde er bis zum Timmendorfer Strand zu Fuß eine gute halbe Stunde brauchen. Andererseits könnte er dabei einige Strandabschnitte nach potenziellen neuen Opfern absuchen. Es gab da in der Nähe sogar einen FKK-Strand, doch den durfte man leider nur nackt betreten. Da heimlich mal kurz spannen war keine gute Idee, da man angezogen zu schnell auffiel.

Vor Jahren, als er noch an der Nordsee gelebt hatte, hatte er das mal an einem anderen FKK-Strand probiert und war prompt von so einem alten Sack dabei erwischt worden. Nackt war der auf ihn zugerannt, wobei seine Hoden wild baumelten. Sie waren übergroß und passten irgendwie gar nicht zu dem kleinen Schwanz. Der alte Sack hatte ihm nicht geglaubt, dass er sich verirrt hatte, und ihm eine verpasst. Daraufhin war er sofort weggelaufen, weil ein Streit keinen Sinn gehabt hätte. Seitdem mied er FKK-Strände.

Allerdings nicht nur, weil er keine Lust auf Streit hatte, sondern weil er vermeiden wollte, nackte alte Männer oder Frauen zu sehen. Wenn es nach ihm ginge, dürften bestimmte Menschen sich niemals in der Öffentlichkeit nackt präsentieren, das war ja nichts anderes als Quälerei für Menschen wie ihn, die sehr viel Wert auf Ästhetik legten.

Instinktiv zog er den Bauch ein.

Inzwischen hatte er den Hafen erreicht und er verspürte einen kleinen Hunger, sodass er einen Imbiss ansteuerte.

»Moin«, grüßte der Südländer hinter dem Fenster ihn, als er an der Reihe war.

»Moin.«

»Weißt du schon, was du willst?«

»Ein Backfischbrötchen.« Eigentlich fand er es nicht gut, wenn er geduzt wurde, aber das schien in diesem Imbiss eben so eine Unsitte zu sein, er hatte sich hier schon einige Male was geholt.

»Möchtest du noch was trinken?«

»Eine Cola.«

»Geht in Ordnung. Du warst doch schon mal bei uns, oder?«

»Ja, letzte Woche.« Auf ein Gespräch mit diesem primitiven und einfältig wirkenden Türken hatte er überhaupt keine Lust, und dass dieser Ali ihn erkannt hatte, schmeckte ihm gar nicht. Er musste eine unscheinbare Person bleiben, ein durchschnittlicher Mann, dem man selten Beachtung schenkte. Diese Tarnung war wichtig für sein Vorhaben.

»Ich wusste es«, sagte Ali und grinste.

»Sie scheinen ein gutes Gedächtnis zu haben.«

»Da liegst du richtig. Ich war schon immer gut darin, mir Dinge zu merken.«

»Das Einzige, worin du gut bist, Ali, ist Memory«, zog ihn ein Kollege im Hintergrund auf.

»Ich sagte doch, ich habe ein gutes Gedächtnis.« Ali zog die Augenbrauen hoch und der andere Mann schüttelte nur den Kopf. Oli hieß er, das hatte er ebenfalls bei seinem letzten Besuch mitbekommen.

»Hätten Sie mich denn auch erkannt?«, fragte er, da er wissen musste, ob er nicht doch mehr Aufsehen erregte als beabsichtigt.

»Ganz ehrlich, Jung.« Oli kratzte sich am Hinterkopf. »Wir haben so viele Gäste, da ist es schwer, sich die Gesichter zu merken, vor allem wenn man arbeitet.«

Er verstand die Spitze des Mannes. Ali brummte daraufhin etwas und drehte sich um, um das Fischbrötchen zu holen. Dass wenigstens Oli ihn nicht wiedererkannte, beruhigte ihn ungemein.

Er nahm seine Bestellung entgegen und bezahlte. Dann ging er weiter Richtung Timmendorf. Immer wieder machte er einen kurzen Abstecher an den Strand in der Hoffnung, etwas Interessantes zu sehen, aber jedes Mal wurde diese Hoffnung enttäuscht. Das lag sicher daran, dass auch dieser Strandabschnitt nicht zu den gut besuchten gehörte.

Seine Gedanken wanderten zu Anika und diesem Unbekannten, der alles vermasselt hatte.

»Sei ehrlich, du hast ebenfalls einen Fehler gemacht«, ermahnte er sich.

Nein, es war nicht sein Fehler. Das dämliche Chloroform war ihm aus der Jackentasche gefallen und deshalb im Auto liegen geblieben. Anderenfalls hätte er sie wie geplant betäuben können und dieser Mann hätte nichts mitbekommen, die Dünen waren der perfekte Schutz.

Er knirschte mit den Zähnen, so sehr belastete ihn dieser Gedanke. Immerhin hatte er alles akribisch vorbereitet. Trotzdem, er hatte sich so ungemein auf diesen Moment gefreut. Dass er dann so jäh hatte enden müssen, war unverzeihlich.

Nach einer knappen Stunde erreichte er das *SEA LIFE*

Aquarium in Timmendorfer Strand. In der Nähe gab es eine Lounge, die *Buddelbar*, wo eigentlich immer ein paar schöne Frauen im Sand lagen, um ihre jungen attraktiven Körper zu bräunen.

Er hatte diesen Sonnenkult nie verstanden. Warum waren die Menschen so dämlich und riskierten mit langem Sonnenbaden, Hautkrebs zu bekommen? Er selbst wäre nie auf die Idee gekommen, sich stundenlang in die Sonne zu legen.

Statt die Lounge zu betreten, ging er weiter bis zur Strandbrücke. Zu seinem Leidwesen war die Brücke abgerissen worden, sie hatte zu den besten Plätzen gehört, um unbemerkt zu spannen und potenzielle Opfer zu scouten. Ja, man konnte das schon scouten nennen, er suchte sich die Frauen aus wie Fußballvereine ihre Spieler.

Von dem Platz vor der Brücke sah er herunter auf den Strand und entdeckte nun tatsächlich einige junge Frauen, noch Teenager, wie sie sich im Bikini in der Sonne rekelten. Das Schauspiel gefiel ihm und er schaute etwas genauer hin. Als er bemerkte, dass ein Paar, das auf einer der Bänke saß, ihn beobachtete, ging er rasch weiter.

Als er auf der Höhe des Aquariums war, atmete er erleichtert aus.

Nicht auffallen, ermahnte er sich, das bisher Erreichte nicht leichtfertig aufs Spiel zu setzen.

Kurz überlegte er, ob er nicht doch die Lounge besuchen sollte. Bei einem Getränk ließ es sich ganz entspannt scouten, zumal er noch in der Nähe war.

Er reihte sich in die Schlange ein, die nicht kürzer wurde. Nach gefühlten zehn Minuten blies er sein Vorhaben ab und ging zurück nach Niendorf, dabei trat er immer wieder zum Strand, um endlich was fürs Auge zu finden. Und jedes Mal wurde er enttäuscht.

»Heute soll es wohl einfach nicht sein.« Voll Bitterkeit presste er die Lippen zusammen. Dabei gab es gar keinen

Grund, so schwarzzusehen. Immerhin hatte er die letzten Tage einige Erfolge vorzuweisen gehabt. Zwei Frauen waren in die engere Wahl gekommen, sie hatten sein Interesse geweckt, nur waren sie leider keine Einheimischen und so richtig war es ihm noch nicht gelungen, sich an ihre Fersen zu heften. Bei der einen mehr als bei der anderen.

»Deswegen keine Touris«, ermahnte er sich, an seiner Strategie festzuhalten. Einheimische konnte er wenigstens beobachten, ihren Tagesablauf studieren, alles über sie in Erfahrung bringen, auch dank der sozialen Medien wie Instagram, dann konnte er zuschlagen.

Bei Touristinnen war eine gründliche Vorbereitung schwer. Trotzdem ging ihm die eine von beiden nicht mehr aus dem Kopf. Wenn er nicht bald ein würdiges anderes Opfer fände, würde er es wohl mit ihr riskieren.

Sein Weg führte ihn erneut an der *Seaside Lounge* vorbei und diesmal verspürte er Hunger. Das Fischbrötchen hatte nicht lange gesättigt. Er betrat die Terrasse und nahm an einem Tisch mit Blick aufs Meer Platz. Kurz darauf kam die Kellnerin, eine junge blonde Frau, die er hier noch nicht gesehen hatte. Allerdings war er auch kein regelmäßiger Gast dieses Restaurants, er war nur einige wenige Male hier gewesen, seit er in dieser Gegend lebte.

Die Kellnerin lächelte ihn an und fragte, ob er etwas trinken wolle. Er verneinte, weil er zunächst in die Karte schauen wollte. Als sich ihre Blicke trafen, war es um ihn geschehen. Sie hatte das süßeste Lächeln, das er seit Langem gesehen hatte, noch süßer und intensiver als das von Anika. Und ihr Duft war geradezu betörend – nicht das Parfüm, ihr Körperduft.

Sie ist es!, dachte er überglücklich. Wie gut, dass er hier Halt gemacht hatte.

Ob sie die Touristin ersetzen kann?, überlegte er.

Warum nicht beide?

So verlockend dieser Gedanke war, er durfte jetzt nicht übermütig werden. Er hatte zu viel aufs Spiel gesetzt, um wegen einer Dummheit alles zu verlieren.

18

»Oma möchte, dass wir heute Abend zusammen essen.«

»Welche Uhrzeit?«, fragte Gustav.

»Um 19 Uhr, mit Rücksicht auf dich, da du es bestimmt nicht früher schaffst.«

»Oma soll sich um mich keine Gedanken machen. Ich werde pünktlich sein. Bei deinem Bruder bin ich mir da nicht so sicher.«

»Wenn Oma zu sich bittet, hat sich mein Bruder noch nie verspätet oder abgesagt«, erwiderte Lena. »Du weißt doch, für Oma tut er alles.«

»Das stimmt. Er ist vernarrt in sie.« Gustav holte kurz Atem. »Aber wer könnte sie nicht lieben, meine gute Mutter. Sie und dein Vater sind das Beste, was mir je passiert ist. Ihr natürlich auch.«

Lena nickte nur. Der Gedanke an ihren Vater schmerzte sie in diesem Moment wieder sehr. Obwohl es schon einige Jahre her war, dass er bei einem Einsatz ums Leben gekommen war, verging kein Tag, an dem sie nicht an ihn dachte. Er würde immer einen besonderen Platz in ihrem Herzen haben.

»Ich möchte die vertraute Zweisamkeit ja nicht stören …«, machte sich Gustavs Sekretärin bemerkbar. Sie war in das Büro von Johannsen eingetreten, weil die Tür offen stand.

»Worum geht's?«

»Draußen ist Emma Falk.«

»Emma? Was will sie?«, fragte Lena irritiert. Hatte sie etwas gesehen und erinnerte sich nun daran? Immerhin war sie am Tatort gewesen. Es war schon denkbar, dass sie sich wegen des Schocks nicht an alle Einzelheiten hatte erinnern können.

»Eine Anzeige erstatten.«

»Eine Anzeige?«

»Mensch, Lena, was stellst du so unsinnige Fragen. Sprich mit ihr«, reagierte Gustav leicht gereizt.

»Sehr freundlich heute wieder, der Herr Onkel«, konterte Petra schnippisch.

»Im Dienst bin ich nicht der Onkel, sondern der Leiter dieser Einheit«, korrigierte Gustav.

Lena hob nur abwehrend die Hände und verließ das Büro, sie hatte keine Lust, zwischen die Fronten zu geraten, da sie ihren Onkel, aber auch Petra sehr gut kannte. Petra hatte Haare auf den Zähnen und wie ihr Onkel war sie sich für einen bissigen Spruch nie zu schade. Erstaunlicherweise ließ Gustav es ihr häufig durchgehen. Die beiden hatten einen Draht zueinander, der auf Außenstehende etwas befremdlich wirken mochte.

Im Wartebereich sah Lena zwei Frauen sitzen. Eine von ihnen war Emma, die andere war Jule. Sie kannte Jule sehr gut, sie war die Exfreundin ihres Bruders. Die Beziehung lag allerdings einige Jahre zurück. Was sie mit Emma zu tun hatte, konnte sie sich auf die Schnelle nicht erklären.

»Moin«, machte sie sich bemerkbar. Beide Frauen standen auf und traten zu ihr.

»Moin«, sagte Jule vor Emma.

»Hallo«, erwiderte nun auch Emma, ihre Stimme klang deutlich unsicherer.

»Sie wollen Anzeige erstatten?«, erkundigte sich Lena.

»Genau.«

»Worum geht es denn?« Noch immer fragte sich Lena, warum Jule anwesend war. Hatten sich die beiden Frauen in so kurzer Zeit angefreundet? Immerhin war Jule sehr kontaktfreudig und hilfsbereit, aber so schnell?

»Ich habe das Gefühl, dass mir jemand nachstellt.«

»Wie meinen Sie das?«

»Die letzten Tage ist da immer dieser Mann und irgendwie jagt er mir Angst ein. Gestern war er am Strand. Als ich ihn sah, ist er weggerannt.«

»Wo haben Sie ihn noch gesehen?«

»An dem Abend, wo Daniel und ich ankamen, sind wir zum Hafen gegangen, haben da was gegessen und einen Kaffee getrunken. Als Daniel die Becher in den Mülleimer geworfen hat, war da eben dieser Mann und er hat mich seltsam angestarrt. Vielleicht interpretiere ich zu viel in die Sache rein und tue dem Mann unrecht, weil ich gerade mental nicht so richtig gefestigt bin.«

»Nein, nein«, versuchte Lena sie zu beschwichtigen. »Es war eine gute Idee, dass Sie hergekommen sind.«

»Das war Jules Idee.«

»Na ja, man kann nie wissen, seit der Geschichte am Strand«, antwortete Jule zurückhaltend.

»Das ist vollkommen richtig. Können Sie den Mann beschreiben?«

»Ich versuche es.«

»Lassen Sie sich Zeit.«

Emma nickte und schien zu überlegen. »Er war groß, normale Statur und hatte braune Haare. Jedenfalls waren sie dunkel. Vermutlich ist er zwischen vierzig und fünfzig.«

»Das ist eine weite Spanne.«

»Ich weiß, aber ich habe sein Gesicht nicht gesehen, nicht genau. Gut möglich, dass mir die Erinnerungen einen Streich spielen. So sehr ich auch versuche, mir sein Gesicht vor Augen zu führen, es gelingt mir nicht. Wenn ich denke, ich hätte es endlich, zerfließt es vor meinem geistigen Auge und wird zu einer grässlichen Fratze.« Emma strich sich mit der Hand über den linken Oberarm. Da sie ein kurzärmeliges T-Shirt trug, konnte Lena ihre Gänsehaut deutlich sehen.

Posttraumatische Belastungsstörung, schoss es ihr durch den Kopf. Der Gedanke war nicht abwegig, immerhin hatte Emma erst vor Kurzem ihren Freund auf brutale Weise verloren. Welcher Mensch konnte so etwas schnell wegstecken? Lena wusste, wie Emma sich fühlte, denn vor nicht allzu langer Zeit war auch aus ihrem Leben ein geliebter Mensch gerissen worden.

»Lassen Sie sich Zeit«, wiederholte Lena, um Emma nicht das Gefühl zu geben, dass sie unter Druck stand, und um ihr zu zeigen, dass sie ihre Sorgen ernst nahm.

»Es tut mir leid, ich kriege das Gesicht wirklich nicht zusammen, aber er trug einen auffälligen blauen Pullover.«

»Wissen Sie, von welcher Marke?«

»Ja, von Ralph Lauren. So ein Pullover mit Polokragen.«

Lena machte sich Notizen. »War er größer als einen Meter achtzig?«

»Ja, fast eins neunzig, also schon groß. Gefühlt fast so groß wie Daniel, aber kräftiger, und er hatte kurzes dunkles Haar, vermutlich braun.«

»Was für eine Hose trug er?«

»Eine Jeans.«

»Eine blaue Jeans?«

»Nein, warten Sie.« Emma schüttelte den Kopf. »Es war keine Jeans. Es war eine Stoffhose, die von Weitem wie eine Jeans aussah. Sie war grau.«

Emma wurde zusehends nervöser und unruhiger. Ein Zeichen für Lena, dass die Konzentration nachließ und sie langsam zum Ende kommen sollten.

»Ich werde Ihre Anzeige aufnehmen und die Kollegen informieren. Sollten wir einen Mann finden, auf den diese Beschreibung passt, werden wir uns darum kümmern. Es wäre sehr gut möglich …« Lena unterbrach sich, denn sie hatte eine andere Idee. »Meine Empfehlung an Sie: Reisen Sie ab. Hier finden Sie sicherlich keine Ruhe und zu Hause wird Sie dieser Mann nicht belästigen.«

Emma nickte, aber Lena sah ihr an, dass sie mit der Antwort nicht zufrieden zu sein schien. Einen besseren Rat konnte

Lena ihr allerdings nicht geben. Sie war ohnehin verwundert, dass Emma überhaupt noch in Niendorf war. Sie an ihrer Stelle wäre längst nach Hause zu ihrer Familie gefahren. Wollte man in so einer Situation nicht in vertrauter Umgebung sein?

Lena schon. Aber Emma?

Sie überlegte, ob es sinnvoll wäre, ein Phantombild anzufertigen, entschied sich jedoch dagegen. »Ist Ihnen an der Person denn noch etwas aufgefallen? Vielleicht ein schräger Gang, eine Warze im Gesicht – irgendetwas, was nicht alltäglich ist.«

»Leider nicht. Wie gesagt, ich habe ihn nicht richtig wahrnehmen können. Das eine Mal an der Mülltonne war er zwar näher an mir dran, aber da habe ich mir noch überhaupt keine Gedanken darüber gemacht und nicht auf ihn geachtet. Sie werden das sicherlich auch kennen, dass Männer gerne mal einen Blick wagen.«

Lena nickte. Sie konnte gut nachvollziehen, was Emma meinte. Manchmal waren ihr die Blicke der Männer angenehm, manchmal würde sie dem einen oder anderen am liebsten eine klatschen oder ihm ein Glas Eiswasser über den Kopf schütten. Da Emma in ihren Augen noch attraktiver war, war es gut möglich, dass sie noch öfter angegafft wurde.

»Gut, ich denke, ich habe alles. Ihre Kontaktdaten liegen uns ja vor. Ich werde diese Meldung auch an die Kollegen von der Streife weitergeben, damit sie Augen und Ohren offen halten.«

»Danke.«

»Dafür nicht. Wollen wir hoffen, dass es purer Zufall war.«

Emma presste die Lippen zusammen.

»Was, wenn der Kerl in Zusammenhang mit den beiden Morden steht?«, schaltete sich Jule ein. Sie wirkte nervös. Die Tatsache, dass sich möglicherweise ein Serientäter in der Gegend herumtrieb, beunruhigte sie sicherlich.

Wenn er denn aus der Gegend ist, überlegte Lena. Bisher hatten sie keinen einzigen verwertbaren Hinweis auf den Täter, damit war weder gesagt, dass es ein Serientäter war, noch, dass sein Wirkungskreis auf Niendorf beschränkt war.

»Ich denke nicht«, antwortete sie daher. »Der Täter wird kein Risiko eingehen wollen. Gerade weil er möglicherweise von seinem eigentlichen Vorhaben abgehalten wurde. Er wird einige Zeit untertauchen. Das spielt uns in die Hände.«

»Wollen wir's hoffen.« Jule klang nicht überzeugt.

Auch Lenas Bauch sagte ihr mit deutlichem Unbehagen, dass der Täter sehr bald erneut zuschlagen könnte, vor allem, weil er seine Tat nicht hatte beenden können und daher vermutlich tiefe Unzufriedenheit empfand.

Was, wenn dieser unbekannte Gaffer doch der Täter ist? Er hat Emma und Daniel zusammen gesehen, möglicherweise hat er Daniel wiedererkannt und hat nun Emma als passendes Opfer auserkoren?

Der Gedanke jagte Lena eine Gänsehaut über den Rücken, denn das hieße, dass Emma in höchster Gefahr war. In dem Moment blitzte ein anderer Gedanke in ihr auf, ein sehr riskanter, gewagter Gedanke: *Wir könnten Emma als Lockvogel benutzen.*

»Alles gut?« Jule holte sie aus ihren Grübeleien.

»Ja, alles gut«, versuchte Lena zu beschwichtigen.

»Sicher? Du wirkst so blass?«

»Das ist nur der Blutdruck.« Die Idee, Emma als Lockvogel zu benutzen, wollte sie einfach nicht loslassen.

19

»Vielen lieben Dank, dass du mich begleitet hast.«

»Dafür doch nicht.«

»Ganz ehrlich, ich weiß nicht, ob ich es allein gemacht hätte.«

»Passt schon. Ich hoffe, du fühlst dich etwas besser.«

»Komischerweise war ich bei der Polizei ziemlich neben der Spur, aber jetzt, nachdem ich die Anzeige erstattet habe, fühle ich mich, als wäre eine kleine Last von meinen Schultern gefallen. Trotzdem ist es noch ein langer Weg, den Tod von Daniel zu verarbeiten.«

»Lass dir Zeit, setz dich nicht unter Druck. Wenn du was brauchst oder einfach nur jemanden zum Quatschen, ruf mich an oder schreib mir.«

»Gerne.« Beide tauschten ihre Nummern aus.

»Möchtest du noch einen Kaffee?«

»Nein, ich möchte nur ein bisschen spazieren gehen und mich dann hinlegen. Danach muss ich ein paar Anrufe erledigen.« Letzteres war nur vorgeschoben. Sie wollte jetzt allein sein, um ihre Gedanken zu sortieren.

»Verstehe. Ich muss zu meiner Schicht. Und wie gesagt, wenn irgendwas ist, melde dich bei mir.«

»Mach ich.«

Sie verabschiedeten sich voneinander und Emma schaute ihr kurz nach, dann ging sie die Strandpromenade hinunter zu ihrer Hütte. Dort angekommen, entschied sie sich um und folgte weiter der Promenade bis zur Seebrücke. Sie nahm auf einer Bank Platz und schloss kurz die Augen, um etwas Ruhe zu finden.

Ihre Gedanken wanderten zu der Polizistin, die die Anzeige aufgenommen und ihr empfohlen hatte, Niendorf zu verlassen, nach Hause zu fahren.

Vielleicht hat sie recht, überlegte sie. War es nicht auch egoistisch, dass sie bis jetzt nicht bei ihren Eltern gewesen war? Hatten sie nicht ein Recht darauf, sie in dieser schweren Zeit bei sich zu haben?

Emma hatte keine ehrliche Antwort darauf. Sie war eben noch nie wie andere Töchter gewesen. Zwar hatte sie ein sehr gutes Verhältnis zu ihren Eltern, das war nicht der Grund, aber sie hatte schon immer ihren eigenen Kopf gehabt, und der sagte ihr, dass es besser wäre, in Niendorf zu bleiben. Es gab noch zu viele offene Fragen, auf die sie eine Antwort suchte. Wie die, wer dieser Gaffer war und ob er nicht doch in Verbindung zu den beiden Morden stand. Oder ob sie am Ende einen völlig Unschuldigen verdächtigte.

In dem Gespräch mit der Polizistin war ihr zudem etwas aufgefallen: Als Jule geäußert hatte, dass der Täter zugleich der Spanner sein könnte, hatte sich die Körperhaltung von Lena Johannsen verändert. Sie hatte nachdenklich und vorsichtig gewirkt, als würde sie ihnen etwas verschweigen. Außerdem war ihr nicht entgangen, wie die Polizistin plötzlich blass geworden war und eine Gänsehaut bekommen hatte.

»Sie verschweigt uns was«, sagte Emma zu sich. »Nur, was?«

Sie wollte jedoch nicht so weit gehen, der Polizei zu unterstellen, dass sie mehr über den Mann mit dem blauen Pulli wusste, ihr diese Informationen aber vorenthielt. Schließlich hatte sie ein Recht auf diese Information, der Mann spionierte ihr nach und brachte sie in Gefahr.

Geh nach Hause, sagte ihre innere Stimme.

Nein, noch nicht, entschied sie, da wurde sie durch ein: »Geht es Ihnen heute besser?«, aus ihren Gedanken gerissen.

Als sie sich zu der Stimme drehte, stand der Mann vor ihr, der ihr auf der Seebrücke geholfen hatte.

»Hallo. Ja.« Mehr brachte sie nicht heraus.

»Schön. Sie sind nicht von hier, oder?«

Warum? Weil Sie alle hübschen Mädels von hier kennen?, dachte sie schnippisch. Laut sagte sie: »Stimmt. Bin im Urlaub hier.«

»Habe ich mir schon gedacht. Woher kommen Sie?«

»Aus Mannheim. Ich muss aber weiter.« Emma stand auf und entfernte sich von dem Mann, der ihr ein: »Vielleicht sieht man sich ja mal«, nachrief. Emma erwiderte nichts. Sie ging zur Strandstraße und dort weiter, ohne sich umzusehen.

Ein komischer Zufall, dass sie gerade ihm ein zweites Mal über den Weg lief, sie hatte geglaubt, dass es bei ihrer einmaligen Begegnung bleiben würde.

So seltsam dieser Gedanke war, irgendwie fand sie den Mann, der sicher höchstens Anfang dreißig war, eher Ende zwanzig, sehr interessant, was nicht nur an seinem Aussehen lag. Er hatte etwas, was in ihr ein Gefühl von Vertrauen weckte.

Wie unpassend dieser Gedanke war, war ihr bewusst, da sie eben erst ihren Freund verloren hatte. Dennoch war er da, ihn zu leugnen, wäre nicht in Ordnung gewesen – zumindest nach ihrem Dafürhalten nicht. Diesmal war das Gefühl sogar noch intensiver als damals auf der Seebrücke, wo sie sich schon dafür geschämt hatte.

Das liegt vermutlich daran, dass du im Moment so verletzlich bist, daher kommt dir jede starke Schulter gerade recht.

An einem Schaufenster blieb sie stehen, darüber war ein Schild angebracht, auf dem stand: Ostseezeitung.

Wie es aussah, hatte die Tageszeitung hier ein Büro. Am Schaufenster klebte ein Aushang. Emma las die Überschrift:

Suchen Journalist (m/w/d).

Ein Gedanke blitzte in ihr auf, den sie aber sofort verdrängte. Sie glaubte nicht an Schicksal oder solchen Unfug. Dass sie gerade auf diese Stellenausschreibung gestoßen war, war reiner Zufall.

127

Auf ihrem Rückweg gönnte sie sich ein Eis. Die Sonne strahlte noch immer, es war herrliches Wetter und sogar so warm, dass man eigentlich am Strand liegen sollte.

Das Spazierengehen tat ihr gut, sodass sie entschied, nicht in ihre Hütte zu gehen, sondern der Strandstraße weiter zu folgen. Bald erreichte sie den Hafen, der eine seltsam magische Anziehungskraft auf sie hatte, sie fühlte sich hier sehr wohl. Wer immer den Hafen und seine Umgebung geplant hatte, er hatte einen Volltreffer gelandet. Die kleinen skandinavischen Hütten drum herum passten perfekt ins Gesamtbild.

Emma verspürte Lust auf einen Kaffee und steuerte das *Ahoi Kaffee* an. Sie stellte sich ans Ende der Schlange, da entdeckte sie ein bekanntes Gesicht. Es war der junge Mann aus der *Seaside Lounge*, der von seinen Freunden gemobbt worden war. Er bestellte sich gerade einen Kaffee.

Emma beobachtete ihn aus dem Augenwinkel, sie wollte nicht auffallen, aber sie musste mit dem jungen Mann sprechen. Er hatte doch gesagt, ein Geheimnis zu kennen, was die Morde anbelangte. Leider hatte er dieses Geheimnis seinen beiden Freunden ins Ohr geflüstert, sodass sie es nicht hatte hören können. Das hatte sie maßlos geärgert, weil die drei zuvor so auffallend laut gewesen waren, nur als es endlich interessant geworden war, hatten sie sich wie eine Bande von Verschwörern verhalten.

»Moin«, grüßte die weibliche Barista Emma, als diese an der Reihe war. Emma sah noch dem jungen Mann nach, der aber gerade aus ihrem Blickfeld verschwand.

»Hallo«, antwortete Emma. »Ich hätte gerne einen Latte macchiato.«

»Möchtest du noch Karamell?«

»Nein danke.« Sie bezahlte und wartete auf ihre Bestellung, während schon die Nächste in der Schlange bedient wurde. Dann bekam sie ihren Latte macchiato, bedankte sich und schaute sich suchend um, aber der junge Mann mit dem angeblichen Geheimnis war nirgends zu sehen.

Daher beschloss sie, am Hafen entlangzuschlendern, sich die Boote anzuschauen und dann zurück in ihre Hütte zu gehen. Doch als sie nach rechts Richtung Promenade abbog, sah sie ihn. Er saß auf einer Bank, schaute zum Strand und trank seinen Kaffee, ohne sie zu bemerken.

Sehr gut, jetzt brauchte sie nur noch einen Plan, um ihn in ein Gespräch zu verwickeln. Einfach neben ihm Platz zu nehmen, könnte sie verdächtig machen, erst recht, wenn sie das Geheimnis in Erfahrung bringen wollte.

Da kam ihr eine Idee. Es war nicht die originellste, aber sicherlich eine, die bei fast jedem Mann zünden würde. Sie näherte sich dem Teenager und kurz vor ihm tat sie, als würde sie stolpern. Der Kaffee fiel ihr aus der Hand und landete vor den Füßen des Geheimnishüters. Kaffee spritzte auf seine Hose.

»Verzeih, das tut mir leid! Ich Tollpatsch«, entschuldigte sie sich mit gespieltem Entsetzen.

»Alles gut, ist ja nichts passiert.«

»Sicher? Du hast überall Kaffeeflecken auf der Hose. Selbstverständlich übernehme ich die Rechnung für die Reinigung.«

»Nein, ist schon gut. Ist ja nichts passiert. Zum Glück ist er mir nicht in den Schoß gefallen.« Der junge Mann lächelte, wirkte aber etwas verkrampft.

»Darf ich mich kurz zu dir setzen? Mein Fuß tut weh, nicht, dass da was verstaucht oder gebrochen ist.«

»Klar, nimm doch Platz.«

Emma humpelte ein wenig und untersuchte ihr Fußgelenk, nachdem sie sich gesetzt hatte. »Könnte einen blauen Fleck geben, ist aber nichts gebrochen.«

»Da hast du Glück gehabt. Dagegen sind die paar Flecken auf meiner Hose nichts.«

»Ich habe echt ein schlechtes Gewissen. Das tut mir so leid. Wie kann ich das wiedergutmachen?«

»Du musst nichts gutmachen. Mir ist auch schon mal der Kaffeebecher aus der Hand gefallen. Ist nur zu menschlich.«

»Danke, das ist sehr freundlich von dir. Machst du hier Urlaub?«

»Nein, ich wohne hier. Du?«

»Ich komme aus Köln«, log Emma. Sie wollte nicht verraten, dass sie aus Mannheim kam. War ja möglich, dass er die Zeitungen gelesen hatte und dadurch wusste, dass Daniel aus Mannheim kam. Wobei sie nicht sicher sein konnte, dass das in den Berichten überhaupt erwähnt worden war, sie hatte bisher keinen gelesen.

»Köln. Coole Stadt, da war ich mal. Der Dom ist schon beeindruckend.«

»Ja, das ist er. Aber auch irgendwie gruselig. Wusstest du, dass überall an der Kirche Dämonengestalten angebracht sind? Die sehen aus wie Gargoyles.«

»Wow! Nein, wusste ich nicht. Das ist ja mal sehr geil. Haben sich die Bauherren im Mittelalter wohl einen Scherz mit der Kirche erlaubt.« Der junge Mann kicherte.

»Das mag man meinen, aber das ist nicht so. Die Dämonen sollen das Böse von der Kirche abhalten. Quasi Böses mit Bösem bekämpfen.«

»Bisschen schräg, passt aber irgendwie zur Kirche. Ihr habt doch gerade diesen Riesenskandal mit diesem Kardinal oder so. Der, der die ganzen kinderfickenden Bischöfe gedeckt hat.«

Emma nickte stumm, sie hatte von dem Skandal gehört, aber die Sache war viel zu kompliziert, als dass sie sich auf eine Diskussion mit diesem Unbekannten darüber einlassen wollte. »Du scheinst dich gut zu informieren.«

»Klar, bin ja nicht dumm. Auch wenn einige das denken. Ich lese jeden Tag die BILD-Zeitung und die Ostseezeitung.«

»Die Ostseezeitung scheint hier sehr beliebt zu sein.«

»Jeder in Niendorf oder Timmendorfer Strand, also eigentlich alle an der Ostsee, lesen sie. Ich habe da mal ein Praktikum gemacht, seitdem lese ich sie. Ich kriege sie zum Glück kostenlos.«

Emma hatte schon auf der Terrasse der *Seaside Lounge* das Gefühl gehabt, dass dieser junge Mann geistig nicht ganz auf der Höhe seiner Altersgenossen war, und dieses Gefühl bestärkte sich gerade.

»Lesen bildet. Ich finde es gut, dass du so viel liest. Wie heißt du eigentlich?«

»Jörn. Du?«

»Emma. Freut mich, Jörn.«

»Mich auch. Bist du mit deinen Eltern hier?«

»Nein, alleine.«

»Hast du da keine Angst?«

»Warum?«

»Na, am Strand wurde doch eine junge Frau ermordet.«

»Habe davon gehört. Ich bin aber abends nicht am Strand, daher fühle ich mich recht sicher. Oder muss ich mir Sorgen machen? Hast du als Einheimischer vielleicht Informationen, die mir als Touri verborgen bleiben?« Emma war für diese kleine Steilvorlage überaus dankbar.

Jörn antwortete nicht sofort. Er drehte sich nach rechts und links, dann wieder zu Emma. »Ich weiß vielleicht was.«

»Echt? Muss ich mir wirklich Sorgen machen?« Emma tat erschrocken und besorgt. Sie schluckte hörbar, um dem Ganzen noch mehr Dramatik zu verpassen.

»Ja, möglich …« Jörn hielt inne.

»Wie meinst du das?« Emma spürte, dass Jörn sich gerade etwas überrumpelt vorkam und vermutlich ahnte, dass er zu weit gegangen war, weil er sein Geheimnis sicherlich nicht mit einer fremden Person teilen wollte.

»Ich weiß nicht …«

»Was weißt du nicht, Jörn? Jetzt machst du mir echt Angst. Wenn du was weißt, solltest du es mir sagen. Oder möchtest du, dass mir was passiert?«

131

»Nein, natürlich nicht. Aber es ist doch mein Geheimnis.«

»Das verstehe ich. Vielleicht kann es auch meines werden. Dann fühle ich mich sicherer. Ich bin ganz alleine hier in Niendorf, und du möchtest ja bestimmt nicht, dass mir was passiert, oder?«, wiederholte Emma und baute damit subtilen Druck auf.

Jörn zögerte kurz, dann flüsterte er ihr ins Ohr: »Pass auf den humpelnden Mann auf.«

20

»Was hat es denn jetzt mit dieser Anzeige auf sich?«, fragte Gustav. Er war zu Lena ins Büro gekommen.

»Du meinst die von Emma Falk?«

»Ja, die. Oder gibt es noch weitere?«

»Nein.«

»Und was ist nun damit?«

»Na ja, sie glaubt, dass sie von einem Mann beobachtet wird.«

Es war nicht zu übersehen, dass ihr Onkel gereizt und genervt war, deshalb schob sie noch ein: »Alles gut bei dir?« hinterher.

»Nichts ist gut. Ich muss morgen Abend zu einer Pressekonferenz, die das Innenministerium gemeinsam mit dem Bürgermeister abhält, das hat Albert mir vorhin mitgeteilt. Meiner Bitte, das Ganze noch etwas hinauszuzögern, ist er nicht nachgekommen. Die Bevölkerung und vor allem die Gemeinde hätten ein Recht darauf, zu erfahren, woran sie sind. So ein Unfug. Als ob das helfen wird, den Täter aus der Reserve zu locken.«

»Du kennst doch Albert, der mag das Blitzlichtgewitter.«

»Hier geht es um zwei Morde.« Gustav presste die Lippen zusammen und atmete hörbar aus, sein Brustkorb hob sich und er gab einen abfälligen Zischlaut von sich, als er erneut ausatmete. »Egal, genug geärgert. Erzähl mir lieber, was es mit dieser Anzeige auf sich hat. Ist sie relevant für unsere Ermittlungen oder spielen Emmas Nerven ihr einen Streich?«

»Das möchte ich gern herausfinden.«

»Was sagt dein Gefühl?«

»Ich weiß es nicht. Es wäre denkbar, dass er der Täter ist. Emma hat mir erzählt, dass sie dem Mann bereits an dem Abend, wo ihr Freund ermordet wurde, über den Weg gelaufen sind. Schon da hatte sie das Gefühl, dass er sie zu lange anstarren würde, hat sich aber nichts dabei gedacht. Einen Tag nach dem Mord hat sie ihn erneut am Strand gesehen und wieder hat er ihr nachgestellt. Als er sah, dass sie ihn bemerkt hat, ist er weggelaufen.«

»Das reicht mir nicht, um ihn als Täter zu verdächtigen. Hast du die Anzeige an die Kollegen und die Streife weitergeleitet?«

»Ja, die öffentliche Fahndung sollte angelaufen sein. Die Kollegen von der Streife müssten ab jetzt nach ihm Ausschau halten.«

»Bin mal gespannt. Wirklich aussagekräftig ist die Beschreibung ja nicht.«

»Abgesehen von dem blauen Pulli vielleicht.«

»Na ja, weißt du, wie viele Menschen einen blauen Pullover tragen? Konnte sie denn gar nichts weiter über die Person sagen?«

»Leider nicht.« Lena ärgerte sich ein wenig. Gustav vermittelte ihr das Gefühl, als würde sie nicht ordentlich arbeiten.

»Vielleicht solltest du noch mal mit dieser Trude sprechen. Sie ist bisher unsere einzige Zeugin.«

»Was ist mit Jörn?«

»Den werde ich in der Dienststelle verhören, aber ob seine Aussage von Nutzen sein wird – ich weiß nicht. Irgendwie habe ich das Gefühl, dass er sich nur wichtigmachen will.«

»Und wenn nicht?«

»Dann finde ich das heraus, keine Sorge. Ich weiß, wie ich mit so jemandem umgehen muss.« Gustav machte eine kurze Denkpause. »Glaubst du, es macht Sinn, dass du Anikas Affäre noch mal aufsuchst, diesen Möller?«

»Derzeit nicht. Er hat zwar kein Alibi, aber es gibt auch

134

keine Hinweise, die darauf hindeuten, dass er zur Tatzeit in Niendorf war. Ich wüsste nicht, mit welchen Fragen ich ihn kitzeln könnte.«

Gustav grummelte etwas, die Antwort schien ihm nicht zu gefallen. Er kratzte seine Stirn, dann sagte er: »Vielleicht solltest du die Restaurants an der Promenade bis zum Tatort runter besuchen und die Angestellten befragen.«

»Das haben doch die Kollegen von der Streife schon erledigt. Keiner hat was gesehen.«

»Ich kenne die Berichte der Kollegen«, wurde Gustav jetzt lauter. »Aber es macht doch wohl Sinn, dass du die Angestellten auch befragst, das dürften ja nicht viele sein. Wir erleben immer wieder, dass mögliche Zeugen sich erst nach Tagen an bestimmte Dinge erinnern.«

»Gut, mach ich.« Lena hatte keine Lust auf einen Streit, und da sie zurzeit ohnehin kaum etwas zu tun hatte, kam ihr die Abwechslung sogar gelegen.

»Hast du noch einen Punkt, den du mit mir besprechen möchtest?«, erkundigte sich Gustav.

»Nein, derzeit nicht.«

»Gut. Wir sehen uns heute Abend bei der Oma. Bin mal gespannt, ob dein Bruder pünktlich ist.«

»Warum sollte er das nicht sein?«

»Irgendwie habe ich das Gefühl, dass er mir aus dem Weg geht.«

»Das tut er nicht. Das Ganze ist auch für ihn nicht leicht. Der Tod von Mama geht ihm sehr nahe.«

»Uns etwa nicht? Besonders dir nicht. Trotzdem bist du hier und machst deine Arbeit. Dieses Nichtstun ist ein großer Fehler, das macht nur den Kopf kaputt. Er braucht Abwechslung. Und nein, ich glaube nicht, dass er mich deswegen meidet, sondern weil er weiß, dass es ein paar offene Punkte gibt, die wir besprechen müssen.«

»Kannst du mir einen Gefallen tun?«

»Welchen?«

»Keinen Streit vom Zaun brechen?«

»Ich suche keinen Streit, das weißt du. Ich liebe meinen Neffen und dich wie meine eigenen Kinder. Wir sind Familie und wir müssen zusammenhalten, aber dein Bruder muss auch wissen, dass er in einigen Dingen falschliegt.«

»Trotzdem. Es ist unser erstes gemeinsames Abendessen.«

Gustav atmete hörbar aus und verdrehte kurz die Augen. »Gut, ich werde mich benehmen. Wir sehen uns bei Oma.«

»Danke.«

Gustav verließ das Büro und auch Lena packte ihre Sachen, um loszugehen, begleitet von dem Gedanken, dass ihr Onkel sich sicherlich nicht zurücknehmen würde, auch wenn er es versprochen hatte. Er war zu emotional und trug eben sein Herz auf der Zunge.

Das erste Ziel, das sie ansteuerte, war der Imbiss von Ali und Oli.

»Moin«, grüßte Ali.

»Moin.«

»Wieso sagt mir mein linker Zeh, dass du nicht privat hier bist«, erklärte Oli.

»Weil dein linker Zeh sich nie irrt.«

»Und wie können wir dir helfen?«, fragte Ali.

»Wir suchen einen Mann, groß, dunkle Haare. Er trug einen blauen Pulli mit Polokragen und hat sich vor zwei Tagen zwischen 20 und 22 Uhr hier in der Nähe aufgehalten.«

Ali verzog sein Gesicht, Oli verengte die Augen zu Schlitzen. »Schwere Kiste. Mir ist so jemand nicht aufgefallen. Hast du nicht ein paar mehr Infos?«

»Leider nicht. Unsere Zeugin kann sich nur daran erinnern, dass sie ihn hier am Hafen gesehen hat, an dem Abend.«

»Ich fürchte, dass wir da keine Hilfe sind. Aber wir halten die Augen und Ohren offen.«

»Der Kerl wird diesen blauen Pullover sicherlich nicht mehr tragen, wenn er der Täter ist. So dumm wird er wohl kaum sein«, konterte Oli.

»Haltet trotzdem die Augen und Ohren offen.«

»Das sowieso. Möchtest du einen Kaffee?«

»Sehr lieb, aber nein danke.«

Lena verabschiedete sich und steuerte die nächsten Cafés und Restaurants an und fragte sich durch, allerdings konnte niemand etwas über den Mann sagen oder Hinweise auf die Tat geben.

Ihr Täter schien unsichtbar.

Als Nächstes erreichte sie die *Seaside Lounge* und betrat die Terrasse. An einem Tisch sah sie Jule sitzen, daher ging sie gleich zu ihr.

»Hallo«, machte sie sich bemerkbar.

»Moin.« Jule stand auf und umarmte sie. »Setz dich doch zu mir.«

»Eigentlich habe ich keine Zeit.«

»Na komm, fünf Minuten, das wird schon keiner merken. Die Zeit für einen Espresso sollte doch sein.«

»Warum nicht.« Lena nahm Platz und Jule bat einen Kollegen, ihnen einen Espresso zu bringen.

»Hast du schon Feierabend?«

»Nein, nur eine kurze Pause. Was verschafft mir die Ehre deines Besuches?«

»Es geht um den aktuellen Fall.«

»Und wie kann ich dir da helfen?«

»Hast du an dem Abend Schicht gehabt?«

»Du meinst vor zwei Tagen?«

»Genau.«

»Ja, hatte ich. Anika und Melanie saßen an einem der Tische, die ich bedient habe.«

Dass Jule bedient hatte, stand nicht in den Berichten der Kollegen von der Streife, da war nur vermerkt, dass kein Angestellter etwas gesehen hatte. Vermutlich war es am Ende auch unwichtig, wie die Person hieß, die Anika und Melanie bedient hatte. Was Lena dennoch wunderte, war die Tatsache, dass Melanie kein Wort über Jule verloren hatte. Hatte sie das vergessen? Hatte sie es für unwichtig gehalten? Oder gab es einen anderen Grund dafür?

»Ist dir an dem Abend etwas aufgefallen?«, fragte sie Jule.

»Leider nicht. Ich wünschte, es wäre so, das habe ich deinen Kollegen von der Streife auch schon gesagt. Meinen anderen Kollegen ist ebenfalls nichts Verdächtiges aufgefallen. Es war viel los, kein Wunder, bei dem Wetter, da möchten die Leute gerne abends was essen und gemütlich ein Bier, einen Wein oder einen Aperol Spritz trinken.«

»Manchmal sind es scheinbar unwichtige Details, die den Unterschied machen. Gab es jemanden, der die beiden Mädels angeschaut oder beobachtet hat?«

»Nein, da war nichts. Und wenn, habe ich es nicht gesehen.«

»Ich gehe mal davon aus, dass du auch nicht diesen ominösen Mann im blauen Pulli gesehen hast.«

»Ich wünschte, ich hätte es, dann hätte ich es dir auf der Dienststelle sofort mitgeteilt. Emma tut mir echt leid. Als wäre der Mord an Daniel nicht schlimm genug, muss sie sich nun auch noch mit einem Stalker rumschlagen.«

»Bislang wissen wir nicht, ob er einer ist«, korrigierte Lena.

»Hör mal, was soll er sonst sein? Viel schlimmer wäre es, wenn er der Täter ist.«

»Mal unter uns, ich verstehe ohnehin nicht, warum Emma nicht nach Hause fährt. Was hat sie hier noch zu suchen?«

»Das habe ich sie auch gefragt. Sie meint, sie könne nicht gehen, solange sie nicht ein paar Antworten gefunden habe.«

»Antworten?«

»Ja, vermutlich so ein Journalistending.«

»Aha?« Lena hatte eine Vorahnung.

»Ja, sie arbeitet als Journalistin in Mannheim.«

»Ihr versteht euch ja ganz schön gut, scheint mir.«

»Dafür, dass wir uns heute erst kennengelernt haben, verstehen wir uns wirklich sehr gut. Irgendwie haben wir einen Draht zueinander. Warum?«

»Du solltest ihr schleunigst ausreden, irgendwelche Dummheiten zu begehen und auf eigene Faust zu recherchieren. Mit dem Mörder ist nicht zu spaßen.«

»Glaubst du, dass sie deswegen hiergeblieben ist?«

»Warum sonst? Es ist typisch für Journalisten, dass sie sich ungefragt in Dinge einmischen, aus denen sie sich raushalten sollten.«

»Ich rede mit ihr.«

»Danke.« Das Letzte, was Lena wollte, war, dass Emma auf eigene Faust ermittelte und sich so in Lebensgefahr brachte.

»Wie geht's dir sonst? Bestimmt alles gerade nicht leicht für dich«, sagte Jule.

»Das ist es wirklich nicht. Mama fehlt mir jeden Tag, aber die Arbeit lenkt mich ab.«

»Wenn du was brauchst, du weißt, dass du dich jederzeit bei mir melden kannst. Wir haben in letzter Zeit eh viel zu wenig gemeinsam unternommen.«

»Das stimmt. Die Arbeit und der Tod von Mama, da bleibt kaum Zeit.«

»Verstehe. Sag mal, kann es sein, dass dein Bruder in Niendorf ist?«

»Ja, warum?«

»Dann habe ich mich nicht geirrt. Ich dachte, dass ich ihn gestern gesehen habe.«

»Es gibt ein paar Dinge zu klären, aber er bleibt nicht lange.«

Jules enttäuschtes Gesicht entging Lena nicht. Sie und ihr Bruder waren eine Zeit lang ein Paar gewesen, bis ihr Bruder mit ihr Schluss gemacht hatte. Nach außen hin hatte Jule das sehr sportlich genommen, aber ob es in ihrem Inneren auch so war, konnte Lena nicht einschätzen. Es war eine Eigenschaft ihres Bruders, die sie immer wieder kritisierte, dass er mit den Gefühlen der Frauen spielte und nicht fähig war, sich auf eine richtige Beziehung einzulassen.

Jule nickte nur und schaute zur Seite, als fürchtete sie, Lena könnte etwas aus ihrem Gesicht lesen, dabei hatte sie das längst.

»Mir fällt da noch was ein«, sagte Jule dann. Sie hatte wieder ihr freundliches Gesicht aufgesetzt. Die immer gut gelaunte hübsche junge Frau, die mit allen Leuten bestens klarkam. Everbody's Darling.

»Und das wäre?«

»Vielleicht hat es nichts zu sagen, aber gegebenenfalls solltest du mal mit Jörn sprechen. Du kennst doch Jörn?«

»Jörn Hansen?«

»Genau.«

»Was ist mit ihm?« Lena war gespannt, was Jörn angestellt hatte.

»Er war mit zwei seiner Jungs hier und er hat denen was von einem Geheimnis erzählt.«

»Ein Geheimnis? Was für ein Geheimnis?«

»Ein Geheimnis, das in Zusammenhang mit den Morden steht.«

»Und was soll das sein?«, bohrte Lena nach. Sie verstand nicht, warum Jule nicht zum Punkt kam.

»Jochen, sein Kumpel, hat es mir verraten, aber er glaubt, dass Jörn sich nur wichtigmachen wollte. Er hat eine stark ausgeprägte Profilneurose und lügt viel, um bei den Jungs beliebt zu sein. Die nehmen ihn deshalb nicht ernst.«

»Mag sein, aber ich weiß noch immer nicht, um was für ein Geheimnis es sich handelt.«

»Er hat angeblich gesehen, wie nach ihm ein Mann den Tatort verlassen hat.«

»Wirklich?« Lena horchte auf. Konnte das stimmen oder hatte Jule recht mit ihrer Behauptung, dass Jörn sich gerne wichtigmachte in der Hoffnung, dadurch beliebt zu sein? Sie musste an die Worte ihres Onkels denken, der ebenfalls das Gefühl hatte, dass man Jörn wenig Glauben schenken könne, da er sich nur wichtigmachen wolle. »Konnte er den Mann beschreiben?«

»Das weiß ich nicht, aber Jochen glaubt ihm kein Wort, weil der Mann angeblich gehumpelt hat und vermutlich eine Beinprothese trug wie ein Pirat.« Jules Mundwinkel hoben sich. Augenscheinlich sah sie es wie Jochen.

Lena wusste nicht, was sie davon halten sollte. Nur eins war klar, sie würde mit Jörn sprechen, so bald wie möglich, das konnte nicht warten, bis er in der Dienststelle erschien.

»Hat Jochen noch was anderes erzählt?«

»Nein. Wie gesagt, er hat Jörn nicht ernstgenommen. Meinst du, er hat nicht gelogen?«

»Das weiß ich nicht. Aber ich muss mit Jörn sprechen. Am besten auch mit Jochen. Hast du seine Handynummer?«

»Jep.« Jule nickte und leitete Jochens Handynummer weiter.

»Danke dir.«

»Dafür doch nicht. Ich muss jetzt leider weiterarbeiten. Falls du noch Fragen hast, schreib mir eine WhatsApp.«

»Mach ich. Und wenn du irgendwas aufschnappst, egal wie verrückt oder unwichtig es erscheinen mag, schreib mir bitte.«

»Geht klar. Wir sollten wirklich mal wieder gemeinsam was trinken gehen.«

»Das machen wir.« Lena verabschiedete sich und ging Richtung Hafen, vielleicht würde sie auf dem Weg Jörn treffen. Um diese Zeit trieb er sich für gewöhnlich dort herum.

Nachdem sie bezahlt hatte, verließ sie die Terrasse und rief Jochen an, der Jules Worte bestätigte. Er schien überzeugt, dass Jörn log.

Lena legte auf und ging weiter die Promenade entlang. Nach ein paar Schritten entdeckte sie jemanden, sie wollte ihren Augen nicht trauen. Keine zwanzig Meter vor ihr stand Trude Sievers mit ihrem Dackel, der gerade sein kleines Geschäft verrichtete.

»Hallo, Frau Sievers«, machte sich Lena bemerkbar.

»Moin. Das ist ja ein netter Zufall. Genau an Sie habe ich eben gedacht.«

»Inwiefern?«

»Mir ist noch was eingefallen.«

21

Diese blonde Kellnerin ging ihm nicht aus dem Kopf. Sie war freundlich gewesen und hatte ihm nicht das Gefühl gegeben, ein Loser oder Außenseiter zu sein. Aber er war nicht dumm, er wusste, dass sie mit Männern wie ihm niemals ausgehen würde. Er wäre nie und nimmer ihr Beuteschema.

»Trotzdem war sie sehr nett und lieb.« Er kicherte. Es war ein schönes Gefühl, dass eine so hübsche Frau ihn überhaupt beachtete, auch wenn sie nur eine Kellnerin war und er lediglich an ihrer Arbeitsstelle etwas gegessen und getrunken hatte.

Kurz überlegte er, ob er ihr zu wenig Trinkgeld gegeben hatte. Die Rechnung hatte 17,80 Euro betragen und er hatte auf 19 Euro aufgerundet.

»Nein, nein, das war schon gut. Du darfst nicht auffallen. Keiner soll glauben, du wärst zu spendabel.«

Inzwischen war er wieder zu Hause und saß an seinem Schreibtisch. Er musste unbedingt das Instagramprofil dieser Kellnerin finden. Sie hieß Jule, das hatte er mitbekommen, weil sie sich mit Kollegen und Gästen unterhalten hatte, die ihren Namen kannten. Mehr wusste er über sie nicht.

»Aber das Internet weiß alles und es vergisst nie.« Er grunzte vor Freude. »Vor zwanzig Jahren wäre das nicht möglich gewesen, da hatten es Menschen wie ich schwerer.« Sein Blick verfinsterte sich. »Dabei haben wir auch das Recht, glücklich zu sein, oder nicht?« Er knirschte mit den Zähnen. »Wir sind schließlich keine Kinderficker.« Sein Atem ging laut und schwer.

Schnell wischte er die Wut beiseite, denn sie half nicht gerade dabei, dass er sich konzentrierte. Diese verdammte Wut.

Sie überkam ihn aus den unmöglichsten Gründen. Zu gerne würde er sie kontrollieren, aber bis heute war ihm das nicht gelungen, obwohl er sich deswegen sogar in Therapie begeben hatte.

Therapie? Der Typ war so ein Arsch! Der hat dich und die Kranken-kasse nur abgezockt. Es gibt keine Therapie, das habe ich dir schon tau-sendmal gesagt, aber du kapierst es nicht. Akzeptiere dich, wie du bist, oder muss ich wieder das Ruder übernehmen?

Er schüttelte den Kopf. »Nein, nein. Ich bin mein eigener Herr, ich kriege das hin.«

Sein anderes Ich schwieg. Zum Glück.

Er öffnete Instagram und suchte nach Fotos und Beiträgen mit dem Hashtag *seasidelounge*. Es gab einige Ergebnisse. Das erste war die Seite des Restaurants. Er öffnete sie und schaute sich die Posts der Location an. Er wollte wissen, welche Hashtags hier genutzt wurden. Der Hashtag: *seaside_ostsee* sah vielversprechend aus, sodass er nach diesem suchte, doch leider war auf keinem davon ein Link zu Jule zu finden.

Als Nächstes suchte er nach dem Hashtag: *niendorf.*

Hier gab es deutlich mehr Beiträge, fast sechsundvierzig-tausend. Er begann, die Beiträge durchzugehen, konnte aber auf keinem davon Jule finden.

»Das kann doch nicht sein«, fluchte er. »Dieses Miststück muss Profile in den sozialen Medien haben.«

Er scrollte weiter durch die Beiträge, bis er an einem hän-genblieb und ihn öffnete. Auf dem Foto sah er allerdings nicht Jule, sondern eine andere, sehr attraktive junge Frau, die seine Aufmerksamkeit erregte. Es war die Touristin, die vor einigen Tagen in Niendorf angekommen war und die ihm seitdem nicht mehr aus dem Kopf ging. Sie hatte ein Foto vom Nien-dorfer Hafen hochgeladen. Es war das Foto, das er bereits kannte. Er kannte sogar die Entstehung des Fotos, denn dort am Hafen war er ihr das erste Mal begegnet. Seit diesem Tag war sie ein ständiger Begleiter seiner Gedanken.

»Nicht nur meiner Gedanken.« Er schob seine Hand in seine Unterhose und massierte seinen Penis. Er saß nur in Unterwäsche am Schreibtisch, was seinen Grund hatte.

»Konzentriere dich auf Jule. So geil die Touristin ist, du weißt zu wenig über sie, und nach der Sache mit Anika darfst du kein Risiko mehr eingehen. Jule lebt hier, es wird noch jede Menge Gelegenheiten geben, sie zu überführen.« Wie automatisch spielte er weiter an seinem Penis, massierte ihn, befeuchtete seine Lippen. »Stell dir nur vor, diese geile Stute. Wie gut sie roch, und dann dieses zarte, feste Fleisch, wenn du sie berührst …«

Er zwang sich, diese Fantasien zu verdrängen, und zog seine Hand aus der Hose, weil er fürchtete, dass er gleich zum Höhepunkt kommen würde, aber dafür war es noch zu früh. Zeitgleich meldete sich ein anderer Gedanke in seinem Kopf, der fast seine Lust gekillt hätte. Ein Gedanke, der mit seiner Vergangenheit zu tun hatte und die schonungslose Wahrheit zeigte.

Inzwischen hatte er gefühlt mehr als tausend Beiträge gesichtet, aber über Jule fand er noch immer nichts.

»Mist. Welcher Hashtag führt mich zu dir, du verdorbene Frucht?«

Als Nächstes suchte er nach dem Hashtag: *hafenniendorf*.

Instagram spuckte wieder unzählige Beiträge aus, aber deutlich weniger als beim Hashtag: *niendorf*.

Er öffnete einen nach dem anderen in der Hoffnung, endlich einen Beitrag von Jule zu finden, um so auf ihr Profil zu stoßen. Doch diese Hoffnung erfüllte sich nicht. Einer der letzten Beiträge war einer vom *Ahoi Kaffee*.

Er öffnete den Beitrag, fand aber keinen Hashtag, von dem er glaubte, er könnte ihn zu Jule führen.

»Vielleicht Hashtag: *timmendorf*«, überlegte er. »Eine wie Jule wird sich sicherlich am Timmendorfer Strand aufhalten, bei der Schickeria, damit sie einen reichen Stecher findet. Mit einem armen Schlucker wie mir wird sie ihre Zeit sicher nicht verschwenden.«

Wieder keimte Wut in ihm auf, er schnaubte und versuchte so, den Druck abzulassen.

»Frauen wie Jule lieben doch Kaffee«, überlegte er laut und suchte nach dem Hashtag: *ahoikaffee.*

Instagram spuckte einige hundert Beiträge aus, die er alle durchging, aber noch immer konnte er sie nicht finden. Entweder veröffentlichte sie ihre Posts ohne Hashtag oder sie hatte tatsächlich kein Instagram, was er sich jedoch nicht vorstellen konnte.

»Facebook?«, überlegte er. Dann schüttelte er den Kopf und schlug sich mit der Hand gegen die Stirn. »Du Depp. Du sagst doch selbst, sie steht auf Schickeria, und schaust trotzdem in Niendorf. Schau in Timmendorf, fang mit dem *Café Wichtig* an. Da treiben sich doch diese ganzen Möchtegernvögel rum, die wie wandelnde Werbesäulen rumlaufen mit ihren dämlichen Luxusdesignerklamotten.«

Er sucht nach dem Hashtag: *cafewichtig* und klickte ihn an. Diesmal erschienen wieder deutlich mehr Beiträge, was ihn nicht wunderte, Timmendorf war weitaus belebter und das Café gefühlt immer voll.

Jede Menge Beiträge von jungen Frauen erschienen, die sich in seinen Augen hier nur zur Schau stellten. Er hasste das und er verstand nicht, welche Holzköpfe sich hirnlose Beiträge über Orte anschauten, an denen andere Menschen bloß aßen oder tranken. Was brachte ihnen das?

Etwas tief in seinem Herzen hoffte, dass er Jule nicht finden würde, dass sie keine dieser oberflächlichen Frauen war, die auf diese Schickeria stand. Dass dieses Lächeln, das sie ihm auf der Terrasse geschenkt hatte, nicht von dem Hintergedanken geleitet war, möglichst viel Trinkgeld zu bekommen, sondern dass sie ein guter, ehrlicher und bodenständiger Mensch war. Jemand mit Werten. Doch seine Hoffnung wurde enttäuscht.

»Am Ende geht es den Frauen immer nur ums Geld.« Er fletschte die Zähne und öffnete den Beitrag. Tatsächlich hatte Jule ihn gepostet. Das Bild zeigte sie und zwei Freundinnen, alle hübsch und viel zu aufgetakelt. Jede von ihnen hielt ein Aperol-Spritz-Glas in der Hand und lachte gekünstelt in die Kamera.

Der Text unter dem Foto war geradezu lächerlich:

Leben genießen mit Aperol im Café Wichtig, wo sonst?

Hieß das, dass man ohne Aperol keine Freude am Leben haben konnte, dass man Alkohol brauchte, um sein Leben genießen zu können?

»Wie erbärmlich«, platzte er heraus. »Wirklich sehr schade. Jetzt muss ich dich leider töten, du verfickte Hure.«

22

Lena war auf den Abend gespannt. Sie war die Erste, die bei ihrer Oma aufschlug.

»Schön, dass du da bist, mein Kind. Du kannst gerne im Wohnzimmer Platz nehmen.«

»Kommt nicht infrage. Ich bin extra früher gekommen, um dir in der Küche zu helfen.«

»So ein Quatsch. Du hast den ganzen Tag gearbeitet. Jetzt ruhst du dich aus und lässt dich von mir verwöhnen. Dafür sind Omis doch da.« Ihre Oma zwinkerte ihr verschwörerisch zu. Lena zauberte das ein Lächeln auf die Lippen.

»Na gut. Aber wenn du was brauchst, gib mir Bescheid.«

»Das mache ich.«

»Was gibt es überhaupt?«

»Spargel, mit Kartoffeln und Lachs. Das mögt ihr ja alle.«

»Sehr lecker, ich kriege jetzt schon Hunger.«

»Du musst dich noch ein wenig gedulden.«

»Wird mir schwerfallen. Möchtest du wirklich nicht, dass ich dir helfe?«

»Natürlich nicht. Geh ins Wohnzimmer und mach's dir gemütlich.«

»Wie du magst.«

Gerade als Lena ins Wohnzimmer gehen wollte, wurde die Haustür geöffnet und ihr Bruder trat ein.

Jeder von ihnen hatte einen Schlüssel für die Haustür, für den Fall, dass ihrer Oma etwas passierte und sie in die Wohnung mussten.

»Hallo, Bruderherz.«

»Oh, Schwesterherz, keine Überstunden heute?«

»Nein, heute nicht.«

Sie umarmte ihren Bruder, der sie mit seinen knapp ein Meter neunzig deutlich überragte. Dabei war sie mit ihren eins siebzig auch keine kleine Frau.

»Wo ist Oma?«

»In der Küche.«

»Und wieso du nicht?«

»Weil sie keine Hilfe wollte.« Das Lachen ihres Bruders verriet ihr, dass er sie nur aufzog.

Sie folgte ihm in die Küche.

»Dein Lieblingsenkel ist hier«, machte er sich überschwänglich bemerkbar und zauberte einen Strauß Blumen hinter dem Rücken hervor.

»Das wäre doch nicht nötig gewesen.«

»Aber sicher, weil ich weiß, dass du Blumen liebst, und ich liebe meine Oma. So schließt sich der Kreis.« Er umarmte seine Großmutter, die mehr als einen Kopf kleiner war als er, und gab ihr einen Kuss auf die Wange. »Was kochst du Schönes?«

»Spargel mit Kartoffeln und Lachs.«

»Sehr gut. Ich habe extra deinetwegen kein Mittag gehabt. Ich habe riesigen Hunger.«

»Das will ich doch hoffen, mein Lieber.« Ihre Oma strahlte. Lena wusste, dass sie es liebte, ihre Enkel zu verwöhnen.

»Warum hilft Lena dir nicht?«

»Ärger deine kleine Schwester nicht. Ich habe ihr verboten, mir zu helfen.«

»Mads hilft dir aber gerne«, entgegnete Lena. Diesen Seitenhieb konnte sie sich nicht verkneifen.

»Den Tag will ich erleben, dass in meiner Wohnung ein Mann kocht. Außerdem haben die Männer in unserer Familie zwei linke Hände, was das Kochen anbelangt.«

»So schlecht koche ich nicht, Oma.« Ihr Bruder setzte sein Sonntagslächeln auf.

»Ihr beiden Hübschen macht es euch bitte im Wohnzimmer gemütlich, bis ich euch rufe.«

»Dein Wunsch ist uns Befehl.«

Beide gingen ins Wohnzimmer.

»Sieht so aus, als wäre der alte Herr unpünktlich«, sagte Mads. Er nannte ihren Onkel hin und wieder »alter Herr«, dabei war Gustav mit seinen achtundfünfzig Jahren alles andere als alt.

»Vermutlich hat er noch ein wichtiges Treffen. Als ich aus der Dienstelle raus bin, war er in Lübeck.«

»Was ist das?« Ihr Bruder zeigte auf ihre Schläfe.

»Nur eine Schramme.«

»Eine Schramme? Kleine Schwester, du hast versucht, mit Schminke etwas zu kaschieren, das sehe ich doch sofort. Was ist passiert?«

Lena wollte ihren Bruder nicht anlügen. »Es war eine Auseinandersetzung.«

»Eine Auseinandersetzung? Mit wem? Bestimmt nicht mit einem Kollegen, oder?« Ihr Bruder verengte die Augen. »Das war niemals ein Kollege. Jeder in der Dienststelle weiß, wer dein Onkel ist, und die haben alle viel zu viel Schiss vor Gustav, als dass sie sich mit dir anlegen würden. Wieso habe ich das Gefühl, dass es mit deinem aktuellen Fall zu tun hat?«

»Ja, hat es«, gestand Lena. »Wie gesagt, es war nichts Dramatisches. Einem potenziellen Zeugen sind die Nerven durchgegangen und ich war kurz unachtsam.«

»Spinnst du?« Ihr Bruder wurde laut. »Wieso suchst du Tatverdächtige alleine auf? Das ist Lehrstoff im ersten Lehrjahr: Niemals alleine jemanden befragen, erst recht nicht als Frau.«

»Er ist kein Tatverdächtiger.«

»Und deswegen verliert er die Nerven? Wenn der mir über den Weg läuft …«

»Entspann dich. Ja, ich habe einen Fehler gemacht, aber Schwamm drüber.«

»Was sagt Gustav dazu?«

»Er war angepisst …«

»Zu Recht«, fiel Mads ihr ins Wort.

»Möchtest du jetzt die ganze Zeit auf mir rumhacken?«, tat sie eingeschnappt, weil sie wusste, dass sie ihren Bruder auf diese Weise am ehesten besänftigen konnte.

»Nein, natürlich nicht. Du bist meine Schwester und ich würde es mir niemals verzeihen, wenn dir etwas zustoßen würde. Ich mache mir eben Sorgen. Das Recht habe ich doch als älterer Bruder?«

»Klar hast du das. Aber du und Onkel Gustav müssen lernen, mir mehr zuzutrauen. Ich bin kein hilfloses Mädchen, das man an die Hand nehmen muss.«

Ihr Bruder schaute sie schweigend an und presste die Lippen zusammen.

»Wie läuft es denn in dem Fall?«

»Schleppend. Es gibt einige Hinweise, aber noch nichts Konkretes. Unter uns: So richtig interessierst du dich doch gar nicht dafür.« Sie kannte ihren Bruder zu gut. Er fragte nur, um herauszufinden, ob sie in Gefahr war. Trotzdem hatte sie ihn nicht angelogen, sie hatten eben bisher nur spärliche Hinweise. Jörn hatte sie nicht mehr gefunden und das Gespräch mit Trude Sievers hatte ergeben, dass sie noch einen Mann gesehen hatte, den sie verdächtig fand. Er hatte an einem Strandhaus unweit des Tatortes gestanden, und als er Trude erblickte, war er hastig mit seinem Fahrrad weggefahren. Ob er gehumpelt hatte, hatte sie nicht sagen können.

»Bevor ich es vergesse, ich habe mich heute mit deiner alten Flamme getroffen.«

»Welche?« Mads schenkte ihr sein verschmitztes Lächeln, das sie so mochte und immer wieder dazu führte, dass sie ihm nie richtig böse sein konnte.

»Dein Verschleiß an Frauen ist leider sehr hoch, kein Grund, so zu grinsen. Es war Jule.«

»Und was wollte sie von dir?«

»Nichts. Ich habe mit ihr gesprochen, weil Anika am Abend ihrer Ermordung in der *Seaside Lounge* war. Jetzt, wo ich so drüber nachdenke – du warst doch an dem Abend auch unterwegs und nicht zufällig in der Gegend?«

»Ich war im *Café Wichtig* in Timmendorf, war ein sehr netter Abend. Ich wünschte, ich könnte dir helfen.«

Lena huschte ein Gedanke durch den Kopf, den sie aber für sich behielt. Ihr Onkel würde das vermutlich eh ansprechen.

»Ein sehr netter Abend also? Wen hast du denn kennengelernt?«

»Wieso glaubst du, dass ich nur nette Abende habe, wenn ich ein Mädchen kennenlerne?«

»Weil ich meinen Bruder, den Jäger, kenne«, zog Lena ihn auf.

»Du irrst dich. Es war ein reiner Männerabend und er war wirklich sehr schön. Die Location ist einfach Bombe.«

Bevor Lena etwas erwidern konnte, hörte sie ein Geräusch. Die Eingangstür wurde geöffnet und ihr Onkel trat ein. Sie hörte, wie er mit seiner Mutter sprach und um Verzeihung bat, dass er sich verspätet hatte. Außerdem hörte sie Hundegebell. Es war Meiko, Gustavs Schäferhund.

»Kinders, kommt ihr?«, rief ihre Oma.

Beide erhoben sich und gingen in die Küche, wo der Esstisch stand.

»Mensch, Oma, das riecht total lecker. Wenn es dann nur halb so gut schmeckt …«

»Schleimer«, kommentierte Lena.

Mads streichelte Meiko, der das sichtlich genoss. Er hatte einen sehr guten Draht zu Gustavs Schäferhund, einen weit besseren als sie.

Beide begrüßten ihren Onkel.

»Wie war Lübeck?« Lena nahm neben Gustav Platz, Mads setzte sich auf die gegenüberliegende Seite zur Oma.

»Jetzt wird gegessen. Keine Gespräche über die Arbeit«, ermahnte die Großmutter.

Gustav hob die Schultern, dann wünschten sich alle einen guten Appetit und begannen zu essen.

»Du hast dich mal wieder selbst übertroffen«, sagte Mads.

»Da hat er recht. Sehr lecker, Mama«, pflichtete Gustav ihm bei und Lena stimmte mit ein. Ihre Oma war eine hervorragende Köchin. Mit ihren achtundsiebzig Jahren war sie zwar nicht mehr die Jüngste, aber gesundheitlich topfit und wohnte allein in ihrer Zweizimmerwohnung. Lena schaute regelmäßig bei ihr vorbei, da sie nicht weit entfernt wohnte.

Über Belanglosigkeiten sprechend, beendeten sie das Essen. Lena liebte diese Momente, sie waren viel zu selten. Gerade ihren Bruder sah sie viel zu wenig, seit er in dieser Spezialeinheit der Bundeswehr war, und schon bald würde er wieder gehen, sobald die Erbangelegenheiten geklärt waren. Seit dem Tod der Mutter waren nur noch er und sie übrig. Dass so ein Erbe eine Menge Bürokratie mit sich brachte, wusste sie schon seit dem Tod ihres Vaters. Der Staat hatte wenig Verständnis für die Sorgen der Hinterbliebenen.

»Oma, vielen lieben Dank für die Einladung. Das Essen war göttlich«, sagte Mads und gab seiner Oma einen Kuss auf die Wange.

»Dafür musst du nicht danken. Ich koche gerne für meine Familie, wir sitzen ohnehin viel zu selten zusammen am Abendbrottisch.«

»Als Polizist kann man sich seine Arbeitszeiten leider nicht immer aussuchen, Jutta«, gab Gustav zu bedenken.

Ihre Oma grummelte etwas, was Lena nicht verstand, dann sagte sie laut: »Dein Vater hätte erwidert, dass man für die Familie immer Zeit haben muss. Die Familie kommt zuerst.«

Gustav blieb stumm, er wirkte nachdenklich, als hätte ihn eine alte Erinnerung heimgesucht. Eine, die mit seinem Vater, Lenas Großvater, zu tun hatte.

Jutta stand auf.

»Wo willst du hin?«, fragte Mads.

»Einen Kaffee machen.«

»Den mache ich. Bleib sitzen.«

»Das kann ja was werden.« Diesen Spruch konnte sich Lena einfach nicht verkneifen.

»Mit der supermodernen Kaffeemaschine von Oma sollte auch ich das hinbekommen. Du vergisst, dass ich fast ein eigenes Café aufgemacht hätte.«

»Zum Glück nicht.«

»Mads, Liebling, bemüh dich nicht. Ich mach das schon, Kind«, erwiderte ihre Oma.

»Nein, kommt nicht infrage. Welchen wollt ihr?«

Alle gaben ihre Bestellung auf und wenig später hatten alle einen Becher Kaffee vor sich.

»Nicht schlecht«, nickte Lena.

»Unterschätz nie einen Johannsen.«

Lena schaute unauffällig zu ihrem Onkel. Er war verdächtig still, was eigentlich gar nicht seine Art war.

»Wie lange bleibst du noch, Mads?«, wollte die Oma wissen.

»Noch zwei Wochen, maximal drei, dann muss ich zurück.«

»Nicht länger?« Ihre Stimme klang enttäuscht.

»Leider nicht. Ich wünschte, ich könnte es.«

»Du wünschtest, du könntest?« Gustav warf ihm einen missbilligenden Blick zu.

»Ja, ich wünschte es wirklich.«

»Das kannst du doch. Was hindert dich daran?«

»Mein Beruf.«

»Dein Beruf? Dein Beruf ist es, Polizist zu sein und kein Soldat irgendeiner Spezialeinheit, die im Irak, in Afghanistan oder sonst wo ihr Leben riskiert. Und wofür? Aus Afghanistan ziehen wir uns zurück und dann werden die Taliban das Land wieder ins Mittelalter führen. Billionen von US-Dollar, die für die Tonne waren, was hätte man mit dem Geld für nützliche Dinge anstellen können.«

»Ich bin aber kein Polizist. Ich bin seit einigen Jahren raus.«

»Nur ein Wort von dir und ich nehme dich sofort in meinem Team auf. Lena braucht einen Partner. Verdammt, Mads, warum kommst du nicht zu uns? Du warst doch ein sehr guter Polizist.«

»Ja, war.« Mads' Augen funkelten wütend, sein Atem ging schwer.

Genau diesen Streit hatte Lena befürchtet, und wie es aussah, zu Recht.

»Ich verstehe dich nicht. Was kann es für dich Besseres geben, als hier zu sein? Wir sind hier, deine Familie. Warum riskierst du dein Leben für so einen Unsinn? Meinst du nicht, dass es an der Zeit ist, zurückzukehren? Du musst niemandem mehr etwas beweisen.«

»So unrecht hat mein Sohn nicht. Du weißt, dass ich immer hinter dir stehe, komme, was wolle, aber auch ich mache mir jeden Tag Sorgen um dich, Mads.«

Lena sah, dass ein Sturm in Mads' Herzen tobte, seine Emotionen waren kurz vorm Überkochen. Sie kannte ihren Bruder, gleich würde er explodieren. Nachdem sein Vater bei einem Einsatz ums Leben gekommen war, hatte er den Polizeidienst quittiert und geschworen, nie wieder Polizist zu sein.

Jutta legte ihre Hand auf die von Mads, was ihn ruhiger werden ließ. Er wandte sich zu seiner Oma. »Ich weiß«, sagte er mit leiser Stimme. »Aber ich werde kein Polizist werden, erst recht nicht hier an der Ostsee.«

»Du und dein Dickkopf. Weißt du überhaupt, was für eine neue Einheit wir hier haben? Wir arbeiten überaus eng mit den skandinavischen Kollegen zusammen. Es geht sehr international zu. Wenn es also nur der Ort ist, sorge ich dafür, dass wir dich nach Kopenhagen versetzen. Du liebst doch Kopenhagen.«

Wie Lena stand auch Mads zu seinen dänischen Wurzeln. Obwohl beide einen deutschen Pass hatten und sich als Deutsche fühlten, vergaßen sie nicht, dass ein Teil von ihnen dänisch war. Ihre Familie gehörte zu der dänischen Minderheit in Schleswig-Holstein, weshalb Mads und sie fließend Dänisch sprachen. Etwas, worauf vor allem ihre Oma großen Wert gelegt hatte.

»Ich höre immer nur, du sorgst dafür, du kannst das oder jenes für mich tun. Ich möchte aber nicht durch dich Karriere machen oder eine Sonderbehandlung genießen«, wurde Mads laut.

»Kinder, es reicht. Der Abend war so schön und ich möchte nicht, dass er mit einem törichten Streit zu Ende geht. Ich kann Gustav verstehen, und du weißt, lieber Mads, dass ich mir sehr wünsche, dass du hier wärst. Ich bin nicht mehr die Jüngste, daher neige ich zur Sentimentalität, aber du bestimmst, was du tun möchtest, und ich akzeptiere das ohne Groll. Dennoch beenden wir jetzt den Streit. Kriegen wir das hin?«

»Ich streite mich nicht mit meinem Neffen, ich versuche nur, ihn zur Vernunft zu bringen.«

»Ich bin sehr vernünftig.«

Jutta warf ihrem Sohn einen bösen Blick zu und Gustav hob abwehrend die Hände.

Mads schaute auf seine Uhr. »Ich muss leider los, ich habe noch eine Verabredung.«

»Gut, mein Lieber, und ärgere dich nicht so sehr. Gustav meint es nur gut. Sehen wir uns morgen?«

»Klar, Oma, ich komme mittags vorbei.«

Jutta stand auf und umarmte ihren Enkel, danach verabschiedete Mads sich von allen und verließ die Wohnung.

»Dass du immer Streit mit ihm suchen musst«, schimpfte Jutta.

»Ich will doch nur das Beste für ihn, aber augenscheinlich kapiert er das nicht.«

»Du kapierst eins nicht«, entgegnete Jutta. »Er hat seinen Vater bei einem Einsatz verloren, dieser Stachel sitzt tief. Mit der Brechstange wirst du da nie zum Erfolg kommen, man muss das behutsam angehen. Wenn du mich fragst, solltest du ihn überhaupt nicht mehr behelligen. Die Einzige, die ihn umstimmen kann, ist Lena.«

»Ich?« Lena schaute ihre Oma verwundert an.

23

Mads Johannsen war noch immer aufgebracht und wütend. Natürlich hatte er keine Verabredung, doch er wusste, dass er explodiert wäre, wenn er mit seinem Onkel weiter diskutiert hätte. Tief in seinem Herzen wusste er zwar, dass Gustav es am Ende nur gut meinte, aber er hatte nun einmal geschworen, die Polizeiuniform nie mehr anzuziehen, und er dachte nicht daran, diesen Schwur zu brechen.

Der unnötige Tod seines Vaters beschäftigte ihn noch immer, obwohl inzwischen einige Jahre verstrichen waren und ein noch größerer Schmerz ihn heimgesucht hatte.

Der Tod seiner Mutter war trotzdem ein anderer, sie war nach langer Krankheit ihrer Krebserkrankung erlegen und so gesehen war der Tod am Ende eine Befreiung für sie gewesen. Sie hatte viel abgenommen und sich nur zwei Dinge gewünscht: ihren Sohn ein letztes Mal zu sehen und endlich Ruhe zu finden. Beides war ihr vergönnt gewesen, sodass sie friedlich eingeschlafen war.

Mads hatte Lena viel zu verdanken, hatte sie sich doch neben ihrer Polizeiarbeit auch noch aufopferungsvoll um ihre Mutter gekümmert. Zwischen Lena und ihn passte kein Blatt Papier. Ihr und seiner Oma vertraute er blind.

Bei seinem Onkel sah die Sache anders aus. Und er hatte gute Gründe dafür.

Mittlerweile hatte Mads den Hafen erreicht und ging zum Imbiss von Oli und Ali.

»Moin«, grüßte ihn Oli.

»Moin. Habt ihr einen Schnaps für mich?«

»Einen Schnaps? Wer hat dich denn geärgert?«

»Niemand, ich bin nur genervt.«

»Dann hat dich jemand geärgert«, blieb Oli unbeeindruckt und reichte ihm einen Kurzen.

Mads ließ den Alkohol die Kehle hinunterlaufen, er brannte herrlich und für einen Moment spülte der Schnaps den Schmerz fort.

»Wo bist du eigentlich gerade?«

»Wie meinst du das?«

»Na, wo bist du derzeit stationiert?«

»Darüber darf ich nicht reden, ist leider streng geheim.«

»Sicher doch irgendwo im Nahen Osten, das jedenfalls meinte Gustav.«

»Genau.«

»Verliert man da nicht irgendwann die Motivation? Der Krieg da unten scheint kein Ende zu kennen.«

»Man gewöhnt sich daran, wie ein Polizist sich irgendwann an all die Verbrechen gewöhnt«, sagte Mads aufrichtig. Er wollte nicht lügen, nichts Hochtrabendes erzählen. Sein Job war natürlich viel gefährlicher als der eines Polizisten. Jeden Tag musste er damit rechnen, sich eine Gewehrsalve einzufangen oder von einer Mine erwischt zu werden. Aber so riskant und brutal sein Job auch war, irgendwann gewöhnte man sich an all die Toten. Das mochte kaltherzig klingen, doch es war nun mal die Wahrheit.

Die Augen gewöhnen sich daran, aber nicht die Psyche, ermahnte er sich, sich gegenüber ehrlich zu sein.

»Verstehe. Hast du nie daran gedacht, diesem Mist den Rücken zu kehren und wieder Polizist zu werden? So lässt es sich bestimmt besser schlafen«, bemerkte Ali. »Immerhin seid ihr eine Familie von Polizisten.«

»Nein, darüber denke ich nie nach. Ich muss weiter.« Mads hatte keine Lust auf solch eine sinnlose Diskussion, er verabschiedete sich und folgte dem Weg, der an den Booten vorbei Richtung Strand führte. Da es sehr mild war, waren reichlich Passanten am Hafen unterwegs, die die Abendsonne genossen.

Mads atmete tief durch. In seinem Herzen war er immer noch ein Küstenkind. Er liebte die Lübecker Bucht, das Meer und die Menschen hier. Sie waren manchmal schräg, wortkarg und direkt, aber sie trugen ihr Herz am rechten Fleck. Eigentlich hatte er deshalb nie weggewollt, geglaubt, hier alt zu werden. Eigentlich. Deswegen besaß er noch immer sein kleines Apartment hier, auch wenn er die meiste Zeit an irgendeinem verdammten, verlorenen Ort im Einsatz war.

Das Leben hielt eben immer wieder Überraschungen bereit, auch negative.

Auf einer Bank sah er eine Frau sitzen, die seine Aufmerksamkeit auf sich zog, er kannte sie.

»Moin«, machte er sich bemerkbar.

»Hallo«, antwortete sie und warf ihm einen kurzen Blick zu.

»Irgendwie laufen wir uns immer wieder über den Weg«, versuchte er die Atmosphäre mit einem Spruch aufzulockern.

»Na ja, Niendorf ist nicht wirklich groß.«

»Das stimmt. Woher kommen Sie eigentlich?«

»Aus Mannheim. Sie sind sicherlich kein Tourist, oder?«

»Nein, ein echtes Küstenkind. Aber ich lebe nicht hier.«

»Echt?« Sie schien überrascht. »Wie kann man so einen schönen Ort verlassen?«

»Bin beruflich viel unterwegs.« Mads wollte ihr die wahren Gründe nicht erzählen, dafür kannte er sie nicht gut genug, aber anlügen wollte er sie auch nicht. Etwas hatte sie, das ihn magisch anzog, und das war nicht nur ihr Aussehen, es war etwas in ihrer Art. Ihre Augen wirkten traurig und neugierig zugleich.

»Wir haben alle unser Päckchen zu tragen.« Sie schien seine Andeutung zu verstehen. »Ich muss weiter.«

»Wirklich? Bei dem schönen Wetter? Kann ich Sie nicht zu

einem Kaffee einladen?« So leicht wollte er sich diesmal nicht abwimmeln lassen. Schon an der Brücke war sie so wortkarg gewesen und einfach gegangen. Lag das vielleicht daran, dass sie einen Freund hatte und annahm, Mads würde sie angraben?

»Sehr freundlich von Ihnen, aber ich muss los. Ich habe morgen eine lange Fahrt vor mir.«

»Morgen? Fahren Sie zurück nach Mannheim?«

»Ich muss.« Sie wirkte traurig. »Ich hoffe, dass Sie einen Weg aus Ihrem Zwiespalt finden.«

»Zwiespalt?«

»Ihre Augen wirken nachdenklich und fröhlich zugleich.«

Diese Antwort machte ihn sprachlos. War er so leicht zu lesen? An sich glaubte er das nicht, weil er es hervorragend verstand, seine Körpersprache zu manipulieren. Allein für seinen Beruf in der Spezialeinheit der Bundeswehr war das unerlässlich.

Purer Zufall, glaubte er. Dennoch hinterließen ihre Worte Eindruck bei ihm.

»Leben Sie wohl.«

»Leben Sie auch wohl«, antwortete er. Es war hoffnungslos, dass sie sich von ihm einladen ließ. »Wollen Sie mir nicht wenigstens Ihren Namen verraten?«

»Emma. Und wie heißen Sie?«

»Mads.«

Er schaute ihr nach, wie sie die Promenade entlang ging. Sie drehte sich nicht um. Nachdem sie weit genug entfernt war, erhob er sich ebenfalls und ging über die Promenade zu seinem Apartment. Für heute hatte er genug, er wollte ein Buch lesen und früh ins Bett.

Während er so in Gedanken seinen Blick schweifen ließ, fiel ihm etwas ins Auge. Ein Mann war zwischen ihn und Emma getreten, er ging ebenfalls die Promenade entlang. Mads hatte ihn schon vorhin gesehen. Er schien die Boote zu beobachten. Doch jetzt, wo er zwischen ihnen war und sein Schritttempo dem von Emma anpasste, spürte Mads, dass hier etwas nicht stimmte.

Der Mann verfolgte sie, nur, warum?

Er würde das herausfinden. Mads erhöhte sein Tempo.

24

»Dein Bruder ist leider ein sturer Esel.« Gustav und Lena standen auf der Straße. Sie hatten sich von Jutta verabschiedet und wollten sich auf den Heimweg machen.

»Woher er das wohl hat?«

»Er muss doch begreifen, dass ich nur das Beste für ihn will. Hier kann ich wenigstens ein Auge auf ihn haben. Was hat er bei diesen Taliban zu suchen?«

»Vielleicht ist es genau das, womit er ein Problem hat.«

Gustav schüttelte den Kopf. »Vermutlich hat Jutta recht und du solltest mit ihm reden. Ich komme gegen ihn nicht an.«

»Was wäre, wenn wir ihn einfach in Ruhe lassen und er selbst entscheidet, was das Beste für ihn ist.«

»Welche Wahl haben wir? Dieser Holzkopf. Da ist jeder Seemann weniger störrisch.« Gustav machte eine wegwerfende Handbewegung. »Wie war eigentlich dein Tag? Hast du irgendwelche Neuigkeiten?«

»Ich habe, wie von dir gewünscht, die Cafés und Restaurants an der Promenade abgeklappert. Keiner konnte sich an etwas erinnern, was uns weiterhelfen könnte. Aber Jule hatte einen interessanten Hinweis.«

»Der wäre?«

»Jörn hat angeblich jemanden in der Nähe des Tatortes gesehen«, antwortete Lena und klärte ihren Onkel kurz auf.

»Ich weiß nicht, dieser Jörn ist ein Dummschwätzer. Mir schmeckt das alles nicht. Trotzdem müssen wir unbedingt mit ihm reden, auf die Vorladung können wir nicht warten.«

»Ich übernehme das gleich morgen früh. Ich weiß, wo er wohnt.«

»Sehr gut. Was hast du noch?«

»Mir ist die Zeugin Trude Sievers über den Weg gelaufen. Sie hat, abgesehen von Jörn, ebenfalls einen anderen Mann in der Nähe des Tatortes gesehen. Er machte den Eindruck, als wäre er nervös. Als er sie sah, ist er schnell mit dem Fahrrad weggeradelt.«

»Konnte sie die Person beschreiben? Hat er vielleicht gehumpelt?«

»Leider nicht. Es war dunkel und sie hat nicht wirklich auf ihn geachtet. Sie fand es nur merkwürdig, dass er so schnell mit dem Fahrrad weggefahren ist.«

»Verstehe. Bleibt uns also nur noch Jörn.«

»Leider. Wie war Lübeck?«

»Nichts Neues. Die Direktion hat mächtig Druck. Das Innenministerium wird nervös, die haben Angst um die Saison. Ich war noch mal kurz in der Rechtsmedizin und habe die Forensikerin gebeten, sich die Leichen ein weiteres Mal anzuschauen.«

»Hat sie zugestimmt?«

»Ja, widerwillig, aber wir kennen uns seit einigen Jahren. Sie weiß, dass ich sehr hartnäckig sein kann. Manchmal sind es die Dinge, auf die man nicht achtet, die am Ende eine heiße Spur sind. Das ist in der Rechtsmedizin nicht anders.« Wieder machte er die wegwerfende Handbewegung. »Egal, genug für heute. Soll ich dich nach Hause fahren?«

»Nein, ich gehe zu Fuß, ich möchte mir bei dem schönen Wetter noch ein bisschen die Beine vertreten.«

»Mach das. Wir sehen uns morgen im Büro, und sag bitte deinem Bruder, dass ich es nicht böse gemeint habe. Ich bin der Letzte, der ihm etwas Böses will.«

»Das weiß er. Ihr seid halt zwei Sturköpfe, da knallt es regelmäßig.«

»Vermutlich hast du recht.« Gustav schaute zur Seite und verabschiedete sich. Lena streichelte Meiko zum Abschied, was dieser mit einem Schwanzwedeln quittierte, dann folgte sie der Straße, bis sie eine Möglichkeit fand, auf die Promenade abzubiegen. Am Strand entlangzugehen, war schöner, und wer weiß, vielleicht würde sie auch noch irgendwo ein Gläschen Wein trinken.

* * *

Wie ein Raubtier pirschte sich Mads an seine Beute. Dass dieser Mann Emma verfolgte, stand außer Frage, und sie schien davon nichts mitzubekommen.

Mads wartete auf die richtige Gelegenheit, um einen Sprint einzulegen und den Mann zu Fall zu bringen.

Immer wieder kamen ihm Passanten entgegen. Der Mann vor ihm war jedoch so auf Emma fokussiert, dass er gar nicht darauf zu achten schien, was hinter seinem Rücken geschah.

Mads näherte sich ihm weiter. Gleich würde er den Angriff starten müssen, sonst riskierte er, vorher entdeckt zu werden. Er durfte den Mann auf keinen Fall verlieren.

Wieder kamen ihm Passanten entgegen, doch dann kam eine Stelle, wo niemand sonst war. Mads nutzte die Gelegenheit, erhöhte sein Tempo, wurde noch schneller und sprang schließlich auf den Mann. Beide gingen zu Boden.

»Sie Dreckskerl, was glauben Sie, wer Sie sind, jungen Frauen nachzustellen!«, schrie er den am Boden liegenden Mann an.

Der versuchte, sich aus der Umklammerung zu lösen, und rief immer wieder um Hilfe.

»Wollen Sie mich verarschen? Halten Sie Ihren Mund, sonst knallt es«, brüllte Mads den Mann an.

* * *

Durch einen Aufruhr ein paar Meter von ihr entfernt schreckte

Lena auf. Sofort eilte sie in Richtung der Schreie. Wie es schien, hatte ein Mann einen anderen ohne Grund zu Boden geworfen. Auf dem Weg zu den beiden sah sie Emma, die wie sie zu den Männern schaute und nicht recht wusste, was sie tun sollte.

»Sie bleiben hier. Ich kümmere mich darum«, rief Lena ihr entgegen.

»Soll ich die Polizei rufen?«

»Ich bin die Polizei.« Kaum hatte sie den Satz ausgesprochen, war ihr bewusst, wie dämlich er klang.

Sie war noch etwa zwanzig Meter von dem Tumult entfernt und Lena wollte ihren Augen nicht trauen. Einer der Männer war ihr Bruder. Er hatte den anderen unter sich und holte gerade aus, als wollte er zuschlagen.

»Stopp!«, rief Lena. Einige Passanten sahen dem Treiben zu, aber niemand schritt ein. Dieses Gaffen war leider ein bekanntes Phänomen, das Lena in letzter Zeit immer häufiger beobachtete.

»Halt dich da raus«, antwortete Mads. Er schaute nicht zu seiner Schwester auf.

»Was geht hier vor?«

»Das ist ein mieser Spanner und Stalker.«

Der Mann stammelte etwas, aber da Mads dessen Hals im Griff hatte, brachte er kaum ein Wort hervor. Seine bläulich-weiße Gesichtsfarbe sagte Lena, dass der Unterlegene gleich ohnmächtig werden würde.

»Lass den Mann los, dann klären wir das.«

»Erst wenn er gesteht, dass er Emma nachgestiegen ist.«

»Emma? Woher kennst du sie?« Lena konnte ihrem Bruder nicht folgen. »Lass ihn jetzt bitte los, der Mann kriegt keine Luft.«

Mads atmete laut, seine Augen funkelten entschlossen, doch endlich löste er seinen Griff. Der Mann röchelte und schnappte nach Luft.

»Sind Sie wahnsinnig?«, brüllte er ihn schließlich an.

»Nicht frech werden, sonst knallt es«, gab sich Mads unbeeindruckt.

»Geh von dem Mann weg und dann reden wir.«

»Was gibt es da zu reden? Er soll zugeben, dass er ein abartiger Spanner ist.«

Lena wusste nicht, ob Mads darüber im Bilde war, dass Emma einen Stalker hatte oder dieses zumindest annahm, und sie wusste auch nicht, in welcher Verbindung ihr Bruder zu ihr stand.

Emma war inzwischen zu ihnen getreten. Sie stand zwei Meter von Lena entfernt.

»Bitte lass von ihm ab. Das ist jetzt die Aufgabe der Polizei.«

»Er soll zugeben …«

»Verdammt, Mads, lass ihn frei!«, wurde Lena nun ungemütlich. In diesem Moment war sie Polizistin und nicht seine Schwester.

Endlich tat er ihr den Gefallen und kam auf die Beine, der Mann ebenso. Aber Mads behielt ihn im Auge, vermutlich um ihn jederzeit wieder zu Boden reißen zu können, falls er Reißaus nehmen würde, so gut kannte Lena ihren Bruder.

»Jetzt noch mal in Ruhe: Warum hast du den Mann zu Boden gerissen?«

»Das möchte ich auch wissen. Der hat mich hinterrücks angegriffen«, beschwerte sich der Fremde.

»Weil er Emma nachgestiegen ist. Ich habe ihn beobachtet. Er hat gewartet, bis sie an ihm vorbeigegangen ist, dann ist er ihr gefolgt. Geben Sie es zu, Sie Mistkerl.«

»Das stimmt doch gar nicht. Ich war bloß auf dem Heimweg.«

»Auf dem Heimweg? Wie heißen Sie?«

»Jürgen Schmitz.«

»Und wo wohnen Sie?« Der Mann kam Lena nicht bekannt vor, dabei war Niendorf nicht gerade groß.

»Im *Hotel Strandhaus*.«

»Sind Sie hier im Urlaub?«

»Ja, ist das verboten?« Der Mann versuchte, einen Schritt nach rechts zu machen, aber als er den bösen Blick von Mads sah, der dazu noch seinen muskulösen Brustkorb hob, wagte er es nicht.

»Nein, ist es nicht. Können Sie das beweisen?«

»Wie beweisen?«

»Mit einer Buchung, einem Zimmerschlüssel oder einer Karte.«

»Glauben Sie, dass ich lüge? Frechheit. Ich wurde angegriffen und jetzt werde ich auch noch beschuldigt.«

»Ich glaube gar nichts, ich brauche nur einen Nachweis.«

Emma trat zu Lena. Sie wirkte besorgt. Konnte es sein, dass ihr Bruder recht hatte und er durch Zufall den Stalker gestellt hatte?

Emma flüsterte Lena etwas ins Ohr.

25

Einen Tag später

Gustav saß auf der Terrasse des Ahoi Kaffee und trank einen Espresso. Sein Blick war auf die Boote gerichtet.

Ein Kutter fuhr gerade an seinen Anlegeplatz.

»Moin, darf ich mich zu dir gesellen?«, fragte Oli.

»Klar. Möchtest du einen Kaffee?«

»Den hol ich mir schon. Bleib nur sitzen, alter Mann.« Oli zwinkerte ihm zu.

»Alter Mann. Du bist doch ein Jahr älter als ich.«

»Ich sehe aber jünger aus.«

»Hol deinen Kaffee, bevor ich meine Einladung zurückziehe.«

»Ihr Wunsch ist mir Befehl, Kapitän Ahab. Möchtest du auch noch was?«

»Ich bin bestens ausgestattet.«

Oli nickte und stellte sich ans Fenster, um seine Bestellung aufzugeben, währenddessen beobachtete Gustav eine Möwe. Sie hatte auf einem der vielen Holzpfähle Platz genommen, und es schien, als würde sie auch ihn mustern.

»Welche Geschichten du wohl zu erzählen hast?«, sinnierte er.

Oli, der sich in diesem Moment wieder neben ihn setzte, schaute ebenfalls zu der Möwe. »Sicherlich keine, die den Menschen schmeicheln. Seien wir mal ehrlich, wir gehen ganz schön rücksichtslos mit der Lebensgrundlage der Möwe um. Die Ostsee ist total überfischt. Als ich noch jung war und mit meinem Vater rausgefahren bin, um die Netze auszuwerfen, kamen wir mit Kisten voller Heringe, Karpfen und Krabben zurück. Es gab unzählige Fischer hier im Hafen, die mit dem

Fang ihre Familien ernähren konnten. Heute sind nur noch drei Kutter übrig geblieben und einen davon fahren Ali und ich. Weil wir verrückt genug dafür sind.«

»Das waren noch Zeiten.«

»Das waren noch Zeiten.« Oli seufzte.

Für eine Weile schwiegen sie und sahen der Möwe zu, die noch immer auf ihrem Pfahl stand, aber inzwischen das Interesse an den beiden Männern verloren hatte und Richtung Strand schaute, bis sie wegflog.

»Was beschäftigt dich?«, fragte Oli.

»Was wohl? Der Fall.«

»Noch immer keine Spur?«

»Die einzige Spur, die wir haben, ist kaum eine Spur zu nennen.«

»Glaubst du, der Täter könnte erneut zuschlagen?«

»Daran möchte ich gar nicht denken, auch nicht daran, dass es jemand aus der Gemeinde ist, den man vielleicht sogar kennt. Ich verstehe manchmal die Welt nicht.«

»Sie dreht sich noch immer sehr schnell, nur wir werden langsamer, weil wir alt werden.«

Gustav nickte, in diesem Satz steckte viel Wahrheit.

»Bereust du es manchmal, Polizist geworden zu sein? Ich erinnere mich noch sehr gut daran, dass du Kapitän zur See werden wolltest. Aber dein Vater hat dir keine Wahl gelassen.«

»Lang ist's her. Die Zeiten waren damals andere. Wenn der Vater bei der Polizei ist und seinen Sohn auch dort sehen will, kann der Sohn kein Schiffskapitän werden. Der Respekt vor den Eltern war ungemein groß. Heute tanzen die Kinder einem auf der Nase rum.«

»Spielst du damit auf deinen Neffen und den Vorfall gestern auf der Promenade an?«

»Was für ein Vorfall?«

»Käthe hat mir das heute Morgen erzählt, als sie ihren Fisch gekauft hat. Mads hat einen Touristen zu Boden gerissen und wollte ihm wohl ein paar Ohrfeigen verpassen. Zum Glück konnte Lena das verhindern.«

»Davon weiß ich nichts.« Gustav war gespannt, ob Lena ihm von dem Vorfall berichten würde, und wenn ja, was wirklich vorgefallen war. Dass Mads grundlos einen Touristen angriff, konnte er sich nicht vorstellen, er kannte seinen Neffen.

»Dann hätte ich mal besser meine Klappe gehalten. Ich hoffe, der Junge kriegt meinetwegen keinen Ärger.«

»Bestimmt nicht.«

»Bei dir bin ich mir da nicht so sicher. Aber gut, genug geschnackt. Ich muss los.«

»Wir sehen uns.«

Gustav schaute seinem Freund nach, dann trank er seinen Espresso aus, warf den leeren Becher weg und ging zu seinem Wagen.

Kurze Zeit später stand er vor der Haustür von Jörn Hansens Wohnung. Er betätigte die Klingel und zu seinem Erstaunen ertönte sogleich der Summer. Die Anschrift hatte er bereits gestern ermittelt. Ursprünglich hatte er mit Lena besprochen, dass sie Jörn aufsuchen würde, doch an diesem Morgen hatte er die Idee wieder verworfen. Es war besser, wenn er Jörn allein zu fassen bekam, um ihn in die Dienststelle zu bringen, zu einem offenen und ehrlichen Gespräch.

»Was wollen Sie denn hier?« Jörn schien überrascht, dass Gustav vor der Wohnungstür stand.

»Zu Ihnen. Wir müssen reden.«

»Geht nicht, ich warte auf eine Bestellung.«

»Die Bestellung läuft Ihnen nicht weg. Wir müssen uns unterhalten.« Gustav ließ sich nicht aus der Ruhe bringen.

»Was denn noch? Ich habe Ihnen doch schon alles erzählt.«

»Ich denke nicht, ich weiß von Ihrem Geheimnis.«

»Mein Geheimnis? Wer hat gepetzt?« Jörns Augen wurden

schmal. Er schien nicht erfreut, dass der Polizist sein Geheimnis kannte.

»Das ist völlig unerheblich. Wir beide müssen darüber reden.«

»Aber es war ein Geheimnis. Das verrät man doch nicht.«

»Hören Sie mir jetzt mal genau zu, Herr Hansen. Eine junge Frau und ein junger Mann wurden brutal ermordet und Sie sind möglicherweise ein wichtiger Zeuge. Glauben Sie allen Ernstes, dass es mich kümmert, ob jemand Ihr Geheimnis verraten hat?«

»Trotzdem, das gehört sich nicht.«

»Sie ziehen sich jetzt an und wir führen das Gespräch auf der Dienststelle in Timmendorf weiter.«

»Und was ist mit meinem Paket?«

»Das wird schon ein Nachbar annehmen.«

»Wie komme ich denn nachher wieder nach Niendorf? Ehrlich gesagt, habe ich keine Lust, zu Fuß zu gehen.«

»Mein Mitarbeiter fährt Sie zurück. Ziehen Sie sich an, sonst werde ich ungemütlich.« Gustav erhob seine Stimme, er würde sich mit Sicherheit nicht auf der Nase herumtanzen lassen. Außerdem hatte er das Gefühl, dass Jörn nur mit Druck zur Kooperation zu bewegen war.

»Ist ja gut. Aber ich möchte in einem echten Streifenwagen fahren und vorne sitzen.«

Noch immer schien Jörn die Ernsthaftigkeit dieses Gespräches nicht zu verstehen, so kam es Gustav jedenfalls vor. »Gut, aber ziehen Sie sich endlich an«, kam Gustav ihm entgegen.

»Super.« Jörn zog sich nur seine Schuhe an, ließ hinter sich die Tür ins Schloss fallen und folgte Gustav zum Wagen.

»Du wolltest mich sprechen.« Lena war in Gustavs Büro getreten.

»Mach bitte die Tür zu.«

»Worum geht's?«

»Das möchte ich von dir wissen. Hast du mir was zu erzählen?«

Lena wirkte irritiert. »Was?«

»Das weißt du nicht?« Gustav warf ihr einen ungläubigen Blick zu.

Jetzt schien der Groschen gefallen zu sein. »Sprichst du von dem Vorfall gestern Abend?«

»Genau.«

»Woher hast du das erfahren?«

»Ist doch egal. Viel wichtiger ist, ob du mir davon erzählen wolltest.«

»Nicht unbedingt, weil es harmlos war.«

»Harmlos? Mein Neffe greift einen Touristen an und du nennst das harmlos?«

»Ein großes Missverständnis. Er hat geglaubt, dass der Mann Emma Falk nachsteigen würde, und hat ihn deswegen geschnappt.«

»Und dem war nicht so? Immerhin hat sie von einem möglichen Stalker gesprochen und Anzeige erstattet.«

»Nein. Emma war auch vor Ort. Sie hat bestätigt, dass er es nicht ist. Er ist wirklich nur ein Tourist im *Hotel Strandhaus*.«

»Hast du seine Angaben überprüft?«

»Es gab keine Veranlassung dazu. Warum sollte er lügen?«

Gustav schluckte einen bissigen Kommentar hinunter und schaute sie nur grimmig an. »Du weißt, dass du seine Angaben hättest überprüfen müssen.«

»Das wollte ich. Ich habe ihn nach einer Zimmerkarte gefragt, die wollte er mir auch zeigen, aber dann kam Emma und hat den Mann entlastet. Ich war froh, dass wir das Ganze ohne eine Anzeige lösen konnten. Sonst hätte Mads jetzt mächtig Ärger am Hals.«

»Gut, womöglich hast du recht. Dennoch solltest du dich im Hotel nach dieser Person erkundigen. Seinen Namen hast du wenigstens?«

»Ja, den habe ich. Jürgen Schmitz. Ich überprüfe das nach unserem Gespräch mit Jörn.«

»Dann lass uns zu ihm gehen und keine Zeit verlieren.«

Gustavs Magen grummelte. Irgendetwas sagte ihm, dass es ein Fehler gewesen war, dass Lena diesen Schmitz nicht nach seinen Ausweisdokumenten gefragt hatte, schließlich kannte er seinen Neffen. Mads war mit Abstand der beste Polizist, der für ihn und mit ihm gearbeitet hatte. Mads hatte dieses Gespür, diesen Scharfsinn, den kaum ein Polizist besaß, und wenn dieses Gespür ihn dazu veranlasst hatte, Schmitz in die Zange zu nehmen, hatte Lena einen sehr großen Fehler begangen, auch wenn sie am Ende nur ihren Bruder schützen wollte.

Dass der Mann etwas mit den zwei Morden zu tun haben könnte, wollte Gustav lieber nicht annehmen, das wäre der Super-GAU gewesen.

26

»Muss diese Frau dabei sein?«, moserte Jörn.

»Ja, muss sie. Ich will so einen Mist nicht noch einmal hören«, sagte Gustav streng, während er und Lena Platz nahmen.

»Sie fährt mich aber nicht zurück. Ich möchte einen Bullen in Uniform. Sie trägt keine Uniform.«

»Wie abgemacht wird ein Streifenpolizist Sie nach Hause fahren, allerdings nur, wenn Sie kooperieren und die Wahrheit erzählen. Und das Wort Bulle möchte ich in meiner Dienststelle nicht mehr hören.«

»Das sollte ich hinkriegen.« Jörn lachte und Lena fragte sich, warum er so eine negative Einstellung ihr gegenüber hatte. Sie hatte ihm doch nichts getan.

Gustav klärte Jörn darüber auf, dass das Gespräch aufgezeichnet werde und Lena sich zusätzlich Notizen mache.

»Nun erzählen Sie bitte, was Sie an besagtem Abend am Strandabschnitt in Niendorf getan und vor allem beobachtet haben. Lassen Sie sich bitte Zeit bei Ihrer Erzählung, jedes noch so kleine Detail kann wichtig sein.«

»Wenn's sein muss.« Jörn bewegte sich unruhig auf seinem Stuhl. »Ich war an dem Tag im Hansa Park und bin danach gemütlich nach Hause gegangen, mit ein paar Stopps, um was zu trinken und zu essen. Irgendwann war ich halt da in der Ecke und habe ein Paar gesehen, das sich gestritten hat oder zumindest ziemlich laut war. So genau konnte ich das nicht einschätzen.«

»Um welche Uhrzeit war das?«

»Keine Ahnung, es war schon dunkel.«

»Sie müssten doch trotzdem ein Gefühl dafür haben, wie spät es war. War es 21 Uhr oder später?«

»Ich weiß es ehrlich nicht.«

»Und Sie sind sicher, dass das Paar sich gestritten hat?«

Gustav ging nicht weiter auf die Uhrzeit ein. Lena wunderte es, dass Jörn in der Hinsicht plötzlich unsicher war. Bei ihrem letzten Gespräch hatte er die Uhrzeit genannt, wenn auch in zwei unterschiedlichen Versionen. Lena beschlich das ungute Gefühl, dass Jörn log. Dennoch wollte sie ihren Onkel weitermachen lassen, bevor sie ihm mit einer Frage ins Verhör grätschte, denn auf sie machte das Gespräch eher den Eindruck eines Verhörs, obwohl es offiziell nur eine Befragung war.

»Klar, die waren nicht gerade leise.«

»Herr Hansen, wir hatten die Abmachung, dass Sie uns die Wahrheit erzählen, sonst wird das mit dem Streifenwagen nichts.«

»Ich sage doch die Wahrheit. Was soll das?«, wurde Jörn laut. Gustav warf ihm einen ernsten Blick zu und Jörn schaute eingeschüchtert zur Seite.

»Tun Sie das wirklich?«

»Ja«, fiel Jörn ihm ins Wort.

»Sie haben bei Ihrer letzten Aussage einmal 22 Uhr als Uhrzeit genannt, dann 23 Uhr und jetzt können Sie sich nicht mehr an die Uhrzeit erinnern? Außerdem haben Sie ausgesagt, dass das Paar Sex hatte, und jetzt haben sie gestritten? Wie können wir Ihnen glauben, wenn Sie sich die ganze Zeit in Widersprüche verstricken?«

»Das tue ich nicht. Ich habe das damals nur gesagt, weil ich meine Ruhe haben wollte.«

Gustav holte Luft. »Das heißt, Sie wissen nicht, um welche Uhrzeit Sie in Niendorf waren?«

»Nein, es war halt schon dunkel.«

»Also war die Sonne untergegangen?«

»Ja, ich sagte doch, es war dunkel. Aber nicht so dunkel, dass man nichts sah. Die Promenade ist ja eh beleuchtet.«

Lena machte sich Notizen.

»Dann kann 22 Uhr ja sehr gut hinhauen. Die Sonne geht kurz vor 21 Uhr unter.«

»Warum ist das wichtig?«

»Warum das wichtig ist?« Gustavs Stimme erhob sich. »Junger Mann, Sie haben möglicherweise noch immer nicht begriffen, dass hier in Niendorf eine junge Frau und ein junger Mann brutal ermordet wurden. Wollen Sie deren Angehörige auch fragen, warum es wichtig ist, dass wir den Mörder finden?«

»Kein Grund, laut zu werden.«

Gustav schüttelte den Kopf. Wie es schien, gelang es ihm nicht, zu Jörn durchzudringen, der hatte heute seine besonders sture Art. Aber warum?

»Dann lassen Sie uns über Ihr Geheimnis sprechen.«

»Mein Geheimnis?«, tat Jörn unwissend. Lena sah ihrem Onkel an, dass er mit dem Verlauf der Befragung überhaupt nicht zufrieden war.

»Ja, Ihr Geheimnis! Sie haben Ihren Freunden erzählt, dass Sie an dem Abend eine Person in der Nähe des Tatorts gesehen haben. Wir hatten das doch bereits bei Ihnen an der Wohnungstür.«

»Ich weiß von keinem Geheimnis.«

Gustav schüttelte erneut den Kopf, er konnte nicht anders. »Wir haben eine Zeugin, die das bestätigen kann, und zur Not lade ich Ihre beiden Freunde vor, die das ebenfalls bestätigen werden. Möchten Sie das? Könnte ziemlich peinlich für Sie werden. Was glauben Sie, was die von Ihnen denken?«

»Und was soll ich von diesem Judas denken? Geheimnisse plaudert man nicht aus.«

»Möchtest du was trinken?« Lena wollte eine andere Taktik versuchen. Zunächst einmal duzte sie ihn, denn er war noch recht jung, und sie hoffte, ihn durch das »Du« eher zum Reden bewegen zu können.

»Eine Coke wäre toll.«

»Gut, ich bring dir eine. Wir machen eine kurze Pause.«

»Habt ihr auch Schoki?«

»Vollmilch?«

»Ein Snickers.«

»Kriegst du auch.«

Lena stand auf und gab ihrem Onkel zu verstehen, ihr zu folgen.

»So ein sturer Esel«, schimpfte Gustav, während sie Richtung Küche gingen.

»Er ist leider keine Intelligenzbestie. Ich glaube, mit Druck kommen wir da nicht weiter.«

»Doch, wenn wir …« Gustav sprach den naheliegenden Gedanken nicht aus, aber Lena ahnte, worauf er hinauswollte. Als Polizist war man nun mal in ein Korsett gezwängt, der Spielraum für Verhöre war gering, sonst konnte es schnell eine Anzeige bis hin zu disziplinarischen Maßnahmen geben.

»Lass es mich versuchen.«

Gustav schien skeptisch. »Dich? Er hat doch zu Beginn des Gespräches schon deutlich genug gemacht, was er von dir hält.«

»Mit Speck fängt man Mäuse. Und die Bad-Cop-Taktik ging ja nicht auf.«

»Was für eine Bad-Cop-Taktik?« Gustav schüttelte verärgert den Kopf. »Ich brauche erst mal einen Kaffee.«

Wenige Minuten später betraten sie wieder den Raum, wo Jörn die Wand anstarrte. Er bemerkte gar nicht, dass die beiden eingetreten waren. Die Situation wirkte ein wenig unheimlich auf Lena.

»Jörn, deine Cola und dein Snickers.« Beide Beamten nahmen Platz.

»Oh, das ist cool. Danke.«

Lena reichte ihm die Cola, Jörn öffnete sie und stürzte sofort einen großen Schluck davon hinunter, von Genuss keine Spur. Entweder war er wirklich sehr durstig oder er gehörte zu den Menschen, die die Dose in einem Zug leerten.

»Das Snickers gibt es erst, wenn du ein paar Fragen beantwortet hast.«

»Warum das?«, nörgelte Jörn.

»Weil das hier ein Geben und Nehmen ist. Wir befragen dich nicht aus purer Freude, sondern weil wir einen Mörder finden müssen. Du möchtest doch helfen, den Mörder zu finden? Oder möchtest du, dass er weiter mordet?«

»Nein, natürlich nicht. Schon unheimlich, dass hier so ein Killer rumläuft. Aber auch aufregend. Kann ich das Snickers haben?«

»Erst wenn du mir ein paar Fragen beantwortet hast.«

»Bitte. Das ist echt uncool.«

Gustav verdrehte genervt die Augen, aber er ließ Lena gewähren.

»Lass uns über den humpelnden Mann reden.«

»Woher weißt du, dass er gehumpelt hat?« Der Satz kam so schnell und spontan, dass selbst Jörn überrascht schien.

»Wie sah der Mann aus?« Lena ignorierte seine Frage.

Jörn presste die Lippen zusammen, dann kratzte er sich am Kopf. »Na ja, wie so ein Mann halt aussieht.«

»Und wie sieht so ein Mann aus?«

»Er war groß, etwas kleiner als Ihr alter Boss hier.« Jörn lachte über seinen Spruch, den Gustav überhaupt nicht lustig zu finden schien. Lena wusste, wie viel Anstrengung es ihn kostete, sich dennoch zu beherrschen. Wobei man Jörn mit seinen zwanzig Jahren zugestehen musste, dass er jeden über fünfzig als alt empfinden könnte.

»Welche Haarfarbe hatte er?«

»Dunkel würde ich sagen. Wie gesagt, es war nicht mehr hell und ich habe ihn nicht so richtig beobachtet.«

»Trug er einen Pulli?«

»Ja, möglich. Ich weiß nicht.«

Lena schoss ein Gedanke durch den Kopf. War dieser Mann doch derselbe, der Emma aufgelauert hatte? Nein, Emma hatte ihr erzählt, dass der Mann weggerannt sei. Wenn er gehumpelt hätte, hätte sie das bemerkt. Wobei sie auch nicht gesehen hatte, in welche Richtung er gerannt war und sie ziemlich weit von ihm entfernt gestanden hatte. War es also allein aufgrund dieser Entfernung möglich, dass sie nicht bemerkt hatte, ob er humpelte? Lena wollte das nicht ausschließen. Auf jeden Fall musste sie mehr aus Jörn herauskitzeln.

»Kannst du dich an die Farbe des Pullis erinnern?«

»Keine Ahnung. Vielleicht schwarz oder blau.«

Lena wurde hellhörig. »Hatte der Pulli einen Kragen?«

»Du fragst mich echt komische Sachen, so wie am Hafen. Wann kriege ich endlich mein Snickers? Ich habe echt Hunger, ich habe nichts gefrühstückt.«

»Hatte der Pulli einen Kragen?«, blieb Lena ungerührt. Den Spruch, dass ein Frühstück weniger Jörn nicht schaden würde, verkniff sie sich.

»Ist das denn so wichtig?«

»Ja, das ist es. Warum können Sie nicht einfach die Fragen beantworten? Dann hätten wir diesen ganzen Mist hinter uns und Sie könnten sich endlich dieses verdammte Snickers reinstopfen«, platzte Gustav heraus.

Jörns Kopf zuckte zurück, er schien überrascht und eingeschüchtert von dieser Reaktion und traute sich nicht mehr, Gustav anzuschauen. Sein Blick wanderte auf die Tischplatte.

»Hatte der Pulli einen Kragen?«, fragte Gustav.

»Kann schon sein, ja. Ich dachte erst, warum trägt jemand einen Polo als Pullover.«

Lena war baff. Der Stalker trug auch einen Pullover mit Polokragen.

»Bist du ganz sicher?«, hakte sie deshalb nach.

»Ja, bin ich. Ich fand das irgendwie komisch.«

»Und sind Sie ganz sicher, dass der Mann gehumpelt hat?«, übernahm wieder Gustav.

»Ja, ich denke schon. Ich habe ihn halt am Strand gesehen. Vielleicht lag es auch am Sand, dass er so komisch ging. Kann ich endlich mein Snickers haben?«

»Gleich.«

»Du sagst immer gleich. Ich hab voll Hunger, ich bin schon total unterzuckert.«

»Verstehe ich es richtig, dass Sie den Mann am Strand und nicht an der Promenade gesehen haben?«, kam Gustav Lena mit seiner Frage zuvor.

»Ja, so war es.« Jörn wirkte unkonzentriert, aber seine Aussage nahm plötzlich eine ungeahnte Dimension an. Bisher waren sie davon ausgegangen, dass Jörn den Mann auf der Promenade gesehen hatte, dass er nun allerdings selbst am Strand in der Nähe des Tatortes gewesen war, war nie zur Sprache gekommen.

Hatte Jörn den Mörder vielleicht auf der Flucht ertappt?

»Kriege ich endlich mein Snickers? Mir wird schon ganz flau. Das ist nicht lustig«, moserte Jörn erneut.

»Gut, hier. Aber ich habe noch ein paar Fragen.«

»Die kann ich doch beantworten, während ich esse.«

Lena nickte nur und hoffte, dass das Snickers in beruhigen und er sich wieder auf die Fragen konzentrieren würde.

Jörn öffnete die Verpackung und biss ein großes Stück ab. »Genau das habe ich jetzt gebraucht.« Er schmatzte und strahlte dabei wie ein kleiner Junge. Lena fand diese Reaktion etwas übertrieben.

»Hast du den Mann in der Nähe des Tatortes auf der Promenade gesehen?«, hakte sie erneut nach. Sie musste es genau wissen, schließlich gab es noch immer die Möglichkeit, dass Jörn wieder log oder sich gar nicht bewusst war, was er sagte. Der bisherige Gesprächsverlauf ließ diesen Gedanken leider zu.

»Nein, ich kam gerade vom Tatort, er war etwas weiter weg auf dem Strandabschnitt, hinter der kleinen Düne.«

Lena sah, dass ihr Onkel nicht weniger überrascht war als sie. Was um alles in der Welt hatte Jörn am Tatort zu suchen gehabt? Hatte er sich gerade um Kopf und Kragen geredet oder war das nur wieder eine seiner Lügen? Doch so spontan, wie die Antwort kam, war Lena geneigt, zu glauben, dass es keine Lüge war, dass er wirklich am Tatort gewesen war. Nur, machte ihn das jetzt sogar zum Haupttat verdächtigen?

27

Es hätte schlimmer kommen können. Gefahr lag in der Luft. Niendorf und Timmendorf steckten voller verdeckter Ermittler. Trotzdem hatte er Glück gehabt, man hatte ihn nicht verdächtigt.

»Das eine oder das andere Mal …«, sagte er zu sich und schüttelte den Kopf. »Was beschäftigst du dich mit Wenn-Dingen? Du lebst im Hier, nicht im Gestern, und was das Morgen bringt, kannst du glücklicherweise beeinflussen. Du warst doch nie in Gefahr, weil du ihnen gegenüber einen Informationsvorsprung hast. Und warum hast du ihn? Weil du intelligenter bist als die einfachen Menschen.«

Er war fleißig gewesen und hatte Jules Instagramaccount endlich gefunden. Zu seinem Glück war es ein öffentliches Profil, sodass er sich mit einem Fakeaccount dort in Ruhe anonym umschauen konnte, ohne Sorge haben zu müssen, dass er aufflog.

»Ich liebe das Internet. Diese Famegeilheit macht es mir zu leicht.«

Jule hatte knapp achttausend Follower. Bestimmt bildete sie sich was darauf ein, jedenfalls postete sie sehr viel, und wie es schien, machte sie mit Instagram eine Menge Kohle.

»Dabei arbeitet das Miststück bloß als Kellnerin.« Er gab einen Zischlaut von sich und schnalzte mit der Zunge. »Du verlogenes Biest. Für einen Augenblick hatte ich geglaubt – nein, gehofft –, dass du anders bist, als du mich auf der Terrasse angelächelt hast. Jetzt weiß ich aber, dass du es nur fürs Trinkgeld getan hast.«

Er schlug mit der Faust auf den Tisch, dass es schepperte.

Wieder einmal stöberte er durch ihr Profil, öffnete ihre Bikini-fotos und spielte an seinem Penis.

»Du bist schon eine geile Fotze. Diesmal mache ich aber nicht den gleichen Fehler wie mit Anika. Diesmal nicht.« Er spielte weiter an sich herum und streckte die Zunge heraus. In Gedanken lag er auf ihr, sie mit dem Bauch nach unten, und er drang in sie ein, dabei drückte er ihren Kopf auf den Boden. Sie versuchte sich zu wehren, aber sie war zu schwach. Er genoss es, dass sie sich wehrte, das bereitete ihm noch mehr Freude.

Seine Hand wurde nass und warm. Er grinste kurz, dann wurde sein Blick ernst und er säuberte sich.

»Endlich wieder frei im Kopf.« Es gab Augenblicke wie diesen, da hasste er es, dass er masturbierte, weil es für ihn ein Zeichen von Schwäche war. Masturbieren und abspritzen, das war ein Relikt aus der Steinzeit, damit die Menschen sich fortpflanzten wie die Karnickel.

Aber er war kein Karnickel, er war ein besonderer Mensch, ein hochintelligenter Mensch, und die Sexualität durfte nicht über ihn siegen. Sie war lediglich ein Werkzeug für ihn, für seine Kunst.

Ein Teil dieses Kunstwerks würde Jule sein, schon sehr bald. Anika hatte leider das Pech gehabt, dass dieser dämliche Tourist ihm und am Ende auch ihr die Tour vermasselt hatte.

»Bei Jule wird alles anders.« Gleichzeitig musste er an die Touristin denken. Er hatte zwar beschlossen, sich auf Jule zu konzentrieren, aber diese Touristin wollte trotzdem nicht aus seinem Kopf.

In diesem Moment erschien ein neues Video in Jules Story. Er öffnete es. Dass sie ihm irgendwie auf die Schliche kommen würde, war sehr unwahrscheinlich, dafür war das Fakeprofil zu clever und so angelegt, dass wirklich keine Spur zu ihm führte. Außerdem arbeitete er mit einem VPN, um im Internet seine Spuren zu verwischen. Er hatte an alles gedacht.

»Du eingebildetes Miststück.« In dem kurzen Video sah man sie im Sand liegen. Sie war allein und hatte sogar den Strandabschnitt in ihrer Story gekennzeichnet.

»Noch einfacher kannst du es mir nicht machen.«

Er überlegte kurz. Doch, er würde ein kleines Risiko eingehen. Immerhin hatte er alles über sie herausgefunden, was man im Internet über sie herausfinden konnte. Er kannte ihre Profile in den sozialen Medien, er wusste ungefähr, wo sie wohnte und mit welchen Freunden sie abhing. Kurz hatte er sich geärgert, weil auch Anika auf ihrer Freundesliste stand, damit hätte er Jules Profil viel schneller finden können als über die aufwendige Hashtagsuche.

»Egal. Jetzt hast du sie ja. Du solltest dein Tätigkeitsfeld von der digitalen in die reale Welt verlegen.«

Er zog sich an, packte ein paar Sachen in seinen schwarzen Rucksack und verließ die Wohnung. Dann stieg er auf sein Fahrrad und fuhr los, bis er den Strandabschnitt erreichte, wo Jule sich sonnte.

In Flipflops schritt er in einiger Entfernung zu ihr über den Sand. Die Sonne schien und es war eigentlich das perfekte Wetter für ein Sonnenbad, wenn man das nicht so hasste, wie er es tat.

Er öffnete die Instagramapp und sah, dass Jule noch eine Story online gestellt hatte. Diesmal hielt sie ihren Hintern in die Kamera, damit auch jeder sehen konnte, wie sportlich sie war.

Er hatte nie verstanden, warum Menschen sich so sehr dem Körperkult hingaben, auch das war doch nichts anderes als steinzeitliches Denken. Ja, in der Steinzeit wurde noch über den Körper definiert, ob man überlebte oder nicht, ob man sich paaren durfte oder nicht. Exakt das, was heute nur die Tiere machten. Aber für den heutigen Menschen gab es inzwischen etwas viel Tiefsinnigeres: Verstand und Intelligenz. Warum in aller Welt waren die Leute dann trotzdem so körperfixiert?

Geiseln der Evolution, war die einzige Erklärung, die er dafür hatte.

Inzwischen konnte er Jule sehen. Sie lag etwas abseits, in der Nähe waren noch ein paar andere Jugendliche und ein älteres Paar. Dieser Strandabschnitt in Niendorf war wenig frequentiert, er lag ziemlich abgelegen. Einheimische suchten diesen Ort gerne auf, um im Sommer den vielen Touristen zu entgehen.

Er fand eine Stelle etwas weiter weg, die gleichzeitig gut gelegen war, um von dort aus unbeobachtet zu gaffen.

Obwohl er sich prinzipiell nicht gerne sonnte, musste er da jetzt durch. Er nahm ein Badetuch aus der Tasche und legte es auf den Sand, dann cremte er sich ein und legte sich hin. Die Badehose hatte er schon zu Hause angezogen.

Sein Blick wanderte immer wieder zu Jule. Sie konnte ihn nicht sehen, aber er konnte sie von hier aus hervorragend beobachten.

Ein perfekter Platz.

Immer wieder öffnete er Instagram und schaute sich ihre Storys an. Jule teilte ihr Leben gerne öffentlich. Ihm war das nur recht.

»Vor dreißig Jahren wäre das alles so nicht machbar gewesen. Ein Hoch aufs Internet.«

Mit seinem Handy machte er heimlich Fotos von ihr und freute sich schon darauf, diese später auf dem Computer anzuschauen.

Jede Menge geiles Wichsmaterial. Die Tatsache, dass die Selbstbefriedigung seiner eigentlich nicht würdig war, hatte seine Geilheit verdrängt.

Aus dem Augenwinkel sah er, dass sich ein junges Pärchen knapp zwanzig Meter rechts von ihm breit machte. Sie hatten einen Hund dabei, so eine kleine Töle, die fürchterlich bellte. Er hasste Hunde. Mit einem hämischen Grinsen erinnerte er sich daran, wie er als Kind einmal den Hund eines Nachbarn eine Angelschnur hatte schlucken lassen, schön verpackt in ein Würstchen. War das ein geiles Gefühl, ihn hinterher winseln zu sehen.

Die Tracht Prügel, die er daraufhin von seinem Vater bezogen hatte, schmerzte bis heute. Er hatte nie verstanden, warum er damals so hart bestraft worden war. Wieso fanden Menschen Hunde so toll? Auf der einen Seite liebten sie sie wie ihre eigenen Kinder und ließen sie sogar in ihrem Bett schlafen, auf der anderen Seite hielten sie sie an der Leine wie einen Sklaven, aus Angst, sie könnten abhauen.

Das war doch geradezu pervers.

Für ihn waren Tiere nur zum Essen da. Sich ein Haustier zu halten, wäre für ihn nie infrage gekommen, dafür war er zu sehr Pedant. Allein der Gedanke an Tierhaare jagte ihm einen Schauer über den Rücken.

Dass das Pärchen sich in seiner Nähe einrichtete, nervte ihn, da sie ihn beobachten konnten und er somit nicht mehr ungestört fotografieren und spannen konnte.

Immer wieder musste er zu den beiden rüberschauen, denn nur wenn sie ihn nicht im Blickfeld hatten, konnte er schnell seine Fotos machen und Jule betrachten.

Jetzt drehte sie sich zur Seite und präsentierte ihren wunderschönen Po in seiner vollen Pracht. Sie hatte nur einen String an.

Herrlich!

Das musste er unbedingt fotografieren. Dokumentieren.

Dann drehte sie sich auf den Bauch und öffnete ihr Bikinioberteil.

Ein Bellen schreckte ihn auf. Er drehte sich um und sah dieses verdammte Fellding vor sich. Die Misttöle bellte und wedelte mit dem Schwanz, als forderte sie ihn zum Spielen auf.

»Verpiss dich«, sagte er verärgert.

Sein Herrchen lief auf ihn zu. »Verzeihen Sie bitte. Bello ist sehr neugierig.«

»Ist schon gut. Er ist ja nur ein Hund.« Er versuchte, sich seinen Ärger und seine Wut nicht anmerken zu lassen, schließlich durfte er nicht auffallen.

»Komm, Bello, lass den Mann in Ruhe.«

Die Töle gehorchte und folgte dem jungen Mann. Das Ganze sah schon skurril aus. Der Hund war klein und der Mann bestimmt fast eins neunzig. Vermutlich war es der Hund seiner Freundin, ein Mann wie der würde sich doch niemals so einen Winzling als Hund halten, oder?

Egal, er hätte dem Köter am liebsten die Kehle durchgeschnitten.

Manche Gedanken lassen sich schwer realisieren. Er seufzte enttäuscht. Er musste an das Betäubungsmittel denken, das er immer dabei hatte, und fragte sich, wie das Tier wohl darauf reagieren würde. Er glaubte sogar, die Rasse zu kennen – eine französische Bulldogge. Diese überzüchteten Hunde waren derzeit sehr gefragt, soviel er wusste.

Er versuchte, seine Aufmerksamkeit wieder Jule zu widmen, da bemerkte er, wie der Hund sich erneut von seinem Herrchen entfernte, während dieser nichts Besseres zu tun hatte, als seine Freundin zu befummeln.

Diesmal steuerte Bello die dösende Jule an, die im Gegensatz zu ihm nicht hochschreckte, allerdings einen kleinen Fehler machte, den er blitzschnell zu seinem Vorteil nutzte: Als sie hochkam und den Hund streicheln wollte, konnte er ihre Brüste sehen. Schnell drückte er den Auslöser der Kamera seines neuesten iPhones und konnte sein Glück noch immer nicht fassen.

Zum ersten Mal in seinem Leben war ein Hund doch zu etwas nutze. Als sie den Fauxpas bemerkte, zog sie ihr Bikinioberteil an. Diesmal kam die Freundin des Mannes zu ihr, vermutlich hatte sie Sorge, dass ihr Macker mit der hübschen Jule flirten könnte.

Sie unterhielten sich und die Freundin nahm Bello mit.

Jule legte sich nicht wieder hin, sie schaute auf ihr Handy, beschäftigte sich einige Minuten damit, postete aber nichts, das wäre ihm aufgefallen. Dann stand sie auf und zog sich an.

Wohin gehst du?, fragte er sich nervös, er wollte ihr unauffällig folgen. *Vielleicht hättest du das Auto nehmen sollen, du Trottel. Wenn sich gleich eine Gelegenheit ergibt, sie zu betäuben, wie schaffst du sie dann weg?*

Wie so oft wischte er den Gedanken fort. In seinem Kopf meldeten sich häufig kritische Gedanken, aber er war ein Meister darin, sie zu vertreiben. Mit Kritik wollte er sich nicht beschäftigen, schon als Kind nicht, und zwar aus einem einfachen Grund: Es gab an ihm nichts zu kritisieren. Er war perfekt, er war fast allen Menschen überlegen.

Fast allen! Natürlich gab es ein paar, vor denen er großen Respekt hatte, er war schließlich nicht größenwahnsinnig. Menschen wie Einstein zum Beispiel oder Elon Musk.

In dem Moment ging Jule an ihm vorbei. Als sie etwas weiter weg war, packte er schnell seine Sachen zusammen, zog die Flipflops an und folgte ihr unauffällig.

An der Promenade angekommen, fing sie an zu laufen und überquerte die Straße.

»Joggt sie jetzt?«, fragte er sich und stieg auf sein Fahrrad. Nicht weit entfernt von hier gab es einen Vogelpark, darum herum war ein Waldgebiet. Wollte sie wirklich dahin?

Er schaute auf ihr Instaprofil, sie hatte wieder etwas gepostet. Diesmal war es der Hinweis, dass sie gerade auf dem Weg zum Restaurant *Hermann-Löns-Blick* sei und sich auf ihre Freunde freue, die sie dort erwarteten. Und wie verband man das am besten? Indem man dorthin joggte, man war doch so figurbewusst.

So viel kotzen konnte er gar nicht, wie er sich über diese dämliche, oberflächliche Story ärgerte.

Unauffällig folgte er ihr, doch dann hatte er eine andere Idee und bog ab, schließlich wusste er, dass sie den Waldweg, der rechts am Vogelpark vorbeiführte, nehmen würde, um zum Restaurant zu gelangen. Kurz vorher gab es aber noch einen schmalen Pfad, der ebenfalls um den Vogelpark herumführte. Beide Wege kreuzten sich nach einigen hundert Metern. Mit dem Fahrrad war er auf jeden Fall schneller als sie, er würde sie überraschen können und dann betäuben. In seinem Kopf sah er den Ablauf bereits wie in einem Film vor sich. Eine geile Idee.

»Das wird gut werden, sehr gut. Nicht wie bei Anika. Keine bösen Überraschungen.«

Mit einem breiten Grinsen trat er in die Pedale.

28

Perfektes Surfwetter!

Mads hatte sein Surfbrett unter den Arm geklemmt und war auf dem Weg zum Strand, um ein wenig auf den Wellen zu reiten. Sein Fahrrad hatte er bereits an der Promenade abgestellt.

Jetzt blieb er unvermittelt stehen. »Das ist doch Lena.« Er schaute noch einmal hin. Nicht weit von ihm entfernt saß seine Schwester mit einem Becher Kaffee in der Hand. Sie schien in Gedanken versunken. Kurzentschlossen ging er zu ihr.

»Mittagspause?«, fragte er, als er vor ihr stand.

»So in etwa. Ich kann mir jedenfalls nicht den Luxus erlauben, jetzt zu surfen.«

»Das sollten wir beide aber dringend mal wieder tun.«

»Lang ist's her.«

»Stimmt. Dabei hattest du mehr Talent als ich«, gestand Mads ihr ein.

»Als Polizistin ist Surfen ein Luxus, den ich mir während der Ermittlungen nicht erlauben kann.«

»Du wirkst bedröppelt. Alles gut?«

»Nichts ist gut.«

Das mochte er an seiner Schwester. Sie war viel ehrlicher als er und vor allem hatte sie keine Probleme, über ihre Sorgen und Schwierigkeiten offen zu sprechen. Er bewunderte das sehr, denn ihm gelang das nicht, da war er seinem Onkel ähnlich.

»Wo drückt denn der Schuh?« Mads legte das Surfbrett zur Seite und nahm neben seiner Schwester Platz.

»Ich habe großen Bockmist gebaut.«

»Und der wäre?«

»Du erinnerst dich doch an deinen Streit mit diesem Mann gestern?«

»Klar. Ich wollte ihm die Fresse polieren, wenn du nicht dazwischen gegangen wärst. Was ist mit ihm?«

»Ich habe vergessen, seine Daten zu überprüfen.«

»Es war alles sehr hektisch und Emma hat ihn entlastet.« Mads hatte eine Vorahnung, wollte sie aber nicht aussprechen.

»Ja. Trotzdem hätte ich seine Daten überprüfen müssen. Ich war heute in dem Hotel und sie kennen keinen Jürgen Schmitz.«

»Der Name war Fake, und wenn schon.«

»Was, wenn er doch etwas mit den Morden zu tun hat und ich einen wichtigen Tatverdächtigen habe laufen lassen? Verdammt.« Lenas Blick war wie versteinert, die Selbstvorwürfe mussten sie innerlich zerreißen.

»Entspann dich. Erstens wissen wir, wie der Mistkerl aussieht, und zweitens, wer sagt denn, dass er etwas mit dem Fall zu tun hat? Vielleicht ist er ein ängstlicher Bursche und hat nur aus Nervosität einen falschen Namen genannt.«

»Das glaubst du ja wohl selbst nicht.«

»Ist doch egal. Du hast richtig gehandelt. Wenn du nicht eingeschritten wärst, hätte ich ihm die Fresse poliert. Du hast mich vor einer Dummheit bewahrt.«

»Das wird Gustav nicht gerade besänftigen.«

»Soll ich mit ihm reden?«

»Sehr nett von dir, aber ich kläre meine Probleme selbst.«

Das Gefühl hatte Mads gerade nicht. Er nahm vielmehr an, dass der Fall sie überforderte, und er musste an Gustavs Angebot denken, der neue Partner von Lena zu werden. Vermutlich genau deswegen, weil er etwas Druck von den Schultern seiner Nichte nehmen wollte. Für Mads war es ohnehin kaum verständlich, dass Lenas Kollege in Elternzeit war. Ein Mann, gerade ein Polizist, hatte nichts in der Elternzeit zu suchen, da war er konservativ. Lena würde dazu sagen, er wäre ein Macho, doch für ihn hatte das nichts mit Machosein zu tun, sondern damit, dass man als Polizist eine Verantwortung gegenüber der Gesellschaft hatte. Deswegen durfte man nicht monatelang die Beine hochlegen, nur weil es das Gesetz erlaubte, fand er.

Dabei hatte er für Lenas Partner bei der Polizei immer sehr viel Respekt gehabt, er hielt ihn für einen äußerst fähigen Polizisten.

»Wie du magst. Gustav wird darüber jedenfalls nicht erfreut sein.«

»Zu Recht, ich bin das auch nicht, und als wäre das nicht genug, haben wir noch eine andere Riesenbaustelle.«

»Und die wäre?«

»Jörn Hansen, der Junge, der hier immer abhängt.«

»Der naive Jörn?«

»Genau.«

»Was hat er angestellt?«

»Wir hatten gestern ein Verhör …« Lena korrigierte sich, »… ein Gespräch, dabei hat er sich um Kopf und Kragen geredet, sich ständig in Widersprüche verstrickt. Er hat sich verplappert und erzählt, dass er bei der Leiche von Anika gewesen sei, es dann aber zurückgenommen. Das ging die ganze Zeit so. Gustav blieb keine andere Wahl, als ihm die Fingerabdrücke abzunehmen, die werden jetzt überprüft.«

»Die DNA auch?«

»Das ist nicht so einfach. Ich glaube kaum, dass der Staatsanwalt oder der Richter da mitspielen.«

»Ganz ehrlich, ich kenne Jörn. Der ist doch zu blöd, um seine Schnürsenkel zuzubinden. Ein typisches Opfer. Der tut keiner Fliege was zuleide. Ja, er hat manchmal eine große Klappe, aber ist er deshalb auch ein brutaler Mörder, der zwei Menschen tötet? Fällt mir schwer, das zu glauben, selbst wenn ihr Fingerabdrücke finden solltet.«

»Warum?«

»Na ja, was ich dem Idioten zutrauen würde, ist, dass er die Leiche berührt hat. Er ist dumm, er empfand es vielleicht als Abenteuer.«

»Es ist ein Abenteuer, eine Leiche zu berühren? Sei mir nicht böse, wenn ich dir gerade nicht folgen kann. Auch von einem Jörn erwarte ich, dass er so viel Grips hat und sofort die 110 anruft.«

»Genau das solltest du nicht.«

»Dann wollen wir hoffen, dass wir keine Fingerabdrücke finden, sonst wird es eng für ihn, und zwar nicht, weil Gustav an seine Schuld glaubt, sondern weil der politische Druck sehr hoch ist. Gustav hat Sorge, dass eine höhere Stelle aus Lübeck oder Kiel einen Haftbefehl ausstellen könnte.«

»Ohne die Einzelheiten eures Falles zu kennen, lege ich mich fest: Jörn ist nicht euer Mann.«

»Du weißt, das können wir ändern. Ein Wort zu Gustav und du könntest morgen mein Partner sein. Das wäre doch was. Ich kann dir bestimmt einiges beibringen, du bist ja sicher schon ziemlich eingerostet.«

»Nicht frech werden, kleine Schwester.« Mads sah, wie Lenas Augen kurz strahlten, weil ihr der Gedanke sicherlich gefiel, dass ihr großer Bruder, zu dem sie immer aufgeschaut hatte, ihr Partner werden könnte. Doch so gerne er ihr helfen wollte, so wusste er, dass das niemals eintreten würde. Lena musste sich auf einen anderen Partner verlassen.

»Erzähl mir lieber, woher du Emma Falk kennst.«

»Wir sind uns auf der Seebrücke über den Weg gelaufen.«

»Ich hoffe nicht, dass du sie …«

»Quatsch. Was denkst du von mir?«

»Genau das, ich kenne dich. Dein Verschleiß an Frauen ist nicht normal, und Emma ist exakt dein Beuteschema. Aber denk dran, die hat gerade ihren Freund verloren, da wäre es sehr rücksichtslos, wenn du ihre emotionale Schwäche ausnutzt.«

»Jetzt übertreibst du. Ich bin sicherlich niemand, der sich an ein verletztes Rehlein ranschmeißt.«

»Der Vergleich ist gemein. Nein, im Ernst. Bitte lass sie in Ruhe.«

»Das sollte ich hinkriegen. Sie dürfte doch eh heute abreisen.«

»So sicher bin ich mir da bei ihr nicht.«

»Warum?«

»Na ja, weil sie mir immer erzählt, sie würde wegfahren, und siehe da: Sie ist noch hier. Sie ist von Beruf Journalistin, die können einfach nicht anders.«

»Du meinst, sie sucht den Mörder auf eigene Faust?«

»Ganz sicher. Wäre doch eine Megastory. Frau findet Mörder ihres Freundes.«

»Ich glaube, du übertreibst. Vielleicht hat sie hier noch ein paar Dinge zu erledigen, zum Beispiel die Überführung der Leiche. Vielleicht möchte sie auch nicht nach Hause, weil ihr der Druck durch Freunde und Familie da zu groß ist.«

»Jetzt bist du naiv, und das bist du bei Frauen nur dann, wenn du an ihnen interessiert bist.«

»Bullshit.«

»Ganz sicher nicht. Ich kenne dich besser als jeder andere Mensch. Bitte lass sie in Ruhe.«

Mads huschte ein Schmunzeln übers Gesicht, weil Lena recht hatte. Niemand kannte ihn so gut wie sie. Dabei gab es viele Dinge, die sie nicht wusste. Erst recht nicht, seit er bei dieser geheimen Spezialeinheit war. Dinge, von denen er wollte, dass sie niemals ein anderer Mensch erführe, denn es waren schlimme Dinge, die ihn manchmal schweißgebadet aus dem Schlaf hochrissen.

»Ich lasse sie in Ruhe.«

Lena warf ihm einen skeptischen Blick zu, als suchte sie in seinen blauen Augen nach der Wahrheit. »Gut, ich muss los. Viel Spaß beim Wellenreiten.«

»Danke, den werde ich haben. Wobei es mit dir noch mehr Spaß machen würde.«

»Ich reite doch schon auf Wellen, nichts anderes sind diese Ermittlungen. Du weißt nie, welche Welle dich als nächste erwischt. Essen wir heute Abend zusammen?«

»Gerne. Bei Oma?«

»Ja, sie wird sich bestimmt freuen.«

»Na klar. Oma kriegt nicht genug von uns.«

Weil sie alt ist und weiß, wie kostbar die ihr noch bleibende Zeit ist, ergänzte er den Satz in Gedanken.

Lena gab ihm einen Kuss auf die Wange und entfernte sich.

Mads schaute ihr nach. Er hatte ein schlechtes Gewissen, dass er seine Schwester bei den Ermittlungen im Regen stehen ließ, aber er konnte einfach nicht aus seiner Haut.

»Sie ist taff. Sie schafft es auch ohne dich.« Er nahm sein Surfbrett und ging zum Strand.

Die Wellen waren bewegt genug, um zu surfen. Klar konnte man die Ostsee nicht mit Hawaii oder anderen Surferparadiesen vergleichen, aber es reichte aus, um den Kopf etwas freizubekommen, und das konnte er jetzt sehr gut gebrauchen. Sein Kopf war voll mit gefährlichem Mist.

Er ließ seinen Blick über den Strand wandern. Plötzlich stoppte er, glaubte er doch, in kurzer Entfernung Emma gesehen zu haben. Er ging in ihre Richtung. Auch wenn er seiner Schwester versprochen hatte, die Finger von ihr zu lassen, zog sie ihn magisch an. Er wusste nicht warum. Sie hatte etwas, was er bei keiner anderen Frau zuvor gesehen hatte, und natürlich würde er ihre Verletzlichkeit nicht ausnutzen, so ein Mann war er nicht. Aber er würde ihr eine Schulter und Halt bieten, wenn sie danach fragte.

Als er näher kam, sah er, dass es doch nicht Emma war. Enttäuscht drehte er ab.

»Sie ist bestimmt abgereist«, murmelte er und spürte einen Stich im Herzen. Es war ein seltsames Gefühl, aber der Gedanke, sie nie wiederzusehen, bekümmerte ihn. Er schaute in die andere Richtung und wieder sah er eine junge Frau, die Emma von Weitem ähnelte. Diesmal ging er jedoch nicht hin, weil er wusste, dass sie es nicht war, dass seine Gedanken ihm einen Streich spielten. Er drehte sich erneut zu den Wellen.

Würdest du ihr helfen, wenn sie so töricht wäre, den Mörder auf eigene Faust zu suchen?, überlegte er.

Ja, das würde er tun, sofort, ohne auch nur einen Gedanken daran zu verschwenden, ob das klug wäre.

Aber deiner Schwester willst du nicht helfen?, meldete sich eine kritische Stimme.

Weil ich kein Polizist bin. Als Privatperson würde ich es tun, das werden allerdings weder Lena noch Gustav wollen. Die werden mir die Hölle heißmachen, wenn ich mich als Zivilist in polizeiliche Ermittlungen einmische. Außerdem ist Emma abgereist, was mache ich mir also Gedanken über sie. Die Welle ruft.

»Mr. Thor!«, hörte er da jemanden rufen.

Er drehte sich um und sah Jörn auf sich zukommen. Der Junge nannte ihn immer mal wieder Thor, weil er nach dessen Meinung große Ähnlichkeit mit Chris Hemsworth hatte. Möglicherweise hatten sie tatsächlich in etwa die gleiche Statur und auch der kurze Haarschnitt war ähnlich, aber sonst hatte er mit dem Hollywoodschönling nicht viel gemein, fand Mads.

»Hallo, Jörn.« Mads winkte ihm zu.

»Gehst du surfen?« Jörn stand nun bei ihm. Er war leicht außer Atem, obwohl er gerade sicherlich keine dreißig Meter zurückgelegt hatte. Aber Jörn war noch nie der Sportlichste gewesen.

»Das hatte ich vor.«

»Ich wünschte, ich könnte so cool surfen wie du.«

»Warum solltest du das nicht können?«

»Schau dir meinen Bauch an und dann dagegen du mit deinem Sixpack.«

»Quatsch. Das kann jeder. Das hat nichts mit dem Bauch zu tun. Man muss nur üben.«

»Ich würde gerne, aber niemand übt mit mir.«

»Soll ich es dir beibringen?« Mads wusste, dass das nur eine billige Ausrede von Jörn war. Er kannte ihn, seit Jörn ein kleiner Junge war, er war schon immer träge und faul gewesen.

»Klar, wenn es dir nichts ausmacht«, antwortete Jörn dennoch.

»Warum sollte es?«, sagte Mads freundlich. Er hatte eine Idee. Vielleicht war es an der Zeit, dass er sich Jörn einmal zur Brust nahm, um die Wahrheit herauszubekommen, was an dem Abend am Tatort wirklich geschehen war. Jörn bewunderte ihn, und genau deswegen wusste Mads, wann er die richtigen Knöpfe zu drücken hatte, um die Wahrheit aus ihm herauszukitzeln. Falls Jörn glaubte, ihn belügen zu können, kannte Mads auch andere Methoden, um die Wahrheit zu hören; schmerzhafte Methoden, die er sehr gut beherrschte und die ihm in seiner Spezialeinheit von großem Nutzen waren, denn in seinem Beruf konnte eine nicht erkannte Lüge über Leben und Tod entscheiden. Aus Jörn die Wahrheit herauszuholen, würde ein Kinderspiel sein, davon war Mads überzeugt.

Du kannst dich später bei mir bedanken, Schwesterherz.

29

Emma weinte. Der Kummer und die ganze Situation waren gerade kaum auszuhalten.

Eben hatte ihre Mutter angerufen und sie angefleht, zurück nach Köln zu kommen, zu ihrer Familie. Jeder Versuch, ihre Bitte abzublocken, schlug fehl. Sie wollte nicht begreifen, warum Emma noch an der Ostsee war. Dort gab es doch nichts als den Tod.

Irgendwann hatte Emma nicht mehr gekonnt, denn der indirekte Vorwurf, sie sei kalt, traf sie zu sehr. Ihre Mutter hatte das nicht offen ausgesprochen, aber Sätze wie: *»Du warst schon als Kind immer anders«* oder *»In so einer Situation muss man doch bei der Familie sein«* verfehlten ihre Wirkung nicht.

Dabei war sie überhaupt nicht so herzlos oder egoistisch, wie ihre Mutter sie am Telefon darzustellen versuchte. Am Ende des Gespräches hatte sie schließlich zugesagt, morgen nach Köln zu fahren, nur damit ihre Mutter endlich Ruhe gäbe. Und das, obwohl sich seit dem vergangenen Abend etwas in ihr verändert hatte, als Mads mit diesem ominösen Mann aneinandergeraten war, der ihr angeblich nachstellte.

Sie hatte den Mann noch nie zuvor gesehen und das dieser Polizistin Lena Johannsen auch so gesagt. In gewisser Weise fand sie es ja süß, dass Mads ihr helfen wollte. Aber einen wildfremden Mann, der nur zurück ins Hotel gehen wollte, zu Fall zu bringen, war doch ein bisschen zu viel des Guten für ihren Geschmack.

Trotzdem gab es einen winzigen Teil in ihr, der Mads irgendwie mochte. Vermutlich lag es daran, dass sie immer noch sehr verletzlich war und sich nach einer starken Schulter sehnte. Das jedenfalls wollte sie glauben, denn sie schämte sich für diesen Gedanken. Immerhin war Daniel erst wenige Tage tot, da konnte man unmöglich mit den Gedanken bei einem anderen Mann sein.

Am Ende war das auch egal. Morgen würde sie nach Köln fahren und damit Mads, die Ostsee und das schreckliche Ereignis weit hinter sich lassen. Womöglich war das wirklich die beste Lösung, und ihre Mutter hatte recht mit dem Satz, dass sie nicht bei klarem Verstand sei.

Da das Wetter auch heute wieder wunderschön war, wollte sie nicht weiter in der Hütte bleiben. Sie ging ins Bad und wusch sich das Gesicht. So verheult wollte sie auf keinen Fall nach draußen. Sie warf einen kurzen Blick in den Spiegel. Sie wirkte sehr blass, obwohl sie doch die meiste Zeit an der frischen Luft war und eigentlich recht schnell Farbe bekam. Also schminkte sie sich dezent, um wenigstens die Augenringe zu kaschieren. Danach zog sie sich an und überlegte kurz, ob sie sich in die Sonne legen sollte, entschied sich aber dagegen. Den letzten Tag an der Ostsee wollte sie nicht faul in der Sonne liegen, sondern die Gegend erkunden. Außer Niendorf hatte sie bisher nicht viel gesehen.

Sie steuerte das Haupthaus mit der Rezeption an.

»Hallo«, machte sie sich bemerkbar. Ein junger Mann arbeitete heute hier anstelle von Nadine.

»Moin, was kann ich Schönes für dich tun?«

»Verleiht ihr Fahrräder?«

»Klar. Möchtest du eins?«

»Ja, was kostet das?«

»Für unsere Hotelgäste ist es einmal pro Aufenthalt kostenlos, danach zehn Euro am Tag.«

»Super.«

Der junge Mann nahm ein paar Daten auf, begleitete sie nach draußen und übergab ihr ein Fahrrad.

Emma bedankte sich und radelte los.

Kurze Zeit später erreichte sie den Eingang zum Hafen und beschloss, beim *Ahoi Kaffee* einen Stopp einzulegen.

»Hallo, Emma!« Lena kam ihr entgegen.

»Hallo.«

»Möchtest du zum Hafen?«

»Genau. Einen Kaffee holen.«

»Das Wetter ist perfekt dafür. Lass ihn dir schmecken.«

»Danke.«

Die Polizistin entfernte sich.

Emma stellte ihr Fahrrad ab, dann ging sie Richtung *Ahoi Kaffee*.

Ihr Blick blieb bei einem Mann hängen, er war hochgewachsen und steuerte mit seinem Surfbrett unter dem Arm den Strand an. Sie erkannte ihn gleich: Es war Mads.

Kurz überlegte sie, zu ihm zu gehen und sich für seinen Einsatz zu bedanken, er hatte das Ganze am Ende ja nur gut gemeint, auch wenn es einen Unschuldigen getroffen hatte.

Nein, lass es lieber. Mach es nicht unnötig kompliziert.

Sie steuerte das *Ahoi Kaffee* an und bestellte einen Latte macchiato. Dann nahm sie auf einer Bank Platz und genoss die Sonne.

Nachdem sie den Kaffee ausgetrunken hatte, stand sie auf und warf den Becher weg, da sah sie Jörn, der Richtung Strand ging.

Sie dachte an das Gespräch mit ihm, in dem er erzählt hatte, dass er einen humpelnden Mann gesehen habe, in der Nähe des Tatorts. Konnte das Zufall sein oder war es am Ende der Täter gewesen?

Das würde allerdings bedeuten, dass der Mann, der sie gefühlt verfolgte, nicht der Täter war. Vermutlich verfolgte sie auch gar keiner, vielleicht bildete sie sich das alles nur ein, so wie Mads angenommen hatte, dass der Urlauber ihr nachstellte.

Sie schüttelte den Kopf. »Er ist weggelaufen.« Sie zog die

Stirn kraus und überlegte. »Was interessiert dich das überhaupt? Das ist die Aufgabe der Polizei. Morgen bist du weg und deinen Stalker hast du auch nicht wiedergesehen.«

Sie schaute sich kurz um, sah aber tatsächlich niemanden, der sie beobachtete. Ein Indiz mehr, dass sie anscheinend falschgelegen hatte.

Ob sie doch an den Strand gehen sollte, um mit Mads zu sprechen? Das wäre vermutlich die letzte Gelegenheit, ein paar Worte mit ihm zu wechseln. Sie war hin- und hergerissen. Inzwischen hatte sie den Strand erreicht und konnte Mads sehen, er hatte ihr den Rücken zugedreht. Dann schaute er kurz in ihre Richtung, drehte sich aber wieder weg. Ob er sie erkannt hatte, konnte sie nicht sagen. Zu ihm zu gehen, war wohl doch keine so kluge Idee, daher entschied sie sich für das Vernünftige und ging zurück zu ihrem Fahrrad, das sie in der Nähe des Imbisses von Oli und Ali abgestellt hatte.

»Moin«, grüßte Ali sie, als sie ihr Fahrradschloss öffnete.

»Hallo.«

»Sieht nach einer Fahrradtour aus.«

»Genau. Ich wollte mir ein wenig die Gegend anschauen.«

»Schön. Richtung Timmendorfer Strand oder Travemünde?«

»Richtung Timmendorf, denke ich. Und Sie, wohin des Wegs?« Ali sah nicht aus, als würde er zum Imbiss wollen.

»Zu unserem Kutter.«

»Ihr Kutter?« Emma verstand nicht.

»Ja. Oli und ich gehören zu den letzten drei Fischern, die hier noch täglich rausfahren, um frische Fische für unsere Kunden und Gäste zu fangen.«

»Echt? Ich dachte, das machen nur diese Großfischereien?«

»Noch haben die uns nicht kleingekriegt. Wir stellen uns wacker den schwimmenden Fischfabriken. Das Überfischen der Meere ist ein nicht wiedergutzumachender Skandal, dem unsere Politiker hilflos zusehen.«

»Sie haben recht. Das Überfischen ist ein weltweites Problem. Ist bestimmt interessant, aufs Meer hinauszufahren.«

»Ich möchte das gegen nichts auf der Welt eintauschen. Morgens früh um 4 Uhr – Oli, ich und das weite Meer. Unbeschreiblich, das muss man einfach erlebt haben.«

»Würde ich sehr gerne mal mitmachen.«

»Wann immer Sie wollen. Sie sind unser Gast.«

»Danke für das Angebot. Aber ich fahre morgen zurück.«

»Verstehe.« Ali wirkte plötzlich nachdenklich, sie konnte nicht einschätzen, warum. »Nun gut. Ich muss nach dem Kutter schauen, der Motor hat heute seltsame Geräusche gemacht. Ihnen eine gute Heimreise, falls wir uns nicht mehr sehen sollten.«

»Danke. Und Ihnen viel Erfolg mit dem Kutter.«

Ali bedankte sich und ging davon. Emma schwang sich auf ihr Fahrrad und folgte der Strandstraße Richtung Timmendorf. Wie zu Beginn ihrer Reise, als sie über die Straße Richtung Niendorf gefahren waren, war sie wieder erstaunt, was für wunderschöne Häuser hier standen. Unzählige Villen, die darauf hinwiesen, dass die Gemeinde Timmendorfer Strand nicht arm war. Die Umgebung erinnerte eher an Hamburg Blankenese, Köln Marienburg oder die Mannheimer Oststadt.

Bald erreichte sie die Promenade von Timmendorf und schob das Fahrrad ab jetzt. Die Promenade war ein ganzes Stück größer als in Niendorf und wunderschön angelegt. Auf Höhe des *Maritim Hotels* zuckte sie zusammen. Die Gefühle übermannten sie und sie hatte große Mühe, keinen Heulkrampf zu bekommen.

Daniel! Er hätte noch leben können, wenn wir hier eingekehrt wären.

Sie wusste, dass sie keine Sekunde länger hierbleiben konnte. Sie wollte weiterradeln, als ihr Handy einen Laut von sich gab: eine neue Nachricht.

Sie fischte ihr Handy aus ihrer Handtasche und schaute aufs Display. Jule hatte ihr geschrieben.

Moin, was machst du Schönes?

Emma tippte gleich eine Antwort ein.

Ich bin in Timmendorfer Strand. Und Du?

Sehr schön. Ich war am Strand, wollte jetzt zum Ausguck.

Ausguck?

Emma wusste nicht, was sie mit Ausguck meinte.

Ach ja, ich vergaß, du bist ja nicht von hier. Ich meine den Hermann-Löns-Blick. Das ist ein Ausguck knapp einen Kilometer hinter dem Vogelpark. Dort gibt es ein Restaurant am See. Sehr schön und man kann vom Ausguck die Gegend bestaunen. Wäre super, wenn du auch kommst. Ist mal was anderes als der ganze Tourikram am Strand.

Emma überlegte kurz. Eigentlich wollte sie weiter nach Scharbeutz. Andererseits würde ihr Ablenkung guttun und zu Jule hatte sie einen Superdraht. Sie noch mal zu treffen, bevor sie abreiste, war ein schöner Gedanke.

Okay. Wann?

Perfekt. Das freut mich sehr. Zwei Freunde von mir sind auch da. Du wirst sie mögen. Ich laufe jetzt los, bin in zwanzig Minuten spätestens da.

Schickst du mir die Koordinaten? Ich bin mit dem Fahrrad unterwegs.

Klar. Ist aber ganz leicht. Einfach Richtung Vogelpark und dann den Pfad rechts vom Vogelpark nehmen, wobei auch der andere, der einen

Bogen macht, zum Ausguck führt. Beide Wege kreuzen sich nach ein
paar hundert Metern. Du kannst das Ziel gar nicht verfehlen.

Sollte ich hinkriegen. Bis gleich.

Bis gleich.

Jule schickte ihr den Standort und Emma schaute ihn sich auf
Google Maps an. Sie erkannte die beiden Pfade und steckte
ihr Handy zurück in die Tasche, sie hatte sich die Route ein-
geprägt, das war nicht kompliziert. Laut Google Maps brauchte sie keine fünfzehn Minuten bis zum Ausguck und Jule hatte
gesagt, dass sie ebenfalls in knapp zwanzig Minuten da wäre.
Somit konnte sie gemütlich bis dorthin fahren.

Obwohl sie Jule kaum kannte, wusste sie, dass sie sie vermissen würde, es passte einfach zwischen ihnen beiden.
Manchmal musste man sich nicht ewig kennen, um zu wissen,
dass man einen guten Menschen kennengelernt hatte. Sie
hoffte, dass der Kontakt nicht abbrechen würde, sobald sie zurück in Mannheim wäre.

Kurz vor dem Vogelpark bog sie links in den schmalen Pfad
ein, aber erst, als sie schon ein paar Meter geradelt war, erinnerte sie sich, dass Jule den anderen Pfad nehmen würde.

Egal. Sie hat ja geschrieben, dass sich beide Wege kreuzen.

Also radelte sie weiter. Der Pfad war recht schmal, es kam ihr
auch niemand entgegen und ein mulmiges Gefühl überkam sie.
Jedoch beruhigte sie sich wieder, als sie nicht weit entfernt ein
Fahrrad sah, es musste doch noch jemand hier sein. Sie drosselte
das Tempo und entdeckte einen Mann, der zu Boden gestürzt
war. Emma stoppte, stellte das Fahrrad ab und eilte zu ihm.

»Haben Sie sich verletzt?«, fragte sie den Mann, der einen
Helm trug.

»Ja, leider, ein Stein war plötzlich im Weg, aber ich glaube,
es geht schon.«

»Warten Sie, ich helfe Ihnen auf. Nicht, dass etwas gebrochen oder verstaucht ist.«

»Das ist sehr freundlich von Ihnen.«

Jule half dem Mann auf die Beine. Kaum stand er, spürte sie einen heftigen Schlag gegen den Kopf. Sie taumelte, stürzte zu Boden und spürte weitere Tritte gegen den Kopf.

»Na, dann musst du es wohl sein«, hörte sie den Mann rufen, kurz bevor sie das Bewusstsein verlor.

30

Einen Tag später

Gustav saß in seinem Büro und schaute aus dem geöffneten Fenster. Die Sonne schien und er hörte die Vögel zwitschern. Alles machte einen friedlichen Eindruck. Dabei war nichts mehr friedlich. Sie suchten einen Psychopathen, der zwei junge Menschen ohne mit der Wimper zu zucken ermordet hatte.

Das Klingeln seines Bürotelefons riss ihn aus seinen Gedanken.

»Johannsen. Ostseekriminalpolizei«, meldete er sich. Er wusste sofort, wer anrief, da er die Nummer auswendig kannte.

»Moin, Gustav. Albert hier.«

»Moin, Albert. Wie kann ich dir helfen?«

»Tja, indem ihr den Mörder endlich findet«, sagte Lange trocken. Ein Scherz, den Gustav gar nicht lustig fand. Immerhin dauerten die Ermittlungen erst wenige Tage an. Wunder konnte auch er nicht vollbringen.

»Wir sind dran, sei dir dessen gewiss.«

»Das glaube ich dir. Ich wüsste nicht, in wessen Händen der Fall besser aufgehoben wäre als in deinen.«

»Du rufst doch sicherlich nicht an, um vollmundige Reden zu schwingen.«

»Immer auf den Punkt. Gut, dann will ich auch nicht um den heißen Brei herumreden. Gibt es Ergebnisse aus dem Labor wegen des Fingerabdruckabgleichs oder ist er schon in der Datenbank?«

»Fingerabdrücke?«

»Na, die von Jörn Hansen.«

»Wie bist du an die Info gekommen?«

»Ich bin bestens vernetzt und berechtigterweise sehr an

dem Fall interessiert. Immerhin geht es hier um meine Gemeinde und jede Menge Arbeitsplätze. Liegen die Ergebnisse vor?«

Lange hatte jede Menge Informanten, das war Gustav nichts Neues, aber dass er so einen Druck machte, war sogar für Lange ungewöhnlich, denn in der Regel steuerte er zunächst ihn als Informationsquelle an. Was auch sinnvoll war.

»Nein, sie liegen noch nicht vor. Und wenn, bedeutet das noch lange nicht, dass Jörn der Täter ist.«

»Das sieht die Polizeidirektion in Lübeck anders.«

»Wie meinst du das?«

»Sollten seine Fingerabdrücke am Tatort gefunden worden sein, ist er dringend tatverdächtig und kommt in Untersuchungshaft.«

»Das ist doch nicht dein Ernst?« Gustavs Stimme erhob sich.

»Meiner nicht, aber der des LKA und des Innenministeriums.«

»So einfach geht das nicht.«

»Einfach? Soweit ich mitbekommen habe, hat er sich ständig in Widersprüche verstrickt und es soll ihm der Hinweis rausgerutscht sein, dass er doch am Tatort war.«

»Ja, das stimmt alles. Aber der Junge ist nicht die hellste Kerze.«

»Laut Gutachten seines Hausarztes liegt eine ganz schwache Lernbehinderung vor. Er ist voll geschäfts- und schuldfähig.«

»Du bist ja wirklich bestens informiert.« Gustav schluckte seinen Ärger herunter. Sich mit Lange zu streiten, brachte nichts.

»Wie gesagt, das ist meine Aufgabe als Bürgermeister dieser Gemeinde. Ab Juni brummt hier der Bär und es sollte in unser aller Interesse liegen, dass wir den Medien bis dahin einen Täter präsentieren.«

»Du spielst gerade mit der Zukunft eines jungen Menschen, nur für das Image deiner Gemeinde.«

»Ich habe mit all dem nichts zu tun. Den Haftbefehl stelle ja nicht ich aus. Gut, ich muss Schluss machen. Informiere mich bitte, sobald die Ergebnisse vorliegen.«

Lange legte auf und Gustav schüttelte verärgert den Kopf. Wieder einmal schien es, dass die Politik mächtig Druck auf die Zentrale in Lübeck machte, um in den Medien gut dazustehen.

Es klopfte an seiner Tür und seine Sekretärin trat ein.

»Ja, bitte?«, fragte Gustav deutlich angespannt.

»Die Ergebnisse des Abgleichs der Fingerabdrücke liegen vor.«

31

Mads war eine Runde gejoggt, um den Kopf freizubekommen. Jetzt stoppte er am Hafen, da er Appetit auf ein Fischbrötchen hatte, und die holte man sich am besten bei Oli und Ali.

»Moin«, begrüßte ihn Ali freundlich. »Warst du joggen?«

»So ein Quatsch, du hast dir doch bestimmt nur Wasser über den Kopf gekippt, damit es nach Schweiß aussieht«, ertönte Olis Stimme aus dem Hintergrund, dann trat er ebenfalls ans Fenster.

Mads lachte nur.

»Wenn Oli keinen dummen Spruch bringen kann, ist er nicht glücklich. Möchtest du ein Heringsbrötchen?«

»Genau.«

»Wie lange bleibst du eigentlich noch?«, fragte Oli.

»Vermutlich noch ein, zwei Wochen. Kommt drauf an, wie schnell wir diesen ganzen Papierkram erledigen.«

Oli ging nicht darauf ein. Mads sah ihm an, dass ihm etwas auf der Zunge lag, es aus irgendeinem Grund jedoch für sich behielt. »Hast du wieder an Masse zugelegt?«, fragte Oli stattdessen etwas Belangloses.

»Fünf Kilo. Reine Muskelmasse.« Mads schenkte ihm ein breites Grinsen.

»Immer noch dasselbe spitzbübische Grinsen.«

»Da hat Oli mal recht. Ich weiß noch, wie du als kleiner Junge immer in unserem Imbiss warst und uns mit deiner frechen Art Freude bereitet hast. Du warst wirklich frech, aber irgendwie auch sehr süß.«

Mads erinnerte sich nur vage daran, dass er oft bei den beiden gewesen war, denn seine Eltern hatten ganz in der Nähe gewohnt.

Ali überreichte ihm sein Fischbrötchen und Mads zahlte.

»Hast du nie mit dem Gedanken gespielt, in Niendorf zu bleiben? Jetzt, wo deine Mutter tot und Lena ganz alleine ist«, fragte Oli.

»Ehrlich gesagt nicht. Außerdem hat sie doch meine Oma und Gustav. Ich muss weiter. Wir sehen uns.« Mads hatte keine Lust, mit den beiden eine Diskussion über seine Zukunft anzufangen.

»Wir sehen uns.«

Er ging die Strandpromenade entlang und aß sein Brötchen.

»Moin, Mads«, hörte er da eine ihm vertraute Stimme.

»Moin, Jule.« Die junge Frau wischte gerade einige Tische auf der Terrasse der *Seaside Lounge* ab, doch jetzt ließ sie den Lappen liegen und steuerte auf ihn zu.

»Wie geht's?«

»Bei dem tollen Wetter – wie soll es einem da gehen?«, antwortete Mads.

»Ich muss leider arbeiten.«

»Sieht man.«

»Nett wie immer.«

»Verzeih, so sollte es nicht rüberkommen. Wie geht es dir?«, erkundigte er sich.

»So weit ganz gut. Ich habe da jemanden kennengelernt, mal schauen, was draus wird.«

»Freut mich für dich.« Warum Jule zu Beginn ihres Gespräches unbedingt eine neue Flamme erwähnen musste, erschloss sich ihm nicht. Ob das wirklich stimmte, oder saß der Stachel, dass er sie abserviert hatte, noch so tief, dass sie sich nur mit so einer billigen Geschichte zu helfen wusste?

»Mal schauen, ist halt alles ganz frisch. Was ist mit dir?«

»Nichts Neues. Hier und da mal was zum Naschen.«

»Was zum Naschen? Soso …« Sie schaut ihn prüfend an, sagte aber nichts weiter. Kurz war es still, beide schwiegen, bis Jule wieder sprach. »Wie lange bleibst du?«

»Weiß ich noch nicht. Es gibt einiges zu klären. Dieser ganze behördliche Mist ist ziemlich kompliziert.«

»Glaube ich dir. Das mit deiner Mutter tut mir sehr leid.«

»Muss es nicht. Am Ende war sie nicht mehr sie selbst. Dieser verdammte Krebs hat sie von innen zerfressen. Der Tod war für sie eine Befreiung.«

»Mag sein, aber sie ist viel zu früh gegangen. Ich habe sie immer sehr gemocht.«

»Sie war auch ein ganz besonderer Mensch.«

»Das muss alles verdammt schwer sein für Lena«, bemerkte Jule nachdenklich. »Erst der Tod der Mutter und jetzt muss sie einen Psychopathen jagen, der zwei junge Menschen ermordet hat. Manchmal frage ich mich, wo sie all die Kraft hernimmt.«

»Das frage ich mich auch. Sie ist tapfer. Lena meinte, du hättest dich mit dieser Emma angefreundet?« Am vergangenen Abend hatte er sich noch mit Lena unterhalten und sie hatte ein wenig aus dem Nähkästchen geplaudert. Er hatte ihr von seinem Gespräch mit Jörn erzählt. Leider war dabei nicht viel herumgekommen, weil Jörn sich aus dem Staub gemacht hatte, nachdem zwei seiner Freunde am Strand aufgetaucht waren. Er würde sich Jörn aber noch einmal vorknöpfen, wenn Lena es wünschte, doch die hatte abgewunken.

»Angefreundet wäre etwas zu viel gesagt. Wir verstehen uns sehr gut und ich möchte für sie da sein, ist bestimmt nicht leicht für sie.«

»Das ist sehr löblich von dir«, antwortete Mads. »Aber vermutlich wird das nicht mehr nötig sein. Emma meinte, sie würde heute abreisen.«

»Davon gehe ich auch aus.«

»Du weißt es nicht?« Das fand Mads komisch. »Gab es kein Abschiedstreffen gestern?«

»Leider nicht. Ich hatte ihr geschrieben und sie gefragt, ob sie zum Ausguck kommen wolle. Sie hatte auch zugesagt, ist dann aber nicht erschienen.«

»Hast du ihr denn geschrieben und gefragt, warum sie nicht gekommen ist?«

»Ja, habe ich. Sie hat nur geantwortet, dass sie es sich anders überlegt hätte und lieber zurück in ihr Hotelzimmer wolle. Dass sie sich noch nicht mal heute gemeldet hat, ist schon komisch. Ich hätte sie da anders eingeschätzt. Womöglich ist es nur die Situation. Ist bestimmt nicht leicht für sie.«

»Möglich. Vielleicht ist ihr aber auch was zugestoßen.«

»Meinst du?«

»Du solltest sie anrufen.« Mads wusste von Lena, dass Emma in einer Hütte wohnte, warum schrieb sie dann, dass sie zurück auf ihr Hotelzimmer wolle?

Jule nickte, fischte ihr Handy aus der Hosentasche und rief Emmas Nummer an. »Kein Freizeichen. Scheint, dass sie ihr Handy ausgeschaltet hat.«

»Zeig mir mal die Nachrichten, die sie dir geschickt hat.«

»Warum?«

»Zeig sie mir bitte«, wurde Mads fordernder.

»Du machst mir echt Angst.« Sie gab ihm ihr Handy und er las die Nachrichten durch. Es gab keinen Zweifel, sie hatte tatsächlich Hotelzimmer geschrieben.

Mads beschlich eine böse Vorahnung. Er gab Jule das Handy zurück.

»Was ist los?«

»Das weiß ich noch nicht. Aber irgendwas stimmt hier nicht. Schick mir ihre Nummer, ich versuche, sie anzurufen. Und ich schau mich mal auf den Pfaden am Vogelpark um. Weißt du, welchen sie genommen hat?«

»Ich schätze mal den, der am Vogelpark entlang führt, den breiteren.«

»Um welche Uhrzeit wolltet ihr euch treffen?«

»Das war gegen 14 Uhr rum.« Sie schaute in die Nachrichten. »Ja, kurz nach 14 Uhr.«

Mads nickte nur. Jule wusste also nicht genau, welchen Weg Emma genommen hatte. Mit steigender Besorgnis verabschiedete er sich von ihr und lief Richtung Vogelpark, begleitet von einem unguten Gefühl.

Er überquerte die Bundesstraße 76 und folgte der Straße An der Aalbeek. Die beiden Wege zum Ausguck kannte er in- und auswendig. Er war früher häufig dort gewesen. Die schmale Straße, die eher einem Schotterweg glich, endete am Vogelpark, der Pfad, von dem Jule gesprochen hatte, ging vorher von der Straße ab.

Welche Richtung sollte er wählen? Er entschied sich für den breiteren Weg, der am Vogelpark entlang führte. Als Frau, die sich nicht auskannte, würde man doch den Weg wählen, oder?

Andererseits – was würde ein Psychopath tun? Der würde wohl eher an dem schmaleren, weniger frequentierten Weg warten.

Mads entschied sich trotzdem gegen sein Gefühl und folgte dem breiteren Weg. Unterwegs versuchte er, Emma zu erreichen, aber er bekam immer nur die automatische Ansage, dass die Nummer derzeit nicht erreichbar sei.

»Lass mich bitte falschliegen und du bist einfach schon zu Hause und hast nur dein Handy aus.« Doch sein Bauchgefühl sagte ihm etwas anderes.

»Moin, Mads«, grüßte ihn ein Mann. Es war Roland, ein Tierparkmitarbeiter.

»Moin, Roland.«

»Bist du mal wieder im Lande.«

»Ja, aber nicht lange.«

»Mein Beileid wegen deiner Mutter.«

»Danke. Darf ich dich was fragen?«

»Klar, schieß los.«

»Hast du gestern gegen 14 Uhr eine junge Frau mit dem Fahrrad diesen Weg lang fahren gesehen?«

»Gestern? Da muss ich dich leider enttäuschen. Ich hatte frei.«

»Trotzdem danke. Ich muss weiter.«

»Mach's gut.«

Mads verabschiedete sich und setzte seinen Weg fort. Immer wieder suchte er nach Spuren, die auf ein Gewaltverbrechen hindeuten könnten, fand jedoch nichts.

»Womöglich machst du dir unbegründet Sorgen«, murmelte er.

Zu gerne wollte er seinen Worten glauben, aber es gelang ihm nicht. Stattdessen nahmen seine Sorgen zu. Nachdem er den Ausguck erreicht hatte, ging er wieder zurück und wählte diesmal den schmaleren Pfad, der von Bäumen und Büschen flankiert wurde. Hier konnte sich ein Täter leicht verschanzen und auf seine Beute warten.

Aber woher wusste er, dass Emma um diese Uhrzeit hier entlang kommen würde?

Er musste an den vermeintlichen Stalker denken, der Emma nachstellte. Konnte es sein, dass der ihr Handy gehackt hatte und daher informiert war, wo sie sich befand, oder ihr heimlich und unbemerkt gefolgt war? Beides war nicht auszuschließen.

Auch auf diesem Weg fand er nichts, was auf ein Gewaltverbrechen hindeutete.

Bis ihm etwas Ungewöhnliches ins Auge fiel, ein recht großer Stein, der mitten auf dem Weg lag. Mads schaute sich die Stelle genauer an, entdeckte aber trotz des trockenen Bodens kaum erkennbare Spuren von Fahrradreifen. Mindestens zwei Fahrräder mussten hier gewesen sein.

Schließlich bemerkte er noch etwas anderes am Boden: Blutspuren.

32

Schicksal?

Gab es das vielleicht wirklich?

Er wollte nicht daran glauben, weil es zu einfach war.

»Nicht nur deswegen«, sagte er zu sich, wollte aber nicht weiter darüber nachgrübeln, denn das weckte nur Erinnerungen an eine Vergangenheit, die einen hohen Tribut von ihm gefordert hatte.

»Es gibt kein Schicksal. Oder will mir etwa irgendjemand, eine höhere Macht oder Gott, weismachen, dass es gewollt ist, dass ein kleiner Junge in den Arsch gefickt wird?« Er ballte seine Hand zur Faust und schlug damit auf seine Brust. Immer wieder. »Wer kann das wollen?« Er begann zu weinen, dabei war es doch ein guter Tag. Trotzdem konnte er nicht anders, er musste weinen und versuchte damit, die Vergangenheit und seine Wut zu bändigen.

Früher hatte er sich für seine Tränen geschämt.

»Bitte, Papi, tu das nicht. Es tut mir weh.«
»Nein, mein Sohn. Es wird dir Spaß machen, vertrau mir, du musst dich nur entspannen. Papi liebt dich doch.«
»Bitte nicht, Papi.« Als er angefangen hatte zu weinen, schlug sein Vater auf ihn ein und ermahnte ihn, die Klappe zu halten. Schließlich wolle er ja nur ein bisschen Spaß haben. Und was seinem Papa gefiele, müsse ihm auch gefallen.

Irgendwann, nach vielen, vielen Malen, hatte er nicht mehr geweint. Er hatte akzeptiert, dass es besser war, eine leblose Hülle zu sein. Dass er nur dann in Ruhe gelassen wurde. Das sollte also Schicksal sein? Nein, daran hatte er weder damals noch heute glauben wollen.

Das Schicksal war ein feiger, mieser Bastard!

»Denk nicht an die Vergangenheit. Du lebst im Jetzt, das allein zählt. Schau, was aus dir geworden ist, trotz der überaus schlechten Vorzeichen. Und schau, wen du bei dir hast. Eine wunderschöne Blume, sie ist bald bereit für dein Kunstwerk. Du, ihr beide werdet viel Freude zusammen haben.«

Er versuchte zu lächeln, was nicht leicht war, denn der Schmerz längst vergangener Tage wollte sich nicht so recht vertreiben lassen. Sein Lachen war entsetzlich verkrampft, doch er lachte einfach weiter und schaute dabei sein Spiegelbild an.

Wieder musste er an dieses verdammte Wort denken: Schicksal. Er hatte Jule überraschen, betäuben und ihrer Bestimmung zuführen wollen, aber mitten auf dem Weg hatte plötzlich dieser dämliche Stein gelegen, den er nicht gesehen hatte. Er war gestürzt und hatte schon um seinen Plan gefürchtet, als ein Wunder geschah. Emma war wie der rettende Engel bei ihm aufgetaucht, um ihn nicht komplett im Regen stehenzulassen.

»Es gibt keine Engel«, fluchte er und schlug erneut mit der Faust auf seine Brust. Immer wieder, erst nach dreizehn Schlägen hörte er auf. »Es gibt keine Engel und wenn, sind sie böse. Es waren Engel, die dich in deinen Kinder…« Er brach ab. Die Wut wurde wieder größer, obwohl er versuchte, sich erneut klarzumachen, dass er keinen Anlass für Wut hatte, sondern allein für Freude. Emma war bei ihm und das war doch ein Grund zum Feiern. Nicht nur das, er konnte sich darüber hinaus viel Zeit lassen. Und das hatte er Jule zu verdanken.

Jule hatte Emma nämlich eine Nachricht geschrieben, das hatte er gesehen, nachdem er Emma betäubt und tiefer in den Wald getragen hatte. Jule hatte wissen wollen, ob Emma noch zum Ausguck kommen werde.

217

Dass die beiden sich kannten, war ein seltsamer Zufall, aber er kam ihm sehr gelegen. Zunächst hatte er zwar die Nachricht lesen können, weil sie auf dem Bildschirm erschienen war, da das Handy jedoch gesperrt war, hatte er nicht gleich antworten können. Mit Emmas Finger hatte er schließlich die Sperre aufgehoben. Emma hatte von all dem nichts mitbekommen, sie hatte noch immer unter dem Einfluss der Betäubung gestanden.

Er hatte Jule geantwortet, dass Emma nicht mehr kommen und am nächsten Tag gleich nach Hause fahren werde – denn natürlich hatte er vorher die Nachrichten von Emma gelesen. Nachdem er die Nachricht an Jule abgeschickt hatte, hatte er noch viele andere Nachrichten in Emmas Handy gelesen, sich Bilder und ihre Social-Media-Profile angeschaut und dann das Handy samt SIM-Karte zerstört.

Allein dieser einen Antwort an Jule war es zu verdanken, dass er mit Emma viel mehr Zeit haben würde, um sein Werk diesmal perfekt zu machen.

»Trotzdem komisch. Anika kannte diesen Daniel nicht, aber Jule kannte Anika und dank Jule bin ich an Emma rangekommen. Emma wiederum war mit Daniel zusammen. Alle standen in Verbindung zueinander. Ist das nicht am Ende ein Zeichen?« Er spielte den Gedanken erneut durch. »Egal wie ich es drehe und wende, Jule steht immer im Zentrum. Sehr merkwürdig. Muss ich sie also auch noch töten?«

33

Keine zwanzig Minuten nach dem Telefonat mit ihrem Bruder kamen Lena und Gustav am möglichen Tatort an.

»Moin, Mads. Was genau ist geschehen?«, wollte Gustav wissen. Er reichte seinem Neffen die Hand zur Begrüßung.

»Das wüsste ich auch gerne. Ich hatte Jule am Hafen getroffen und wir haben über Emma gesprochen …«, begann Mads, seinen Informationsstand vorzutragen.

»Du hättest uns sofort informieren sollen«, konnte sich Gustav einen bissigen Kommentar nicht verkneifen. »Die Spurensicherung aus Lübeck dürfte auch gleich eintreffen. Hast du irgendwas berührt?«

»Nein, habe ich nicht.«

Lena sah ihrem Bruder an, dass er gereizt war, und Gustavs Spruch half nicht gerade, dass er sich beruhigte.

»Hast du versucht, ihre Nummer zu erreichen?«

»Ja, immer wieder. Das Handy ist entweder ausgeschaltet oder es wurde zerstört.«

»Und wenn sie es ausgemacht hat, um ihre Ruhe zu haben?«, warf Lena ein.

»Was ist dann mit dem Blut am Boden?«

»Das könnte auch …« Lena unterbrach sich. »Du hast recht. Alles sieht danach aus, dass Emma Opfer eines Gewaltverbrechens wurde. Ich frage mich nur, warum sie Jule diese Nachricht geschrieben hat, wenn sie bereits auf dem Weg zu ihr war. Ob der Täter sie dazu gezwungen hat?«

»Das macht keinen Sinn«, entgegnete Mads. »Er wird die Antwort selbst verfasst haben, damit hat er sich Zeit verschafft. Niemand wird Emma vermissen, glaubt er.«

»Und wie hat er den Code entsperrt?«

»Nichts leichter als das. Den Fingerabdruck kriegt er schnell, wenn er sie in seiner Gewalt hat, ebenso kann er ganz bequem den Gesichtsscanner nutzen. Wir haben es hier mit jemandem zu tun, der genau weiß, was er tut. Jemand, der technisch versiert ist.«

Gustavs Augen leuchteten auf, die präzise Analyse seines Neffen schien ihm zu gefallen. Jedenfalls wirkte er nicht mehr so angesäuert Mads gegenüber.

»Vielleicht hat ein Mitarbeiter im Vogelpark etwas gesehen.«

»Wäre möglich. Die Kollegen …« Mads korrigierte sich. »Eure Kollegen von der Streife sollten das schnellstmöglich überprüfen.«

»Ich kümmere mich darum«, antwortete Gustav. »Du kannst jederzeit eine Marke haben.«

»Das hatten wir doch schon.«

»Dann sollte dir bewusst sein, dass du nichts bei den Ermittlungen zu suchen hast. Das Letzte, was ich hier in meiner Gemeinde gebrauchen kann, ist ein Möchtegernrambo, der sich nicht an unsere Gesetze hält.«

»Das wird nicht geschehen.«

Gustav schien mit der Antwort alles andere als zufrieden. Vermutlich war er der naiven Hoffnung erlegen, dass Emmas Verschwinden ein Umdenken bei Mads bewirken würde, aber Lena kannte ihren Bruder. So schnell würde er keinen Schwur brechen. Sie fragte sich dennoch, welches Interesse Mads an Emma hatte, anderenfalls würde er sich nicht so um sie bemühen. Sie hatten zwar gestern erneut über sie gesprochen, er hatte ihr jedoch zum wiederholten Male versichert, dass er kein Interesse an ihr habe.

Sein Verhalten sagte Lena allerdings, dass er log. Und genau das machte ihr Sorgen. Wenn er nämlich doch Interesse an ihr hatte, würde er niemals die Füße stillhalten, dafür kannte sie ihn zu gut. Er würde eigenmächtig nach ihr suchen und ihr Onkel würde recht behalten.

Das musste Lena unbedingt verhindern, denn Mads würde damit nur die Ermittlungen behindern oder sich womöglich in Gefahr bringen.

Hoffentlich begreift er das.

»Sieht aus, als ob beide mit dem Fahrrad gefahren sind«, sagte Lena und schaute sich die kaum sichtbaren Reifenspuren an.

»Davon gehe ich auch aus. Stellt sich die Frage, was er mit den beiden Fahrrädern gemacht hat. Er wird sie ja wohl nicht hier liegen gelassen haben, das hätten wir erfahren«, bemerkte Gustav.

»Nicht unbedingt, wenn jemand die Fahrräder geklaut hat. Aber als ich auf euch gewartet habe, habe ich schon mal die Umgebung abgesucht. Die Fahrräder liegen weiter hinten im Gebüsch. Eines davon ist jedenfalls das von Emma, es ist ein Leihfahrrad von ihrer Unterkunft«, sagte Mads.

»Hat er sie dann mit dem Fahrrad weggeschafft? Das könnte aufgefallen sein.«

»Möglich. Das würde uns in die Hände spielen.«

»Was sagt dein Instinkt?«, fragte Gustav. Er ließ Mads nicht aus den Augen, sein Blick wirkte aufmerksam.

»Dass er das nicht getan hat. Er wird sie irgendwo dahinten in den Wald gebracht haben, da ist er unbemerkt. Jede Wette, dass er sie betäubt hat.« Mads hielt inne, beugte sich nach unten und schaute etwas genauer auf den Boden, dann hob er den Blick, als würde er damit einer imaginären Linie folgen. »Er hat sie betäubt, anders kann er sie nicht wegschaffen. Emma hat Wunden am Kopf. Irgendwo dahinten im Wald, wo er glaubt, dass sie niemand sieht, legt er sie ab. Dann kommt er zurück, nimmt beide Fahrräder mit und beschließt, Emmas Fahrrad im Gebüsch liegen zu lassen.«

Gustav hörte aufmerksam zu, er schien an den Lippen seines Neffen zu kleben.

»Was dann?«

»Er radelt nach Hause und holt sein Auto.«

»Was, wenn die Wirkung des Betäubungsmittels vorher nachlässt? Bevor er zurück ist?« Lena war nicht sicher, ob er das wirklich riskiert hatte.

»Das wäre möglich. Er könnte sie geknebelt und gefesselt haben.«

»Bliebe das Risiko, dass sie entdeckt wird.«

»Ihm bleibt keine andere Wahl. Es war eine Spontanentführung. Außerdem halte ich das Risiko für sehr überschaubar, Schwesterherz, weil er die Gegend kennt. Wir beide waren als Kinder und Jugendliche doch oft hier. Wenn du in den hinteren Wald gehst, gibt es da lauter kleine Verstecke, auf die niemand kommt. Da läuft auch keine Sau lang. Jede Wette, dass wir dahinten …« Er zeigte links von sich in den Wald, »… abgebrochene Äste und Sträucher finden? Deine Mitarbeiter sollten die Gegend gründlich absuchen.«

»Also ist er nach Hause geradelt, hat seinen Wagen geholt und sie dann zu sich oder in irgendein Versteck gebracht?«, spann Gustav Mads' Gedanken zu Ende. »Das würde bedeuten, er wohnt in der Umgebung.«

»Genau.« Mads' Augen wurden zu Schlitzen. »Oder der Mistkerl hat im Wald ein Versteck und hält sie dort gefangen.«

»Meinst du? Was, wenn er sie bereits im Wald missbraucht und ermordet hat? Immerhin hat er Anika, ohne mit der Wimper zu zucken, die Kehle durchgeschnitten, nachdem er sie schon mit einem Stich in den Bauch schwer verletzt hat.«

»Er ist skrupellos und in seiner Skrupellosigkeit sehr risikofreudig. Bei Anika kam ihm Daniel Menges in die Quere, deswegen mussten beide sterben. Aber ich glaube nicht, dass er vorhatte, Anika am Strand zu missbrauchen und zu töten. Ich glaube, er hatte etwas anderes mit ihr vor.«

»Sie war also kein zufälliges Opfer, meinst du?« Diesen Gedanken hatte Lena auch schon gehabt.

»Genau. Er wird sie beobachtet haben. Ihr solltet unbedingt die Social-Media-Accounts der beiden Frauen auf mögliche Gemeinsamkeiten untersuchen.«

»Ich werde Tim darum bitten«, antwortete Gustav.

»Danke.«

»Das würde demnach heißen, dass er Emma gestalkt hat und dass Emma sich diesen Verfolger nicht eingebildet hat?«, fragte Lena weiter.

»Davon ist auszugehen. Hier im Waldgebiet sah er die Gelegenheit gekommen, seinen kranken Plan in die Tat umzusetzen.«

»Sehr gut analysiert, Mads«, lobte Gustav. »Und so ein Talent verschwendest du.«

»Warum verschwende ich es? Was glaubst du, wie oft diese Fähigkeit meinen Kollegen und mir in der Spezialeinheit schon das Leben gerettet hat?«

»Du weißt, wie ich das meine! Das hier ist deine Heimat. Ich sehe es in deinen Augen, du hast noch immer dieses Feuer in dir. Das Feuer, das einen einzigartigen Polizisten aus dir macht.«

»Könnt ihr das bitte sein lassen?«, versuchte Lena die Diskussion zu beenden, bevor es zu hitzig wurde.

Im selben Moment kamen weitere Einsatzfahrzeuge mit den Kollegen an. Lena sah, dass auch das Team der Spurensicherung aus Lübeck den Tatort erreicht hatte.

»Moin, Ole«, grüßte Mads.

»Moin. Die Familie wieder vereint?« Ole schaute zu Mads. »Lange nicht gesehen.«

»Bin nur durch Zufall hier«, antwortete Mads und klärte den Kollegen kurz auf. Ole war inzwischen der Leiter der Spurensicherung. Lena mochte seine direkte und kernige Art. Gustav und Ole kannten sich bereits aus Lübecker Tagen und kamen ebenfalls sehr gut miteinander klar, vermutlich weil jeder bei dem anderen wusste, woran er war.

»Wie unhöflich von mir. Mein Beileid euch beiden. Das mit eurer Mutter tut mir sehr leid.«

»Danke«, antwortete Lena, Mads nickte nur.

»Und ihr seid euch sicher, dass hier ein Gewaltverbrechen vorliegt und nicht bloß jemand vom Fahrrad gestürzt ist? Gerade bei jungen Frauen, die ihren Partner auf so eine schlimme Weise verloren haben, ist ein Handy, das nicht erreichbar ist, keine Seltenheit.«

»Ausgeschlossen. Mads' Ausführungen sind sehr plausibel. Sollte es ein Irrtum sein, trage ich allein die Verantwortung.« Gustav richtete sich zu voller Größe auf, er überragte Ole um ein paar Zentimeter.

»Weiche Schale, harter Kern.« Ole nickte und kratzte sich an der Glatze. »Gut, dann wollen wir uns an die Arbeit machen. Ihr solltet euch ein paar Meter entfernen.«

»Das sollten wir hinkriegen. Wenn du was hast, melde dich.«

»Mach ich.«

Die drei entfernten sich ein paar Schritte. »Ich werde Verstärkung für eine großangelegte Suchaktion anfordern und dann werden wir den gesamten Abschnitt nach Spuren absuchen. Wollen wir hoffen, dass wir nicht auf Emmas Leiche stoßen.«

Lena sah ihrem Onkel an, wie besorgt er war. Lena war es nicht minder.

»Ich rufe Tim an, du musst dich nicht darum kümmern«, sagte Gustav zu ihr.

»Danke. Mach das.«

»Ich möchte bei der Suche behilflich sein«, meldete sich wieder Mads zu Wort. Er wirkte von ihnen allen am nachdenklichsten. Lena kannte ihren Bruder zu gut. Emma musste auf irgendeine Art bleibenden Eindruck bei ihm hinterlassen haben. So in Sorge zu sein, war an sich nicht seine Art, es sei denn, es ging um seine Familie oder enge Freunde.

»Danke für dein Angebot, aber Zivilisten haben bei den Ermittlungen nichts zu suchen. Sobald du die Marke annimmst, darfst du mit Lena in leitender Funktion in diesem Fall ermitteln.«

»Das ist doch Quatsch. Wie oft haben wir die Hilfe von Zivilisten in Anspruch genommen, wenn die Polizei große Gebiete absuchen musste? Zivilisten bei Suchaktionen sind keine Seltenheit.«

»Das hier ist aber kein großes Gebiet.«

»Das ist nur Kompetenzbullshit …«

»Müsst ihr euch immer streiten? Lass Mads doch mit suchen. Wir können jede helfende Hand gebrauchen.«

Gustav atmete aus und kratzte sich am Hals, bis die Stelle rot anlief. Vermutlich ein Insektenstich. »Gut. Aber nur suchen.«

»Danke.« Mads' Gesichtsausdruck wirkte noch immer angespannt.

* * *

Keine zwei Stunden später durchkämmten sie mit unzähligen Kollegen und einigen Freiwilligen den nahegelegenen Waldbereich. Das Fahrrad von Emma hatten die Kollegen bereits sichergestellt, die Spurensicherung war ebenfalls noch beschäftigt.

Mads behielt mit seinen Annahmen recht. Einige Äste und Sträucher waren umgeknickt oder abgebrochen und bewiesen, dass jemand hier gewesen war.

Er hatte sich inzwischen ein wenig von den anderen entfernt und suchte außerhalb des Waldes weiter. Da entdeckte er etwas.

»Autoreifenspuren«, rief er.

Der Täter ist offensichtlich ein Stück übers Feld gefahren. Vermutlich ist er über den Erlenweg hierhergelangt, überlegte Mads. Dort gab es einige Häuser. Vielleicht hatte jemand das Fahrzeug gesehen. Es sprach auf jeden Fall dafür, dass der Täter aus der Umgebung stammte.

Gustav und Lena traten zu ihm.

»Du hast recht behalten.« Gustav klopfte ihm auf die Schulter, zog die Hand aber sofort wieder zurück. Vermutlich war es ein Reflex, den er nicht hatte steuern können.

»Das bedeutet, dass sie noch lebt.« Mads erzählte von seiner These und die beiden hörten aufmerksam zu.

»Das klingt plausibel. Wir werden die Bewohner befragen, hoffentlich hat jemand etwas gesehen.« Gustav schaute sich um. »Jede Menge Spuren, wir finden diesen Mistkerl.«

»Ich möchte mir gar nicht ausmalen, was der Wahnsinnige gerade mit ihr anstellt und wann er sie tötet«, sagte Lena besorgt.

»Die Zeit arbeitet gegen uns. Wir müssen ihn schnappen, sonst werden wir nur Emmas Leiche finden.« Mads überkam ein mulmiges Gefühl. Er wusste nicht warum, aber Emma lag ihm am Herzen, seit ihrer ersten Begegnung auf der Brücke, wo er sie vor einem Sturz bewahrt hatte. Sie hatte ein Bedürfnis in ihm ausgelöst – das Bedürfnis, sie zu beschützen. Er würde alle Hebel in Bewegung setzen, um sie zu finden, da konnte ihn sein Onkel noch so sehr ermahnen, dass er als Zivilist nicht eigenständig ermitteln dürfe. Dabei war er viel mehr als ein Zivilist. Er war ein knallharter und rücksichtsloser Soldat einer Spezialeinheit. Er würde den Täter aufspüren, und sollte er Emma ermordet haben, würde er ihn ebenfalls töten und niemand würde ihn stoppen können, nicht einmal sein Onkel oder seine Schwester.

Im Töten war Mads geübt, auch darin, Spuren zu verwischen.

»Dir geht das sehr nahe, oder?«, holte Lena ihn aus seinen Gedanken.

»Geht so.«

»Lüg mich nicht an. Das konntest du noch nie gut.«

»Vielleicht hast du recht.« Mads musste an die Situation am Strand denken, als er die eine Frau mit Emma verwechselt hatte. Allerdings war da auch eine andere Frau gewesen, die Emma sehr geähnelt hatte. Dass sie es wirklich gewesen war, wollte er sich lieber nicht ausmalen, denn dann hätte er das alles möglicherweise verhindern können.

Wäre ich doch nur in ihre Richtung gelaufen. Wenn es Emma war, hätte ich sie diesmal nicht so schnell gehen lassen und sie könnte noch am Leben sein. Sein Magen zog sich zusammen, obwohl die Vernunft ihm sagte, wie unsinnig dieser Gedanke war.

»Wir können die weitere Suche stoppen. Im Waldgebiet werden wir Emmas Leiche nicht finden.« Etwas wie Erleichterung schwang in Gustavs Stimme mit.

»Soll ich die Nachbarn befragen?«

»Ja, die Kollegen sollen dir helfen. Wir werden auch jeden Mitarbeiter im Vogelpark befragen.«

Gustav bestimmte die Beamten, die Lena unterstützen sollten, dann teilten sie sich auf.

»Ich komme mit«, sagte Mads, als nur noch Lena und sein Onkel übrig waren. Jetzt nach Hause zu gehen und untätig zu sein, kam für ihn nicht infrage.

Gustav warf seinem Neffen einen missbilligenden Blick zu, sagte aber nichts.

»Er kommt nur ein Stück mit. An der Straße trennen sich unsere Wege«, schien Lena ihren Onkel besänftigen zu wollen.

»Ihr kennt meine Meinung und ich bin nicht blind, ich sehe doch, dass diese Emma ihm was bedeutet. Aber der sture Bock kann nicht über seinen Schatten springen und die Marke wieder an sich nehmen. Hegst du noch immer so viel Groll gegen mich?«, schimpfte Gustav.

»Ich habe am Grab meines Vaters geschworen, dass ich nie wieder Polizist sein werde. Das hat rein gar nichts mit dir zu tun.« Mads' Atem ging laut und schnell, seine Augen wurden schmal. Er fühlte sich ertappt, denn tief in seinem Herzen machte er seinen Onkel doch für den Tod seines Vaters verantwortlich, auch wenn die Vernunft ihm sagte, dass das albern war.

Sein Vater und Gustav waren Partner bei der Polizei gewesen und es fiel Mads ungemein schwer, zu akzeptieren, dass gerade sein Vater bei einem Einsatz hatte ums Leben kommen müssen und nicht sein Onkel, so egoistisch das klingen mochte. Als älterer Bruder hätte Gustav ihn beschützen müssen, so wie er selbst Lena mit seinem Leben beschützen würde, weil sie seine jüngere Schwester war. Aber das hatte Gustav nicht getan. Und das würde er ihm niemals verzeihen.

»Euer Kindergarten nervt gewaltig. Emma ist in den Fängen eines Psychopathen und ihr müsst euch immer wieder über alte Themen streiten, weil eure Männlichkeit euch im Weg steht. Papa ist tot, und mit Sicherheit hätte er nicht gewollt, dass sich sein Bruder und sein Sohn so in die Haare kriegen.« Lena schaute Mads wütend an. »Wann erkennst du endlich, dass nichts auf der Welt Papa zurückholen wird? Erst recht nicht deine kindische Machoart.« Ohne eine Antwort abzuwarten, entfernte sie sich von ihnen und eilte in Richtung der kleinen Siedlung.

Mads schaute seinen Onkel schweigend an, weil er sich von seiner Schwester ertappt fühlte.

»Verdammt, was stehst du wie ein Ochs vorm Berg? Geh ihr nach, oder soll wieder irgendein Idiot deine Schwester bei einer Befragung schlagen?«

Mads nickte nur und eilte Lena hinterher.

»Ich soll dich begleiten«, sagte er, als er sie eingeholt hatte.

»Hat Gustav Angst, dass mich jemand hauen könnte?« Der Sarkasmus in ihrer Stimme war nicht zu überhören.

Mads schwieg.

»Du weißt, dass er dich liebt wie einen eigenen Sohn und dass er verdammt viel von deinen Fähigkeiten hält.«

»Mag sein.«

»Überwinde endlich deinen Stolz. Dass du mich begleitest, hätte er eigentlich nicht erlauben dürfen. Das ist dir doch klar, oder? Du bist Zivilist.« Lena war verärgert, ihre Stimme klang etwas schriller und bestimmender als sonst.

»Das ist mir bewusst.« Insgeheim rechnete Mads seinem Onkel das auch an, in diesem Moment war er jedoch zu sehr von seiner Sturheit eingenommen, um nachzugeben.

Lena schaute ihn verärgert an, aber ihr Blick entspannte sich langsam und am Ende schummelte sich ein Lächeln über ihre Lippen. Er wusste, dass sie ihm nie lange böse sein konnte. Er konnte sich auch nicht daran erinnern, dass sie einmal so richtig wütend auf ihn gewesen war. Anders herum war es ähnlich, obwohl Mads zugeben musste, dass er schon egoistisch sein und seinen Willen durchsetzen konnte, egal ob er richtig lag oder nicht.

»Ich rede.«

»Du bist der Boss.« Mads hob abwehrend seine Hände.

Sie steuerten das erste Haus an und Lena drückte auf die Klingel.

Hundegebell ertönte, und als sich die Tür öffnete, blickte Mads in den Lauf eines Gewehrs.

34

Ihr Kopf tat weh. Er brummte regelrecht. Sie spürte ein Zucken an der Seite und am Knie. Die Schmerzen wurden intensiver.

Etwas stimmte hier nicht.

Emma brauchte eine Weile, bis sie erkannte, dass sie nicht in ihrer Hütte war. Dass die Dunkelheit nicht daher rührte, dass sie die Gardinen zugezogen hatte. Diese Dunkelheit war anders.

Sie war gefährlich, heimtückisch.

Als sie das realisierte, schrie sie all ihre Angst heraus. Sie schrie, bis ihr die Kehle brannte und sie sich nach einem Glas Wasser sehnte.

Doch niemand reagierte auf ihr Schreien. Das konnte nur bedeuten, dass man sie irgendwo festhielt, wo keine Nachbarn waren.

Oder Fußgänger, Jogger, was weiß ich!

Sie schrie erneut. Die Situation überforderte sie und langsam kehrten auch die Erinnerungen zurück.

Es war dieser Radfahrer, der angeblich gestürzt ist.

Mit der Hand tastete sie nach ihrem Hinterkopf. Sie fühlte etwas Glitschiges. Blut!

Jetzt konnte sie sich wieder an den Schlag erinnern und an die vielen weiteren Schläge, die sie gespürt hatte, bis sie bewusstlos geworden war.

Aber wie war sie hierhergelangt und vor allem: Wo war sie?

Viele Gedanken und Fragen schossen ihr durch den Kopf. Wer war der Mann gewesen? Sie hatte ihn noch nie zuvor gesehen. Es war nicht der Stalker mit dem blauen Pulli. Der hier war gefühlt kleiner und hatte mehr Bauch.

Auf der anderen Seite hatte sie ihren Stalker immer nur von Weitem gesehen, sie hätte sich somit täuschen können.

»Was, wenn er es ist?« Sie atmete aus und überlegte weiter. Dass sie ein zufälliges Opfer war, wollte sie nicht glauben. Der beste Beweis dafür war dieser komische, dunkle Raum, in dem sie gefangen gehalten wurde. Würde ein Mensch, der so einen Raum eingerichtet hatte, sich ein zufälliges Opfer suchen? Ihr Journalistenverstand sagte ihr: Nein!

Das konnte also nur heißen, dass sie jemand beobachtet hatte, dass er gewusst hatte, wohin sie wollte.

»Es war der Stalker«, sagte sie zu sich, denn wenn er es nicht war, bedeutete das, dass es einen zweiten Stalker gab, der viel raffinierter war, den sie nicht bemerkt hatte, und das jagte Emma Angst ein. Jemand, der ihr so unbemerkt nachsteigen konnte, um sie zu überwältigen, war mit Sicherheit weitaus gefährlicher als der Stalker mit dem blauen Pulli.

Panik überkam sie und sie konnte keinen klaren Gedanken mehr fassen.

Sie lag auf einer harten Oberfläche, jedenfalls war es keine Matratze. Zudem spürte sie, dass sie etwas erhöht lag, es gab einen Abstand zwischen ihren Beinen und dem Boden. Sie befühlte das Material. Es war Holz.

Der Psychopath hatte also ein Holzbett mit einer Holzplatte anstelle einer Matratze in den Raum gestellt. Ihre Hände wanderten weiter, spürten eine Kante, die nicht eben war. Vermutlich hatte der Täter das Bett selbst gebaut.

Sie versuchte aufzustehen, sich etwas Orientierung zu verschaffen, obwohl es dunkel war und sie nicht wusste, welche Gemeinheiten er eingebaut hatte, die sie daran hindern sollten, aufzustehen.

In ihrer Fantasie schien vieles möglich.

»Nicht die Nerven verlieren«, ermahnte sie sich und richtete sich vorsichtig auf. Da bemerkte sie, dass an der gegenüberliegenden Wand ein kleines Loch war, es hatte vielleicht drei Zentimeter Durchmesser, ein wenig Licht fiel hindurch. War das möglicherweise der Weg nach draußen?

Mit Händen und Füßen vorsichtig die Umgebung abtastend erreichte sie die Wand und versuchte, durch das Loch zu schauen, konnte aber nichts erkennen, außer einer weiteren Wand.

War da draußen ein Gang und ihres nur eines von vielen Zimmern?

Plötzlich war die Panik wieder da und Emma brüllte wie eine Wahnsinnige.

35

Was für ein Tag, dachte Gustav und massierte mit der linken Hand seine Stirn. Die rechte lag auf seinem Bauch, der etwas runder war als noch vor einigen Jahren.

Gerade eben hatte er mit der Lübecker Direktion telefoniert und sie dazu zu bewegen versucht, ihre Entscheidung zu überdenken.

Doch es gab nichts daran zu rütteln. Auf Antrag des Staatsanwaltes war vom Gericht ein Haftbefehl für Jörn Hansen bewilligt worden, morgen würde er vollzogen werden.

»Diese Idioten. Jörn ist nicht der Mörder, der Täter hat gerade erst Emma Falk in seine Gewalt gebracht.«

Aber all diese neuen Hinweise hatten nicht ausgereicht. An Anikas und Daniel Menges Kleidung waren Fingerabdrücke von Jörn gefunden worden, was ihn, gerade wegen seiner widersprüchlichen Aussagen, zum Haupttatverdächtigen machte.

Dass er etwas zurückgeblieben war und die beiden Opfer aus Unüberlegtheit berührt hatte, hatte die Polizeidirektion Lübeck nicht gelten lassen. Auch der Staatsanwalt hatte keine Einwände gehabt und so hatte dem Haftbefehl nichts mehr im Wege gestanden.

Es ging sogar noch weiter. Ab jetzt wollte die Direktion in Lübeck Jörn Hansen verhören, Gustav und sein Team waren außen vor. Er hatte sie nur dazu bewegen können, dass jemand von ihnen zu Dokumentationszwecken anwesend sein durfte.

Wen er schicken würde, wusste er noch nicht. Aber er wusste, dass die Zeit knapp wurde und sie den Mörder unbedingt finden mussten, bevor ein Unschuldiger für eine Tat büßen musste, die er nicht begangen hatte. Wie er Jörn einschätzte, würde er am Ende unter Druck womöglich sogar die zwei Morde gestehen.

Nur, wie konnte Jörn der Mörder sein, wenn Emma gerade erst entführt worden war?

»Sollten wir es mit zwei Tätern zu tun haben?«

Nein, diesem Gedanken konnte Gustav nicht viel abgewinnen. Es klang zu abwegig.

»Oder hat etwa Jörn Emma entführt?«

Auch dieser Gedanke klang abwegig. Soviel er wusste, besaß Jörn weder Führerschein noch Auto, das hätte sonst in dem Informationsblatt gestanden, das er von seinen Mitarbeitern bekommen hatte.

»Jörn ist unschuldig.« Gustav war gewillt, sich auf diese Annahme festzulegen. »Verdammt, nur Baustellen!«

Er griff sich an die Nase und drückte seine Nasenflügel kurz zusammen, da klingelte sein Bürotelefon. Der Bürgermeister. Für einen Moment überlegte er, ob er den Anruf annehmen sollte, entschied sich aber dagegen, weil er ahnte, was Lange von ihm wollte.

Er stützte seine Stirn mit den Händen ab und seine Gedanken wanderten zu seinem Neffen und seiner präzisen Beschreibung der Entführung. Mads hatte ein besonderes Interesse an dem Fall, und er nahm an, dass es an dessen Gefühlen für Emma Falk lag. Wenn es um Frauen ging, konnte sein Neffe sehr töricht sein.

»Ich muss mir was einfallen lassen, sonst torpediert dieser Schürzenjäger noch unsere Ermittlungen.«

Gustav wusste, dass es nur eine Lösung dafür gab: Lena musste ein Auge auf Mads haben, damit der keine Dummheiten anstellte. Immerhin war er kein Polizist und Deutschland glücklicherweise keine Bananenrepublik, auch wenn er manchmal das Gefühl hatte, als wäre es so.

Er konnte nicht einschätzen, wie weit sein Neffe gehen würde. Seit seiner Zeit bei der Armee und in dieser Spezialeinheit hatte sich Mads verändert. Die Leichtigkeit, die ihn immer begleitet hatte, war nicht mehr so ausgeprägt. Er wirkte oft nachdenklich und war noch impulsiver als sonst. Gustav wollte sich gar nicht ausmalen, welche schlimmen Dinge ihm bei seinen Einsätzen widerfahren waren.

»Die Armee macht ihn kaputt. Wann begreift er endlich, dass sein Platz hier an der Seite seiner Familie ist?«

Wieder klingelte sein Bürotelefon. Es war erneut der Bürgermeister.

»Johannsen, Ostseekriminalpolizei«, meldete er sich.

»Moin, Gustav. Wie es ausschaut, haben wir unseren Täter.«

»Unseren Täter?«

»Na, den Mörder. Habe ich die Info etwa vor dir erhalten?«

»Hast du nicht. Aber ich habe starke Zweifel, dass Jörn Hansen unser Täter ist.«

»Warum?«

»Weil er zu dumm und zu naiv ist, um einem Menschen die Kehle durchzuschneiden, geschweige denn, jemandem ein Messer in den Bauch zu rammen.«

»Und die Fingerabdrücke? Du wirst weich.«

»Das hat nichts mit weich werden zu tun.«

»Entspann dich. Was Besseres kann uns doch nicht passieren. Morgen wird die Presse über unseren Erfolg berichten und die Saison ist gerettet. Mehr können wir uns kaum wünschen.«

»Doch, dass wir den wahren Täter finden.«

»Wie kommst du darauf, dass er es nicht ist, obwohl alles gegen diesen Hansen spricht?«

»Weil Emma Falk gestern entführt wurde.«

»Emma Falk? Die Freundin des Toten?«

»Genau.«

Stille. Wie es schien, kannte der Bürgermeister diese Nachricht noch nicht. »Könnte das auch dieser Hansen gewesen sein?«

»Ganz sicher nicht. Wir wissen, dass sie in einem Wagen entführt wurde. Jörn hat weder Auto noch Führerschein.«

»Und was, wenn er einen Helfer hat?«

Gustav atmete aus und antwortete nicht sofort. Es klang wenig plausibel, dass jemand wie Hansen einen Komplizen hatte, aber ein anderer Gedanke drängte sich ihm auf: Was, wenn Jörn der naive Komplize des wahren Täters war und dieser Jörn ins offene Messer laufen ließ?

Nein, ein eiskalter Killer würde das Risiko nicht eingehen, dass jemand wie Jörn sich verplapperte und die Identität des Mörders preisgab.

»Schwer vorstellbar«, sagte er daher.

»Aber nicht ausgeschlossen. Wir sollten froh sein, dass wir einen Verdächtigen haben, den wir den Medien präsentieren können.«

»Froh sein?« Gustav fand keineswegs, dass sie zufrieden sein durften.

»Entspann dich. Selbst wenn Jörn es nicht war, wir gewinnen damit Zeit. Die Medien werden sich zurückziehen, die Saison ist gerettet und deine Jungs können ungestört weiter ermitteln und den Mörder suchen. Manchmal muss man ein Geschenk auch annehmen.«

Wieder antwortete Gustav nicht sofort, er musste diese Worte erst einmal sacken lassen. »Vermutlich hast du recht«, sagte er schließlich.

»So gefällst du mir. Ich muss los, habe noch ein wichtiges Gespräch mit der Ostseezeitung.«

»Willst du denen das schon stecken?«

»Nein, das soll die Polizeidirektion in Lübeck über ihre Kanäle machen. Wir hören uns.«

Gustav verabschiedete sich und legte auf.

»Und wir haben noch einen Vorteil: Der wahre Mörder wird sich in Sicherheit wiegen und so womöglich einen Fehler begehen.« Dieser Vorteil war der einzige, der Gustav interessierte. Dass man Jörn verdächtigte, schmeckte ihm noch immer nicht.

Er war gespannt, was die Befragung der Anwohner bringen und ob Tim in den Social-Media-Profilen oder auf dem Laptop von Anika fündig werden würde.

Er nahm den Hörer und wählte Tims Nummer, um einen Zwischenstand zu erfragen.

36

Emma hatte sich beruhigt. Sie lag wieder auf dem dämlichen Holzbett, das entsetzlich hart und unbequem war. Hunger und Durst machten sich bemerkbar, aber in dem kleinen Raum, in dem sie wie ein Tier gefangen gehalten wurde, war nichts außer diesem unbequemen Holzbett. Jedenfalls hatte sie nichts weiter gefunden. Dass der Täter das Essen oder etwas zu trinken so clever versteckt hatte, dass sie es nicht finden konnte, nahm sie nicht an.

Dieser kleine verdammte Zwinger war maximal sechs Quadratmeter groß. Sie hatte alle Ecken abgetastet, die Wände waren aus Beton und sie hatte auch eine Tür erfühlt, die aus Metall zu sein schien.

Sicherlich konnte sie nur von außen geöffnet werden, da es innen keine Türklinke gab.

Der Mörder musste viel Arbeit in diese kleine Hölle investiert haben.

»Wärst du bloß nach Hause gefahren«, machte sie sich Vorwürfe, denn mittlerweile hatte sich das starke Gefühl eingestellt, dass auch sie bald sterben würde. Diese Angst war viel qualvoller als die Gedanken an Daniel oder den Tod selbst. Wenn dieser Wahnsinnige ihr die Kehle aufschlitzen oder sie ausbluten ließe, würde es nicht lange dauern und der Spuk wäre vorbei. Aber wenn er sie hierbehielte, weil er seine perversen Fantasien für längere Zeit an ihr ausleben wollte, wäre das ein Martyrium, das ihr eine unendliche Angst einjagte und Panik in ihr auslöste.

»Hat er das hier auch mit dem ersten Opfer vorgehabt?«

Sie nickte unwillkürlich. So herzlos es klingen mochte, in

der Hinsicht hatte das erste Opfer Glück gehabt. Ein kurzer, schmerzvoller Tod war besser als das hier.

»Verdammt, Emma«, rief sie und schlug sich auf die Wange. »Wieso gibst du dich schon auf? Überleg' lieber, wie du dieser Hölle entkommen kannst. Du lebst! Und nur das sollte zählen.«

Sie hatte nur keine Idee, wie sie die Flucht umsetzen könnte. Sie sah keine Möglichkeit dafür, der Psychopath hatte an alles gedacht.

Ihr Blick fiel auf das kleine Loch, das etwas Licht und Sauerstoff hereinließ. Ohne das wäre sie sicher längst elendig erstickt.

Sie stand vom Bett auf und trat wieder an das Loch, dann steckte sie einen Finger hinein und befühlte die Außenverkleidung.

»Beton.« Allerdings wirkte er leicht bröselig, als könnte man ihn mit einem scharfen Gegenstand lösen und das Loch größer machen. Es war rechts versetzt von der Tür und es würde viel Arbeit machen, es so zu vergrößern, dass sie mit der Hand von außen den Türgriff berühren könnte.

»Und was dann? Glaubst du wirklich, die Tür ist nicht verschlossen? So dumm wird der Wichser nicht sein.«

Um durchzuklettern, musste das Loch viel größer sein. Sollte sie den Beton etwa mit den Fingernägeln abkratzen?

Die Wahrheit war verdammt demotivierend.

Denk nach. Er könnte jeden Augenblick kommen, und wenn er sieht, dass du dich an dem Loch zu schaffen gemacht hast, könnte er ausrasten und wer weiß was mit dir anstellen. Sei clever. Warte auf ihn, rede mit ihm.

Sie lachte kurz auf.

»Reden? Mit einem Psycho?«

Emma schüttelte den Kopf, diese Idee war geradezu lächerlich.

Doch, reden ist besser als nichts. Verstrick' ihn in ein Gespräch, lenk' ihn irgendwie ab, dann ein heftiger Tritt in die Eier und weglaufen.

Dass der Plan auf sehr dünnem Eis stand, war ihr bewusst. Aber gerade fiel ihr nichts Besseres ein.

Sie setzte sich wieder aufs Bett, da hörte sie ein Geräusch, das ihren Herzschlag beschleunigte, ihre Armhaare richteten sich auf.

Emma hatte Angst.

37

»Die Welt wird immer verrückter«, sagte Lena.

Der Mann, der Lena und Mads eben fast mit seinem Schrotgewehr weggepustet hätte, hatte geglaubt, dass die beiden von der Bank wären und sein Haus zwangsräumen wollten, weil er mit den letzten Kreditraten im Rückstand war.

»Drecksbanken. Dein Geld wollen sie, teure Kredite verkaufen, aber wehe, du hast mal wirtschaftliche Probleme. Dann drehen sie dir einen Strick daraus, um sich dein Haus günstig unter den Nagel zu reißen. Diese Drecksbanken.«

Es hatte etwas gedauert, bis es Lena gelungen war, den Mann zu beruhigen. Mads hatte schweigend daneben gestanden und sich bei allen Unterhaltungen zurückgehalten. Leider hatte das kurze Gespräch auch keine Erkenntnisse oder Hinweise auf den Entführer gebracht, ebenso wie die Befragung der anderen Anwohner.

»Es kann doch nicht sein, dass niemand ein Auto gesehen hat. Er muss übers Feld gefahren sein«, schimpfte Lena. Sie und Mads standen wieder auf der Straße.

»Ich hatte fast damit gerechnet. Die Leute haben genug eigene Sorgen. Die Omi, die die Nachbarn beobachtet, weil ihr langweilig ist, gehört der Vergangenheit an.«

»Das will ich nicht glauben. Wir haben nur Pech gehabt.«

»Mag sein. Die Anwohner haben jedenfalls deine Visitenkarte und möglicherweise erinnert sich doch noch jemand an etwas. Wer weiß, vielleicht haben die anderen Kollegen mehr Glück gehabt. Wir sollten uns die Hütte von Emma anschauen«, schlug Mads vor.

»Der Durchsuchungsbeschluss liegt noch nicht vor.«

»Willst du wirklich darauf warten?« Mads hob eine Augenbraue. »Ich jedenfalls nicht.«

»Bleibt mir eine Wahl?« Lena seufzte. »Ich hol den Wagen.«

»Ich habe eine bessere Idee. Du sagst mir, wo die Anschrift ist, und wir treffen uns da. Ich würde gerne joggen.«

»Wie du magst. Aber bitte mach keine Dummheiten und warte wirklich auf mich.«

»Versprochen.«

Lena nannte ihm die Anschrift und entfernte sich. Mads lief los. Er hatte schon immer gerne Sport getrieben und Joggen gehörte dazu. Gerade am Meer kam es für ihn einer Befreiung gleich. Er konnte dabei hervorragend seine Gedanken sortieren und Abläufe durchgehen, manchmal gelang es ihm sogar, scheinbar unlösbare Rätsel zu knacken, und gerade stand er vor genau so einem Rätsel: Wer hatte Emma Falk entführt?

Wie es schien, hatte niemand einen Hinweis, aber das stimmte nicht ganz. Sie hatten mindestens zwei Hinweise. Einmal die Anzeige von Emma, die geglaubt hatte, dass ihr jemand nachstellte, und dann diesen Mann, den er abends an der Strandpromenade geschnappt hatte und von dem sie leider keine Daten hatten, weil Lena einen Fehler gemacht hatte, um ihn zu schützen.

Was, wenn er der Täter ist? Mads wollte sich das gar nicht ausmalen, weil er wusste, wie brutal diese Annahme war. Sie hätten die Entführung verhindern können!

Er schüttelte den Kopf.

»Der Typ war nur ein ängstlicher Urlauber.«

Ein anderer Gedanke schoss ihm durch den Kopf. Die Polizei musste unbedingt eine öffentliche Fahndung starten. Natürlich brachte das das Risiko mit sich, dass der Täter nervös wurde und Emma tötete. Es konnte aber auch helfen, an weitere wertvolle Hinweise zu gelangen. Für ihn war es das Risiko jedenfalls wert. Da er aber kein Polizist war, mussten das Lena und sein Onkel entscheiden.

Und es gab noch eine andere Hoffnung: Vielleicht fand die Spurensicherung DNA des Täters und mit etwas Glück gab es einen Treffer in der DNA-Analysedatei der BKA-Datenbank. Er konnte sich einfach nicht vorstellen, dass sie es mit einem Serientäter zu tun hatten, der bisher unbehelligt geblieben war. Sicherlich war er bereits mit dem Gesetz in Konflikt geraten und möglicherweise vorbestraft. Da er annahm, dass der Täter in der Region lebte, würde Lena die Polizeidatenbank ein weiteres Mal bemühen müssen. Er musste wissen, ob jemand vor Kurzem aus dem Knast entlassen worden war. Jemand, der gegebenenfalls wegen eines Sexualdeliktes oder Ähnlichem im Gefängnis gesessen hatte.

Mads' Verstand arbeitete auf Hochtouren. Immer neue Cluster bildeten sich und er spielte verschiedene Optionen durch, mit nur einem Ziel: Emma lebendig zu finden.

Mittlerweile hatte er die Hütten am Strand erreicht und sah, dass Lena gerade aus ihrem Fahrzeug stieg.

»Ich habe mir ein paar Gedanken gemacht«, sagte er zu ihr, als er zu ihr ans Auto getreten war.

»Du bist ja ganz außer Puste.«

»Quatsch. Das war nix, aber ich habe da ein paar Ideen, die du unbedingt umsetzen musst.«

»Musst?«

»Ja, musst. Ich bin kein Polizist.«

Lena schaute ihn skeptisch an. »Ich will ja nicht in die gleiche Kerbe schlagen wie unser Onkel, aber dass dem so ist, liegt einzig und allein an dir. Der rote Teppich ist ausgerollt und nicht nur Gustav würde sich freuen. Ich auch. Und das nicht ganz uneigennützig. Wer weiß, wen mir Gustav sonst als Partner zur Seite stellt.«

»Komm, lass uns die Hütte anschauen.« Mads überging die Anspielung. Seine Entscheidung war gefallen, so gerne er auch mit seiner Schwester im Team zusammengearbeitet hätte.

»Was ist mit deinen Ideen?«

»Die erzähle ich dir gleich.«

Beide betraten das Hauptgebäude und gingen zum Empfang.

»Moin.« Eine Frau, ungefähr in Mads' Alter, deren Name laut Namensschild Maike lautete, begrüßte sie an der Rezeption. Mads fand sie recht attraktiv.

»Moin. Wir sind von der Kriminalpolizei …«, begann Lena die Vorstellung.

»Wie kann ich Ihnen helfen?« Maike wirkte plötzlich nervös, was Mads nicht wunderte. Das ging vielen Menschen so, wenn sie unerwartet mit der Polizei zu tun hatten. Wohl vor lauter Aufregung vergaß sie auch, nach ihren Dienstausweisen zu fragen.

»Wir müssten uns die Hütte anschauen, die Emma Falk gemietet hat.«

»Das kann ich nicht machen ohne richterlichen Beschluss. Tut mir leid.« Maike presste die Lippen zusammen.

»Das verstehen wir, aber Emma Falk wurde gestern entführt. Wir gehen davon aus, dass es derselbe Täter ist, der vor einigen Tagen auch ihren Freund getötet hat. Wollen Sie riskieren, dass sie stirbt, weil wir auf einen Durchsuchungsbeschluss warten?«

Maike schluckte. Sie wirkte aufgewühlt und sah sich hastig um.

»Bitte, Maike, das Ganze dauert keine fünfzehn Minuten. Den Beschluss reichen wir nach. Wir dürfen keine Zeit verlieren, das verstehen Sie doch, oder?«, mischte sich Mads ein, dabei schaute er Maike tief in die Augen. Sie errötete leicht und spielte fahrig an ihrem Zopf.

»Gut, aber nur fünfzehn Minuten.«

»Danke. Das werde ich Ihnen nicht vergessen.«

Maike öffnete eine Schublade, holte eine digitale Zimmerkarte heraus, steckte sie in einen Chipkartenleser, tippte etwas in ihren Computer und reichte sie anschließend Mads über den Tresen.

»Aber wirklich nur kurz und die Karte bitte wieder zurückbringen. Nicht, dass ich Ärger kriege.«

»Ganz sicher kriegen Sie keinen Ärger. Sie helfen der Polizei«, antwortete Mads. »Ich bringe die Karte zurück.«

Lena und er verabschiedeten sich von Maike und verließen das Gebäude.

»Was schaust du mich so vorwurfsvoll an?« Mads wusste, was gleich kommen würde.

»Du hast mit ihr geflirtet und die Arme ist ganz rot geworden.«

»Erstens: Ich habe nicht mit ihr geflirtet. Ich war nur höflich, wie ich es immer bin. Und zweitens: Soll ich mich etwa dafür entschuldigen, dass ich ein attraktiver Mann bin?«

»Du Angeber. Komm.« Sie folgten der Straße und erreichten kurz darauf die Hütte. Auf dem Weg erzählte Mads seiner Schwester von seinen Überlegungen und erklärte ihr, was sie für ihn herausfinden sollte. Sie versprach, sich darum zu kümmern. Dann reichte sie ihm Einmalhandschuhe, die sie extra aus dem Auto mitgenommen hatte, öffnete die Tür und beide traten ein.

Die kleine Hütte wirkte sehr aufgeräumt. Vermutlich war Emma eine ordentliche Person. Nichts deutete hier darauf hin, dass die junge Frau entführt worden war. Sie sahen sich gründlich um.

»Nur der Laptop könnte von Interesse sein«, sagte Mads.

»Da gebe ich dir recht. Tim sollte sich den mal ansehen. Wir müssen aber auf den Durchsuchungsbeschluss warten, bevor ich ihn mitnehme.«

»Du machst Witze, oder?«

»Nein, ganz und gar nicht.«

»Schwesterherz?« Mads schüttelte den Kopf. »Dieser Wisch dürfte eh bald eintrudeln und der Laptop sollte so schnell wie möglich untersucht werden. Wenn du willst, fahre ich ihn nach Lübeck.«

»Das kommt nicht infrage, das ist ein Beweisstück und du bist kein Polizist.«

»Ich kenne Tim. Der ist da ganz entspannt. Er wird weder Fragen stellen noch mich verpetzen.«

»Mag sein, kommt trotzdem nicht infrage. Ich fahre den Laptop nach Lübeck. Gleich, wenn wir hier fertig sind. Sonst gibst du ja doch keine Ruhe.«

»Danke.«

Lena nahm den Laptop an sich. »Ich glaube, wir sind fertig hier. Die Kollegen von der Spurensicherung sollen sich die Hütte noch mal anschauen. Ich kann mir zwar schwer vorstellen, dass der Täter hier war, aber schaden kann es nicht.«

»Das denke ich auch.«

»Soll ich dich nach Hause fahren?«

»Nein, ich gehe zu Fuß.«

Lena nickte und beide verließen die Hütte. »Ich bringe die Schlüsselkarte zurück.«

»Mach das. Sag mal, ist der Tatort noch mit Polizeiabsperrband eingezäunt?«

»Ist er. Obwohl das vermutlich die Menschen erst recht anlockt. Warum?«

»Ich möchte ihn mir mal anschauen.«

»Mach das.« Lena sagte ihm, in welche Richtung er laufen musste, dann verabschiedete sie sich. »Bis heute Abend.«

»Danke und bis heute Abend.«

Mads wartete, bis Lena sich entfernt hatte, dann ging er zum Strand, von wo aus er die Absperrung bereits sehen konnte. Etwas davor blieb er stehen und schaute sich um.

Die Düne, die den Strand von der Promenade trennte, war langgezogen und gut zwei Meter hoch. In dieser Ecke gab es keine Strandkörbe und der Abschnitt war deutlich weniger besucht als der Strandbereich am Hafen oder an der Seebrücke.

»Er wird ihr gefolgt sein«, überlegte er laut. »Das heißt, dass er sie beobachtet hat. Es war dunkel. Anika hatte ein paar

Cocktails getrunken und war mit ihren Gedanken woanders. Der Alkohol hat sie unaufmerksam gemacht.« Dass Anika etwas getrunken hatte, hatte Lena ihm erzählt. »Der Täter sieht, dass Anika am Strand entlanggeht. Er hat zwei Optionen: Entweder folgt er ihr unauffällig, und als sie hinter der Düne ist, nutzt er seine Gelegenheit und überwältigt sie. Allerdings muss er damit rechnen, dass Anika ihn vorher schon entdeckt. Sie muss sich nur ein Mal umdrehen. Dieses Risiko wird er nicht eingehen.« Mads hielt inne und schaute sich weiter um, dann betrat er die Düne.

»Bleibt Option zwei: Er weiß, dass Anika am Strand entlang geht, und er weiß, wo sie wohnt. Nur so kann er sicher sein, dass sie an der Düne vorbeikommen wird, und nur deswegen wählt er diesen Weg. Er nimmt die Promenade. Vermutlich ist er mit einem Fahrrad unterwegs.« Mads' Verstand arbeitete auf Hochtouren, er ging unzählige Möglichkeiten im Kopf durch. Lena würde ihn unbedingt intensiver briefen müssen, was die bisher gesammelten Hinweise anbelangte.

»Der Täter wird ihr über Instagram gefolgt sein, nur so hat er noch mehr Sicherheit. Anika wird gepostet haben, wo sie sich gerade bcfindct.« Mads sah hinaus aufs Wasser. Die Ostsee hatte überraschend hohen Wellengang.

Perfekt zum Surfen, blitzte ein Gedanke auf, doch sofort wandte er sich wieder dem Tatort zu.

»Da er von der Promenade kommt, entweder laufend oder mit dem Fahrrad, ist er vor ihr an der Düne. Er versteckt sich und wartet auf seine Gelegenheit. Anika ahnt nichts, sie ist in Gedanken und erreicht den Strandabschnitt. Der Täter nutzt das Überraschungsmoment und versucht, sie zu überwältigen.« Mads tippte sich gegen die Unterlippe. »Aber warum gelingt es ihm nicht?« Er spielte verschiedene Optionen im Kopf durch. »Weil Daniel Menges am Strand erscheint.«

Er ließ den Blick über die Umgebung schweifen. »Daniel kann sie aber nicht sehen. Die Düne liegt zwischen ihnen. Sie bietet einen guten Schutz. Lena hat erzählt, dass Anika zuerst einen Stich in den Bauch erlitten hat, danach wurde ihr die Kehle durchgeschnitten, was auch Sinn macht. Keiner schneidet dem Opfer zuerst die Kehle durch und verletzt anschließend den Bauch. Aber warum sticht er Anika in den Bauch und Emma entführt er, statt ihr ebenfalls in den Bauch zu stechen?«

Mads schloss kurz die Augen, dann hatte er es.

»Er wollte, dass sie nicht abhaut. Er ist auf Daniel aufmerksam geworden und hat geistesgegenwärtig bei Anika zugestochen. Daniel dagegen hat den Täter nicht sofort gesehen, diesen kleinen Vorteil hat der Psychopath genutzt, um Daniel hinterrücks anzugreifen. Danach ist er zurück zu seinem eigentlichen Opfer. Er hat sie nicht entführen können, weil andere Menschen ihre Schreie gehört haben könnten und weil …« Wieder unterbrach sich Mads. »Warum hast du sie getötet?«

Er starrte auf den Sand.

»Natürlich! Er hat sein Betäubungsmittel vergessen oder verloren. Nur deswegen musste sie sterben!«

Diese eine Version des möglichen Ablaufs klang absolut plausibel, doch leider brachte sie ihn dem Täter kein Stück näher. Sie brauchten nur einen Hinweis, mehr nicht, dann würde er die Spur aufnehmen und Emma finden.

In kurzer Distanz sah er Jörn Hansen, der auf ihn zusteuerte, als er Mads erkannte jedoch abrupt stehen blieb und kehrtmachte.

»So nicht, mein Freund.« Mads war jetzt vollkommen klar, wer ihnen diesen einen wichtigen Hinweis geben könnte: Jörn.

Diesmal würden seine Freunde ihn nicht retten können. Jörn wusste mehr, als er zugab, das stand außer Frage.

»Jörn, warte mal!«, rief er. Aber der Junge drehte sich nicht um, sondern erhöhte das Tempo, als ahnte er, dass ihn etwas Unangenehmes erwartete.

Mads ließ sich nicht zweimal bitten, er legte einen Sprint

ein und verkürzte damit den Abstand zu Jörn. »Verdammt, Jörn, warum läufst du weg?«, rief er.

Jörn antwortete nicht und lief weiter, aber Mads holte mit jeder Sekunde auf. Inzwischen trennten ihn keine zehn Meter von dem deutlich langsameren Jörn.

»Kumpel, bleib doch endlich stehen.«

»Lass mich in Ruhe«, schrie Jörn ganz außer Atem.

Daraus wird nichts!

Mads setzte zum Endspurt an, überholte Jörn und stellte ihm gekonnt ein Bein. Jörn stolperte und landete im Sand.

»Spinnst du?«, schrie Jörn, beruhigte sich aber genauso schnell wieder und kam auf die Beine. »Diese Avenger-Tricks sind überhaupt nicht nett.«

»Ach, aber weglaufen ist nett? Ich dachte, wir sind Buddys.«

»Du und ich?« Jörn schien irritiert, dass Mads ihn als Buddy sah.

»Ja, du und ich. Am Strand, das war doch cool. Du und ich zusammen auf dem Surfbrett, so was machen nur Buddys.«

»Wir haben aber nicht gesurft.«

»Nur, weil deine komischen Freunde gekommen sind.«

»Die sind eigentlich ganz nett, auch wenn sie mich manchmal ärgern. Trotzdem sind es die einzigen Freunde, die ich habe.«

»Kann ich nicht dein Kumpel sein?«

»Du? Du bist doch viel zu cool für jemanden wie mich.«

»Warum machst du dich so klein?«

»Weil ich nicht blöd bin. Ich lächle zwar oft, aber meistens nur, um nicht zu zeigen, wie traurig ich bin. Ich weiß doch, dass die Leute sich über mich lustig machen.«

»Das werden sie nicht mehr, wenn wir Buddys sind.«

»Stimmt. Keiner wagt es, sich mit Thor und seinem Hammer anzulegen. Wo ist dein Hammer?«

»Ich bin nicht Thor.« Innerlich schüttelte Mads den Kopf

und zwang sich, nicht die Geduld zu verlieren, weil sich das Gespräch dann nicht mehr so friedlich entwickeln würde, denn sonst würde er Jörn packen und die Wahrheit aus ihm herausschütteln.

»Du siehst ihm aber verdammt ähnlich, ganz ehrlich. Hat dir das noch nie jemand gesagt?«

»Nein. Möchtest du jetzt mein Buddy sein?« Mads nervte der Vergleich.

»Klar, warum nicht. Dich als Kumpel zu haben, bringt jede Menge Vorteile mit sich. Du würdest dich doch für mich prügeln, oder?«

»Übertreib es nicht.« Mads beschlichen erste Zweifel, ob seine Taktik wirklich so clever war. Jörn schien die Sache ernster zu nehmen, als er angenommen hatte. Dennoch wollte er ihm nicht das Gefühl geben, dass sie dicke Freunde werden würden und er in der Folge Jörns Beschützer. Diesen Zahn musste er ihm gleich ziehen.

»Na gut, aber wenn es hart auf hart kommt, kann ich auf dich zählen?«

»Jörn, Freunde können immer aufeinander zählen. Freundschaft bedeutet allerdings nicht, dass man Ärger sucht und dann die naive Vorstellung hat, dass der Freund sich auf jeden Fall für einen prügelt. Das verstehst du, oder? So alt und reif bist du doch?«

Jörn verzog das Gesicht. »Na logisch. Ich bin ja nicht dumm. Ich wollte nur sichergehen.«

»Gut, dann sind wir uns ja einig. Jetzt, wo wir Freunde sind, habe ich ein paar Fragen an dich.«

»Schieß los. Ich bin in letzter Zeit ein ziemlich gefragter Mann. Ich durfte sogar in einem Streifenwagen mitfahren, aber nicht als Krimineller. Wer kann das schon von sich sagen? Außer Polizisten vielleicht.« Er lachte schief. »Du bist doch kein Polizist mehr, oder?«

»Nein, bin ich nicht. Jetzt zu meinen Fragen.«

»Gut, das ist sehr gut. Ich bin nämlich gerade nicht so gut auf die zu sprechen.«

»Mich würde interessieren, warum du zu der Stelle wolltest, wo Anika und Daniel Menges ermordet wurden.« Mads ging auf seinen Einwand in Sachen Polizei nicht ein. Es war an der Zeit, dass er ein paar Antworten erhielt.

Jörn schwieg eine Weile, er schien sich seine Worte intensiv zu überlegen. »Ich bin nur am Strand spazieren gegangen. Hatte ganz vergessen, dass das die Stelle war.«

»Jörn, muss ich schimpfen? Du kennst wohl das erste Gesetz guter Freundschaft nicht.«

»Erstes Gesetz?«

»Genau. Niemals darf man einen Freund anlügen.«

»Ich lüge nicht.«

»Ich verrate dir mal ein Geheimnis: Ich bin ein Elitesoldat und wurde ausgebildet zu erkennen, wenn jemand lügt, und du lügst, ohne dass es dir bewusst ist. Wenn du mich weiter belügst, war es das mit unserer Freundschaft, dann werde ich überall rumerzählen, dass du ein Lügner bist und man dir nicht vertrauen darf.«

»Bitte nicht. Ja, ist ja gut. Ich wollte dahin.« Jörn schien sich zu ärgern, er ballte beide Hände zur Faust und machte eine kurze heftige Bewegung.

Für Mads war es ein Leichtes, Jörns Körpersprache zu lesen, auch seine Tonlage verriet ihn, wenn er log. Seine Worte kamen dann etwas schneller und seine Stimme klang aufgeregter, dazu rollte er immer wieder kurz mit den Augen, ohne es zu bemerken.

»Warum wolltest du an die Stelle?« Mads vermied das Wort »Tatort« absichtlich. Jörn sollte nicht abgelenkt oder verschreckt werden.

Der Junge bewegte seinen Kopf, dann bohrte er seinen rechten Schuh in den Sand. »Ich war neugierig. Irgendwie passiert nie was in meinem Leben und nun bin ich plötzlich interessant, und das nur, weil ich halt da war.«

»Ja, du bist jetzt was Besonderes. Möchtest du mir erzählen, was genau passiert ist? Wäre gut, wenn ich es weiß, falls jemand dich einen Lügner nennt, weil er neidisch auf dich ist. Dann kann ich ja bestätigen, dass du die Wahrheit gesagt hast.«

Wieder zappelte Jörn nervös herum. »Kann ich dir vertrauen?«

Mads ballte die Hand zur Faust und streckte den Arm aus, Jörn erwiderte den Faustgruß.

»Das ist ein Kumpelehrenwort.«

»Saugeil. Dass ich mal mit jemand so Coolem wie Mr. Thor befreundet sein würde, hätte ich nie für möglich gehalten. Ich dachte immer, du wärst ein arroganter Schönling.« Jörn richtete sich auf und versuchte, seine Brust vorzustrecken.

»Bin ich nicht.« In Gedanken ärgerte sich Mads über Jörns Aussage, weil er ihm gegenüber schon früher immer freundlich gewesen war. Er kannte Jörn, als er noch ein kleiner Junge gewesen war. Man war sich halt am Strand häufig begegnet.

»Möchtest du mir nun erzählen, was genau an dem Abend passiert ist?«

»Ich habe irgendwie Durst.«

Mads atmete seine Ungeduld mühsam aus. Riskierte er, Jörn zu verlieren, wenn er ihm nichts zu trinken besorgte, weil dieser sich nicht mal fünf Minuten konzentrieren konnte? Andererseits musste er klare Grenzen ziehen, damit Jörn nicht das Gefühl bekäme, er könnte mit ihm tun und lassen, was er wollte. Es gab eine Rangordnung und in dieser stand Mads über Jörn. So gesehen, war er der Anführer dieser nicht vorhandenen Gang.

»Ich habe auch Durst«, lenkte er dennoch ein. »Aber wir müssen erst synchron sein, dann spendiere ich dir eine Coke.«

»Cool. Synchron also. Klar, verstehe.«

Mads hatte das Gefühl, dass er nichts verstand. »Okay, dann erzähl mir, was an dem Abend genau passiert ist.«

»Ehrlich gesagt …«, begann Jörn und drehte sich kurz um, als hätte er Sorge, dass jemand lauschen könnte. »Ich habe gar nichts gesehen.«

»Nichts gesehen? Aber du hast doch die junge Frau und den Mann gesehen?«

»Ja, habe ich auch. Da waren sie nur schon tot.«

»Hast du denn der Polizei erzählt, du hättest etwas gesehen?«

»Glaube schon. Ich dachte, das wäre cool. Aber glaub mir, als ich am Strand war, waren die beiden schon tot. Ich stand unter Schock und gleichzeitig irgendwie nicht. Verstehst du, was ich meine?«

Mads verstand das nicht, ging jedoch nicht weiter darauf ein. Jörn war in Redestimmung, das wollte er nicht unterbrechen. Er war sich nicht sicher, ob Jörn log, seine Körpersprache und seine Tonlage waren nicht auffällig.

»Ich habe noch nie zwei Leichen gesehen«, fuhr Jörn fort. »So was sieht man doch nur im Fernsehen, und keine Ahnung warum, ich musste sie einfach berühren. Als würde eine dunkle Macht mich lenken. Ehrlich, ich habe sie nur ganz kurz angefasst und dann bin ich weggelaufen, das war echt gruselig. So eine richtige Horrorprüfung, aber ich habe sie bestanden.«

»Hast du noch jemanden gesehen?«

»Ich habe der Polizei zwar erzählt, dass ich jemanden gesehen habe, der humpelt, aber das war gelogen.«

»Wieso hast du sie belogen?«

»Ich fand es irgendwie spannender, so einen humpelnden Typen in meine Geschichte einzubauen.«

»Also war niemand anderer mehr an der Stelle?«

Jörn grinste breit. »Du bist jetzt der Einzige, der das weiß: Da war niemand, nur ich.« Jörns Stimme wurde zum Ende ein wenig schriller als zuvor und er bohrte wieder die Schuhspitze in den Sand.

38

Einen Tag später

Es war seltsam. Seit über einem Tag hatte er einen Gast, aber er hatte noch keine Muße gehabt, ihn zu begrüßen. Gestern Abend hatte er es sich vorgenommen und war zu ihr gegangen. Er hatte vor der Tür gestanden, den Schlüssel in der Hand, und war kurz davor gewesen, die Tür zu öffnen und ein guter Gastgeber zu sein. Sogar ein Wasser und ein Sandwich hatte er dabei gehabt, doch letztlich hatte er nur vor der Tür gestanden und sie angestarrt. Er wusste nicht, wie lange, aber irgendwann hatte er kehrtgemacht und war zurück in sein bescheidenes Heim gegangen.

Seit diesem Abend umfing ihn diese bedrückende Stimmung. Sie brach einfach über ihn herein, er konnte nicht mal sagen, warum und wie lange dieses Gefühl bleiben würde, aber war es erst einmal da, war es ihm unmöglich, es loszuwerden. Es war wie eine Zecke, die sich im Rücken festbeißt und die man allein nicht entfernen kann.

Er war machtlos dagegen, dabei hatte er einiges unternommen, doch nichts hatte geholfen. Es war wie eine Fehlfunktion des Gehirns, das nur nach einem Reboot wieder funktionierte. Leider kannte er die Taste für den Reboot nicht und war somit gezwungen, zu warten, bis er sich wieder einigermaßen im Griff hatte.

Jetzt saß er auf der Couch, kerzengerade, und starrte die Wand an, Tränen liefen seine Wangen herunter.

»Vater, warum hast du mir das angetan?« Seine Stimme war monoton und recht hoch, die Stimme eines Kindes, gesprochen von einem Mann.

Sein Gesicht war tränenüberströmt. Noch nicht mal das

konnte er kontrollieren. Doch dann geschah endlich etwas. Es war, als würden die Tränen eine Mauer einbrechen. Allmählich fühlte er, wie der Schmerz, diese schwere schwarze Hülle um ihn, schwand. Er spürte wieder Leben in seinem geschändeten Körper.

Seine Seele war schon lange tot, aber sein Verstand nicht, er war da, und wenn sein Verstand wieder die Oberhand hatte, würde er leben und sich seinem Kunstwerk widmen können. Das würdige Opfer wartete ja schon auf ihn.

»Ob sie wirklich würdig ist?« Seine Gedanken wanderten zu Jule. »Sie hätte das Opfer sein müssen, wenn dieser verdammte Stein nicht im Weg gewesen wäre.«

Seine Augen formten sich zu Schlitzen und er knirschte mit den Zähnen. Etwas fühlte sich nicht richtig an. »Es ist der Stachel des Versagens. Du hast bei Anika versagt und bei Jule auch.«

Seine Hand wurde zur Faust und unbewusst schlug er damit auf seine Brust, immer wieder, er musste sich selbst bestrafen.

»Nein, du hast nicht versagt. Du hast ein anderes Opfer gefunden. Sie ist ebenso gut wie Jule.« Er schlug weiter.

»Ja, ja. Aber sie war noch nicht an der Reihe. Jule war an der Reihe. Verdammt!«, brüllte er und Wut überkam ihn. Eine unbändige Wut, die er nicht kontrollieren konnte. Sie war einfach da. Die Ärzte nannten das »Dysregulation«.

Pah, Ärzte. Die gaben Krankheiten immer lateinische Namen, damit Laien sie nicht verstanden und sie sich wie Götter fühlen konnten. Er hasste Ärzte und er hatte gute Gründe dafür.

Seine Wut wurde immer stärker und er spürte, dass er irgendetwas kaputt machen musste. Er konnte die Wut nicht mehr beherrschen. Diese Wut war es auch gewesen, die ihn gezwungen hatte, Anika die Kehle durchzuschneiden.

Er stand auf und das bedrückende Gefühl verschwand. Was blieb, war die unbändige Wut.

Er ging in die Küche, nahm ein Küchenmesser und war nur noch von einem Gedanken besessen: Emma die Kehle aufzuschneiden.

39

So müssen sich Tiere im Zoo fühlen, dachte Emma.

Dabei hatte sie immer zu den Menschen gehört, die gerne Zoos besuchten, jedenfalls die in Deutschland, wo sie das Gefühl hatte, dass es den Tieren dort gut ging. Wie zum Beispiel im Kölner Zoo oder dem in Gelsenkirchen oder Stuttgart.

Aber jetzt, wo sie selbst in einem dunklen Käfig gefangen gehalten wurde, wusste sie, dass sie sich die ganze Zeit belogen hatte. Keinem Lebewesen in Gefangenschaft konnte es wirklich gut gehen. Die Menschen machten sich nur etwas vor, wenn sie glaubten, die Tiere hätten es gut, weil sie damit ihr Gewissen beruhigen und nicht auf den Zoobesuch verzichten wollten.

Sie hatte wenig geschlafen, zu viele Gedanken rasten durch ihren Kopf und langsam fühlte sie sich auch körperlich ausgelaugt. Sie hatte Hunger und Durst. Ihr Rücken tat weh und in ihrem Zwinger roch es nach Urin.

Irgendwann hatte sie die Blase nicht mehr halten können. Sie war in die dem Bett gegenüberliegende Ecke gegangen und hatte sich dort erleichtert.

Immer wieder kreisten ihre Gedanken um die Frage, ob ihr Entführer der Mann mit dem blauen Polokragenpullover war. Immerhin konnte sie ausschließen, dass es der Mann war, den Mads zu Fall gebracht hatte.

»Warum ich?«, fragte sie sich immer wieder, dabei wusste sie, dass diese Frage völlig sinnbefreit war. Kriminelle und Psychopathen lebten in ihrer eigenen Welt. Manchmal suchten sie ihre Opfer zufällig aus, manchmal nach bestimmten Mustern.

»Anika sah mir nicht ähnlich. Abgesehen davon, dass wir beide recht jung sind, sehen wir uns null ähnlich.«

Nachdem sie Jule eine Freundschaftsanfrage geschickt hatte, hatte sie Anikas Instagramaccount gefunden. Da er nicht öffentlich war, hatte sie nur ihr Profilfoto und die verlinkten Fotos auf Jules Instagramprofil sehen können.

»Vielleicht reicht es dem Täter ja, dass die Opfer jung sind«, überlegte sie.

Die ganze Zeit stellte sie sich unzählige solcher Fragen, weil sie hoffte, den Täter auf diese Weise verstehen zu können und dementsprechend eine Strategie zu entwickeln, wie sie ihm verbal entgegentreten könnte. Und weil sie sonst in diesem Gefängnis verrückt werden würde.

Vor einiger Zeit – war es gestern gewesen? Sie hatte jegliches Gefühl für Zeit verloren. Auf jeden Fall lag es länger zurück, da hatte sie Geräusche an der Tür gehört und geglaubt, dass der Täter sich ihr endlich zeigen würde. Aber dann waren die Geräusche verstummt und niemand hatte die Tür geöffnet, somit war sie auch der Möglichkeit beraubt worden, dem Täter in die Eier zu treten und wegzurennen.

»Vermutlich war das eh ein ganz dummer Plan.«

Sie atmete aus und schaute Richtung Tür, genauer gesagt, zu dem Loch, durch das nicht nur Sauerstoff, sondern auch ein winziges bisschen Licht hereinfiel. Ob es Nacht oder Tag war, konnte sie kaum sagen, es schien ein künstliches Licht zu sein.

Dazu war es vollkommen still in ihrem Verlies, es musste ein absolut einsamer Ort sein, wo kein Mensch weit und breit in der Nähe war.

Vielleicht ein Keller, vielleicht eine Hütte im Nirgendwo. Es gab unzählige solcher Orte, wo ein Psychopath seiner kranken Fantasie nachgehen konnte.

Ihr Magen knurrte, ihre Lippen waren trocken und sie wusste, dass sie sehr bald etwas zu essen oder zu trinken brauchte, sonst würde ihre Kraft sie verlassen.

»Was, wenn das genau sein Plan ist? Er will mich elendig verhungern und verdursten lassen.«

Sie wusste nicht, ob das ein besserer Tod war, als wenn der Psychopath sie missbrauchte und dann tötete. Konkrete Gedanken wollte sie sich darüber lieber nicht machen, beide Optionen waren gleichermaßen entsetzlich.

Sie horchte auf. Plötzlich waren da wieder Geräusche, als würde jemand schnellen Schrittes auf sie zusteuern.

Emmas Herz raste. Ihre Hände schwitzten und ihre Kehle wurde noch trockener.

Dann hörte sie, wie ein Schlüssel ins Schloss gesteckt wurde.

40

»Das kann doch nicht sein«, platzte Lena heraus.

»Vielleicht ist es das Beste, was Jörn passieren konnte.« Gustavs Blick sagte ihr allerdings, dass er nicht überzeugt von seinen Worten war.

»Hier wird ein Unschuldiger verhaftet, nur um den Medien eine Show zu bieten und die Saison zu retten. Der Bürgermeister reibt sich vor Freude bestimmt die Hände.«

»Gustav hat gar nicht so unrecht«, sagte Mads.

Alle drei saßen auf der Terrasse des *Café Wichtig* und aßen zu Mittag. Sie hatten einen Tisch im hinteren Bereich gewählt, wo sie sich ungestört unterhalten konnten.

»Wieso?«

»Na ja, du weißt, dass ich gestern ein Gespräch mit Jörn hatte. Der Junge lügt ohne Unterbrechung, und was er mir erzählt hat, spricht nicht gerade für ihn.«

»Erfahre ich das bitte auch noch?« Gustav presste die Lippen zusammen.

»Deswegen bin ich hier.« Mads berichtete von seiner Unterredung.

»Da hat der Idiot die zweite Person also nur erfunden? Und du glaubst ihm das, obwohl er dauernd lügt?«

»Ich bin geneigt, es zu tun. Jörn weiß nicht, was er tut. Das Ganze überfordert ihn komplett, gleichzeitig findet er es sauspannend, plötzlich im Mittelpunkt zu stehen, daher die Widersprüche. Er glaubt, er wäre cool.«

»Cool? Die Polizei anzulügen, ist eine Straftat«, grollte Gustav. »Nur wegen dieses Holzkopfs jagen wir einem Phantom nach, um seine Unschuld zu beweisen. Was, wenn er es doch war? Hast du ihn gefragt, wo er am Tag von Emmas Verschwinden gegen 14 Uhr war?«

»Daran habe ich auch gedacht, aber ich halte das für sehr unwahrscheinlich.«

»Hast du ihn gefragt?«

»Entspann dich, Onkel.« Mads nahm einen Schluck Wasser. »Natürlich habe ich das. Er war an dem Tag mit seinen zwei Freunden unterwegs. Vor Kurzem habe ich ihn wieder am Strand gesehen, da haben seine Freunde sich auch mit ihm getroffen.«

»Hast du die Angabe überprüft?«

»Du schätzt mich echt falsch ein.« Mads wirkte leicht verärgert. »Ich war sicherlich nicht der Jahrgangsbeste, weil ich grundlegende Dinge vergesse.«

»Hast du es?« Gustav blieb hartnäckig.

»Ja, habe ich. Einen seiner Kumpel kenne ich. Ich habe ihn über Instagram angeschrieben und er hat es bestätigt.«

»Instagram, wenn ich das schon höre! Warum kann die Jugend heute nicht mehr zum Telefonhörer greifen?«

»So jung ist Mads nun auch nicht mehr. Mit seinen dreiunddreißig ist er für die Kids ein alter Sack«, konnte sich Lena einen Spruch nicht verkneifen.

»Immer noch deutlich jünger als Gustav und dazu sehe ich viel jünger aus. Viele Mädels schätzen mich auf Mitte zwanzig.«

»Aber auch nur die dummen, naiven Mädels, auf die du so abfährst«, konterte Lena.

Gustav nickte. »Da hat deine Schwester gar nicht so unrecht. Dein Geschmack ist sehr einfach gestrickt.«

»Ich bin gar nicht so oberflächlich.«

»Was Frauen anbelangt schon.«

»Lasst uns zu unserem Fall zurückkehren«, ermahnte Gustav die beiden. »Wenn Jörn vor dem Staatsanwalt die gleiche Aussage macht wie dir gegenüber, sitzt er gründlich in der Scheiße. Die haben seine Fingerabdrücke, seine DNA und jede

Menge Lügen von ihm. Wenn es dann diesen zweiten Mann nicht gibt, wird man den gutmütigen Dummkopf verhaften und für sehr lange Zeit in den Knast stecken.«

»Erinnert mich irgendwie an den Fall vor ein paar Jahren an der Nordsee«, bemerkte Mads und schnitt ein Stück von seinem Steak ab.

»Stimmt«, hakte Lena ein. »Da hat doch auch jemand mehrere Frauen entführt und wurde nur aufgrund von Indizien verhaftet und verurteilt, er sitzt immer noch im Gefängnis. Der Kerl hat die Frauen in ihrem Versteck elendig verhungern und verdursten lassen und ihnen dabei auch noch zugesehen, weil in dem kleinen Raum Kameras angebracht waren. Dieser kranke Psychopath.«

»Aber er hat nie eindeutig zugegeben, dass er es war. Das LKA hat das unterirdische Versteck nur durch Zufall entdeckt. Der Täter war in eines der Opfer verliebt und hatte jede Menge Videos und Fotos von ihr gemacht. Erst unter Druck hat er schließlich ein Geständnis abgelegt«, rekapitulierte Mads.

»Du bist ja noch sehr gut im Bilde«, bemerkte Gustav, er wirkte nachdenklich.

»Ich habe den Fall damals verfolgt. Ein Kumpel vom LKA hat da mitermittelt und war bis zum Ende von der Schuld des Täters nicht gänzlich überzeugt.« Mads ließ ein weiteres Stück seines Steaks im Mund verschwinden. Es war nicht zu übersehen, dass es ihm schmeckte. So kannte Lena ihn. Mads hatte schon immer gerne Fleisch und Fisch gegessen. Ein Vegetarier oder Körnerfresser zu werden, wie er scherzweise sagte, wäre ihm nie in den Sinn gekommen.

»Ihr beide macht bei der ganzen Geschichte einen großen Denkfehler«, mischte sich Gustav ein.

»Und der wäre?«

»Der Täter wurde vor vier Jahren verhaftet und seitdem gab es keine Entführungen mehr an der Nordsee.«

»Ein starkes Argument, aber nicht in Stein gemeißelt«, erwiderte Mads. »Nimm mal an, der Täter hat eine Pause gemacht. Es ist keine Seltenheit bei Psychopathen, dass sie nach einer Serie manchmal jahrelang untertauchen, bis das Verlangen wieder zu groß wird.«

»Wollen wir alle hoffen, dass deine Worte nicht wahr werden«, sagte Lena.

»Wir sollten uns vielleicht trotzdem diese Akte anschauen. Es kann nicht schaden.«

»Wieso wir? Du bist doch offiziell kein Polizist«, entgegnete Gustav. »Oder bist du endlich zur Besinnung gekommen?«

»Ich war noch nie so klar im Kopf wie derzeit. Meine Meinung hat sich nicht geändert.«

»Ist ja gut, ich schau mir die Akte an«, versuchte Lena zu schlichten. Sie wollte keinen unnötigen Streit zwischen den beiden Alphatieren.

»Danke.« Mads kaute sein Fleisch etwas schneller, was Lena sagte, dass er gereizt war. Dann wurde sein Kauen langsamer. So rasch, wie Mads sich aufregen konnte, so rasch konnte er sich auch wieder beruhigen.

»Mit dir muss ich mir noch was einfallen lassen.« Gustav wirkte unzufrieden.

»Inwiefern?«

»Du weißt genau, dass du nicht ermitteln darfst.«

»Ich könnte von Jörn eingestellt worden sein, um seine Unschuld zu beweisen.«

Gustav hob die Augenbrauen, dann fuhr er sich übers Kinn und atmete hörbar aus. Ihm schien etwas auf der Zunge zu liegen, aber er sprach es nicht aus. Stattdessen nahm er einen Schluck Wasser. Er wirkte plötzlich sehr nachdenklich. Lena kannte ihren Onkel, etwas musste ihn ungemein beschäftigen, vermutlich hatte es mit dem Fall an der Nordsee zu tun. Wusste er etwas, was sie nicht wussten, oder hatte er eine Ahnung, die er nicht auszusprechen wagte, weil sie zu beängstigend war?

»Ich würde nach dem Essen gerne zu Tim fahren. Mal schauen, was er herausgefunden hat«, ließ sich Lena vernehmen.

»Mach das.« Gustav nahm erneut einen Schluck Wasser.

»Ich würde dich gerne begleiten«, sagte Mads.

»Du kannst doch nicht einfach in die Polizeidirektion Lübeck stiefeln. Zutritt nur für Beamte.« Gustav schüttelte den Kopf.

»Ich hätte dich gar nicht erst darüber informieren brauchen. Tim und ich verstehen uns super. Glaubst du nicht, dass ich mich sowieso mit ihm treffen würde, egal was du sagst? Aber ich will, dass du im Bilde bist.«

Gustav atmete aus. »Du bist ein störrischer Esel, eins muss man dir allerdings lassen: Du würdest deine Familie nicht belügen.« Er warf seinem Neffen einen Blick zu, als suchte er in seinen Augen nach einer Antwort, und fügte hinzu: »Das eben habe ich lieber nicht gehört.«

»Danke.«

»Dass du es einfacher haben könntest, wenn du …«

»Bitte nicht schon wieder.«

Lena war es zwar recht, dass Mads sie begleiten würde, aber dass sie bei der ganzen Sache überhaupt nicht gefragt wurde, fand sie enttäuschend. Immerhin war es ihre Idee gewesen und für einen Besuch bei Tim brauchte sie keinen Aufpasser. Seit der Geschichte mit Anikas Affäre schien ihr Onkel übervorsichtig zu sein.

»Ihr solltet diesen Thorsten Möller übrigens auch nach einem Alibi für die Tatzeit der Entführung von Emma Falk befragen. Immerhin hatte er schon kein Alibi für den Zeitpunkt von Anikas Ermordung.«

»Das habe ich bereits in die Wege geleitet. Er ging nicht ans Telefon, aber ich habe ihm eine Nachricht hinterlassen.«

»Sehr gut, Lena.«

»Trude Sievers werde ich auch noch einen Besuch abstatten. Vielleicht erinnert sie sich inzwischen an mehr Einzelheiten. Immerhin hat sie eine weitere Person auf einem Fahrrad gesehen.«

»Mach das. Du solltest ihr eine Beschreibung des Mannes geben, den Mads zu Fall gebracht hat. Es wäre möglich, dass es derselbe Mann ist. Du weißt, wenn man älteren Menschen ein paar Hinweise gibt, erinnern sie sich oft besser.«

»Stimmt, aber manchmal trügt ihre Erinnerung und sie glauben dann, die Hinweise zu einer Person wären ihre eigenen Erinnerungen.« Lena wollte die Aussage von Sievers möglichst nicht beeinflussen.

»Du wirst schon das Richtige tun.«

Der Kellner kam und Gustav bat um die Rechnung. Mads zückte seine Geldbörse.

»Lass stecken.«

»Danke.«

Gustav zahlte und die drei verließen die Terrasse des Restaurants.

»Essen mit der Familie?«, grüßte sie der Bürgermeister, der gerade das *Café Wichtig* ansteuerte.

»Wir sind eben fertig.«

»Mads, dich habe ich ja schon lange nicht mehr gesehen. Bleibst du uns erhalten?«

»Nein, bin nur kurz zu Besuch.«

»Verstehe. Mein Beileid wegen deiner Mutter. Sie war eine wunderbare Frau.«

»Danke.« Lena sah Mads an, dass er versuchte, sich nichts anmerken zu lassen. Darin war er gut, doch sie kannte ihn, und sie wusste, wie sehr ihn der Tod seiner geliebten Mutter schmerzte. Erst der Verlust seines Vaters und jetzt der seiner Mutter, das war hart, aber auch für sie war es alles andere als leicht. Dennoch musste das Leben weitergehen. So bitter es klingen mochte.

»Gustav, hast du noch fünf Minuten für mich? Auf einen Espresso?«

»Du lässt mir sicherlich keine Wahl.«

»Nicht wirklich.« Albert Lange lächelte. Lena hatte nie viel mit ihm anfangen können, sie fand ihn zu arrogant und aufgesetzt, aber irgendwie verstanden sich Gustav und er sehr gut.

Ihr Onkel verabschiedete sich von den beiden und folgte Lange auf die Terrasse.

»Dein Neffe sieht wie eine Maschine aus. Wahnsinnig definiert, den solltest du nicht so einfach ziehen lassen«, hörte Lena den Bürgermeister noch sagen, während sie und Mads Richtung Auto gingen.

»Wir sollten vorab einen Abstecher bei Thorsten Müller machen, liegt ja auf dem Weg«, schlug Mads vor.

»Meinst du, er ist zu Hause?«

»Wer weiß. Ich kenne diesen Schlag Mensch, die nehmen selten Telefongespräche an. Vermutlich hat er deine Nummer im Handy gespeichert, um genau zu wissen, dass du anrufst. Du kennst mich, mir sind Gespräche Auge in Auge am liebsten, da lässt sich eine Lüge besser enttarnen.«

»Gut, wie du meinst. Liegt tatsächlich auf dem Weg.«

Mads nickte.

»Ist dir eigentlich aufgefallen, dass Gustav sich so seltsam verhalten hat, als wir über den Fall an der Nordsee gesprochen haben?«, fragte Mads, als sie im Wagen saßen und Lena Richtung Lübeck steuerte.

»Ist mir nicht entgangen. Frage mich nur, warum?«

»Womöglich sieht er Parallelen.«

»Könnte ein Nachahmer sein.«

»Möglich. Aber nimm mal an, meine Theorie ist richtig und es ist derselbe Täter?«

»Ich will mir das gar nicht ausmalen. Gustavs Argument ist allerdings auch nicht von der Hand zu weisen. Nachdem man den Täter verhaftet hatte, wurde es still. Keine Entführungen mehr.«

»Auch da sagt die Kriminalistik, dass das nichts Ungewöhnliches ist. Psychopathen und Serientäter tauchen …«

»… manchmal jahrelang unter, ja. Das Gespräch hatten wir eben erst. Wenn deine Einschätzung stimmt, würde das heißen, dass seit Jahren ein Unschuldiger im Gefängnis sitzt.«

Lena sah nachdenklich auf den fließenden Verkehr. Sie hoffte, dass ihr Bruder nicht recht hatte, weil das noch etwas anderes bedeutete: Der Täter musste verdammt clever und raffiniert sein, dass er so lange hatte unerkannt bleiben können.

»Wenn wir diesmal den Täter wieder nicht finden, sitzt bald ein zweiter Unschuldiger im Gefängnis. Jörn ist nie und nimmer der Täter, das feige Huhn.«

Lena wollte sich auch das lieber nicht ausmalen, denn wenn das stimmte, konnte sie sehr gut verstehen, warum ihr Onkel so große Sorgenfalten hatte. Sie standen mächtig unter Druck, den Täter zu finden. Nur hatten sie keine ernst zu nehmende Spur. Ihre Hoffnung ruhte zunächst allein auf Tim.

41

Er hatte wieder ein Sandwich und eine Flasche Wasser dabei und diesmal auch ein Messer, als er vor der Tür stand, hinter der sich sein besonderer Gast verbarg.

Hier halte ich sie mir, dachte er und kicherte, obwohl die Wut ihn noch immer beherrschte.

Schneid der Schlampe endlich die Kehle durch!

Er nahm den Schlüssel und steckte ihn ins Schloss, er würde ihn nur noch nach rechts drehen müssen, damit wäre die Tür offen.

Doch er tat es nicht. Stattdessen starrte er erst den Schlüssel an, dann das Messer in seiner Hand.

Lass dich nicht von deiner Wut lenken, ermahnte er sich. Er durfte nicht wieder die Beherrschung verlieren wie am Strand. Dass er Anika getötet hatte, war ein unverzeihlicher Fehler gewesen.

Ich habe sie ja nur getötet, weil ich das verdammte Betäubungsmittel nicht bei mir hatte, suchte er nach einer Erklärung, denn sein Verstand konnte keine wutgesteuerten Handlungen tolerieren. Die Wut war kein Produkt der Intelligenz und er hielt sich für über die Maßen intelligent, daher durfte er nur verstandesgelenkt handeln und sich nicht von Emotionen oder, noch schlimmer, von der Sexualität leiten lassen.

Er schüttelte den Kopf. Wirre Gedanken flogen wie Atome durch seinen Kopf, er fühlte sich überfordert.

»Du darfst keine Fehler machen«, ermahnte er sich flüsternd. »Du bist stark, hörst du? Du bist stark.«

Im selben Atemzug fragte er sich, was er hier mit dem Messer in der Hand machte.

»Du bist stark«, rief er sich ein weiteres Mal zur Ordnung.

Er trat näher an die Wand und schaute durch das kleine Loch, das er hier angebracht hatte, damit sein Gast atmen konnte, so schnell durfte sie nicht sterben. Jedenfalls nicht, bis er entschieden hatte, welches Kunstwerk sie sein würde. Da gab es mehrere Optionen und diesmal wollte er es anders machen, ganz anders.

Seine Gedanken wanderten in die Vergangenheit. Sie hatte viel mit seinem jetzigen Handeln zu tun.

Die leise, mahnende Stimme, dass er nicht mehr Herr seiner Sinne war, dass er streng genommen überhaupt keinen Plan hatte, weil große psychische Probleme ihn belasteten, versuchte er zu ignorieren.

In dem Raum, wo Emma als sein Gast gehalten wurde, war es stockfinster, das war durch das Loch gut zu erkennen. »Du hast es perfekt isoliert. Das war exzellente Arbeit«, lobte er sich.

»Bitte lassen Sie mich gehen.«

»Was?« Er erschrak, richtete sich auf und machte einen Schritt zurück.

»Bitte lassen Sie mich gehen. Ich heiße Emma Falk. Ich habe Familie, einen Vater, eine Mutter, die machen sich Sorgen.«

»Was soll dieser Mist?«, brüllte er. »Glauben Sie, Sie können mich mit diesem Scheiß beeindrucken?«

»Bitte, ich heiße Emma.«

»Ich weiß, wie Sie heißen. Ich weiß alles über Sie, seit Sie hier an der Ostsee angekommen sind. Weil ich meine Hausaufgaben mache.«

Keine Antwort. Vermutlich hatte sie damit nicht gerechnet.

»Sind Sie der Mann mit dem blauen Polokragenpulli?«

»Sie sollen keine Fragen stellen. Da ist nicht Ihre Aufgabe. Sie sind Kunst. Kunst stellt keine Fragen.«

»Was für eine Kunst? Ich bin ein Mensch, eine junge Frau aus Fleisch und Blut. Ich habe noch mein ganzes Leben vor mir. Ich heiße Emma Falk.«

»Ihr Leben gehört mir. Seien Sie endlich still. Ich werde Sie unsterblich machen. Sie sollten mir dankbar sein, dass ich mich nicht vergesse und Ihnen die Kehle durchschneide.« Seine Stimme klang schrill.

»Bitte lassen Sie mich gehen. Meine Eltern machen sich Sorgen.«

»Bitte, bitte, bitte«, äffte er sie nach, dann stellte er das Sandwich und die Flasche Wasser auf den Boden, wo schon das andere Sandwich und das Wasser standen.

Anschließend zog er den Schlüssel aus dem Schloss und entfernte sich.

»Geben Sie mir wenigstens was zu trinken, verdammt noch mal, Sie Arschloch«, hörte er seinen Gast brüllen. Das gefiel ihm.

»Sie Dummerchen, das Essen steht vor der Tür, und jetzt lassen Sie mal Ihren Verstand arbeiten, wie Sie da rankommen, sonst werden Sie verdursten und verhungern. Welch ein köstlicher Gedanke«, rief er ihr zu.

42

»Sie verficktes, feiges Arschloch«, platzte Emma heraus. Dann begann sie zu weinen. Sie war mit den Nerven am Ende. Das hier war schlimmer als jeder Albtraum.

Sie setzte sich aufs Bett, hielt ihre Hände vors Gesicht und schluchzte hemmungslos.

»Es ist allein deine Schuld. Was hast du hier noch zu suchen gehabt? Wieso bist du nicht nach Hause gefahren?« Sie schniefte und wischte sich die Tränen vom Gesicht.

Die Erkenntnis, hier eingesperrt zu sein, ohne jede Hoffnung einem durchgeknallten Psychopathen ausgeliefert, war kaum zu ertragen. Erneut umschloss sie diese Schwere, die es ihr nicht ermöglichte, klar zu denken.

Aber sie brauchte ihren Verstand. Nur so hatte sie eine winzige Chance, der Hölle zu entkommen.

»Und wenn er nie vorhat, den Raum zu betreten? Wenn er dich einfach verhungern lässt?« Sie schüttelte den Kopf. »Nein, der Schlüssel steckte im Schloss, du hast es gehört. Warum sollte er das tun?«

Sie lachte bitter auf.

Die Antwort war naheliegend, er wollte mit ihr spielen. Ihr zeigen, dass er unbeschränkte Macht über sie hatte.

»Du bist sein kleines dummes Kätzchen, über das er verfügt, wie er mag. Er wird dich verhungern lassen.« Ihr Magen schnürte sich zusammen, sie bekam einen Krampf. Hastig legte sie ihre Hände auf den Bauch und versuchte, den Schmerz wegzudenken. Aber er wurde immer schlimmer. Ob es daran lag, dass sie Hunger hatte und durstig war, oder daran, dass sie sich so aufregte?

Langsam beruhigte sich ihr Magen.

Hatte er das Essen wirklich vor der Tür abgestellt? Sie überlegte. Was war das für eine kranke Scheiße. SAW an der Küste? Erneut lachte sie gehässig auf, dann schüttelte sie den Kopf. »Er spielt mit dir. Da ist kein Essen vor der Tür, und wenn, wie solltest du da rankommen? Die Tür ist verriegelt.«

Emma presste die Lippen zusammen, die Magenschmerzen waren verschwunden, stattdessen überkam sie eine unbändige Wut, begleitet von den immer gleichen Vorwürfen, warum sie nicht zu ihren Eltern gefahren war.

Der Gedanke an den Film SAW ging ihr nicht aus dem Kopf. Sie überlegte. Hatte er nicht gesagt: Lassen Sie Ihren Verstand arbeiten? Vielleicht war er so ein durchgeknallter Jigsaw-Fan, der glaubte, die Filmhandlung nachahmen zu müssen, und ihr irgendwelche Prüfungen auferlegte. Langsam fing sie an, an diese total absurde These zu glauben.

»Aber bei SAW waren es mehrere Opfer und du bist alleine in diesem Drecksloch.« Emma war hin- und hergerissen. Sie konnte sich kaum konzentrieren, was nicht gerade half, den Hunger zu vergessen und vor allem nicht den Durst.

Irgendwo hatte sie mal gelesen, dass Menschen verdammt lange ohne Essen auskamen, ohne Wasser allerdings nur wenige Tage. Wie lange wurde sie hier schon gefangen gehalten? Einen Tag, zwei Tage, drei Tage? Sie hatte jegliches Zeitgefühl verloren und die Zeit spielte gegen sie. Sie war ein mieser Verräter, weil sie kein Mitleid kannte und nicht zwischen Gut und Böse unterschied. Sie lief, unaufhörlich, und interessierte sich nicht für die Menschen. Die Menschen, die glaubten, der Nabel der Welt zu sein. Unerbittlich zogen diese Gedanken in Emma eine düstere Spirale von sinnlosen Grübeleien.

»Stopp!«, ermahnte sie sich. »Verdammt, Emma, lass dich nicht hängen. Er will dich mürbe machen, er möchte, dass du jammerst und dich aufgibst, das verschafft ihm Befriedigung.« Ihr Blick ging an die Decke. Ob er Kameras hier installiert hatte und sich gerade daran aufgeilte, dass sie mit den Nerven am Ende war?

Das wenige Licht, das in den Raum eindrang, war kaum der Rede wert. Sie konnte nichts sehen, nicht einmal abschätzen, wie hoch die Decke war.

Sie stand auf, streckte ihren Arm aus und berührte mit den Fingerspitzen die Decke. Der Raum war vermutlich knapp zwei Meter hoch. Die Decke fühlte sich nicht kalt an. Sie war aus Holz.

»Und wenn er es doch ernst meinte?«

Sollte sie sich tatsächlich auf dieses dämliche Spiel einlassen und nach einer Lösung suchen, um an das Essen zu gelangen? War vielleicht die Decke die Antwort? Mit beiden Händen versuchte sie, die Decke wegzudrücken. Sie war definitiv aus Holz.

Es gelang ihr nicht.

»Mist.« Sie versuchte es erneut, indem sie dabei hochsprang, aber die Decke bewegte sich keinen Millimeter. Angestrengt suchte sie die Decke weiter ab, wollte herausfinden, ob hier schmale Holzelemente verbaut waren, doch wie es schien, waren es lange Holzplatten.

»Das macht alles keinen Sinn. Die Wände sind aus Beton, die Decke aus Holz und dann gibt es noch eine Wand hinter der Wand, wo das Loch ist. Warum macht sich jemand so viel Mühe?«

So langsam glaubte sie wieder, dass er sich nur einen dummen Scherz erlaubte. Vor lauter Verzweiflung schlug sie mit der Faust gegen die Decke. Immer wieder.

Das Ergebnis war vernichtend. Sie hatte nur eine blutige Hand, die auch noch schmerzte.

»Hoffentlich ist nichts verstaucht.«

Wie irrelevant dieser Gedanke war, wurde ihr bewusst, als sie ihn ausgesprochen hatte. Sie kämpfte hier mit dem Tod und hatte Sorge, dass ihre Hand verstaucht sein könnte. Emma musste unwillkürlich laut auflachen.

Ironie aus!

»Du verdammter Psycho. Da ist kein Essen und es gibt auch keine Möglichkeit, hier rauszukommen, das ist alles nur ein Trick, der deiner kranken Psyche entsprungen ist«, platzte sie heraus, aber dann hielt sie inne.

Und wenn doch? Wenn das hier nur der erste Raum von vielen ist? Daher die zweite Wand, das ist gar kein Gang. Die zweite Wand hinter der Tür trennt den nächsten Raum ab. Er hält dich in einem Labyrinth gefangen.

Durch diesen Gedanken schöpfte Emma komischerweise Hoffnung. Wenn der Psycho tatsächlich mit ihr spielen wollte, würde sie die Challenge annehmen, denn dann musste er ihr eine Lösung anbieten, um zu fliehen, so unmöglich das auch erscheinen mochte. Es musste diese Lösung geben. Aber wo um alles in der Welt war der Schwachpunkt in diesem Kerker, der ihr den Weg nach draußen bahnen würde, zu ihrer Nahrung?

Erneut suchte sie die Decke mit ihren Händen ab, diesmal ganz vorsichtig. Die Lösung konnte nur dort liegen. Es musste eine lockere Holzplatte geben, alles andere ergab keinen Sinn.

Plötzlich hörte sie wieder Geräusche. Sie hielt inne. Der Psycho war zurück.

Ihr Herz raste, ihre Handflächen wurden nass und ihr Mund staubtrocken. Dann wurde es mit einem Mal stockfinster in dem Raum. Ihr Entführer hatte das Loch verstopft.

Das Loch, das ihr nicht nur ein wenig Licht gespendet hatte, sondern, noch viel wichtiger: Sauerstoff.

Sie würde elendig ersticken.

43

»Was wollen Sie denn wieder hier?« Thorsten Möller schien über den erneuten Besuch von Lena nicht erfreut.

Mads schaute dem Mann direkt in die Augen. Er wusste, dass er sich zügeln musste, denn alles in ihm verlangte danach, diesen arroganten, eingebildeten Esel zu packen und an die Wand zu drücken, damit er es nie wieder wagte, seine Schwester zu schlagen.

»Wir haben noch ein paar Fragen«, erwiderte Lena gelassen. Das war etwas, was er an ihr immer bewunderte, ihre Ruhe.

»Können Sie nicht wie jeder anständige Mensch anrufen? Wofür gibt es Handys?«

»Sie kommen jetzt mal runter«, antwortete Mads. »Es liegt an Ihnen, ob das Gespräch fünf Minuten dauert oder ob wir Sie mit auf die Direktion nehmen und uns dort unterhalten.«

»Drohen Sie mir etwa?«

»Ich zeige Ihnen nur Ihre Optionen auf. Entscheiden Sie sich schnell.« Mads machte einen Schritt auf Möller zu, dieser trat einen zurück. Er war ungefähr so groß wie Mads, aber etwas beleibter. Für Mads war klar, dass dieser arrogante Flegel in einem fairen Zweikampf gegen ihn keine Chance hätte, doch so weit wollte er es natürlich nicht kommen lassen, allein wegen Lena nicht.

»Fünf Minuten.« Möller erhob die Stimme, er war deutlich missgelaunt. Die beiden folgten ihm in die Wohnung.

Lenas Handy klingelte. »Da muss ich ran«, sagte sie zu Mads.

»Kein Thema, ich mach das hier schon.«

Lena nickte, nahm das Gespräch an und verließ das Haus.

»Stellen Sie Ihre Fragen, ich habe nicht ewig Zeit.«

»Wo waren Sie gestern zwischen 13 Uhr und 17 Uhr?«, kam Mads sofort zu ihrem Anliegen. Er wollte das Gespräch so kurz wie möglich halten, da er diesen Möller nicht riechen konnte. Als er noch Polizist war, hatte er sich immer zurückhalten müssen, weil er einen Eid geschworen hatte und der Würde der Uniform keine Schande bereiten wollte – ebenso wenig natürlich dem Ansehen der Familie. Aber heute war er als Zivilist hier, da sah die Sache anders aus.

»Ich war hier. Was ist denn jetzt schon wieder passiert? Wen soll ich diesmal ermordet haben?« Der Sarkasmus war nicht zu überhören.

»Kann das jemand bezeugen?«

»Nein, verdammt noch mal. Meine Frau ist arbeiten. Ich passe auf die Kinder auf, da ich freischaffend bin.«

Vermutlich hält die Frau ihn aus, überlegte Mads.

»Können die Kinder das bezeugen?«

»Nein, sie waren bei Freunden. Wollen Sie mir nicht endlich sagen, was los ist?« Möllers Atem ging schneller.

»Es geht nur um Ihr Alibi. Sie haben weder für den Zeitpunkt von Anikas Ermordung ein Alibi noch eines für den Zeitraum gestern.«

»Und was war gestern?«

Mads sah ihm an, dass er nichts wusste. So widerlich er den Charakter von Möller fand, er war wirklich nicht im Bilde, worum es ging. Mads hatte ihn testen wollen und daher nichts verraten, doch inzwischen war er sich sicher: Möller war eine falsche Spur.

»Sie sollten jetzt gehen«, ließ sich Möller wieder vernehmen.

»Warum? Kommt Ihre Frau gleich nach Hause? Soll sie nicht erfahren, was für ein feiger Mistkerl Sie sind, der seine Frau betrügt und eine Polizistin schlägt?«

»Das hat sie sich selbst zuzuschreiben«, platzte Möller der Kragen. Er zeigte keinerlei Einsicht, aber damit war er bei Mads an der falschen Adresse. Er packte Möller und presste ihn an die Wand. Dann legte er ihm die Hand auf den Hals.

»Jetzt hören Sie mir mal ganz genau zu, Sie feiger Hund.«

»Lassen Sie mich los«, röchelte Möller. Aber Mads dachte gar nicht daran.

»Wenn Sie noch ein Mal meine Kollegin oder überhaupt eine Frau schlagen, schneide ich Ihnen die Eier ab. Wenn ich hören sollte, dass Sie Ihre Frau erneut betrügen, wird sie erfahren, was für ein Mistkerl Sie sind. Haben wir uns verstanden?« Mads drückte noch etwas fester zu. Möllers Gesicht lief rot an.

»Lassen Sie mich los. Ich zeige Sie an, das werde ich mir nicht gefallen lassen.«

»Das glaube ich nicht. In dem Augenblick, wo Sie Anzeige erstatten, erfährt Ihre Frau von Ihrer Affäre. Dann ist es vorbei mit Ihrem schönen Leben.«

Mads ließ los. Möller keuchte und rang nach Luft, wagte aber nichts zu sagen. Er hustete mehrmals und bevor er etwas erwidern konnte, verließ Mads das Haus.

Lena kam ihm entgegen.

»Schon fertig?«

»Ja. Der Typ ist eine falsche Spur. Er hat nichts mit der Entführung von Emma zu tun.«

»Hat er ein Alibi?«

»Das hat er. Hier verlieren wir nur wertvolle Zeit.« Mads log, aber nur, weil er sich ganz sicher war, dass jemand wie dieser Möller niemals sein privilegiertes Leben dafür riskieren würde, junge Frauen zu töten oder zu entführen.

»War auch mein Gefühl, trotzdem mussten wir dieses Gespräch führen.«

»Das stimmt. Lass uns zu Tim fahren.«

Lena nickte und beide gingen zum Fahrzeug.

Von der Wallstraße bis zur Polizeidirektion Lübeck war es nur ein Katzensprung. Keine zehn Minuten später befanden sie sich bereits in den heiligen Fluren der Direktion auf dem Weg zu Tim.

Lena klopfte an seine Bürotür, danach traten beide ein. Es war noch ein Kollege bei Tim.

»Moin, was machst du denn hier?« Der Mann schien erfreut, Mads zu sehen, und Mads freute sich nicht minder. Nur Lena wirkte nervös, vermutlich war sie in Sorge, dass herauskommen würde, dass Mads kein Polizist mehr war.

»Moin, Arndt«, antwortete Mads und der Kollege umarmte ihn. Er kannte Arndt Schumacher noch aus seiner Zeit als Polizist.

»Schön, dich zu sehen. Dein Onkel meinte, du wärst jetzt bei einer Eliteeinheit der Bundeswehr.«

»Das stimmt.«

»Man sieht es dir an. Du hast ordentlich Muskeln bekommen. Top definiert, nicht zu viel, genau richtig.«

»Du siehst auch nicht schlecht aus.«

»Sehr nett.« Arndt lachte. »Bist du wieder in der Truppe? Dein Onkel wird bestimmt total froh darüber sein. Immerhin warst du mit Abstand Jahrgangsbester, was man von mir nicht gerade sagen kann.«

»Du bist aber ein verdammt guter Polizist, du hast diesen Riecher wie mein Onkel, das kann man nicht erlernen.«

»Danke für die Blumen. Gehörst du jetzt zu seinem Team?«

Lena wirkte immer unsicherer, schwieg jedoch. Augenscheinlich glaubte sie, dass gleich der Ärger beginnen würde, wenn Mads wahrheitsgemäß erklärte, dass er kein Polizist mehr war. An ihrem Gesicht konnte Mads erkennen, dass sie wollte, dass er log.

Er überlegte kurz.

»Nein, das tue ich nicht. Es geht um die Entführung einer Freundin. Wir möchten uns mit Tim abstimmen.«

Arndt nickte. »Habe davon gehört. Schlimme Sache.« Er klopfte Mads auf die Schulter. »Du hättest auch einfach sagen können, dass du wieder als Polizist arbeitest. Du weißt, dass ich dir das ohne Zögern geglaubt hätte.«

Lenas Blick wirkte immer verzweifelter, es schien, als würde sie sich am liebsten in Luft auflösen.

»Ja, das wäre der einfache Weg gewesen, aber wie könnte ich dir dann in die Augen schauen, oder meiner Schwester und meinem Onkel? So gut solltest du die Johannsens doch kennen. Habe ich jetzt ein Problem?«

Wieder schmunzelte Arndt. »Ich habe nichts gehört.«

»Danke.«

»Dafür nicht. Tim, wir sprechen später noch mal.« Dann wandte er sich zu Lena und Mads. »Wenn ich irgendwie behilflich sein kann, lasst es mich wissen.«

»Machen wir. Danke.«

»Grüßt mir euren Onkel. Er fehlt in der Direktion.« Damit verabschiedete er sich und verließ das Büro.

»Ich habe auch nichts gehört«, kommentierte Tim die Unterhaltung mit einem Lächeln.

»Danke«, antwortete diesmal Lena. »Das Ganze ist mir etwas unangenehm.«

»Das habe ich bemerkt. Mach dir darüber keinen Kopf. Die Sache ist persönlich. Mads könnte ja offiziell auch nur ein Berater sein oder ein externer Fallanalytiker. Da haben Arndt und ich schon ganz andere Dinge gedreht.«

Mads nickte. Er hatte einige Geschichten über Arndt gehört, der gerne mal mit dem Kopf durch die Wand ging und sich über jede Regel hinwegsetzte, wenn es half, einen Täter zu verhaften. Wie damals, als er den Entführer seines Sohnes Sebastian gesucht hatte. Mads hatte großen Respekt vor Arndt, und er wusste, dass er ebenso handeln würde, wenn irgendein Psycho auf den dummen Gedanken käme, seine Schwester zu entführen.

»Hast du denn wirklich kein Interesse, wieder zurückzukommen? Die neue Einheit deines Onkels ist doch sehr spannend und vor allem international.«

»Derzeit nicht. Meine Jungs von der Spezialeinheit verlassen sich auf mich«, blieb Mads vage. Er wollte nicht immer wieder über dieses Thema sprechen. Sein Entschluss stand fest. Und er gehörte nicht zu den Menschen, die wankelmütig wurden.

»Verstehe. Du bist alt genug. Wollen wir über den Fall reden?«

»Deswegen sind wir hier. Hat die Auswertung der Laptops etwas ergeben?«

»Ich bin noch nicht ganz sicher, vielleicht habe ich was.«

»Aber?«, fragte Mads.

»Es ist bislang nicht eindeutig. Emma Falks Instagramprofil ist öffentlich, Anika Schneiders privat. Da beide auf dem Laptop Cookies benutzen, habe ich vollen Zugriff auf beide Profile. Schneider hat ihren Status erst vor Kurzem auf privat gestellt.«

»Vielleicht weil sie nicht wollte, dass sich die Ehefrau von Möller ihr Profil anschaut?«, unterbrach Lena, da Tim eine kurze Gedankenpause machte.

»Das wäre möglich. Trotzdem hat sie so gut wie jede Freundschaftsanfrage angenommen, auch von Personen, die eindeutig nicht zu ihrem Freundeskreis zählen.«

»Fakeprofile?«

»Auch. Und jetzt wird es spannend: vielleicht.«

»Vielleicht?«, hakte Lena nach, Mads hörte aufmerksam zu.

»Genau. Ich habe sämtliche Kontaktanfragen der letzten Wochen einer speziellen Prüfung unterzogen. Dafür haben Lutz Fischer, ein Kollege von der Kölner Kripo, und ich eine Software geschrieben.«

»Was genau tut diese Software?«, fragte Mads, er interessierte sich für technische Details.

»Sie prüft Profile auf ihre Echtheit. Bots sind inzwischen so gut programmiert, dass viele Benutzer glauben, es wären echte Profile, aber unsere Software bemerkt, wenn da was nicht stimmt. Inzwischen gehen Hacker so weit, dass sie sich ganze Storys mit echten Menschen einfallen lassen, um andere Benutzer zu betrügen.«

»Du meinst, da werden Fotos und Storys mit Statisten gepostet und die Nutzer in die Irre geleitet?«, fragte Lena.

»Genau. Diese Accounts abonnieren tausende Profile und schreiben sie an, dann befreunden sie sich mit den Benutzern, um an sensible Daten zu gelangen.«

»Das ist ja wie der Enkeltrick.«

»So in etwa.«

»Und was hat deine Software ausgespuckt?«

»Jetzt wird es interessant. Es gab fünfundzwanzig Fakeprofile. Bis auf einen stammen sie alle von Bots.«

»So viele? Hätte Anika das nicht erkennen können? Sie war eigentlich immer sehr umsichtig.«

»Nicht wirklich. Die Profile sind täuschend echt. Das kann man nur unterbinden, indem man ausschließlich bekannte Personen als Follower akzeptiert.«

»Hallo Fakeworld«, rutschte Mads ein bissiger Kommentar heraus. »Jeder möchte fünf Minuten Ruhm.«

»So ist es. Das ist das Geschäftsmodell von Instagram.«

»Und was ist mit dem einen Profil?«

»Jetzt wird es spannend. Es ist auch ein Fakeprofil wie die eben erwähnten, aber dieses wurde von einer echten Person angelegt. Das Profil ist sehr gut. Ein privater Nutzer, der beispielsweise nur die Google-Bildsuche bemüht, wird darauf hereinfallen, aber unsere Software nicht, sie überprüft zigtausend Datenbanken, auch im Darknet.«

»Und sie hat angeschlagen?«

»Richtig. Die Person muss ein großes Interesse daran gehabt haben, Schneider zu folgen. Der Aufwand dafür ist groß und die Person muss über ausreichend Internet-Know-how verfügen.«

»Stellt sich die Frage, warum er das tut?«, dachte Lena laut nach.

»Weil er unser Täter ist«, antwortete Mads. »Folgt er auch Emma?«

»Da bin ich noch dran. Wenn er ihr folgt, dann jedenfalls nicht mit demselben Profil. Emma hat ein öffentliches Profil, daher muss er sich keine große Mühe machen. Es reicht ein Profil ohne Fotos und Inhalte, um ihr zu folgen.«

»Gibt es die?«

»Leider. Frau Falk hat knapp elftausend Follower. Darunter sehr viele Bots und Profile ohne Fotos oder Inhalte. Die Auswertung dauert noch an.«

»Bleib dran, das könnte unsere erste heiße Spur sein. Wenn wir eine Verbindung herstellen könnten, wäre das sehr gut. Wie schaut es mit der IP aus? Gibt es dort vielleicht Übereinstimmungen?«

»Leider nicht. Das muss aber nichts heißen. Der Täter könnte sich über ein VPN einloggen, um jede Spur zu verwischen, was wiederum für meine Annahme spricht, dass wir es mit einem technisch versierten Menschen zu tun haben.«

»Wenn es der Täter ist«, gab Lena zu bedenken.

»Warum sonst sollte sich jemand solche Mühe machen?« Mads legte sich fest, die Person hinter dem Profil war ihr Täter.

»Möglich, aber wenn er so technisch versiert ist, warum löscht er sein Profil nicht, nachdem er Emma entführt hat?« Lena wollte Mads offensichtlich nicht so schnell beipflichten.

»Gutes Argument. Die Antwort ist: Überheblichkeit. Er ist sich seiner Sache so sicher, dass er nicht davon ausgeht, dass die Polizei ihn übers Internet ausfindig machen könnte. Viele Psychopathen scheitern am Ende an ihrer Persönlichkeit, die sie zu Fehlern verleitet.«

Lena nickte.

»Er hat sowohl Anika als auch Emma übers Internet gestalkt. So war er im Bilde, wo sie sich aufhalten, und ist ihnen gefolgt, um sie dann zu überwältigen«, erklärte Mads weiter.

»Emma hat die letzten Tage nichts gepostet.«

»Das mag stimmen, aber sie war der Meinung, dass ihr jemand nachgestiegen ist.«

»Und woher wusste er, dass Emma zum Ausguck wollte?«

»Weil er sie beobachtet hat und ihr gefolgt ist. Er hat seine Chance auf brutale Weise genutzt …« Mads unterbrach sich. »Warte, was, wenn er auch Jule stalkt und sie das eigentliche Opfer hätte sein sollen?«

»Wie meinst du das?«

»Jule hat mir erzählt, dass sie Emma gebeten habe, zum Ausguck zu kommen, und Jule postet jeden Scheiß auf Instagram. Nimm mal an, der Täter wusste das, er wollte Jule überwältigen, hatte aber eine Fahrradpanne. Der Stein auf dem Pfad. Er fällt hin und da kommt unerwartet Emma, sie will ihm helfen und der Täter wittert seine Chance. Er überwältigt die völlig ahnungslose Emma und verschleppt sie.«

»Könnte passen«, nickte Lena.

»Tim, kannst du bitte das Profil von Jule Becker überprüfen? Sie ist mit Anika befreundet, dort findest du sie.«

»Gib mir eine Sekunde.« Tim öffnete das Profil von Anika und suchte nach Jule. »Es ist öffentlich«, sagte er dann. Einige Fotos erschienen.

Mads behielt recht, Jule postete wirklich jeden Unsinn. Das war einer der Punkte, der ihn in der Beziehung mit ihr immer genervt hatte, dass sie andauernd jeden Mist posten musste und süchtig nach Bestätigung war.

»Sie hat einige Fotos gepostet, die zum Thema haben, dass sie zum Ausguck wollte. Die Story kann ich leider nicht mehr sehen, da sie älter als 24 Stunden ist.«

»Jetzt müssen wir nur noch herausfinden, ob die Privatperson mit dem Fakeprofil auch Jule und Emma folgt«, kommentierte Mads. »Das ist deine Baustelle, Tim.«

»Ich bin dran. Das Programm läuft bereits im Hintergrund. Da Becker einige tausend Follower hat, wird der Spaß ein bisschen dauern.«

»Was denkst du, wie lange du brauchen wirst?«

»Schwer zu sagen. Vielleicht bis morgen. Sobald ich was habe, melde ich mich bei euch. Aber ihr solltet Becker informieren, dass sie vorsichtig sein soll, wenn der Täter es tatsächlich auf sie abgesehen hat. Für Polizeischutz sind die Hinweise vermutlich noch zu dürftig.«

»Ich mache das«, sagte Mads. Gleichzeitig blitzte ein anderer Gedanke in seinem Kopf auf: *Was, wenn ich Jule als Köder benutze?*

Der seltsame Blick seiner Schwester entging ihm nicht, es war, als würde sie seine Gedanken lesen können.

44

Es war ein verdammt geiles Gefühl, Macht zu haben. Jeder, der etwas anderes sagte, hatte entweder nie Macht gehabt oder war ein sehr dummer, einfältiger Mensch − das zumindest war seine Überzeugung schon sein Leben lang und in diesem speziellen Moment ganz besonders. Er hatte danach gestrebt, ein Mensch mit Einfluss zu sein. Jemand, zu dem andere aufschauten, aber leider war ihm das nie wirklich vergönnt gewesen, jedenfalls so lange nicht, bis er sein Schicksal akzeptiert und sein wahres Ich die Lenkung übernommen hatte.

»Wie kannst du an das Schicksal, diesen miesen Verräter, glauben? Es gibt kein Schicksal. Was du hier erreicht hast, ist der Lohn deiner Genialität. Eine Genialität, die kaum jemand begreift, weil die anderen nur dumme Hunde sind. Aber du bist anders, eine neue Spezies, den Menschen überlegen. Sie fürchten dich, deswegen jagen sie dich und wollen dich isolieren, töten oder vielleicht sogar Experimente an dir machen. Für sie bist du ein Alien. Aber Aliens sind toll, weil sie der menschlichen Rasse überlegen sind, wie auch du.«

Daran, dass es außerirdisches Leben gab, zweifelte er keine Sekunde. Erst vor wenigen Tagen war dies sogar von Barack Obama bestätigt worden. In einem Interview gab er zu, dass es 2019 Ufosichtungen gegeben habe. Dass das US-Militär Flugobjekte ausgemacht habe, deren Bewegungen sie nicht erklären konnten, und dass das Militär davon ausgehe, dass es sich dabei um eine weit fortschrittlichere Technologie handele als die der Menschen. Die Außerirdischen waren unter ihnen. Die Frage war nur, ob sie in friedlicher Mission kamen oder die Menschen versklaven und töten würden, wie die Menschen es mit ihresgleichen schon lange taten.

Ein Gefühl sagte ihm, dass die Aliens fast alle Menschen versklaven oder töten würden, nur die, die überlegen waren, würden sie am Leben lassen. Wie gut, dass er zu der überlegenen Generation gehörte. Er war ein Übermensch.

»Überlegene glauben auch nicht an Schicksal. Sie bestimmen Schicksale. So wie du über das Schicksal von Emma bestimmst.« Er lachte in sich hinein. »Die Idee, das Loch zu verstopfen, war genial. Mal sehen, wann die Luft knapp wird.« Wieder kicherte er, diesmal klang es deutlich schriller.

Emma war nicht dumm, das hatte er schon bemerkt, als er sie entdeckt hatte und ihr auf Instagram gefolgt war. Sie war Journalistin und teilte mit ihren Followern gerne Details aus ihrem Leben, wobei sie jedoch wenig Privates preisgab, sondern viel über ihre Arbeit erzählte. Im Gegensatz zu Jule waren ihre Fotos und Storys auch nie freizügig, was er bemerkenswert fand.

Es war mehr Zufall gewesen, dass er auf Emma gestoßen war. Sie hatte ein Foto vom Hafen gepostet mit einigen Hashtags, die er abonniert hatte, für den Fall, so interessante Opfer finden zu können. Auf einem dieser Fotos hatte er sie entdeckt und sofort gewusst, dass er mehr über sie würde in Erfahrung bringen müssen. Er folgte ihr heimlich, zunächst über Instagram, dann auch im echten Leben, bis er sich jedoch für Jule entschied, um mit ihr endlich wieder seine Fantasien ausleben zu können. Fantasien, für die die langweilige, spießige Mehrheit kein Verständnis hatte.

»Ob sie die Kameras entdeckt?«, überlegte er, schüttelte aber sofort den Kopf. Er hatte die Kameras in die Wände integriert, ganz weit oben, hinter Glas, und da es sehr dunkel in dem kleinen Raum war, würde sie jede Wand gründlich danach absuchen müssen. Dafür würde ihr sicherlich die Geduld fehlen, und selbst wenn sie die Kameras entdeckte, würde ihr das nichts bringen. Sie waren hinter Spezialglas, das unkaputt-bar war.

Bei den Kameras handelte es sich um Nachtsichtkameras. Die Qualität der Aufnahmen war zwar nicht die beste, aber es reichte, denn er verfügte über sehr viel Fantasie, um sich den Rest zu denken. Weitaus interessanter als die Bilder war allerdings der Ton. Emmas Überlebenskampf und ihre verzweifelten Worte erregten ihn über die Maßen.

Trotzdem blieb eine Leere, die er nicht füllen konnte.

Er schaute auf sein Handy, auf dem er das Profil von Jule geöffnet hatte. Sie hatte wieder ein geiles Foto von sich gepostet.

»Bist du es, die noch fehlt? Soll ich Emma eine Freundin besorgen, damit sie nicht so alleine ist?«

Er kicherte in sich hinein, denn unmittelbar ging ein Kopfkino in ihm los, ein Kopfkino, das ihn erregte, dabei wollte er gar nicht so oft an sich herumspielen. Aber er konnte nicht anders, diese verfickte Lust war wie eine Droge, von der er wusste, dass sie schlecht für ihn war, von der er jedoch nicht wegkam.

Er zog seine Hose aus, nahm sein Handy und öffnete Jules Instagramprofil, dann schaute er ihre abgespeicherten Videos an. Sie hatte unzählige Filmchen gemacht, viele davon zeigten sie im Bikini oder sogar in Unterwäsche. Vermutlich wollte sie ihre Follower glauben machen, dass sie für die Unterwäsche-videos einen Haufen Geld bekam, denn unter den Videos stand immer Werbung oder sie erwähnte die Marke. Aber er wusste es besser und damit war für ihn klar, dass sie eine Lüg-nerin war. Warum sonst würde sie als Kellnerin arbeiten? Aber das war egal, jetzt war nur seine Lust wichtig, sie hatte die Prio eins.

»Wieso vergnügst du dich nicht mit Emma? Sie wartet doch ganz ausgehungert unten auf dich.«

Er schüttelte den Kopf und musste schlucken. »Nein, keine

falschen Gedanken, nicht jetzt. Nicht jetzt«, ermahnte er sich, weil er seine Gründe hatte, sich nicht sofort mit Emma zu lieben. Andere hätten das vielleicht »vergewaltigen« genannt, doch er nannte es »lieben«, das war harmonischer, klang mehr nach gegenseitigem Einverständnis.

Seine Erinnerungen wanderten weit in die Vergangenheit.

»*Es ist Liebe, was wir hier machen*«, hatte sein Vater gesagt. »*Liebe ist doch was Schönes.*«

»*Mir tut das weh*«, hatte er wahrheitsgemäß erwidert. Eine Wahrheit, für die sich sein Vater einen Scheißdreck interessierte.

»*Ich weiß, was für dich gut ist, Junge. Ich bin dein Vater. Bald wirst du auch sehr viel Freude daran haben, weil es Liebe ist.*« Dann zog sein Vater ihn aus, nahm ihn auf seinen Schoss und er ließ es über sich ergehen, weil er gelernt hatte, seine Seele von seinem Körper zu trennen. Eine Seele, die längst tot war. Sein Vater hatte das nicht bemerkt, weil er von seiner Geilheit getrieben war, so wie er selbst jetzt von seiner Geilheit getrieben war und an sich spielte. Dennoch gab es einige Unterschiede zwischen ihm und seinem Vater. Er hasste es, dass er sich gerade selbst verwöhnte, er hasste es, abzuspritzen, aber er konnte nicht anders, diese verdammte Lust zwang ihn dazu. Das war auch keine Liebe, sondern nur der Tribut, den er der Evolution zollte. Sobald er dies erledigt und sich erleichtert hätte, würde wieder sein Verstand sein Handeln bestimmen, und dieser sagte ihm, dass es schlecht war, zu masturbieren.

Sein Verstand hatte bislang auch dafür gesorgt, dass er noch Jungfrau war. Er hatte noch nie mit einer Frau geschlafen. Der Gedanke daran widerte ihn regelrecht an, denn er musste dabei immer an seinen Vater denken und daran, wie sehr sein Vater ihn liebte.

Er selbst trug jedoch keine Liebe mehr in sich, weder für sich noch für jemand anderen. Er wollte nur, dass andere erfuhren, wie es war, wenn man Macht über einen Menschen ausübte. Das bedeutete ihm alles. So viel Macht zu haben, dass er über Leben und Tod bestimmen konnte wie in diesem Augenblick. Emma war von ihm abhängig, wie er von seinem Vater abhängig gewesen war, weil seine Mutter kurz nach seiner Geburt gestorben war.

Er atmete schnell und laut, dann zuckte er zusammen. Endlich war er gekommen. Er legte das Handy weg, machte sich sauber und hasste sich einmal mehr dafür, dass er zu schwach war, um seiner Lust zu widerstehen.

Seine Gedanken waren bei Jule und wie er sie entführen könnte.

45

Einen Tag später

Emma hatte kaum geschlafen. Sie hatte starke Magenschmerzen, ihr Mund war staubtrocken und auch sonst fühlte sie sich extrem schwach. Die kurze Hoffnung, dass der Mistkerl tatsächlich eine kranke Version von SAW nachspielte, hatte sich nicht bewahrheitet, oder sie war zu dumm, das Spiel zu durchschauen. Jedenfalls hatte sie nichts gefunden, was ihr Hoffnung machte, dass es einen Ausgang gab, der sie zum Essen führte.

»Du wirst hier sterben.« Ihr Lebenswille hatte stark abgenommen. Zudem ging sie davon aus, dass ihr schon sehr bald der Sauerstoff in dem Kerker ausgehen würde – noch immer war dies die beste Bezeichnung für diesen Höllenort.

Es war ihr nicht gelungen, den Stöpsel aus dem Luftloch herauszuziehen oder zu drücken. Er musste am anderen Ende irgendeinen Mechanismus haben, der genau das verhinderte.

Der Bastard hatte an alles gedacht.

Ob sie verdursten oder ersticken würde, war ihr am Ende auch egal. Sie war inzwischen so weit, dass sie hoffte, es wäre bald vorüber.

Plötzlich musste sie husten. Der Husten wurde immer lauter und intensiver. Sie konnte ihn nicht unterdrücken, dabei schmerzte er so sehr. Ihr trockener Hals brannte wie verrückt und sie spuckte etwas Glibberiges aus.

Mein Körper macht langsam schlapp, stellte sie erschöpft fest.

Ihr war warm und sie fing an zu schwitzen. Ihre Sorge, dass sie bald Fieber bekommen und damit nicht nur noch hilfloser werden, sondern auch noch mehr leiden würde, wuchs.

»Ein Wasser, bitte«, flehte sie, weil sie inzwischen wusste, dass der Psychopath sie beobachtete. Als sie vor einiger Zeit jede Ecke des Kerkers nach einem Ausgang abgesucht hatte, waren ihr einige Glasflächen aufgefallen. Da hatte sie sofort gewusst, dass dies nur eins bedeuten konnte: Der Entführer hatte Kameras und Mikros dahinter versteckt. Welchen Sinn sollten diese kleinen Glasflächen sonst haben? Sie hatte versucht, sie zu entfernen, aber es war ihr nicht gelungen.

Bestimmt hatte sich der Psychopath amüsiert, als er das gesehen hatte. Durchgeknallte kranke Menschen wie er waren doch sicher nonstop am Bildschirm und geilten sich daran auf, wie ihr Opfer litt.

Ihre einzige Überlebenschance war die Polizei. Sie war mit Jule verabredet gewesen, das bedeutete, dass diese sicherlich die Polizei informieren würde. Aber wie weit waren sie mit ihren Ermittlungen? Immerhin war sie kurz nach Daniels Tod entführt worden und die Polizistin Lena hatte nicht den Eindruck gemacht, als hätten sie bereits eine Spur.

Ihr blieben vielleicht noch zwei Tage, je nach dem, wie lange der Sauerstoff in dem Raum ausreichen würde.

Dass es hier inzwischen nicht nur nach Urin, sondern auch nach Kot roch, war eine lächerliche Randnotiz. Wenn man wie sie ums Überleben kämpfte, war schlechter Geruch kaum der Rede wert.

Verdammt, Emma, du bist doch eine Kämpferin. Willst du das Arschloch wirklich gewinnen lassen?, versuchte sie sich erneut Mut zu machen.

Es half nur nichts, sie legte sich hin, drehte sich zur Seite, winkelte die Beine an und weinte. Niemand würde sie retten. Schon sehr bald würde sie sterben.

»Bald sind wir wieder vereint, Schatz«, schluchzte sie, war das doch der einzige Trost, der ihr blieb.

46

Lena und Mads saßen auf der großzügigen Terrasse ihrer Oma. Lena hatte ein paar Akten dabei, die sie gleich durchgehen wollten.

»Willst du mit dem Hund spielen oder dich auf den Fall konzentrieren?«, fragte Lena, weil Mads immer wieder einen Ball warf, den Meiko fing und zurückbrachte.

»Schon mal was von Multitasking gehört? Außerdem hat mich der kleine Racker vermisst.«

»Der mag doch jeden. Ein gefährlicher Schäferhund verhält sich anders.«

»Wenn du dich da mal nicht irrst. Der weiß, wann er zubeißen muss. Gustav hat ihn sehr gut erzogen.«

Meiko war nicht nur ein Haustier, sondern ein ausgebildeter Polizeihund, der schon bei vielen Einsätzen gute Dienste geleistet hatte. Heute war er jedoch bei der Oma. So gesehen, war er doch fast ein Familienhund.

»Das hast du ganz fein gemacht, Großer.« Mads streichelte Meiko, der das sichtlich genoss. Dann warf er seiner Schwester einen kurzen Blick zu und setzte sein schelmisches Lächeln auf. »So, jetzt musst du ein bisschen alleine spielen, sonst gibt es gleich Beef mit der Schneekönigin.«

»Kannst du dich endlich mal konzentrieren? Sonst mache ich es alleine.«

»Du hast meine volle Aufmerksamkeit. Wo drückt der Schuh?«

Lena warf ihm einen kryptischen Blick zu. So sehr sie Mads liebte, manchmal brachte er sie einfach auf die Palme, dabei war sie eigentlich die Ruhigere und Besonnenere von beiden.

Wo der Schuh wirklich drückte, konnte Lena ihrem Bruder auch nicht sagen. Sie war die leitende Ermittlerin in diesem Fall und ihr Onkel hatte ihr ungefragt Mads an die Seite gestellt, obwohl der offiziell gar kein Polizist war. In ihren Augen bedeutete das nichts anderes, als dass er ihr die Aufklärung des Falls allein nicht zutraute, sonst hätte er ihr auch einen anderen Kollegen an die Seite stellen können, der es akzeptiert hätte, dass sie die Leitung innehatte. Ansprechen wollte sie das Mads gegenüber nicht, da sie insgeheim froh war, seine Hilfe zu haben, weil sie unter großem Druck standen. Jeder vergeudete Tag konnte den Tod von Emma Falk bedeuten.

»Glaubst du immer noch, dass Jule das eigentliche Ziel der Entführung war?«, kam sie direkt zum Punkt, da sie in einer guten Stunde in der Dienststelle sein musste, da eine Teambesprechung anstand.

»Ja, davon gehe ich aus.«

»Trotzdem wäre es möglich, dass er auch Emma gefolgt ist.«

»Wäre möglich.«

»Sollten wir deshalb nicht lieber auf Tims Rückmeldung warten, bevor wir Jule informieren und sie unnötig ängstigen?«

Mads antwortete nicht sofort, ihm lag etwas auf der Zunge, das sah sie ihm an.

»Sag, was hast du für Gedanken?«

»Ich habe da so eine Idee.«

»Und die wäre?«

»Wir könnten Jule als Köder nehmen …«

»Als Köder, um an den Täter zu gelangen? Das ist nicht dein Ernst! Wahrscheinlich auch noch, ohne sie davon in Kenntnis zu setzen.« Im selben Moment flackerte eine Erinnerung in ihr auf. Vor Kurzem hatte sie selbst die dumme Idee gehabt, Emma als Lockvogel zu benutzen, den Gedanken jedoch sofort wieder verworfen, da er zutiefst unethisch und einer Polizistin nicht würdig war.

»Natürlich mit ihrer Kenntnis. Ich lasse Jule nicht ins offene Messer laufen.«

»Und du glaubst, sie macht den Unsinn mit?«

»Wenn ich sie frage, vermutlich.«

»Ich würde dir raten, die Idee fallen zu lassen, lass uns Tims Untersuchungen abwarten. Wenn Jule eine Sackgasse ist, machen wir ihr nur unnötig Angst.«

»Ihr habt sicherlich einen kleinen Hunger«, machte sich die Großmutter bemerkbar, sie hatte soeben die Terrasse betreten.

Mads stand auf und wollte ihr das Tablett abnehmen.

»Setz dich, liebster Enkel, deine Oma ist noch kein Fall für das Altersheim.«

»So viel Mühe hättest du dir doch nicht machen müssen«, sagte Lena, die beim Anblick der kleinen Häppchen plötzlich Appetit verspürte.

»Den Tag will ich erleben, an dem meine liebsten Enkelkinder bei mir hungern. Lasst es euch schmecken, ich möchte euch auch nicht weiter bei der Arbeit stören.«

»Danke, Oma«, sagten beide im Chor.

»Dafür doch nicht. Ihr wärt ein verdammt gutes Ermittlerteam. Euer Opa und euer Vater schauen gerade bestimmt mächtig stolz auf euch herunter.« Sie warf Mads einen Blick zu. Er schwieg beharrlich, aber in seinen Augen leuchtete es kurz auf und Lena sah ihm an, dass ihre Oma einen Nerv bei ihm getroffen hatte.

Jutta verließ die Terrasse und die beiden nahmen sich je ein Häppchen.

»Warum schmecken die bei Oma immer am besten?« Mads griff sich ein zweites.

»Gute Frage.« Lena schnappte sich ein Stück mit Nordseekrabben. »Wirst du Jule fragen oder warten?«

»Ich überlege es mir.«

»Wenn du meinen Rat hören willst, warte bitte.«

Mads nickte nur, sagte aber nichts, was Lena nicht als Einwilligung wertete. Ihr Bruder war sehr eigen, eine Diskussion darüber war daher sinnlos.

»Du wirst schon das Richtige tun«, fügte sie hinzu in der Hoffnung, dass Mads die Andeutung verstand. »Wir sollten uns den Akten von dem Nordseefall widmen.«

Diesmal nickte Mads und sie zogen die drei Akten zu sich heran.

Lena hatte den Fall damals am Rande verfolgt, sie wusste über ein paar Details Bescheid, aber was sie jetzt über den Täter erfuhr, erschreckte sie zutiefst. Dass er derart brutal und durchgeknallt war, hatte sie nicht angenommen. Sie konnte sich nicht daran erinnern, je einen so irren Psychopathen, dem jegliche empathische Regung fehlte, gejagt zu haben.

»Das ist doch nur krank«, stieß sie hervor.

»Da bin ich ganz bei dir. Auf so einen Freak stößt man nicht jeden Tag, das ist schon richtig kranke Scheiße. Er entführt die Frauen, nachdem er sie wochenlang beobachtet hat, und sperrt sie ein. Dann lässt er sie elendig verdursten. Bei zwei der Opfer hat er Gewalt angewendet, aber er hat keine der Frauen vergewaltigt, als sie lebten, und ich lege mich insoweit fest, dass Gewalt hier keine Motivation war.«

»Du meinst, der Täter ist nicht triebgesteuert?«

»Genau. Er hat ein Problem mit Sexualität, er ekelt sich vor den Flüssigkeiten der Frauen, er ekelt sich vor Sex, vermutlich weil er als Kind missbraucht wurde, daher die tiefe Abneigung. Trotzdem masturbiert er ständig. Auch wenn er das nicht wahrhaben will, er ist ebenso ein Triebtäter wie ein Sadist und Psychopath.«

»Davon steht nichts in den Akten. Es wurden keinerlei Spermaspuren gefunden.«

»Weil die Kollegen schlecht ermittelt haben.«

»Das ist ein starker Vorwurf.«

»Ist es nicht.«

»Und wie kommst du darauf?«

»Wenn er ein Sadist ist, warum misshandelt er dann nur zwei der sechs Frauen?«

»Weil sie ihn wütend gemacht haben. Vielleicht haben sie versucht zu fliehen.«

»Unwahrscheinlich. Er trägt viel Wut in sich, sicherlich. Die Wut ist mit ihm durchgegangen, auch richtig. Aber gleichzeitig kontrolliert er seine Wut, vermutlich indem er masturbiert. Er möchte in erster Linie, dass die Frauen leiden. Er ergötzt sich an ihrem Leid, daher die Kameras in dem Raum, in dem er sie gefangen hält.«

»Er schaut nur zu? Wir wissen aber von Serientätern, dass sie ihren Opfern nicht tagelang einfach nur zuschauen, das passt nicht.«

»Doch, denn das ist Macht. Macht bedeutet ihm alles. Da er in dieser Position endlich über Macht verfügt, kann er die Frauen leiden lassen, weil er als Kind hat leiden müssen, als sein Vater ihn missbraucht hat. Damals hatte sein Vater Macht über ihn.«

»Ich bin noch immer nicht überzeugt. In den Akten steht nichts über einen Missbrauch des Täters. Er schien ein unbeschriebenes Blatt zu sein, wuchs in geregelten Verhältnissen auf.«

Mads wollte etwas erwidern, doch da kam Meiko, er schien sich zu langweilen. Mads streichelte den Hund. Lena warf ihm nur einen ungläubigen Blick zu.

»Man muss sich immer Zeit für die kleinen Dinge im Leben nehmen, das ist gut für die Seele.«

Lena wusste manchmal nicht, woran sie bei ihrem Bruder war. Oft wirkte er wie ein Mensch, der die Dinge locker sah, dann aber wieder wie jemand, der ausgesprochen verbissen und dickköpfig sein konnte, ein Mensch, mit dem man sich besser nicht anlegte. Seit er Elitesoldat in einer Spezialeinheit war, wirkte er zudem verschlossener, auch wenn er versuchte, es sich nicht anmerken zu lassen. Seine nachdenklichen und bisweilen traurigen Augen konnten nicht darüber hinwegtäuschen.

Meiko legte sich vor Mads auf die Terrasse. »Keinen Mucks, Meiko, sonst schimpft Lena.«

»Wieso sagst du das? Ich liebe Meiko, aber wir sind jetzt zum Arbeiten hier und ich muss gleich los.«

»Gut.« Mads warf Lena einen kurzen Blick zu, dann schaute er auf das Tablett. »Das letzte Stück willst du bestimmt nicht, oder?« Und bevor Lena etwas erwidern konnte, verschwand es in Mads' Mund. »Zurück zum Fall«, sagte er kauend. »Dass in den Akten nichts darüber steht, dass der vermeintliche Täter in seiner Kindheit vom Vater missbraucht wurde, kann zwei Gründe haben ...«

»Es könnte aber auch die Mutter gewesen sein oder der Onkel. Nur als Ergänzung, weil du immer davon ausgehst, dass es der Vater war«, fiel Lena ihm ins Wort, auch wenn die Statistiken sagten, dass es sehr oft der Vater war.

»Möglich. Dennoch glaube ich, dass es der Vater war.«

»Gut, und von welchen zwei Gründen sprichst du?«

»Erster Grund: Der Täter hat nie darüber gesprochen, was keine Seltenheit ist. Selbst als Erwachsene schweigen viele Opfer, weil die Scham zu groß ist.«

»Und der zweite Grund?«

»Sie haben den falschen Mann verhaftet und der Täter schlägt jetzt in unserer Ecke erneut zu. Wenn dem so ist, finden wir in den Akten die Antwort darauf, wen wir suchen, was uns einen enormen Vorteil verschafft.«

47

Gustav musste an Mads' Worte denken. Der Gedanke, dass derselbe Täter, der an der Nordsee gewütet hatte, nun in seiner Gemeinde sein Unwesen trieb, machte ihm Angst. Er hoffte, dass sich Mads irrte, aber sein Bauchgefühl sagte ihm, dass sein Neffe mit seinen Einschätzungen häufig richtig lag. Er hatte die Fähigkeit, Dinge schnell zu beurteilen und die wenigen vorhandenen Puzzleteile korrekt zusammenzufügen. Auch er hatte kurze Zeit nach Beginn der Ermittlungen das Gefühl gehabt, dass sie es mit demselben Täter zu tun hatten, aber bisher mit niemandem darüber gesprochen.

Gerade eben hatte er mit einem Kollegen telefoniert, der die Leitung in dem Fall innegehabt hatte. Er hatte Gustav glaubhaft versichert, dass der richtige Täter im Gefängnis sitze und dieser am Ende ein Geständnis abgelegt habe, was nicht unter Druck zustande gekommen sei.

»Wir haben den echten Mörder, diesen Dreckskerl, und allein die Tatsache, dass seitdem keine junge Frau mehr entführt worden ist, bestätigt, dass wir sehr gute Arbeit geleistet haben. Du willst doch jetzt keine Dummheiten machen?«, hatte der Kollege gesagt.

»Ich pinkel keinem Kollegen ans Bein«, hatte Gustav geantwortet, weil er die Andeutung verstand und keinen Grund sah, um den heißen Brei herumzureden.

Am Ende ist es doch egal, ob es derselbe Täter ist oder nicht. Wir jagen einen durchgeknallten Sadisten, und wenn wir nicht akribischer und gründlicher arbeiten, sterben weitere junge Frauen.

Dieser Gedanke war es auch, der ihn dazu bewogen hatte, Mads an den Ermittlungen zu beteiligen. Die Fähigkeiten seines Neffen nicht zu nutzen, wäre geradezu fahrlässig gewesen. Dass er sich damit großen Ärger durch die Abteilung Interne Ermittlungen einhandeln könnte, war ihm bewusst. Aber er war bereit, dieses Risiko einzugehen.

Außerdem gab es einen zweiten Grund, der jedoch recht aussichtslos erschien. Trotzdem … vielleicht würden die Ermittlungen helfen, dass sich sein Neffe endlich entschied, wieder Polizist zu werden.

Gustav war gespannt, was Lena und Mads herausfinden würden, sie schauten sich gerade die Akten zu dem Nordseefall an. Er selbst hatte bereits der digitalen Akte einen kurzen Blick gewidmet, dabei waren ihm ein paar Ungereimtheiten aufgefallen, wie zum Beispiel, dass der Tatverdächtige sich bei seinen Aussagen ständig in Widersprüche verstrickt hatte, so wie es bei Jörn der Fall gewesen war. Aber im Gegensatz zu Jörn war der Tatverdächtige von der Nordsee nicht geistig leicht zurückgeblieben. Er hatte einen Job in einer Autowerkstatt gehabt und mit beiden Beinen im Leben gestanden.

»Ob das Taktik war, damit die Ermittler glaubten, er wäre nicht fähig, solche Morde zu begehen?« Gustav kratzte sich am Kopf. »Am Ende hat er jedenfalls gestanden.«

Es klopfte an seiner Tür.

»Moin.« Petra Wiese trat ein.

»Moin. Was gibt es?«

»Der Bürgermeister möchte mit dir persönlich sprechen.«

»Ist er hier?«

»Wird wohl so sein.«

»Dann lass ihn doch rein.« Die kecke Art seiner Sekretärin konnte er gerade nicht ertragen.

»Herr Lange, der Chef erwartet Sie.«

Kaum ausgesprochen, betrat Lange das Büro. Gustav stand auf und begrüßte ihn. Lange wirkte besorgt.

»Wo drückt der Schuh?«

»Wir brauchen deine Hilfe.«

»Wir?«

»Die Kollegen vom LKA. Sie haben Jörn verhört und stehen kurz vor einem Geständnis, aber immer, wenn es fast so weit ist, kriegt er die Kurve.«

»Und was hat das mit mir zu tun?«

»Du solltest mit ihm reden. Vielleicht hast du einen besseren Draht zu ihm. Der Staatsanwalt würde sich auf einen Deal einlassen, da er geistig leicht zurückgeblieben ist.«

»Und was, wenn er unschuldig ist?«

»Verdammt, Gustav, das ist doch gerade unerheblich. Hier geht es um Existenzen, um die gesamte Lübecker Bucht, die auf den Tourismus angewiesen ist. Warum verheddert er sich überhaupt in Widersprüche, wenn er unschuldig ist? Er ist der Täter, das LKA ist davon überzeugt. Wir brauchen nur endlich das Geständnis.«

»Du verlässt sofort mein Büro, bevor ich mich vergesse, und ich tue so, als hätte ich dieses Gespräch nie mit dir geführt.« Gustav stand kurz vor der Explosion. Inzwischen war er mehr und mehr davon überzeugt, dass Jörn unschuldig war, und er würde den Teufel tun und dem armen Jungen ein Geständnis in den Mund legen.

»Genau deswegen hast du es nie in die Leitung des Führungsstabes der Polizeidirektion geschafft. Du siehst nicht das große Ganze. Es geht hier um viel mehr als um einen dummen, zurückgebliebenen Nerd. Kapier doch endlich, wenn er gesteht, haben wir alle Ruhe und ihr könnt meinetwegen weiterhin ein Phantom jagen. Ich setze mich für dich ein in Lübeck, das könnte deiner Karriere einen Schub geben«, zeigte Lange sich uneinsichtig.

»Raus hier!«, brüllte Gustav mit knallrotem Kopf. Seine moralischen Grundsätze waren unverhandelbar.

48

Der Mutige wird belohnt!

War das nicht so? Oder war das nur eine abgedroschene Phrase derer, deren Mut immer belohnt wurde, ohne die zu erwähnen, deren Mut leider nicht belohnt wurde?

Er glaubte an Ersteres, denn es war nur seinem Mut zu verdanken, dass er endlich sein Leben so leben konnte, wie er es sich immer gewünscht hatte. Dass er diesem Verlangen, das so lange in ihm geschlummert hatte, endlich nachgeben konnte. Ein Verlangen, von dem er wusste, dass es sein wirkliches Ich war.

Hätte ich nur als Kind schon diesen Mut bewiesen, dachte er und spürte, wie sich Bitterkeit in seinem Herzen breitmachte. *Nie werde ich dir vergeben, Vater!*

Er parkte seinen Wagen auf dem weitläufigen Edeka-Parkplatz. Natürlich hätte er auch mit dem Fahrrad fahren können, aber man konnte ja nie wissen, ob einem das Glück nicht doch gnädig gestimmt war. Im Kofferraum war jedenfalls alles, was er benötigte, um Emma eine Mitbewohnerin zu schenken, denn nichts anderes als ein Geschenk war es in seinen Augen, ein sehr großzügiges. Emma würde nicht mehr allein sein.

Vielleicht hält sie dann sogar einen Tag länger durch, bevor sie sich aufgibt. Das wäre immerhin ein Geschenk, an dem auch er seine Freude haben würde.

Er erreichte die Promenade und ging Richtung Hafen. Sein Ziel war die *Seaside Lounge,* wo Jule heute ihre Schicht hatte. Dank Instagram war er immer im Bilde, was Emmas zukünftige Mitbewohnerin so trieb.

Am vergangenen Abend hatte sie ein Date mit so einem

dämlichen Schönling gehabt, jedenfalls hatte sie jedem auf die Nase binden müssen, wie glücklich sie war. Doch er glaubte ihr die Scharade nicht. Der Mann hatte einen guten Körper, ja, aber sonst wirkte er total farblos. Wo blieb da das Herz? Er hatte sich wirklich darüber aufgeregt, nur seine Entscheidung, sie zu entführen, damit er endlich über sie Macht hätte, vermochte seine Stimmung wieder aufzuhellen.

Nach einer Weile erreichte er das Lokal und suchte sich einen freien Tisch auf der Terrasse, die bereits recht gut besucht war.

Zwei Kellnerinnen arbeiteten hier draußen und er hoffte, dass Jule seinen Tisch bedienen würde, denn es gab einen ganz bestimmten Grund, warum er hier war: Im Gegensatz zu Anika und Emma hatte Jule ihn bewusst wahrgenommen, ihn sogar bedient. Er wollte testen, ob sie ihn wiedererkannte. Wenn ja, würde er seine Strategie ernsthaft überdenken müssen, da er kein Risiko eingehen wollte. So groß das Verlangen auch war, endlich über sie zu herrschen.

»Moin!« Jule war tatsächlich an seinen Tisch getreten. »Möchten Sie schon was zu trinken bestellen oder in die Karte schauen?«

»Ich nehme einen Kaffee mit Milch, erst mal. Wegen Kuchen schaue ich noch.«

»Okay.« Sie nickte und entfernte sich.

Wie sehr sein Herz raste, schien sie weder gehört noch bemerkt zu haben. Er war entsetzlich nervös, aber ihre Reaktion sagte ihm, dass er sich entspannen durfte, da sie ihn nicht erkannt hatte.

Langsam beruhigte er sich.

Manchmal ist es schön, ein durchschnittlicher Mensch zu sein, dachte er zufrieden und spielte das perfekte Szenario durch, wie er sie entführen würde. Sie hatte heute Spätschicht, das wusste er bereits, und sicherlich würde sie heute nach der Arbeit direkt nach Hause gehen, da keine ihrer Instagramposts darauf hindeuteten, dass sie ein Abendprogramm plante. Was natürlich nicht hieß, dass sie nicht trotzdem noch etwas unternehmen würde.

Sie wohnte nicht weit von der Edeka-Filiale entfernt in einer kleinen Seitenstraße, auch das hatte er dank Instagram und eigenen Recherchen bereits in Erfahrung gebracht. Unter perfekten Bedingungen würde er sie auf ihrem Heimweg überwältigen, betäuben und ins Auto zerren können. Allein bei dem Gedanken daran wurde er erregt, dabei hatte er heute schon an sich gespielt.

»Einmal Kaffee mit Milch«, hörte er Jule sagen. Sie lächelte ihn an und servierte. »Und, schon eine Entscheidung wegen des Kuchens getroffen?«

»Ich nehme ein Stück Bienenstich.«

»Gute Wahl. Der ist verdammt lecker, mein Lieblingskuchen hier.« Sie lächelte noch immer. Ob sie die Wahrheit sagte, konnte er nicht einschätzen, aber ihr Lächeln, ihre Freundlichkeit wirkten authentisch, was ihn sehr nervös machte, denn es meldete sich der irritierende Gedanke, dass sie ihn tatsächlich nett fand. Warum sonst sollte sie so übermäßig freundlich sein?

Wegen des Trinkgeldes, du Idiot!, gab er sich die Antwort, damit er nicht auf dumme Gedanken kam und weich wurde, denn ganz tief vergraben in seinem Inneren gab es einen Teil von ihm, der sich nichts sehnlicher wünschte als Zuneigung.

Er schüttelte den Kopf.

»Geht's Ihnen gut?«, fragte Jule besorgt, sie hatte seine unbewusste Reaktion wohl bemerkt.

»Leichte Kopfschmerzen, den ganzen Tag schon.«

»Das tut mir leid. Wollen Sie eine Ibu?«

»Nein, passt schon. Habe ich leider ab und zu.«

Sie nickte, dann sagte sie: »Ich bringe Ihnen den Kuchen.«

»Danke.«

Verdammt, du musst deine Gedanken besser im Griff haben, so ein Fehler darf nicht wieder passieren. Zum Glück ist sie so dumm, wie sie blond ist, ermahnte er sich, keinen Fehler zu begehen, da ihn jeder kleine Fehltritt in Gefahr brachte, enttarnt zu werden, und er hatte sich bestimmt nicht all die Mühe gemacht, um wegen eines dummen Fehlers alles zu verlieren.

Entspann dich, sei nicht immer so hart zu dir. Sie hat dich nicht erkannt, du hast jetzt den Beweis. Sonst hätte sie dich längst darauf angesprochen, versuchte er, seinen Gedanken eine positive Richtung zu geben. Er kannte sich, er hatte diese unrühmliche Gabe, sich in die kleinsten Dinge hineinzusteigern, so sehr, dass er irgendwann nicht mehr Herr seiner Sinne und seines Verstandes war und dann dumme und gefährliche Sachen anstellte.

Jule kam mit dem Kuchen zurück und servierte ihn. »Bei mir hilft manchmal Zucker, um die Kopfschmerzen wegzukriegen.«

»Ja, bei mir auch. Ich denke, es geht mir gleich besser.«

»Falls nicht, geben Sie mir bitte Bescheid, dann gebe ich Ihnen eine Ibu. Wäre doch schade, wenn Sie wegen so dämlicher Kopfschmerzen Ihren wohlverdienten Urlaub nicht genießen könnten. Gerade jetzt, wo wir so tolles Wetter haben.«

»Da haben Sie recht.«

»Wenn Sie noch was möchten, geben Sie mir ein Zeichen.«

»Mach ich.«

Während Jule sich entfernte, hoben sich seine Mundwinkel zu einem breiten Grinsen. Sie hatte ihn nicht erkannt, er hatte den letzten Beweis soeben bekommen.

Ich und ein Tourist? Er schmunzelte. Er wohnte mittlerweile schon einige Zeit in der Gegend und nicht nur das, er war sogar in dieser Region groß geworden, hatte aber für eine Weile einen Abstecher an die Nordsee gemacht und wegen der Arbeit in Büsum gelebt. Bis er beschlossen hatte, sich selbstständig zu machen, und die Ecke aus persönlichen Gründen verlassen hatte. Dabei hatte er dort einige sehr interessante Bekanntschaften gemacht, die ihm in guter Erinnerung waren und ihn bis heute prägten.

Jule behielt Recht. Der Bienenstich schmeckte hervorragend. Er war gewillt, sich noch eine zweite Portion zu bestellen. Aber nicht sofort, schließlich war er nicht in Eile.

Er nahm sein Handy und öffnete seine Videoapp, da er neugierig war, was Emma gerade trieb.

Sie schlief.

Was sie wohl träumt, überlegte er, *oder von wem? Vielleicht von mir?*

Der Gedanke gefiel ihm, auch wenn er wusste, dass es nicht gut wäre, wenn sie von ihm träumte. Sie sollte ihn hassen und fürchten, zum Lieben hatte er sie nicht eingesperrt.

Als ihm vor einigen Jahren die Idee gekommen war, Frauen zu entführen und einzusperren, war sein Plan, sie so lange aushungern und dursten zu lassen, bis er sie erlösen und ihnen Nahrung geben würde. Aus purer Dankbarkeit sollten sie ihm dann zu Füßen liegen und alles tun, was er wollte. So wie es Geiseln mit diesem komischen Stockholmsyndrom taten.

Vor Jahren hatte er das Experiment mit einem Hund unternommen, den er in der Nachbarschaft entführt hatte. Tief im Wald hatte er eine kleine Hütte gebaut und den Hund dort gefangen gehalten, über Tage. Und jeden Tag hatte er sich vorgenommen, den Hund zu befreien, ihn zu füttern, aber etwas hatte ihn gehemmt. Der Anblick, wie qualvoll das Tier litt, befriedigte ihn so sehr, und als er an einem Tag wieder die Hütte besuchte, war das Mistvieh tot. Nie zuvor hatte er so ein Glücksgefühl verspürt.

Und einiges war doch anders, meldete sich ein mahnender Gedanke, wenigstens sich selbst gegenüber ehrlich zu sein. Schnell schob er ihn beiseite.

In dem Moment fiel ihm ein junger Mann auf, der soeben die Terrasse betreten hatte. Er war groß, sicherlich einen Meter neunzig, und man sah ihm an, dass er sehr von sich überzeugt war, jedenfalls wirkte er furchtbar überheblich.

»Moin, Mads.«

»Moin, Jule. Bis wann geht deine Schicht?«

»Habe Spätschicht. Warum?«

»Ich müsste mit dir sprechen.«

»In einer Stunde habe ich Pause. Wenn du magst, können wir uns dann unterhalten.«

»Geht klar. Kannst du mir ein Bier bringen?«

»Logisch. Nimm doch Platz.«

War klar, dass die sich kennen, dachte er verärgert. Es wurde ihm damit wieder einmal vorgeführt, wie ungerecht das Leben war. Es gab Menschen, die bekamen alles, und dann gab es Menschen wie ihn, die sich dasselbe erst hart erkämpfen mussten. Es war nicht zu übersehen, dass sie auf diesen Schönling stand.

Wut stieg in ihm auf. Er atmete sie aus.

Wie hätte das Leben für mich verlaufen können, wenn gewisse Dinge nie geschehen wären? Der Gedanke daran ließ ihn sentimental werden, weil es auch in ihm einen kleinen Teil gab, der sich eine Frau an seiner Seite wünschte und Kinder.

Stopp!

Du hasst Kinder, lass den Scheiß, korrigierte er diesen lächerlichen Gedanken sofort. Er war ja auch nicht einsam, er liebte sein Leben, gerade mit seinem kleinen Geheimnis.

Erneut schaute er auf sein Handydisplay. Emma lag noch immer auf der Seite, doch dann drehte sie sich, krümmte sich kurz zusammen, drehte sich wieder.

Scheiße, wenn man nichts zu trinken hat, dachte er amüsiert. Sie leiden zu sehen, besserte seine Stimmung merklich auf, auch wenn er seit ein paar Minuten das komische Gefühl hatte, als würde dieser Mads ihn beobachten. Leider saß der hinter seinem Rücken, sodass er das Gefühl nicht durch einen unauffälligen Blick zu ihm bestätigen konnte.

Zum wiederholten Mal sah er auf sein Handydisplay. Emma lag jetzt auf dem Bauch. Da es keine Bettdecke gab und sie nur Unterwäsche trug, konnte er trotz der eher schemenhaften Bilder der Nachtsichtkameras erkennen, dass sie einen sportlichen Körper hatte. Aber nicht das erregte ihn, sondern die Gewissheit, dass ihr kein ruhiger Schlaf vergönnt war, dass sie sich quälte.

»Möchten Sie noch was?«, fragte Jule, die plötzlich an seinem Tisch stand.

Hastig legte er das Handy weg, er hatte Sorge, dass sie etwas gesehen haben könnte.

»Die Rechnung bitte. Ich wollte ein bisschen an den Strand, solange die Sonne scheint.«

»Das ist clever. Ich bringe Ihnen die Rechnung.«

»Danke.«

Sie entfernte sich, während er fieberhaft überlegte, ob sie etwas gesehen haben könnte.

Nein, würde sie sonst so reagieren?, versuchte er sich zu beruhigen. Es war höchste Zeit, dass er endlich ging, bevor er noch mehr auffiel.

Jule brachte ihm die Rechnung, er gab ihr zwei Euro Trinkgeld und als sie gegangen war, stand er auf und verließ die Terrasse. Auf der Promenade wagte er einen kurzen Blick rüber zu diesem Mads, der gerade sein Bier trank und in seine Richtung schaute.

Rasch wandte er den Blick ab, er wollte nicht, dass dieser bemerkte, dass er ihn beobachtet hatte.

Mit schnellen Schritten entfernte er sich. Dieser Mads war ihm irgendwie unheimlich, als würde ihn ein dunkles Geheimnis umkreisen. Ein Geheimnis, das ihm gefährlich werden könnte.

Er hat die Augen des Teufels, dachte er.

Wenn dieser Mads eine Frau wäre, hätte er sie entführt und noch mehr gequält als Emma. Das wäre ein Spaß geworden, aber er war ein Mann, dazu größer als er und muskulös, das war ihm viel zu gefährlich.

Trotzdem überlegte er, ob es nicht ratsam wäre, ihn im Internet zu suchen. Möglicherweise hatte er gerade etwas auf Instagram unter dem Hashtag: *seasidelounge* gepostet.

Als er weit genug von dem Restaurant entfernt war, suchte er auf Instagram nach dem Hashtag, konnte den Mann mit den gefährlichen Augen jedoch nicht finden.

»Vergiss es. Er ist ein Nobody. Du hast heute einen vollen Terminkalender.«

Er beschloss, zum Wagen zurückzugehen. Bis Jule Schichtende hatte, war genug Zeit, und er hatte noch ein anderes Ziel.

Das Altersheim, wo man seinen verdammten Vater untergebracht hatte.

49

Emma hatte gut geschlafen, sie erinnerte sich sogar an einen schönen Traum. Nur die Melodie ihres Handyweckers war Schuld, dass sie aufwachte. Sie stand auf und ging ins Bad. Sie hatte nie zu den Menschen gehört, die unzählige Male ihren Wecker nachstellten, um weiterzuschlafen, was man von Daniel nicht behaupten konnte. Er zählte zu dieser sonderbaren Spezies, die den Wecker im Fünf-Minuten-Takt klingeln ließ. Glücklicherweise hatte sie ihm diese und andere Marotten ausgetrieben.

Sie stellte sich unter die Dusche und fühlte sich gleich deutlich fitter. Das Wasser vertrieb die Müdigkeit.

Nach dem Duschen machte sie sich fertig, zog sich an und ging in die Küche, um sich einen Kaffee zuzubereiten. Der Duft der Kaffeebohnen stieg ihr in die Nase und stimmte sie noch ein bisschen fröhlicher. Der Tag konnte beginnen, sie war voller Energie und freute sich auf die morgendliche redaktionelle Sitzung und ihr Gespräch mit ihrem Chef, hoffte sie doch auf eine kleine Beförderung und etwas mehr Gehalt. Geld, das sie sehr gut gebrauchen konnte, denn sie finanzierte derzeit Daniels Leben mit.

Es war nicht so, dass sie damit ein Problem hatte, ganz und gar nicht. Sie liebte Daniel und wollte mit ihm eine Familie gründen, Kinder haben. Außerdem würde er als Anwalt irgendwann genug Geld verdienen, davon war sie überzeugt. Daniel war ehrgeizig, nicht so ehrgeizig wie sie, aber er war gut in seinem Studium. Und spätestens wenn man verheiratet war, würde es eh nicht mehr dein Geld und mein Geld geben. Da war sie konservativ, so, wie ihre Eltern sie erzogen hatten.

In vielen anderen Dingen war sie eher modern und sozial eingestellt.

Sie holte sich eine Schüssel, ihr Müsli und die Milchpackung, füllte die Schüssel mit Müsli, dann nahm sie einen Schluck aus ihrem Kaffeebecher und fragte sich, wo Daniel war.

Vermutlich hatte sie so fest geschlafen, dass sie gar nicht mitbekommen hatte, dass er schon die Wohnung verlassen hatte.

Sie nahm noch einen Schluck aus ihrem Becher. Der Kaffee war hervorragend, es waren neue Bohnen, die sie von der Kaffeerösterei *MOHA* in Mannheim gekauft hatte. Eray, der Besitzer, hatte ihr die Sorte aus Tansania empfohlen, als sie in seinem Café im P3 Quadrat mit einer Freundin einen Espresso getrunken hatte.

Sie würde für ihre Eltern auch eine Packung kaufen, sie tranken ebenfalls gerne Kaffee. In einem Monat wollte sie mit Daniel nach Köln fahren, nach ihrem Urlaub an der Ostsee, auf den sie sich riesig freute. Nicht nur, weil sie urlaubsreif war, sondern vor allem, weil sie aus Versehen eine Nachricht vom ihm gelesen hatte, aus der hervorging, dass er ihr im Urlaub einen Heiratsantrag machen wollte.

Sie goss Milch auf ihr Müsli, nach dem Frühstück würde sie zur Arbeit fahren.

Da geschah etwas Seltsames, die Milch veränderte ihre Farbe. Aus Weiß wurde plötzlich Grau, dann wurde die Milch schwarz, bis das Müsli komplett in schwarzer Flüssigkeit versunken war.

Emma bekam es mit der Angst zu tun, sie zitterte, es lief ihr kalt den Rücken herunter und sie bekam eine Gänsehaut. Sie schaute in die Schüssel, sie konnte ihren Blick nicht abwenden. Ein Strudel bildete sich darin, der immer größer und stärker wurde, während sie noch immer in die Schüssel starrte, zu keiner Regung fähig, verdammt dazu, zuzusehen, wie der Strudel breiter und gefährlicher wurde und sie dann hinunterriss in die Hölle.

Schweißgebadet schreckte sie auf, um sie herum nur Finsternis. Es dauerte einen Augenblick, bis sie die Orientierung zurückerlangt hatte und begriff, dass das alles nur ein Traum gewesen war. In der Realität wurde sie in diesem dunklen Zwinger von einem Wahnsinnigen gefangen gehalten. Einem Wahnsinnigen, der sich daran ergötzte, sie leiden zu sehen, und vermutlich gespannt war, ob sie zuerst verdursten oder mangels Sauerstoffs ersticken würde.

Ihr Magen und ihr Durst meldeten sich und sie schnappte nach Luft, weil sie ahnte, dass der Sauerstoff allmählich wirklich knapp wurde.

In diesem Augenblick wurde ihr bewusst, wie kostbar so selbstverständliche Dinge wie duschen, ein Kaffee oder eine Schüssel Müsli waren.

Was hätte sie jetzt für einen Becher MOHA-Kaffee gegeben oder einen Schluck Wasser. Vermutlich ihr rechtes Bein.

Emma war mit den Nerven am Ende, dabei hatte sie geglaubt, dass sie eine starke Person wäre, aber jeder Mensch war zu brechen. Jeder.

Ihr Pech war, dass der Täter ihr keine Möglichkeit gab, ihn zu überführen. Bisher hatte er sich nicht zu ihr getraut. Diese verdammte Wand trennte sie. Wie sollte sie da eine, wenn auch minimale, Chance haben, auszubrechen?

Ob er den Raum je betreten wird?, überlegte sie, schüttelte aber gleichzeitig den Kopf. *Wozu? Er hat doch Kameras installiert. Er will dich quälen und bleibt dabei in Sicherheit.*

Ihr wurde plötzlich kalt, obwohl ihre Stirn noch immer glühte und von Schweiß bedeckt war. Sie fror und versuchte, sich mit ihren Händen zu wärmen, indem sie ihre Oberarme massierte.

Sie hatte nur ihre Unterwäsche an. Als ihr das zum ersten Mal aufgefallen war, hatte sie große Sorge gehabt, dass der

Psychopath sie missbraucht haben könnte oder es zumindest plante, doch inzwischen war sie ziemlich sicher, dass er das nicht tun würde. Dieser Entführer war von einem anderen Format.

Eine Garantie dafür gab es zwar nicht, aber das bisher Erlebte wies darauf hin, dass er ein Sadist war, eine spezielle Form. Vermutlich hatte er ihr die Kleidung ausgezogen, weil er sicherstellen wollte, dass sie keine Dummheiten anstellte, sich erhängte oder was auch immer.

»Am Ende ist es doch scheißegal. Dieser miese Feigling versteckt sich, weil er Angst vor einer jungen Frau hat«, platzte sie heraus.

Den Weinkrampf, der sie jetzt überkam, konnte sie nicht verhindern. Ihre Tränen schmeckten sehr salzig, was ihren Durst nur verstärkte.

An Schlaf war nicht zu denken, obwohl sie sich so furchtbar schwach auf den Beinen fühlte und ihr schwindelig war. Sie lernte Seiten an sich und ihrem Körper kennen, an die sie in ihren schlimmsten Albträumen nicht gedacht hätte. Dabei war sie in ihrem Leben bisher grundsätzlich von Albträumen verschont geblieben, sie hatte ein schönes Leben gehabt.

Emma versuchte sich zusammenzureißen. »Mach nicht schlapp, hörst du? Mach nicht schlapp, diesen Gefallen tust du diesem Arschloch nicht.«

Das gehässige Lachen, das den Worten folgte, galt ihr selbst. Es war leicht, solche Worte zu sagen, aber was konnte sie unternehmen, wenn man sie gefangen hielt?

Sie dachte wieder an den Film SAW und die Aussage des Sadisten, dass sie ihren Verstand arbeiten lassen solle. Das hatte sie getan, aber es gab keinen Ausgang, die einzige Möglichkeit war die Decke mit den Holzplatten, doch sie hatte längst alles versucht, sie bekam sie nicht weg, geschweige denn kaputt.

»Er verarscht dich. Jede Anstrengung kostet Sauerstoff,

Kraft und Kalorien, was bedeutet, dass du schneller stirbst.«

Emma presste die Lippen zusammen. »Soll ich also nur im Bett liegen und auf den Tod warten?«

Lange würde es nicht mehr dauern, bis sie durchdrehte. Diese Hoffnungs- und Hilflosigkeit war nicht zu ertragen.

Da hörte sie Schritte.

Welche Gemeinheit denkt sich der Sadist jetzt aus? Oder hat er die Eier, in mein Reich zu treten?

Hoffnung! Sie war winzig, aber sie klammerte sich daran. Wenn er tatsächlich ihren Kerker betreten würde, würde sie ihn anspringen und mit letzter Kraft alles daran setzen, ihn zu überwältigen.

Die Schritte erstarben, sie hörte ein Geräusch, dann wurde es im Raum etwas heller. Der Psychopath hatte das Loch freigemacht. Sauerstoff drang in ihre Hölle, sie saugte die Luft tief ein, immer wieder. Es war ein unbeschreibliches Gefühl. Dann hörte sie erneut Schritte, die sich jedoch entfernten.

Der Mann war weg, er würde nicht eintreten. Emma wusste gerade nicht, ob sie froh sein sollte, endlich Sauerstoff und etwas Licht zu haben, oder ob sie heulen sollte, weil der Sadist ihr wieder keine Gelegenheit gegeben hatte, ihm in die Eier zu treten.

Und dann schrie sie all ihre Wut und Angst heraus.

50

Lena konnte die Wut ihres Onkels sehr gut nachvollziehen, zumal auch sie von Jörns Unschuld überzeugt war. Und das, obwohl er kein echtes Alibi für die Zeit von Emmas Entführung hatte, weil sein Kumpel Jochen ihrem Bruder zwar bestätigt hatte, dass sie zusammen gewesen seien, aber nur bis kurz nach 14 Uhr. Mads hatte nicht explizit nach dem Zeitfenster gefragt, sondern nur, ob Jörn am Mittag noch bei ihnen gewesen sei.

Trotz ihrer und Gustavs Bedenken schienen der Staatsanwalt, das Innenministerium und die Polizeidirektion Lübeck aber daran festzuhalten, Jörn als Mörder zu überführen.

Ihr Onkel teilte ihre Sorge, dass Jörn aus purer Verzweiflung und wegen des immensen Drucks am Ende ein Geständnis ablegen würde. Wenn sie es wirklich mit dem Nordseemörder zu tun hatten und dieser jetzt wieder dasselbe Muster anwendete, würde er erneut für einige Jahre untertauchen können, während alle Welt glauben würde, dass die Polizei gute Arbeit geleistet hatte.

Ihr Bürotelefon klingelte.

»Ja«, nahm sie das Gespräch an. Es war ihr Onkel.

»Kannst du bitte in mein Büro kommen?«

»Bin auf dem Weg.« Lena beendete das Gespräch und verließ ihr Büro.

Sie trat ins Sekretariat, wo Petra Wiese sie abfing.

»Kannst du gleich zum Chef mitnehmen, sonst unterzuckert er.« Petra zeigte auf einen Teller mit zwei Berlinern.

Lena lachte. »Kein Ding. Am besten, ich nehme auch den Kaffee mit. Wie ist er gelaunt?«

»Woher soll ich das wissen? Eben noch war es akzeptabel.«
Sie machte eine Geste, die Lena verstand.

Petra und ihr Onkel waren schon ein komisches Gespann,
beide waren alles andere als einfach und hatten ihre speziellen
Eigenarten.

Lena machte ihrem Onkel und sich einen Kaffee, stellte
den Teller und die beiden Kaffeebecher auf ein Tablett,
klopfte kurz an die Tür und trat ein.

Gustav saß hinter dem Schreibtisch in den Computer ver-
tieft. Als er sie bemerkte, schaute er auf.

»Ist das nicht Petras Aufgabe?«

»Passt schon.« Mehr sagte Lena nicht.

Gustav grummelte etwas, was sie nicht verstand. Sie stellte
das Tablett auf dem Schreibtisch ab und nahm ihm gegenüber
Platz.

»Der Zweite ist für dich«, sagte Gustav und griff nach
einem Berliner.

»Ist schon gut, es sei dir gegönnt.«

»Schau dir meinen Bauch an.«

»Das ist alles im grünen Bereich, bist ja keine zwanzig
mehr.« In den vergangenen Jahren hatte ihr Onkel einen
Bauch bekommen, was in ihren Augen aber nichts war, wofür
er sich schämen müsste. Da er groß war, fiel es auch kaum auf.

»Na ja, wenn ich meinen Neffen so sehe und weiß, dass ich
selbst mein Leben lang sportlich war, nagt das schon an mir.«

»Du stehst doch nicht im Wettbewerb mit Mads.«

»Unter uns«, er senkte die Stimme und beugte sich etwas
vor, »jede Wette, der drückt mir noch einen Spruch rein wegen
meines Bauchs.«

Lena musste schmunzeln. Dass er sich deswegen Gedanken
machte, sah ihm ähnlich. Sie sagte aber nichts, nahm stattdessen den zweiten Berliner und biss ab.

»Du hast mich doch sicherlich nicht wegen deiner Figur
hergerufen.«

»Was für eine Frage.« Gustav wurde wieder ernst. »Es liegen einige Laborwerte und Informationen vor, die ich mit dir durchgehen möchte. Wo ist Mads?«

»Da er aufgrund deiner Anweisung nicht mit ins Büro darf, trollt er bestimmt irgendwo am Strand rum.« Wo genau ihr Bruder war, wusste sie nicht. Seitdem sie sich verabschiedet hatten, hatte sie keinen Kontakt mehr zu ihm gehabt, was ihr ganz recht war. Immerhin oblag noch immer ihr die Leitung der Ermittlungen in diesem Fall.

»Ich weiß, aber anders geht's nicht. Sobald er hier aufschlägt und an unseren Sitzungen teilnimmt, wird es die Runde machen. Ich wünschte, es gäbe eine andere Lösung, aber dieser Holzkopf, dieser sture Esel sieht einfach nicht ein, dass es auch für ihn das Beste wäre, zurück zur Polizei zu kommen.« Seine Stimme klang immer gereizter. »Er wäre mit Abstand unser bester Mann.«

Danke für die Blumen, wäre es Lena fast herausgerutscht, doch sie schluckte die bissige Bemerkung herunter. Die Worte ihres Onkels verletzten sie ein wenig, auch wenn sie ihren Bruder liebte und es ihm gönnte, dass Gustav so positiv über ihn sprach. Trotzdem hätte sie ebenfalls gerne ein kleines Lob bekommen.

»Und welche Ergebnisse liegen vor?«, fragte sie und schüttelte ihre Enttäuschung ab.

»Am Tatort in der Nähe des Vogelparks wurden Blutspuren von zwei verschiedenen Personen gefunden.«

»Emma und der Täter. Das heißt, der Täter hat sie überwältigt und verletzt. Gab es eine Übereinstimmung mit der DNA-Datenbank?«

»Leider nicht.«

»Was heißt, dass es demzufolge niemand ist, der vor Kurzem aus dem Gefängnis entlassen wurde oder vorbestraft ist, weshalb wir diese Spur abhaken können.«

»Genau. Die Abfrage liegt trotzdem vor. Es gibt keinen

Täter, der vor Kurzem entlassen wurde und sich in der Region aufhält. Lübeck wäre die nächstgelegene Stadt.«

»Mads glaubt, dass er nicht weit weg wohnt. Der Täter kennt sich in der Gegend sehr gut aus.«

»Das glaube ich auch. Die Idee, entlassene Häftlinge zu überprüfen, ist gut, aber in unserem Fall bringt sie uns nicht weiter.«

»Stehen wir also wieder bei null?«

»Nicht ganz. Das Labor bestätigt die vorläufigen Angaben der Rechtsmedizin, dass Anika nicht missbraucht wurde. Die finalen Ergebnisse liegen vor und es liegt noch etwas anderes vor.« Gustav hielt inne und schaute Lena an. Sie sah, dass er einen Kloß im Hals hatte.

»Was?« Lena wurde nervös.

»Sie war schwanger. In der fünften Woche, daher hatte die Rechtsmedizin es nicht schon im Vorbericht erwähnt.«

Nun schluckte Lena. Diese Nachricht erwischte sie kalt. Vermutlich war dieser arrogante Lübecker der Vater.

»Was hat die Auswertung der Akte ergeben, seid ihr auf etwas gestoßen?«, holte Gustav sie aus ihren Gedanken.

»Nicht viel. Mads und ich glauben, dass wir es entweder mit einem Nachahmer oder mit demselben Täter zu tun haben.«

»Der Meinung bin ich auch. Daher habe ich Tim gebeten, dass er die Akte genauer durchgeht.«

»Was erhoffst du dir?«

»Wenn wir es mit einem Nachahmer zu tun haben, war der Täter im Darknet und hat dort mit seinen Taten geprahlt.«

»In der Akte steht nichts darüber. Oder haben Mads und ich das übersehen?«

»Das stimmt. Ihr habt nichts übersehen. Mein Gefühl sagt mir aber, dass die Kollegen geschlampt haben. Sie haben sich damit zufriedengegeben, dass sie endlich einen Täter hatten, und nicht tiefer gebohrt.« Gustav machte eine kurze Pause, dann setzte er wieder an. »Ich hoffe, dass ich mich irre und mein Bauchgefühl sich täuscht, aber Tim wird herausfinden, ob sich der Täter im Darknet getummelt hat.«

Lena war gespannt auf das Ergebnis. Dass sie selbst nicht auf diese Idee gekommen war, ärgerte sie ein wenig.

»Gibt es noch mehr zu besprechen?«

»Nein, das war's vorerst. Was sind eure nächsten Schritte?«

»Unsere?«

»Na von dir und Mads.«

»Ach so.« Lena schluckte. »Wir werden erneut die Nachbarschaft befragen, außerdem steht noch ein Gespräch mit Trude Sievers an.«

»Macht das. Und wenn ihr was habt, ruft mich bitte sofort an.«

»Wird gemacht. Was liegt bei dir an?«

»Ich fahre zur JVA nach Lübeck.«

»Zur JVA?«

»Genau. Ich werde ein Gespräch mit Thilo Heber führen. Das ist der Mann, den sie für die Morde an der Nordsee verantwortlich machen.«

»Mads und ich hatten auch schon daran gedacht, das zu tun. Dann können wir das ja fallen lassen.«

»Das könnt ihr.«

Lena war gespannt, was das Gespräch bringen würde. Sie traute ihrem Onkel zu, dass er herausfinden würde, ob Heber der Täter war oder unschuldig im Gefängnis saß. Sie verabschiedete sich von Gustav und ging zurück in ihr Büro, um noch einmal alle Details durchzugehen, die ihnen vorlagen. An der einen Wand hatte sie dafür jede Menge Zettel angebracht mit zahlreichen Querverweisen.

»Wo ist die Lücke, der Fehler, den jeder Täter begeht und der uns am Ende zu ihm führt?« Sie ging jedem Querverweis nach, prüfte, ob sie neue einbauen konnte, etwas übersehen hatte oder ergänzen musste.

Sie fand nichts.

»Der Täter ist verdammt clever, aber es kann ja wohl nicht sein, dass niemand Anika hat schreien hören?«, überlegte Lena laut. »Doch, dieser Daniel, und er hat deswegen sterben müssen.«

Ihre Gedanken wanderten zu Trude Sievers. Sie hatte neben Jörn noch jemanden gesehen, einen Mann auf einem Fahrrad, und dann gab es da diesen ominösen Mann im blauen Polokragenpullover. Gustav hatte seine Mitarbeiter und die Kollegen von der Streife angehalten, nach so einem Mann Ausschau zu halten, bisher ohne Erfolg. Und es gab diesen Touristen, den Mads angegriffen hatte, auch nach ihm wurde inoffiziell gesucht. Dennoch hatte Lena mehr und mehr das Gefühl, dass er gar nichts mit den Morden und der Entführung zu tun hatte.

Nach einem Mann auf einem Fahrrad Ausschau zu halten, war unmöglich, weil Sievers keine nähere Beschreibung hatte geben können. Sicherlich würde sie das auch bei einem weiteren Gespräch nicht können, trotzdem würde sie sie die Tage erneut aufsuchen, derzeit hatte sie jedoch noch zu viele andere Baustellen mit höherer Priorität.

»Das Fahrrad«, sagte sie dann. »Emma wurde auch von einem Mann auf einem Fahrrad entführt.« Plötzlich hatte sie eine Idee. »Kann man anhand der Reifenspuren nicht auf das Fahrrad schließen?« Sie nahm ihren Hörer in die Hand und wählte eine Nummer.

»Moin, Tim.«

»Moin. Welch Zufall.«

»Warum?«

»Ich wollte dich gerade anrufen.«

51

»Diese dumme Kuh, glaubt die wirklich, dass ich Mitleid mit ihr hätte.« Er kicherte vor sich hin. Dass Emma Hoffnung schöpfte, kam ihm nur gelegen, denn sie sollte noch ein wenig länger leiden. Wenn seine Berechnungen stimmten, wäre sie nämlich heute gegen Abend erstickt, und das durfte sie nicht. Schließlich wollte er erst noch Jule entführen. Die beiden sollten ein wenig gemeinsame Zeit haben, etwas kuscheln, sich ausheulen und vielleicht lachen, bevor Emma elendig vor Durst krepieren würde. Jule sollte sehen, welches Schicksal auch sie erwartete. Wie ihr sportlicher Körper schlappmachen würde, die Knochen heraustechen und sie am Ende dürr und knochig für immer in dieser Ungestalt bleiben würde.

Und ich werde noch etwas anderes machen. Ich werde versuchen, die Leichen zu konservieren, überlegte er, da er spürte, wie sich ein bestimmter Gedanke in seinem Kopf manifestierte.

»Allerdings nicht wie die alten Ägypter, eher wie die Natur es tut«, korrigierte er sich. Harz beispielsweise konservierte Tiere auf ewig, das kannte man ja aus Bernsteinfunden, und was mit Tieren funktionierte, würde sicherlich auch mit Menschen funktionieren. Emma und Jule wären dann perfekte Kunstwerke.

Wo er so viel Harz herbekommen sollte, wusste er allerdings noch nicht so genau, aber darum würde er sich kümmern. Zunächst würde er Jule entführen müssen.

»Es darf nichts schieflaufen«, ermahnte er sich, denn wirklich ausgereift fand er seinen Plan noch nicht. Am liebsten wäre es ihm gewesen, wenn er sie im Wald oder an einem einsamen Strandabschnitt in seine Gewalt bringen könnte. Er dachte an Anika. Inzwischen war er zu dem Schluss gekommen, dass es nicht so gut gelaufen war, weil er zu ungeduldig gewesen war. Er hätte sie nicht an der Düne überraschen, sondern sie noch ein Stück weiter spazieren gehen lassen sollen.

»Hätte, hätte …« Er schüttelte erzürnt den Kopf. »Dein Plan war gut, diesen dämlichen Touristen konntest du ja schlecht einkalkulieren. Außerdem bist du gerade wegen etwas ganz anderem aufgedreht.«

Sein Atem war laut, sein Herzschlag fühlte sich unregelmäßig an. Er wusste auch nicht, warum er sich das überhaupt antat, er kam von diesem Bastard einfach nicht los. Dabei hatte er geglaubt, er hätte das alles überwunden und könnte ein neues, freies Leben führen.

Welch ein Trugschluss.

»Du wirst nie frei sein, solange dein Vater lebt.«

Vor einigen Jahren war sein Vater in ein Heim in Niendorf eingewiesen worden. Er litt an Demenz und konnte sich nicht an ihn erinnern. In unregelmäßigen Abständen besuchte er diesen verdammten Bastard dennoch. Dann saß er ihm in seinem kleinen Zimmer gegenüber und sein Vater schaute ihn an, als wäre er ein Fremder. Er lächelte und wirkte freundlich, nur seine hasserfüllten Augen zeigten, wer er wirklich war. Alter und Demenz konnten den Teufel in ihm nicht verjagen.

Nicht nur ein Mal hatte er sich gewünscht, diesen Teufel zu erwürgen. Aber er konnte es nicht, weil sein Vater noch immer Macht über ihn hatte, und das nach all den Jahrzehnten, nach wer weiß wie vielen Therapien.

Er hasste seinen Vater und trotzdem zog es ihn immer wieder zu ihm hin.

Er war ein Mensch voller Widersprüche, für die kein Psychiater der Welt eine Antwort hatte.

Man konnte die Seele eben nicht heilen.

Psychiater sind bloß Quacksalber, dachte er bitter. Aber damals hatte er keine Wahl gehabt, er hatte ihre Dienste in Anspruch nehmen müssen.

Manchmal fragte er sich, wer er überhaupt war, er hatte doch so viele unterschiedliche Seiten an sich, die sich zum Teil widersprachen. Hinzu kam diese sexuelle Lust, die er nicht unter Kontrolle bekam und die er verdammte. Es war eine voyeuristische Lust. In Gedanken hatte er unzählige Male Sex mit den schönsten Frauen gehabt, die man sich vorstellen konnte, und er war pornosüchtig gewesen, aber wenigstens das hatte er inzwischen einigermaßen im Griff. Sobald er jedoch mit einer richtigen Frau Sex haben wollte, wurde er nicht erregt.

Vor unzähligen Jahren war er zu einer Prostituierten gegangen, um zu schauen, ob er funktionsfähig war, schließlich erwartete das die Gesellschaft von ihm. Für Minderheiten hatte die Mehrheit wenig Verständnis.

Die Frau war nett gewesen, sie hatte sich wirklich Mühe gegeben, aber er hatte keinen hochbekommen. Ihre Berührungen hatten ihn regelrecht angewidert, denn dabei waren die Gedanken an seinen Vater in ihm hochgekommen, der ihn hatte glauben machen wollen, dass es schön für ihn sein müsse, wenn er ihn berührte. Da hatte ihn eine unbändige Wut erfasst, er hatte sich nicht kontrollieren können und zugeschlagen. Danach hatte er sich angezogen und war abgehauen. Zu seinem Glück hatte es keine Anzeige gegeben. Aber seitdem wusste er, dass er eine andere Form der Sexualität bevorzugte, eine, bei der man sich nicht berührte und erst recht keine Körperflüssigkeiten austauschte.

Am liebsten wäre es ihm gewesen, wenn er überhaupt nicht mehr auf sexuelle Reize angesprungen wäre, aber das war ein unmögliches Unterfangen. Nur wenn er zum Orgasmus kam, erreichte er den Status, der sein Ziel war: den Gedanken an Sex zu hassen. Nur, wie sollte er diesen Zustand für immer erreichen?

Es gab auch noch eine andere Seite in ihm, die der Wut und des Zorns. Sie war wahnsinnig stark. Irgendwie mochte er sie, aber er musste sie zügeln, um sich selbst zu schützen. Was verdammt schwer war.

Wenn es ganz schlecht lief, überraschte ihn dieses schwarze Loch. Es kündigte sich nicht an. Es war plötzlich da und zog ihn mit aller Macht herunter. Manchmal dauerte es Tage, bis er sich wieder einigermaßen im Griff hatte.

Genau das geschah gerade. Ihn erfüllte mit einem Mal dieses komische Gefühl, als hätte er eine schlechte Nachricht erhalten.

»Reiß dich am Riemen, jetzt nicht«, beschwor er sich, aber das Loch wurde immer größer und zeigte ihm die Leere, die in seinem Herzen und in seiner Seele herrschte. Zeigte ihm, wie hoffnungslos das Leben für ihn war und dass es die beste Lösung wäre, sich umzubringen, dann würden diese Albträume, diese schrecklichen Erinnerungen endlich ein Ende nehmen.

»Nein, nein, nein!«, brüllte er. »Ich lasse Papa nicht gewinnen. Ich habe gewonnen. Nicht dieser alte demente Greis.«

Doch das Loch wurde immer größer, sein Widerstand immer geringer.

»Nein!«, wurde er noch lauter und schlug mit der Faust auf den Tisch, dass es knallte. Jetzt kam die Wut zurück. »Warum vergnügst du dich nicht mit dieser Schlampe? Lass sie deine Faust schmecken, was bringt es dir, wenn du nur zuschaust, wie sie sich quält? Wo bleibt das Vergnügen?«

Er atmete schwer und sein Zorn wurde immer größer. Er sprang auf, fest entschlossen, Emma die größten Höllenqualen zu bereiten, die sie sich vorstellen konnte, nur damit ihm sein Verstand wieder gehorchte und aufhörte, die schlimmen Bilder der Vergangenheit wiederaufleben zu lassen.

52

Emma fühlte sich furchtbar schwach. Schon im Liegen spürte sie ihre Knochen, sie wollte gar nicht wie wissen, wie viel sie abgenommen hatte. So seltsam das klingen mochte, sie war gerade froh, dass es kein Tageslicht gab und sie keinen Spiegel hatte. Vermutlich hatte eine Mumie mehr Leben in sich als sie.

Sie hatte zwar wieder Sauerstoff, aber ihr Hunger und der Durst wurden immer unerträglicher, vor allem der Durst machte ihr zu schaffen, sie halluzinierte ständig. Wahrscheinlich war es nur eine Frage von Stunden, bis sie die Augen für immer schließen und endlich ihren Frieden finden würde.

Dass sie einmal in einem dunklen, kalten, kleinen Raum gefangen gehalten würde, um dort zu sterben, hätte sie in ihren schlimmsten Albträumen nicht für möglich gehalten. So etwas passierte doch immer anderen Menschen, nicht einem selbst.

Krank oder schwach zu sein, echte Todesangst zu haben, war ihr stets fremd gewesen. Sie musste an ihre Eltern denken und wie gut sie es bei ihnen gehabt hatte.

»Ich vermisse euch«, jammerte sie leise. Das Reden tat weh, ihre Kehle war dermaßen trocken, dass sie glaubte, Rasierklingen verschluckt zu haben.

Ihr Magen zog sich auf sehr unangenehme Weise zusammen, sodass sie ihre Knie anzog und in dieser embryonalen Stellung verharrte. Der Schmerz wurde immer größer, sie hielt es nicht mehr aus und versuchte aufzustehen, was ihr mit etwas Mühe gelang.

Doch kaum war sie auf den Beinen, wurde ihr schwindelig, sie taumelte und wäre fast gestürzt, konnte sich aber noch auf dem Holzbett abfangen, um sich hinzusetzen.

»Ich kann nicht mehr.« Sie wusste, dass es aufgrund des Flüssigkeitsverlustes sicherlich schon zu einer inneren Vergiftung gekommen war. Wie lange ihr Körper sie noch leiden lassen würde, bis sie sterben würde, konnte sie nicht einschätzen, doch sie war bereit, zu sterben. Sie wünschte sich den Tod sogar herbei. Ihr Wille war gebrochen.

Der Täter hatte gesiegt.

Dass er sich gerade an ihrem Leid ergötzte, stand für sie außer Frage. Ebenso wie die Tatsache, dass er sie angelogen hatte, als er gesagt hatte, sie solle ihren Verstand arbeiten lassen, um an die Nahrung zu gelangen. Das alles war eine Lüge gewesen. Nur ihre Qualen nicht, die waren eine reale Hölle.

Sie legte sich hin, schloss die Augen und versuchte, die Schmerzen zu ignorieren, sich auf den Schlaf zu konzentrieren. Unwillkürlich tauchte das Bild von Mads, ihrem Retter an der Seebrücke, vor ihrem geistigen Auge auf.

Könnte er sie nicht auch diesmal retten?

Ihre Lider wurden immer schwerer und sie hoffte, dass sie gleich einschlafen, den Schmerz vergessen und nie wieder ihre Augen öffnen würde.

Doch dann vernahm sie Geräusche. Emma war zu keiner Regung fähig. Die Geräusche wurden immer lauter. Das konnte nur der Psychopath sein.

Sie hörte, wie ein Schlüssel in die Tür gesteckt wurde.

Wagte er es tatsächlich, ihr Reich zu betreten? Nur, was hatte Emma ihm entgegenzusetzen? Sie war zu schwach für jede Verteidigung. Selbst ein Häufchen Elend hatte mehr Willen als sie.

Die Tür wurde geöffnet und Licht drang in den Raum, viel Licht. Obwohl ihre Augen geschlossen waren, spürte sie das Licht und den Sauerstoff. Als würde die stickige Luft in einem Rutsch ausgetauscht.

Ihr Peiniger betrat den Raum – das, was sie sich die ganze

Zeit gewünscht hatte, war geschehen, und sie hatte keine Idee, wie sie ihn überwältigen sollte. Sie hatte verloren.

Gib nicht auf, meldete sich ein schwacher Gedanke, den sie unmöglich umsetzen konnte. Ihr Körper hatte aufgegeben und ihr Geist war zu geschwächt, um irgendwelche Reserven zu mobilisieren, weil es keine Reserven mehr gab.

Das Letzte, was sie spürte, bevor sie die Augen für immer schloss, war ein harter Schlag gegen den Kopf.

53

Irgendetwas war Mads an dem Typen unsympathisch gewesen. Er hatte einige Male zu ihm rübergeschaut und dabei wohl geglaubt, er wäre so clever und Mads würde das nicht bemerken. Aber es war ihm nicht entgangen. Ebenso wenig, dass der Mann immer wieder Jule nachschaute und ihren Körper regelrecht mit seinen Blicken abtastete.

Vermutlich glaubte dieser Freak, dass Mads Jules Freund war. Jule war attraktiv, und wenn man kellnerte, war man den Blicken der Männer ausgesetzt, ob man es mochte oder nicht.

Als der Mann ihn beim Verlassen der Terrasse ein letztes Mal gemustert hatte, hatte Mads überlegt, ob er ihn ansprechen sollte, es aber verworfen. Er war wegen Jule dagewesen und das Gespräch mit ihr war genau nach seinen Vorstellungen verlaufen.

»Wo bist du mit deinen Gedanken, liebster Enkel?«, holte ihn seine Oma aus den Grübeleien.

»Bei der entführten jungen Frau.« Mads machte kein Geheimnis daraus, zumal seine Großmutter ohnehin im Bilde war. Schon ihr Mann war Polizist gewesen, sie waren eine Polizistenfamilie und man sprach zu Hause über die Arbeit und die Ermittlungen. Nicht immer detailliert, aber das war auch nicht nötig. Jutta hatte eine ungeheuer schnelle Auffassungsgabe.

»Schlimme Sache. Ich hoffe, ihr findet den Täter.«

»Das werden wir. Die Schlinge zieht sich immer enger zusammen.« Welchen Köder er ausgelegt hatte, wollte er seiner Oma lieber nicht verraten.

»Du solltest vorsichtig sein.«

»Wie meinst du das?«

»Weil du nicht mehr offiziell Polizist bist. Nicht dass am Ende Gustav, Lena und du für deinen Leichtsinn bezahlen.«

»Leichtsinn?«

»Das fragst du doch nicht wirklich?« Sie berührte Mads' Hand, die deutlich größer war als ihre, und umschloss sie mit ihren Händen. »Ich kenne meinen Enkel.«

Mads presste die Lippen zusammen, seine Mundwinkel hoben sich kurz. »Du kennst mich, das stimmt. Deswegen sage ich jetzt auch lieber nichts.«

»Mach keine Dummheiten. Es ist schon schlimm genug, dass ich einen Sohn zu Grabe tragen musste, mein Enkel muss mich überleben.« Ihre Stimme war fest und ihr Blick ernst.

»Wir werden beide steinalt.« Den Gedanken, dass Jutta einmal sterben würde, wollte er nicht an sich heranlassen.

Der Blick seiner Großmutter wurde weicher. »Es ist nicht nur mein Wunsch, es wäre auch der Wunsch deines Vaters, dass du bei deinem Onkel im Team bist.«

»Oma, ich habe es am Grab meines Vaters geschworen …«

»Ich weiß.« Ihre Stimme war noch immer sehr weich und mitfühlend, es war überhaupt kein Vorwurf herauszuhören. »Sei nicht so hart zu dir und deinem Onkel. Ihn für den Tod deines Vaters verantwortlich zu machen, ist nicht richtig.«

»Er hätte ihn beschützen müssen, denn sie waren ein Team und die Kugel galt ihm, nicht meinem Vater. So wie es meine Pflicht ist, meine Schwester zu beschützen und für sie die Kugel abzufangen. Gustav hat Papa im Stich gelassen.«

»Du bist töricht.« Jutta sah ihm in die Augen, dann streichelte sie seine Wange. »Nicht nur du hast einen geliebten Menschen verloren. Ich habe meinen Sohn verloren und dein Onkel nicht nur seinen über alles geliebten Bruder, sondern auch seinen besten Freund. Zwischen die beiden passte kein Blatt. Hast du je gesehen, dass sie sich gestritten haben?«

»Ehrlich gesagt nicht, aber nur, weil Papa so empathisch war.«

»Unfug. Es lag daran, dass sie sich blind verstanden haben. Als sie noch Kinder waren, war dein Vater ein Außenseiter. Er war schmächtig und schüchtern und hatte keine Freunde. Aber Gustav hat ihn immer mitgenommen zum Spielen, er hat ihn nie allein gelassen. Und wenn einer der größeren Jungen deinen Vater geärgert hat, hat dein Onkel ihn sich geschnappt. Weißt du, wie oft Gustav mit einem blauen Auge nach Hause gekommen ist? Wenn ich ihn gefragt habe, warum er sich wieder geprügelt hat, hat er geantwortet: Weil niemand meinen Bruder beleidigen darf.«

Mads schluckte, diese Geschichten kannte er nicht, obwohl der Tod seines Vaters schon einige Jahre zurücklag. Dennoch änderte es nichts an der Tatsache, dass er geschworen hatte, kein Polizist mehr zu sein.

»Egal wie du dich entscheidest, du weißt, dass ich immer hinter dir stehe. Aber befreie dein Herz von dieser Last. Nicht für mich, sondern für dich.«

»Danke, Oma. Ich weiß, dass ich mich immer auf dich verlassen kann. Ich muss leider los.«

»Gut. Aber bitte sei vorsichtig. Versprichst du mir das?«

Mads antwortete nicht, seine Großmutter schien zu verstehen.

Er verabschiedete sich von ihr und verließ ihre Wohnung.

Ihre Worte hallten in ihm nach. Für Außenstehende mochte seine Sturheit nicht nachvollziehbar sein, aber er konnte nicht einfach sein Wort brechen. Für einen Mann war sein Ehrenwort der wertvollste Besitz, das hatte ihm sogar sein Onkel beigebracht.

Nach einem kurzen Fußweg kam er einige Minuten später in seinem kleinen Apartment an. Seine Einsätze bei der Spezialtruppe verlangten manchmal, dass er monatelang unterwegs war, aber er hatte nie daran gedacht, dieses Apartment zu verkaufen. Er ging ins Schlafzimmer, wo der Safe in die Wand eingelassen war. Er öffnete ihn und holte seine Waffe heraus, die er schon oft bei seinen Bundeswehreinsätzen benutzt hatte. Dazu nahm er Munition mit und verließ die Wohnung. Weder seine Schwester noch sein Onkel durften wissen, dass er eine Waffe bei sich trug, vermutlich würden sie ihn sonst von den Ermittlungen abziehen.

»Wenn alles gut läuft, ist der Spuk heute Abend vorbei«, sagte Mads zu sich. Hoffentlich würde der Täter auf seinen Köder anspringen – wenn seine Theorie stimmte, dass der Psychopath es auf Jule abgesehen hatte.

Sollte seine Spekulation nicht stimmen, hatte er ein großes Problem, denn dann wären sie dem Täter keinen Schritt näher, was hieße, dass dieser Sadist Emma weiter gefangen hielt und wer weiß was für schlimme Dinge mit ihr anstellte.

Bei dem Gedanken, dass der Täter Hand an Emma legte, wurde er wütend. Er konnte sich noch immer nicht erklären, warum er sich so für sie einsetzte, sein Leben für diese ihm unbekannte Frau riskierte. Ob es daran lag, dass er trotz allem das Polizisten-Gen der Johannsens in sich trug? Daran, dass er wie sein Vater empathisch war und nicht untätig dasitzen wollte, während eine junge Frau gequält wurde? Oder lag es daran, dass er sich zu Emma hingezogen fühlte?

Mads wusste es nicht. Unwillkürlich musste er an ihre erste Begegnung auf der Brücke denken, wo er sie vor einem Sturz bewahrt hatte. Vielleicht war es sein Schicksal, sie zu beschützen.

Sein Handy vibrierte. Er schaute aufs Display und sah, dass sich Jule nicht mehr auf der Terrasse des Restaurants befand.

Er hatte auf Jules Handy eine App installiert, die es ihm erlaubte, jeden ihrer Schritte zu beobachten. Nach Feierabend sollte sie über Instagram posten, wo sie sich gerade befand. Außerdem hatte er mit ihr ausgemacht, dass sie an eine einsame Stelle gehen solle. Dort würde er sich verstecken und hoffen, dass der Mörder ihr Profil verfolgte und glaubte, dass er sie an dieser einsamen Stelle leicht entführen könnte. Doch Mads würde dafür sorgen, dass es ihm nicht gelingen würde.

Der Plan war perfekt, wenn der Täter so handelte, wie er hoffte. Aber ein gewisses Risiko war immer da und er war bereit, es einzugehen, so wie auch Jule bereit war, dieses Risiko einzugehen.

Du weißt, dass sie es nur tut, weil sie noch immer Gefühle für dich hat, meldete sich seine innere Stimme.

Mads war das egal, schließlich diente alles nur dem einen Zweck, den Psychopathen unschädlich zu machen. Er schaute aufs Handy und prüfte, wohin Jule ging. Sie war nur wenige Meter von der Terrasse entfernt, vermutlich machte sie eine Zigarettenpause.

Bis zum Feierabend dauerte es noch eine Weile. Er wollte die Zeit nutzen und sich die Umgebung genau anschauen, wo er den Täter überwältigen würde.

Wenn er denn heute Abend zuschlägt.

Mads war gewillt, das Ganze bei Bedarf noch eine Weile durchzuziehen. Es würde nicht lange dauern und der Täter würde nicht mehr anders können und Jule entführen. Er hatte Geduld, etwas, was er bei der Bundeswehr gelernt hatte. Manchmal verharrte sein Team tagelang auf einer Position, bevor sie ihr Ziel eliminieren konnten.

Wichtig war nur, dass Jule weiter mitspielte und Lena nichts erzählte. Niemand sollte von seinem Plan erfahren, weil weder Lena noch Gustav ihn gutheißen und er dann mit leeren Händen dastehen würde. Diese Operation konnte nur er allein durchziehen, was allerdings bedeutete, dass er sich bei Lenas Ermittlungen würde zurückziehen müssen, zumindest ein wenig, damit sie nicht argwöhnte, dass er auf eigene Faust etwas unternahm. Wie er das anstellen würde, wusste er noch nicht genau, aber ihm würde schon eine Ausrede einfallen.

Sein Handy klingelte.

»Moin, Schwesterherz.«

»Moin, Mads. Ich bin auf dem Weg zu Tim.«

»Warum hast du mich nicht mitgenommen?«

»Wir dürfen es nicht übertreiben. Arndt und Tim mögen dich ja decken, aber wenn dich noch andere Leute ein- und ausgehen sehen, was glaubst du, was dann los ist?«

Mads machte eine kleine Gedankenpause, es war für ihn eine Art psychologisches Spiel.

»Du hast recht«, räumte er schließlich ein, »so ungern ich das zugeben mag. Tim soll nicht meinetwegen Schwierigkeiten bekommen.«

»Das sehe ich auch so.« Seine Schwester schien sehr erleichtert, was Mads nur recht war.

»Informier mich bitte über das Ergebnis. Oder hat Tim bereits etwas herausgefunden?«

»Wir haben am Telefon nicht darüber gesprochen. Er hat nur kurz erwähnt, dass er im Darknet auf was gestoßen sein könnte.«

»Das hört sich gut an. Ruf mich bitte an, sobald du zurück bist.« Natürlich hätte er auch eine Telefonschalte anbieten können, aber Lenas Plan spielte ihm ungewollt in die Karten.

»Mach ich.«

Sie beendete das Gespräch. Mads war sehr zufrieden.

Jetzt musste nur noch der Mörder mitspielen.

54

Lena war sehr zufrieden mit dem Gespräch, denn anfangs hatte sie Sorge gehabt, dass Mads sich uneinsichtig zeigen könnte.

Ihr Handy klingelte. Sie nahm das Gespräch über die Freisprechanlage an.

»Moin, Gustav«, meldete sie sich.

»Wo bist du?«

»Ich bin gerade auf dem Weg zu Tim.«

»Zu Tim? Hat er schon was in Erfahrung gebracht?«

»Sieht danach aus. Wolltest du nicht zur JVA?«

»Da war ich gerade. Ich hatte ein interessantes Gespräch mit Thilo Heber.«

»Was hat er gesagt?«

»Das erzähle ich dir bei Tim. Wir treffen uns in seinem Büro. Ich sage Arndt und Elke bei der Gelegenheit kurz Hallo.«

»Mach das. Bis gleich.«

Lena war gespannt, was ihr Onkel herausgefunden hatte, und noch einmal extra erleichtert, dass Mads nicht dabei war. Gustav sah in der Hinsicht zwar weg, aber er hatte auch angemahnt, dass sie vorsichtig sein und keine Kollegen in Schwierigkeiten bringen sollten.

Knapp dreißig Minuten später klopfte sie an Tims Büro und trat ein. Er war allein.

»Moin«, grüßte Tim sie.

»Moin«, antwortete Lena und setzte sich zu ihm. »War mein Onkel schon hier?«

»Nein, noch nicht, der ist bestimmt bei Arndt. Er hat mich vorhin angerufen, dass er dazustößt.«

»Dann wird das so sein.«

»Wo ist Mads?«

»In Niendorf. Es ist besser, wenn er nicht zu oft hier ein- und ausgeht.«

»Wegen mir …«

»Nein, nicht wegen dir«, fiel Lena ihm ins Wort. »Aber anderen Kollegen hier könnte das übel aufstoßen. Wir wollen keine unnötigen Fragen.«

»Verstehe.«

»Hast du schon was wegen der Reifenspuren in Erfahrung bringen können?«

»Noch nicht, ich bin da im Gespräch mit Ole und den Kollegen von der Spurensicherung, ich fürchte nur, das wird nicht viel bringen. Man könnte anhand der Spuren eventuell erkennen, ob es ein Mountainbike oder ein anderes Fahrrad ist, nur ob man dem Mörder so näher kommt, wage ich zu bezweifeln. Ich hätte da aber noch etwas Interessanteres.«

»Verstehe.« Während der Fahrt hatte Lena sich ähnliche Gedanken über ihren Einfall mit den Reifenspuren gemacht. »Dann schieß mal los.«

Gerade als Tim anfangen wollte, klopfte es an der Tür und Gustav betrat das Büro.

»Moin«, sagte er und trat zu den beiden.

»Moin«, antworteten sie.

»Habt ihr schon angefangen?«

»Nein, das wollten wir gerade.«

»Gut. Dann sollte ich vorher von meinem Gespräch mit Heber erzählen.«

»Das ging ja alles ganz schön schnell«, kommentierte Lena. Sie war gespannt, ob der Häftling redselig gewesen war und vor allem, ob der echte Täter noch frei herumlief und sein Unwesen in Niendorf trieb.

»Die Länge eines Gespräches sagt selten etwas über dessen Qualität aus«, antwortete Gustav. »Heber war überrascht, dass nach so vielen Jahren noch einmal ein Polizist mit ihm sprechen wollte, aber er war offen. Er erzählte mir von dem großen Missverständnis und dass er hoffe, dass sein Fall neu aufgerollt werde, denn warum sonst hätte ich ihn aufsuchen sollen.«

»Also ist er unschuldig?« Lena wollte sich die Konsequenzen, dass ihre Kollegen nicht ordentlich gearbeitet haben könnten, gar nicht ausmalen. Als Sachbearbeiter waren Fehler nicht tragisch, die konnte man korrigieren, aber als Polizist konnte ein einziger Fehler bedeuten, dass ein Unschuldiger Jahre im Gefängnis verbrachte, seiner Rechte beraubt. Diese verlorene Zeit würde ihm kein Polizist, Staatsanwalt oder Richter zurückgeben können. Noch schwerer aber wog die Tatsache, dass der wahre Täter weiterhin unbekannt war.

Er musste verdammt clever und vorsichtig sein, dass die Kollegen ihn nicht hatten verhaften können.

»Das habe ich nicht gesagt«, blieb ihr Onkel zu ihrer Überraschung vage.

»Was denn nun?«

»Sei doch mal etwas geduldiger.« Gustav biss sich auf die Unterlippe. »Er hat versucht, mir weiszumachen, er wäre unschuldig. Er hat vermutlich geglaubt, ich wäre jemand, der blauäugig genug ist, aber seine Körpersprache, seine kalten und berechnenden Augen haben ihn verraten. Und die Tatsache, dass er, seitdem er im Gefängnis sitzt, seinen Anwalt nicht weiter bemüht hat, für ihn zu kämpfen. Würde ein Unschuldiger nicht jahrelang genau das versuchen?«

Lena atmete erleichtert aus. Das brachte sie dem Täter zwar keinen Schritt näher, aber immerhin war der Niendorfer Mörder kein Übermensch.

»Hat er gestanden, dass er es war?«

»Das nicht, das war aber auch nicht nötig. Es war das, was er nicht sagte. Er gab zu, dass er sich im Darknet rumgetrieben habe, allerdings immer aus Sicht des Neugierigen, nicht aus der Position des Täters. Damit meinte er, dass er seine Taten nicht ins Darknet gestellt habe, um Bestätigung von Gleichgesinnten zu bekommen, sondern die Frauen einfach leiden sehen wollte. Das bereitete ihm unheimliche Freude. Wie sagte er: *Der ewige Kampf zwischen Leben und Tod ebenso wie der Kampf Gut gegen Böse, das befriedigt mich. Es bereitet mir tiefe Genugtuung zu sehen, wie schwach der Mensch am Ende doch ist. Der Mensch, der sich für die Krone der Schöpfung hält.* Während er das sagte, starrte er mich regelrecht an, vermutlich weil er testen wollte, ob ich wegschauen würde. Die Situation war in der Tat etwas gruselig, aber ich bin keiner, der wegschaut, erst recht nicht, wenn so ein Psychopath glaubt, mich mit irgendwelchen Psychotricks linken zu können.«

»Ich frage mich, warum die Kollegen nicht ans Darknet gedacht haben.«

»Vermutlich, weil er dort kaum für Aufsehen gesorgt hat, oder sie hatten es einfach nicht auf dem Schirm, zu wenige Hinweise in dieser Richtung«, mutmaßte Tim.

»Möglich.« Gustav schien nicht überzeugt. »Vielleicht war es den Kollegen am Ende aber auch egal. Sie haben den wahren Täter gefasst, konnten jedoch nicht ahnen, dass sich ein Nachahmer im Forum tummelt.«

»Glaubst du das?«, fragte Lena.

»Ich nehme es stark an. Heber behauptete, dass es eine Handvoll Jünger gegeben habe, die alles für den Mörder getan hätten. Besonders zwei seien so detailbesessen gewesen, dass sie jede Einzelheit erfahren wollten – wie der Täter vorging, was ihn an seinen Handlungen erregte, was er mit den Leichen tat und so weiter. Er war deshalb geneigt, zu glauben, dass sie selbst so etwas planen würden. Wie gesagt, Heber tat immer so, als wäre er nur ein stiller Mitleser im Forum.«

Lena nickte. Sie mussten also nur diese zwei Personen finden.

Nur. Lena seufzte innerlich. Sie wusste, wie schwer es war, jemanden aus dem Darknet zu identifizieren. Deswegen trieben sich dort ja so viele Kriminelle herum.

»Tim, jetzt kommst du ins Spiel. Du bist der Einzige, der uns helfen kann, die beiden Personen zu finden.«

Tim schmunzelte. »Ich war auch nicht untätig.«

»Nichts anderes habe ich von dir erwartet. Ich konnte Heber leider nicht entlocken, welches Forum er meinte. Er konnte sich nicht mehr daran erinnern, ebenso wenig an die Nicknames der beiden anderen Teilnehmer. Ich solle ihn regelmäßig besuchen, das könne helfen, sein Erinnerungsvermögen aufzufrischen.«

»Er sieht dich als ebenbürtig an. Ich habe seine Akte gelesen. Die Ermittler, die ihn verhaftet haben, waren in seinen Augen jämmerliche Würmer, nicht würdig, mit ihm zu sprechen«, ergänzte Tim.

»So jemand muss mich nicht als ebenbürtig ansehen, und ich hoffe, dass kein weiterer Besuch nötig ist. Erzähl uns bitte, was du herausgefunden hast.«

»Ich habe einiges für euch. Mads lag richtig mit seiner Annahme, dass der Täter auch Jule Becker im Visier hat. Ich habe ein verdächtiges Profil unter ihren Followern gefunden, erst wenige Tage alt. Dafür wurde dasselbe VPN genutzt. Die User glauben immer, dass sie völlig anonym wären, wenn sie ein VPN nutzen, das stimmt aber nur bedingt. Mit der richtigen Software kann man herausfinden, welches VPN gewählt wurde, um anonym im Internet zu surfen, und bei allen drei Profilregistrierungen hat der Täter denselben Anbieter genutzt.«

Als Tim Mads erwähnte, sah Gustav kurz etwas grimmig drein, als wollte er fragen, wo sein Neffe sei, doch er verkniff es sich, so jedenfalls kam es Lena vor, vielleicht war er aber auch nur angespannt. Sie wollte darauf nicht eingehen. Es war ihr Fall, sie war die leitende Ermittlerin und Mads nur ein Bürger, der versuchte zu helfen. Es war ihr wichtig, dass ihr Onkel das verstand und akzeptierte.

»Das heißt, er wollte eigentlich Jule Becker entführen und Emma Falk hatte nur unglaubliches Pech?«, dachte Gustav laut nach.

»Sieht danach aus. Zu Anika Schneiders Profil habe ich ja inzwischen Zugang, ich kann sehen, wer ihr folgt, ihre Bilder liket und ihre Storys anschaut. Ein Profil hat dies regelmäßig getan, bis sie starb. Danach gab es keine Aufrufe mehr von dort. Dasselbe Muster habe ich auf Frau Falks Profil gefunden. Auch dort gab es jemanden, der in dieses Muster passt. Da ich die Laptops von beiden habe, war es ein Leichtes, das herauszufinden. Dasselbe würde ich gerne mit Jule Beckers Profil machen, dafür benötige ich aber die Zugangsdaten oder ich müsste …« Tim unterbrach sich und schaute Gustav an. »Nun ja, es gibt auch andere Wege.«

»Ist mir recht, ich will wissen, ob der Mistkerl dasselbe Muster bei Jule anwendet. Da er sie noch nicht entführt hat, muss er weiterhin ihre Storys anschauen.«

»Ich frage Jule, ob sie uns erlaubt, in ihre Profilbewegungen zu schauen, ich bin mit ihr befreundet.« Es musste ja nicht sein, dass Tim Jules Account hackte, fand Lena, da dachte sie anders als ihr Onkel, der wie Mads tickte. Für den Ermittlungserfolg waren beide bereit, ihre Befugnisse weit auszulegen, und wie es schien, war Tim dem auch nicht abgeneigt.

»Meinetwegen. Wir brauchen den Zugang noch heute. Uns läuft die Zeit davon«, brummte Gustav, er war mit Lenas Antwort augenscheinlich nicht zufrieden, stimmte dem Vorschlag aber trotzdem zu.

»Ich weiß. Ich kümmere mich darum.«

»Kannst du anhand des VPN jetzt die IP herausfinden?«, fragte Gustav.

»Das ist möglich. Ich könnte den VPN-Anbieter kontaktieren, möglicherweise hat der Nutzer seine persönlichen Daten oder Bezahldaten registriert, wenn er eine kostenpflichtige Version benutzt.«

»Das wird zu lange dauern. Wir haben keine Zeit.«

»In der digitalen Welt gibt es für alles eine Lösung, weil jeder Login Spuren hinterlässt. Niemand ist völlig anonym. Es gäbe da eine Methode über DNS-Angriffe.« Tim hielt inne und schaute zuerst Lena, dann Gustav an.

»Tim, was immer nötig ist, tu es. Ich übernehme die volle Verantwortung. Als Leiter des K-11 stehe ich zu einhundert Prozent hinter jeder deiner Aktionen. Und damit meine ich, wirklich jeder.«

»Jungs, ich möchte den Täter auch hinter Gitter bringen, und wenn es keine andere Möglichkeit gibt, werde ich deinem Vorgehen nicht im Wege stehen«, sagte Lena. Sie hatte das Gefühl, Tim wollte das hören. Natürlich missfiel es ihr, dass sie sich damit illegaler Methoden bedienten, doch hier heiligte der Zweck die Mittel. Und wenn man am Ende Emma dadurch befreien und einen Mörder verhaften konnte, war das Illegale wieder legal.

»Gut, gebt mir ein paar Stunden. Die Software läuft bereits, aber das Ganze dauert.«

»Sehr gut.« Gustav klopfte Tim auf die Schulter. Kein Vorwurf wurde laut, dass er schon dabei war, Systeme zu hacken, ohne Gustavs Zustimmung abzuwarten.

Auch das war ihr Onkel. Er mochte es, wenn Mitarbeiter eigenständige Entscheidungen trafen, die einen schneller ans Ziel brachten. Daher wunderte es Lena nicht, dass er sich mit Arndt und dessen Chef Willy so gut verstand, denn die dehnten ihre Befugnisse ebenso weit, um einen Täter zu überführen. Lena glaubte nicht, dass sie je so sein könnte, mit ihren Methoden kam sie genauso gut ans Ziel.

»Was ist mit dem Darknet?«, wollte sie jetzt wissen. »Wäre es möglich, dass er sich auch dort über dasselbe VPN eingeloggt hat?«

»Das wäre möglich, aber vermutlich wird er den Tor-Browser genutzt haben. Zurück zu deiner Frage: Das Forum zu finden, war nicht schwer, zumal ich genau wusste, wonach ich suchen musste. Die Akte zu den Morden habe ich mir bereits gestern gründlich angeschaut und ich habe ein Programm laufen lassen, mit dem man Gesichter scannen und nach Übereinstimmungen sowohl im Internet als auch im Darknet suchen kann. Es gab sofort eine Überschneidung bei den Opfern von Heber. Der Täter hat jede Menge Fotos von ihnen hochgeladen.«

Tim tippte etwas in seinen Rechner ein, dann erschien die Seite eines Forums auf dem Bildschirm.

»Das ist das Hauptforum und hier befindet sich der Thread des Täters.« Wieder tippte Tim etwas in die Tastatur und es öffnete sich eine neue Seite.

Einige Fotos der Opfer erschienen, als Tim runterscrollte. Dass so abartiges Zeug im Darknet frei zugänglich war, widerte Lena an. Bis heute war es keinem Land gelungen, solche Seiten für immer unzugänglich zu machen. Dass Männer Gefallen daran fanden, zuzusehen, wie Frauen gequält wurden, war für sie unvorstellbar, das war einfach nur abstoßend.

»Heber meinte mit Sicherheit diese beiden Forumsmitglieder«, sagte Tim.

»Du wusstest bereits, dass zwei Personen verdächtig sind?« Lena war überrascht, schließlich hatte Gustav eben erst über sein Gespräch mit Heber erzählt.

»Nicht hundertprozentig. Aber nach der automatischen Auswertung sind diese beiden übrig geblieben. Im Gegensatz zu den anderen Mitgliedern sind sie nicht nur Voyeure, sie stellten auch explizite Fragen, als würden sie gerne selbst Frauen entführen wollen.«

»Sehr gut gemacht. Ich kann mich nur wiederholen: Ich mag es, wenn Kollegen mitdenken. Jetzt zeig uns bitte, was diese Mistkerle geschrieben haben.«

»Danke.« Tim nickte höflich. Man merkte ihm an, dass er nicht zu denen gehörte, die nach Lob gierten. »Das sind die Beiträge der beiden Nutzer.«

»Kannst du ihre Identität herausfinden?«

»Das wird schwierig und würde länger dauern als die DNS-Methode. Ich hätte da eine andere Idee.«

»Welche?«

»Die User glauben vermutlich nicht, dass man den wahren Täter verhaftet hat.«

»Doch, das stand überall in den Zeitungen«, entgegnete Lena.

»Ja, aber in den Zeitungen stand auch, dass der Täter bis zu seiner Verurteilung seine Unschuld beteuert hat.«

»Du meinst also, man könnte so tun, als wäre der Täter aus der Versenkung zurück und würde das Forum für eine neue Tat reaktivieren?«, überlegte Gustav laut. »Dafür müssten wir allerdings an die Zugangsdaten des Täters kommen, das wird ein großer Aufwand sein.«

»Da hast du recht. Ich habe zwar parallel ein Programm laufen, um an die Zugangsdaten zu gelangen, aber das kann von einer Stunde bis zu einem Monat dauern.«

»Diese Zeit haben wir nicht.«

»Ich weiß. Deshalb müssen wir einen Workaround machen.«

»Und der wäre?«, fragte Lena.

»Ich habe einen Account angelegt, der dem des Täters sehr ähnlich ist. Mit diesem poste ich in einem Unterforum in der Hoffnung, dass die User glauben, der Täter wäre mit einer neuen Identität zurückgekehrt.«

»Ich weiß nicht. Warum sollen die Nutzer glauben, dass der Täter sich einen neuen Avatar zugelegt hat?«

»Hast du eine bessere Idee?« Gustav schien von Lenas Einwand wenig begeistert.

»Das ist nicht unwahrscheinlich«, schaltete sich Tim wieder

ein. »Der letzte Beitrag liegt einige Jahre zurück. Viele, die sich im Darknet tummeln, legen sich laufend neue Identitäten zu, vor allem aus Sorge, dass die Behörden und insbesondere die Geheimdienste ihren alten Account gehackt haben. Schließlich hat sich auch unter ihnen rumgesprochen, dass diese Stellen in den Foren mitlesen.«

»Wir sollten nicht weiter diskutieren und deinen Vorschlag sofort umsetzen. Uns läuft die Zeit davon.« Gustavs Blick war auf den Bildschirm gerichtet.

»Und wie kriegst du die Verdächtigen in deinen Thread? Die werden doch vermutlich eine ganze Zeit lang nicht mehr in dem Forum aktiv gewesen sein.«

»Ich weiß aufgrund der Logfiles im Forum, dass die beiden Verdächtigen sich noch regelmäßig auf der Seite einloggen. Sie posten auch in anderen Unterforen. Es ist nicht kompliziert, sie auf den neuen Thread aufmerksam zu machen. Sie müssen nur online sein.«

»Regelmäßig? Wo kann ich den Status sehen, ob sie online sind?«

»In der rechten oberen Ecke sieht man das. Es sind gerade vier Leute online. Unsere zwei sind dabei.«

»Echt?« Gustavs Augen weiteten sich. »Das heißt, das Arschloch ist zur Sekunde online gegangen?«

»Genau. Ich sagte ja, diese Freaks suchen den Kick. Sie loggen sich immer wieder ein und schauen in anderen Unterforen, womöglich lesen sie die Beiträge erneut durch und geilen sich an den Bildern und Videos auf.«

»Dass das keiner stoppen kann«, bemerkte Lena. »Ist mir ein Rätsel, wie diese schrecklichen Fotos und Videos so lange online sein können.«

»Willkommen in der rechtsfreien Hölle«, grollte Gustav.

»Sollen wir?«, fragte Tim.

»Na klar. Wir brauchen nur einen guten Plan, damit der Mistkerl aus der Deckung kommt«, antwortete Gustav.

»Ich hätte vielleicht eine Idee.«

»Dann schieß los.«

Lena fühlte sich gerade wie das fünfte Rad am Wagen, weil sie nicht selbst auf die Idee gekommen war und Gustav sie in seinem Eifer außen vor ließ.

Tim tippte etwas in den Computer:

Totgesagte leben länger. Ich bin zurück, meine Jünger.

»Damit habe ich einen Thread in dem Unterforum angelegt. Wir müssen nur abwarten und hoffen, dass die Avatare darauf anspringen, den Beitrag dort öffnen und antworten.«

»Sollen wir noch einen kleinen Text posten?«, fragte Gustav.

»Ich würde das nicht tun. Kurz abwarten, ob jemand darauf reagiert, dann können wir immer noch entscheiden.«

»Gut.« Gustav verzog das Gesicht vor Anspannung.

Lena war nicht weniger nervös, wie versteinert schaute sie auf den Bildschirm und hoffte, dass der Verdächtige antworten würde. Tims Plan wirkte schlüssig und ihr wurde wieder einmal klar, warum er weit über die Polizei Lübecks hinaus einen exzellenten Ruf genoss.

»Einer ist im Unterforum«, meldete Tim.

»Sehr gut.« Gustav sah zu Lena, die noch immer gebannt auf den Bildschirm starrte. »Lena, wir haben das hier im Blick. Denk doch mal mit! Ruf Jule an. Wir müssen den Täter aus allen Ecken attackieren.«

»Mach ich.« Lena stand auf, nahm ihr Handy und wählte Jules Nummer, dabei meldete sich das enttäuschende Gefühl, dass sie nicht mehr die Leitung der Ermittlungen innehatte und dass ihr Onkel ihr vermutlich nie so viel zutrauen würde wie Mads. Die Männer in der Familie Johannsen waren eben doch rückständige Machos. Abgesehen von ihrem Vater. Aber der war leider tot.

55

Er spürte ihn wieder. Diesen verdammten, schweren Mantel, den man über ihn geworfen hatte und der wie ein Blutegel seine Moral und seinen Lebenswillen aus ihm heraussaugte. Er war nur ein totes Stück Fleisch, das irgendwie noch atmete, denn sein Herz hatte man vor langer Zeit herausgerissen.

»Danke, Vater«, stöhnte er, dann presste er die Kiefer aufeinander und knirschte mit den Zähnen. »Danke, Vater, dass du mich so geliebt hast, dass ich unfähig bin, etwas zu fühlen.« Tränen liefen seine verkrampften Wangen herunter. »Wieso kann ich dich nicht aus meinem Kopf kriegen? Warum quälst du mich weiter, obwohl ich weiß, dass du ein seniler Greis geworden bist, der sich in die Hosen pisst und nicht mal seinen eigenen Namen kennt.« Er fuhr sich mit den Händen übers Gesicht.

»Warum hast du noch so viel Macht über mich?«

Er konnte keinen klaren Gedanken mehr fassen, sein Verstand spielte verrückt. Immer wieder stiegen Bilder vor seinem geistigen Auge auf. Bilder aus der Vergangenheit, aber auch aus der Gegenwart. Bilder, wie er sich das Leben eigentlich vorgestellt hatte, und Bilder, wie es tatsächlich war.

Er führte einen stummen, vergeblichen Kampf. Dann schlug er sich mit der Hand gegen die Stirn, um diese Bilder zu verjagen, doch sie ließen sich nicht verjagen, stattdessen wurden es immer mehr. So viele, dass er plötzlich laut aufschrie.

All seine Wut und seine Ängste schrie er heraus. Speichel flog aus seinem Mund, er atmete schwer und geräuschvoll, sein Brustkorb hob und senkte sich immer schneller.

»NEIN!«, brüllte er dann. Seine Nasenlöcher waren weit

geöffnet vom heftigen Atmen. »Nein, nein, nein«, wiederholte er laut und schlug mit der Faust auf seine Brust. »Du gewinnst nicht. Ich habe einen Plan davon, wie mein Leben aussehen soll. Ich habe einen Plan.«

Er musste sich sofort beruhigen. In diesem Zustand war er sich selbst keine Hilfe, vor allem, weil er keinen klaren Gedanken fassen konnte. Dabei war ein wacher Verstand in diesem Moment wichtiger denn je. Es standen Entscheidungen von zentraler Bedeutung an. Mühsam versuchte er, von der Couch aufzustehen, wo er bereits eine Weile gesessen hatte. Er wollte sich etwas Süßes holen. Zucker half ihm üblicherweise, sich zu beruhigen, diese wirren und beängstigenden Gedanken zu verdrängen.

In Momenten wie diesen glaubte er, dass er schwere Depressionen hatte, und, auch wenn er das nicht wahrhaben wollte, dringend professionelle Hilfe brauchte.

»Nein«, er schüttelte den Kopf. »Keine Quacksalber, die an deiner Psyche rumspielen und danach geht es dir nur schlechter. Keine Quacksalber mehr, nie mehr. Dir fehlt nichts. Du bist nur ein bisschen overloaded.«

Er beschloss, sich eine Weile hinzulegen, vielleicht würde ihm ein kurzes Schläfchen helfen, runterzukommen. Also legte er sich auf die Couch und zog die Tagesdecke über sich. Dann schloss er die Augen und hoffte, dass der Schlaf ihn wieder in normale Bahnen lenken würde und er, sobald er die Augen geöffnet hätte, zurück zur Tagesordnung kommen könnte. Schließlich gab es noch einiges zu tun.

Die Müdigkeit übermannte ihn und er schlief schnell ein.

Im Traum war er ein kleiner Junge, der draußen spielte. Plötzlich hörte er eine Stimme, die immer näher kam.

»Papa möchte mitspielen«, hörte er die Stimme sagen.

»Das ist kein Spiel für Erwachsene. Dieser Spielplatz gehört nur Kindern«, versucht er ihn zu verscheuchen. Doch sein Vater lachte

nur böse und kalt. Er sah ihn finster an, dann packte er ihn und zerrte ihn in die Wohnung.

»Du tust mir weh, Papa«, schrie er.

»Alleine spielen ist doch langweilig, mein Sohn.« Wieder ertönte das teuflische, kalte Lachen, dass sich einem die Nackenhaare sträubten.

Sein Vater zerrte ihn in den Keller, öffnete eine Tür und betrat mit ihm den Raum. Dann schloss er die Tür und zog den Gürtel aus der Hose.

Ein Schrei wurde laut. Der Schrei eines Kindes, das längst gestorben war.

Er schoss in die Höhe, die Augen weit geöffnet. Selbst im Schlaf war ihm keine Ruhe vergönnt. Seine Stirn war feucht vom kalten Schweiß.

An Schlaf war nicht mehr zu denken, da er befürchtete, eine Panikattacke zu bekommen, daher stand er von der Couch auf, eilte ins Bad und wusch sich das Gesicht.

»Du siegst nicht«, sagte er, als er sein Spiegelbild betrachtete. »Du siegst nicht, du alter, dementer Mann.«

Sein Spiegelbild veränderte sich. Aus seinem Gesicht wurde plötzlich das Gesicht seines Vaters, es beugte sich zu ihm vor. *»Du Idiot, wieso hast du kein Kind gezeugt? Dann könntest du jetzt in meine Fußstapfen treten.«*

»Ich bin ich«, entgegnete er der Fratze. »Ich weiß genau, was ich tue. Du hast keine Macht über mich.«

Keine Antwort. Das Gesicht verwandelte sich in sein Spiegelbild zurück. Ein gutes Zeichen, fand er.

Diese Attacken kannte er schon, sie dauerten manchmal wenige Minuten, manchmal hielten sie stundenlang an, und wenn es ganz schlimm lief, trug er diesen Zustand, den er als schweren Mantel empfand, tagelang mit sich.

Wie es schien, war für heute jedoch das Ärgste überwunden, die Schwermut wich. Er spritzte sich erneut kaltes Wasser ins Gesicht, um den Schwung mitzunehmen und die letzten grauen Wolken aus seinen Gedanken zu vertreiben.

Es half. Aber wie lange würde das anhalten? Bis zur nächsten Attacke war es ein kurzer Weg. Doch damit wollte er sich jetzt nicht auseinandersetzen, denn das hätte bedeutet, dass er eben doch professionelle Hilfe in Anspruch nehmen müsste, weil er es allein niemals schaffen würde, der dunklen Gedanken Herr zu werden.

»Ich bin mein eigener Herr, ich alleine. Niemals wieder lasse ich mich von einem Quacksalber manipulieren. Mir geht es doch gut, verdammt! Ich darf endlich meinen Traum leben, das lasse ich mir von diesen dummen Erinnerungen nicht kaputt machen, sie haben nichts mehr mit meinem aktuellen Leben zu tun.«

Tief in seinem Unterbewusstsein war ihm klar, wie sehr er sich irrte, aber diese Einsicht ließ er nicht an sich heran.

»Mir geht es gut. Schon bald werde ich Jule in Gewahrsam haben und dann werde ich die Spielregeln ein wenig verändern. Zu meinen Gunsten. Nur zuschauen, wie sie verhungern oder verdursten, ist mir zu wenig. Ich bin nicht Thilo. Ich bin ich und ich muss meinen Weg gehen.«

Die Idee, Frauen zu entführen und dabei zuzuschauen, wie sie ohne Wasser und Nahrung vor sich hin litten, war nicht seine gewesen. Er hatte sie im Darknet aufgeschnappt, von seinem großen Vorbild Thilo H., dessen wahre Identität nach seiner Verhaftung publik geworden war. Die Medien hatten jede Menge Fotos von den Opfern veröffentlicht, daher war es für ihn ein Leichtes gewesen, die Verbindung zu Thilo herzustellen, denn auch im Darknetforum gab es haufenweise Fotos von den Opfern. Bis dahin hatte er ihn nur unter seinem Darknetpseudonym »Skorpion04« gekannt. Vor einigen Jahren war er zufällig auf ihn gestoßen, als er sich in einem anderen Forum, wo Gewaltfantasien ausgetauscht wurden, herumgetrieben hatte.

Thilo war anders. Er schrieb mit einer Bestimmtheit und Stärke, dass man keine andere Wahl hatte, als ihm an den Lippen zu kleben. Er war die pure Männlichkeit. Die Bilder und Videos, die er im Darknetforum gepostet hatte, hatten ihn sofort in den Bann gezogen. Zu sehen, wie die Frauen litten, war für ihn besser als jeder Orgasmus, den er beim Anschauen von Pornos gehabt hatte.

Endlich hatte er seine Bestimmung gefunden und jede Zeile seines Meisters in sich aufgesogen. Allmählich war dabei der Wunsch gewachsen, selbst wie der Meister zu werden. Nur hatte ihm bisher der Mut gefehlt, er war nicht so selbstbewusst gewesen wie er. Wie auch, wenn man einen Vater hatte, der einem die Seele und das Leben geraubt hatte. All das war dem Meister nicht widerfahren, daher konnte er aus seiner inneren Stärke heraus handeln.

Doch eines Tages waren keine Beiträge von Skorpion04 mehr erschienen, was ihn verwunderte. Dann erfuhr er den Grund: Man hatte ihn verhaftet. Diese kleinkarierte Gesellschaft hatte nicht verstanden, welch großen Dienst er der Gemeinschaft erwiesen hatte.

Da hatte er den Entschluss gefasst, seinem Meister ein Denkmal zu setzen und selbst Frauen zu entführen.

»Nicht nur deswegen«, ermahnte er sich, bei der Wahrheit zu bleiben. »Auch weil du gehofft hast, dieses überwältigende Gefühl von Macht zu haben, den Platz des Meisters einnehmen zu können.«

Er war sein Leben lang ein Außenseiter gewesen und das nicht, weil er dumm war, sondern introvertiert, weil er Angst vor dem Leben gehabt hatte. Daran war wieder einmal sein Vater schuld. Nur seinetwegen wachte er mehrmals die Nacht auf, gequält von Albträumen, aber nun war es an der Zeit, dass es andersherum ging. Dass er andere quälte, ein Mal im Leben Vergnügen hatte und fühlte, was es bedeutete, Macht zu haben.

Jetzt allerdings musste er einsehen, dass er nicht wie Thilo war. Ja, es machte ihm große Freude, Menschen zu quälen, unglaubliche sogar, und es erregte ihn, zuzusehen, wie Emma Hunger und Durst litt, immer schwächer wurde und um ihr Leben bettelte. Es war verdammt geil, dennoch gab es diese andere Seite in ihm, die jemandem körperlichen Schmerz zufügen wollte. Sein Meister hatte immer davor gewarnt, weil dann das Kunstobjekt verunstaltet wäre. Es sei enorm wichtig, dass die Kunstobjekte oder Probanden, wie er sie nannte, unversehrt verreckten, hatte er geschrieben.

»Dann bin ich wohl nicht wie mein Meister, Emma ist der beste Beweis«, sagte er zu sich. »Vielleicht ist das auch okay. Vielleicht bin ich ein Upgrade vom Meister? Die Kunstobjekte könnten doch doppelt leiden, oder?« Er schob seine Faust unters Kinn, er mochte diese Denkerpose. »Du musst deinen eigenen Weg gehen.«

Inzwischen war er wieder auf Betriebstemperatur, die Depressionen und die Schwermut hatten endlich von ihm gelassen.

»Geht doch auch ohne Tabletten«, stellte er zufrieden fest.

Er schaute auf Jules Instagramprofil, ob sie etwas Interessantes gepostet hatte.

Hatte sie nicht, sie war ja bei der Arbeit.

»Heute Abend sehen wir uns wieder, Proband 2.« Er kicherte in sich hinein.

Da er noch reichlich Zeit hatte, beschloss er, sich ein wenig im Darknet zu tummeln. Darauf, sich langweilige Pornos anzusehen, um seinen primitiven steinzeitlichen Neigungen nachzugeben, hatte er keine Lust. Sein Verstand bestimmte über ihn, und wenn es nach ihm ginge, würde das für immer so bleiben. Leider wusste er, dass er morgen, wenn nicht schon heute Abend wieder geil werden und an sich spielen würde. Er konnte gar nicht in Worte fassen, wie sehr er diesen schwachen Teil in sich hasste.

Über den Torbrowser gelangte er ins Darknet und steuerte dort die üblichen Foren an. Da sah er, dass jemand einen neuen Beitrag in seinem Lieblingsforum, wo auch der Meister beteiligt gewesen war, gepostet hatte.

»Kann das sein?« Es war ein neuer Thread.

Er las die Überschrift:

Totgesagte leben länger. Ich bin zurück, meine Jünger.

Konnte das wirklich sein? War sein Meister von den Toten auferstanden? Oder war er etwa nie im Gefängnis gewesen? Die Medien hatten darüber berichtet, allerdings hatte er nie ernsthaft daran geglaubt, weil der Täter bis zum Ende seine Unschuld beteuert hatte. Die Person, die man verhaftet hatte, sah auch überhaupt nicht so aus, wie er sich Thilo vorgestellt hatte. Die Person war klein, dicklich und hatte eine Halbglatze. So sah ja wohl kein Genie aus.

Er öffnete den Beitrag. Bis auf die Überschrift gab es keine weiteren Einträge. Doch, da schrieb jemand.

Willkommen zurück, Meister. Ich habe nie daran gezweifelt, dass die Drecksbullen dich nicht geschnappt haben. Womit willst du uns als Nächstes begeistern?

Er war hin- und hergerissen. Sollte er dem Meister auch schreiben oder zunächst abwarten? Was, wenn es nur ein Trittbrettfahrer war, der sich mit dem Ruhm von Skorpion04 schmücken wollte? Die Follower kannten ja inzwischen seine wahre Identität, wegen der Verhaftung.

»Moment, die Polizei hat einen Thilo H. verhaftet, aber wenn der wahre Skorpion04 noch auf freiem Fuß ist, weiß niemand von seiner eigentlichen Identität, auch wir, seine Jünger nicht. Daher kann er bedenkenlos damit prahlen, dass er zurück ist.«

Nun war er noch unsicherer, denn es gab da eine zweite Option: die Bullen!

Rasch wischte er diesen Gedanken weg. Die Polizei konnte das unmöglich sein, sie hatte keine Macht im Darknet.

Sollte er dem Meister also antworten?

Er war unschlüssig.

Während er darüber nachdachte, meldete sich ein anderer Gedanke. Warum postete er selbst seine Taten nicht im Darknet?

Er schüttelte den Kopf. Die Antwort darauf war einfach: Er blieb gerne im Hintergrund, die graue Eminenz. Die hatte nämlich die eigentliche Macht. Ihn dürstete es nicht nach Aufmerksamkeit, er wollte unbekannt bleiben und seine Taten für sich allein haben, um sie zu genießen.

»Oder du hast einfach nie daran gedacht«, murmelte er.

Nein, das war absurd, er war schließlich regelmäßig im Darknet unterwegs. Die Wahrheit war, dass er auch in der digitalen Welt jemand sein wollte, den man nicht beachtete. So hatte er die maximale Sicherheit.

Der Meister schrieb:

Vier Jahre sind eine lange Zeit, um einen guten Plan zu formen. Bald werdet ihr erfahren, warum ich größer bin als die Polizei und welches neue Kunstwerk ich plane. Was ist mit euch? Ich hoffe, ihr habt die Zeit clever genutzt und eurem wahren Verlangen nachgegeben.

Er schüttelte den Kopf. Das konnte unmöglich der Meister sein. Er war allein von sich selbst überzeugt, seine Anhänger interessierten ihn einen Dreck. Das Einzige, was ihn bewegte, waren seine Taten und dass man ihn dafür bewunderte.

»Das ist ein Nachahmer, das ist niemals der Meister«, sagte er zu sich.

Und was, wenn doch? Vier Jahre waren wirklich eine sehr lange Zeit. Vielleicht wollte er prüfen, ob seine Anhänger ihm würdig waren und seine Arbeit fortgeführt hatten.

»Wenn das so ist, muss ich dann nicht aus dem Schatten springen und allen offenbaren, dass ich ihn würdig vertreten habe?«

Er war unentschlossen, doch seine Hände schwebten bereits über der Tastatur, um etwas zu tippen.

56

Jule hatte dichtgehalten!

Mads hatte sich schon ein wenig Sorgen gemacht, dass sie seiner Schwester von seinem Plan erzählt haben könnte, denn vor einigen Stunden hatte Jule ihn angerufen und berichtet, dass Lena ihre Zugangsdaten für Instagram benötige, um zu überprüfen, ob der Täter ihr nachstellte. Sie hatte Lena die Daten gegeben mit der Bitte, sehr sorgsam damit umzugehen und nicht alle Nachrichten zu lesen.

So war Jule. Sie war immer hilfsbereit und sie petzte nicht, das rechnete Mads ihr hoch an.

Vor zwei Stunden hatte seine Schwester ihn dann angerufen und ihm von dem Treffen mit Tim erzählt.

»Der Täter hat nicht angebissen«, hatte sie am Ende resigniert zusammengefasst.

»Bleibt dran, das Darknet könnte der Schlüssel sein. Wir fassen das Schwein. Sobald du irgendwohin fährst, melde dich bei mir. Ich begleite dich.«

»Mach ich«, hatte sie wenig optimistisch geantwortet. »Wollen wir heute Abend zusammen einen Film schauen bei Oma?«

»Würde ich sehr gerne, aber ich bin verabredet.«

»Mit wem denn?«

»Kennst du nicht.«

»Blond oder dunkelhaarig?«

»Dunkelhaarig.«

»Wann findest du was fürs Herz?«

Darauf hatte er nur geschmunzelt und das Gespräch beendet.

Er wollte seinen Plan allein durchziehen, und wenn alles so lief, wie er glaubte, würde der Täter heute Nacht sein Glück versuchen.

Wenn nicht, würde Mads auch die nächsten Tage alles in seinen Plan investieren, denn sollte er mit seiner Schlussfolgerung richtig liegen, hatte der Täter keine andere Wahl, als Jule zu entführen. Sie war das eigentliche Ziel gewesen, Emma hatte nur Pech gehabt.

Seine Gedanken wanderten zu Emma. Wie es ihr wohl gerade ging und welche schlimmen Dinge der Psychopath ihr angetan hatte?

Mads wurde wütend. Er wollte sich gar nicht ausmalen, was er tun würde, wenn Emma tot wäre.

Sein Blick wanderte zu seiner iWatch. Die Zeit wollte einfach nicht vergehen. Er hatte sich die Umgebung bereits genauestens angeschaut, war seinen Plan mehrmals durchgegangen und hatte mögliche Schwachstellen überprüft, um jedes Risiko auszuschließen.

Mads wollte nichts dem Zufall überlassen. Nur eine Sache konnte er nicht kontrollieren: ob der Täter tatsächlich an diesem Abend zuschlagen würde.

Mittlerweile saß er wieder auf dem Balkon seines kleinen Apartments und gönnte sich ein Pils.

Vor einigen Monaten hatte er ein paar Wochen in einem Bootcamp in Köln verbracht, dort hatte man bevorzugt Kölsch getrunken. Ein furchtbares Gebräu für seinen Geschmack. Er konnte nicht verstehen, wie man so ein Seifenwasser trinken konnte, aber die Kölner waren aus einem unerfindlichen Grund stolz darauf.

»So muss ein Bier schmecken«, sagte er und gönnte sich einen weiteren Schluck.

Ein Schatten legte sich über seine Gedanken. Da saß er hier auf seinem Balkon, ein kühles Bier in der Hand, während Emma vermutlich in einem dunklen, kalten Raum gefangen gehalten wurde und der Sadist wer weiß was mit ihr anstellte. Das Leben konnte ein verdammtes Arschloch sein.

Er kannte das Gefühl der Hilflosigkeit als Entführungsopfer, denn vor einiger Zeit war ihm das Gleiche widerfahren. Bei einem Einsatz war er entführt und wochenlang gefangen gehalten und gefoltert worden. Bis heute quälten ihn die Erinnerungen daran, doch er war für solche Zwischenfälle ausgebildet und wusste, dass so etwas passieren konnte. Aber Emma? Sie hatte nur einen schönen Urlaub mit ihrem Freund an einem friedlichen Ort wie Niendorf verbringen wollen, wo selbst die Hunde um Erlaubnis fragten, ob sie bellen durften, um die Nachtruhe nicht zu stören.

Das Leben steckte eben voller Überraschungen und manche davon waren unvorstellbar schrecklich. Erst hatte Emma ihren Freund verloren und jetzt kämpfte sie selbst ums Überleben.

»Wenn sie noch lebt.« Mads atmete tief durch die Nase ein. »Sie lebt, sie ist taff.«

Obwohl er sie kaum kannte, war da dieses Gefühl, dass er sich nicht erklären konnte, das Gefühl, als würde er sie schon lange kennen. Es war eine Art Vertrautheit.

An sich glaubte er nicht an so ein Zeug, aber Emma hatte etwas in ihm geweckt, was noch keine Frau zuvor geschafft hatte. Ob das nur ein Beschützerinstinkt war, konnte Mads nicht einschätzen. Am Ende war das auch egal, es ging nur darum, sie aus den Fängen des Sadisten zu befreien.

Mads schaute auf die Uhr, es waren gerade einmal zehn Minuten vergangen. Er hasste es, zu warten, dabei war er es gewohnt. Bei seinen Einsätzen musste er manchmal Stunden warten, bevor das Ziel, das sie ausschalten sollten, sich bewegte. Aber das hier war anders. Seine Ungeduld war viel größer als bei seinen Einsätzen, denn hier ging es um einen Menschen, zu dem er einen persönlichen Bezug hatte, und jede Minute, die er untätig hier herumsaß, war eine Minute, die Emma nicht hatte. Bei seinen Einsätzen mit der Spezialtruppe dagegen schaltete er Terroristen aus, da war das Warten ohne Bedeutung.

Mads stand auf, ging in die Wohnung, zog sich an, packte seine Waffe und ein paar andere Dinge, die er für den Einsatz benötigte, in einen Rucksack und beschloss, sich die Beine zu vertreten. Das Wetter war zu schön, um auf dem Balkon zu warten. Sobald Jule unterwegs wäre, würde er sich an ihre Fersen heften, aber bis dahin war noch Zeit.

Nach einigen Minuten war er am Hafen, und somit auch nicht weit entfernt von Jule. Ein Blick auf seine iWatch sagte ihm, dass sie noch immer auf der Terrasse war. Die Koordinaten von Jules Handy wurden automatisch an seine iWatch übermittelt und die gab einen Ton, sollte sich ihr Standort ändern.

»Moin, Mads, wohin des Weges?«, sprach Oli ihn an, er saß auf einer Bank gegenüber von seinem Imbiss.

»Nur ein wenig die Beine vertreten.«

»Das ist eine gute Idee. Darf ich dich was fragen?«

»Klar, schieß los.« Mads hoffte nicht, dass Oli in dieselbe Kerbe wie sein Onkel schlagen und ihn löchern würde, warum er nicht in Gustavs Team beim K-11 einsteige. Oli und Gustav waren schließlich Freunde.

»Was habt ihr euch mit Jörn gedacht?«

»Wie meinst du das?«

»Na, diesen armen Jungen zu verhaften. Seid ihr so verzweifelt?«

»Ich war in seine Verhaftung nicht involviert und mein Onkel auch nicht, soviel ich von meiner Schwester weiß. Das ging alles vom Innenministerium und der Direktion in Lübeck aus. Aber nagel mich nicht fest.«

»Ich kann darüber nur den Kopf schütteln. Der Junge ist harmlos. Der hat doch viel zu viel Angst, als dass er jemandem eiskalt die Kehle durchschneiden, geschweige denn jemanden entführen könnte.«

»Wenn er unschuldig ist, muss er sich keine Sorgen machen.«

»Das ist jetzt ein Scherz, oder? Wie oft hört man, dass Unschuldige im Knast landen, weil die Justiz und der Staatsanwalt der Öffentlichkeit einen Schuldigen präsentieren wollen.«

»Du solltest damit lieber zu Gustav gehen, ich als Zivilist bin der falsche Ansprechpartner.«

»Du hast recht, mein Junge. Aber mich regt das Ganze furchtbar auf.«

»Kann ich gut verstehen.«

»Er hat doch niemanden. Seine Eltern sind vor zwei Jahren bei einem Autounfall ums Leben gekommen.«

Mads nickte nur. Er rechnete es Oli hoch an, dass er über so viel Gerechtigkeitssinn verfügte.

»Ich geh mal weiter.«

»Mach das. Und wir halten Ohren und Augen offen, vielleicht kriegen wir was mit, was euch helfen kann.«

»Wir? Wo ist Ali denn?«

»Wo wohl, auf dem Klo.« Oli lachte. »Das kann bei dem immer dauern.«

Mads nickte grinsend, dann verabschiedete er sich ein weiteres Mal und ging am Hafen entlang.

Noch immer gab die iWatch kein Signal, dass sich Jule von ihrer Location entfernt hatte, aber sie hatte auch noch eine Weile zu arbeiten. Dass sie früher Feierabend machen würde, glaubte er nicht.

Dennoch stieg die Anspannung mit jeder Minute, die Jules Feierabend näher rückte, weil er nicht einschätzen konnte, ob der Täter tatsächlich auftauchen würde oder ob er sich mit Emma als Opfer zufriedengeben würde.

Er erreichte das *Ahoi Kaffee*, bestellte sich einen Latte macchiato und ging weiter bis zum Strand und bis ans Wasser. Den Kaffeebecher in der Hand, schaute er in die Weite.

Die Wellen waren ruhig, sie untermalten die friedliche

Stimmung durch ein leises, beruhigendes Rauschen. Ein Segelboot tauchte am Horizont auf, es fuhr Richtung Travemünde. Wie gerne wäre Mads jetzt auf diesem Boot gewesen. Einfach dem Alltag Lebewohl sagen. Nur er und das Meer.

Einen Bootsführerschein hatte er zwar, aber dem Leben hier an Land für immer den Rücken zu kehren, hatte er nicht vermocht, auch wenn er kurz nach dem Tod seines Vaters mit diesem Gedanken gespielt hatte. Nur die Liebe zu seiner Mutter, seiner Schwester und seiner Großmutter hatten ihn daran gehindert. Stattdessen hatte er bei der Bundeswehr angeheuert, die ihn in die Spezialeinheit gesteckt hatte, weil man seine Fähigkeiten bei der normalen Truppe nicht verschwenden wollte.

Er ging weiter den Strand entlang und gab sich seinen Gedanken hin, dabei vergaß er für einen Augenblick Emma, die Entführung und Jule. Nur er, der Sand unter den Füßen, das leise Wellenrauschen und die Unendlichkeit der See.

Ein wunderbares Gefühl und ein unbezahlbarer Moment, weil es viel zu wenige davon in seinem Leben gab.

Ein Ton holte ihn aus seinen Gedanken. Er schaute auf seine Uhr.

War es endlich so weit?

57

Das Risiko war ihm zu groß gewesen. Er hatte dem neuen Avatar von Skorpion04 nicht geantwortet. Möglicherweise war der Meister zurück, möglicherweise war es aber auch eine Person, die sich in seinem Ruhm sonnen wollte. Der Schreibstil war dem seines Meisters ähnlich, allerdings war er nicht genau wie der des Meisters. Er war etwas softer. Der Meister hatte nur an sich gedacht, dieser hier jedoch schien Interesse an der Meinung seiner Fans zu haben.

»Wenn er es doch ist, kann ich ihm auch später noch huldigen. Ich warte besser die nächsten Beiträge ab. Vor allem, ob er Bilder und Videos hochlädt.«

So würde er kein Risiko eingehen, das war ihm lieber. Er war ein Mann, der Risiken scheute, auch wenn er wusste, dass er nirgends sicherer war als im Darknet. Aber er wollte nicht enttäuscht werden, wenn sich herausstellte, dass er einem Trittbrettfahrer auf den Leim gegangen war.

Dass sich verdeckte Ermittler einen Spaß erlaubten, wollte er nicht glauben. Warum sollten sie das tun? Die letzte Entführung lag mehr als vier Jahre zurück. Warum sollten verdeckte Ermittler sich für so einen alten Fall interessieren?

»Und angenommen, er ist es doch? Er wird enttäuscht sein, dass du ihm nicht geantwortet hast, du warst immerhin einer seiner Lieblinge unter den Fans. Stell dir vor, du würdest Bilder von deinem Versteck und von Emma hochladen, wie viel Eindruck würdest du da bei ihm hinterlassen?«

Er schüttelte den Kopf. »Warum redest du so? Du bist doch gar nicht geltungssüchtig, du möchtest nicht im Rampenlicht stehen. Du magst es, ein Niemand zu sein.«

Die Sorge, dass er wieder einen seiner Anfälle bekäme und Panik sich in ihm breitmachen könnte, weil er mit der Situation überfordert war, stieg in ihm auf. Dabei brauchte er seinen Verstand jetzt dringend, schließlich wollte er heute Jule nach Hause holen.

Es war ja ein Zimmer frei geworden.

Er griff nach seinem Handy, Ablenkung war immer das Beste, wenn er fürchtete, in ein mentales Loch zu fallen. Ablenkung war der Trick, der manchmal funktionierte.

Er öffnete Jules Profil. Sie hatte nichts gepostet, was bedeutete, dass sie noch arbeitete. In einer guten Stunde würde ihre Schicht enden.

Eine gute Stunde, in der er seine Vorbereitungen treffen und sich positionieren konnte, um sie abzufangen. Sie wohnte nicht allzu weit weg von ihrer Arbeitsstelle und meistens ging sie zu Fuß, so wohl auch heute, das hatte sie zumindest in ihrer Story bereits gepostet.

Er zog sich an, da er bis jetzt nur in Unterwäsche zu Hause gewesen war, nahm seinen Rucksack, packte einige Sachen hinein, warf einen erneuten Blick auf seine Uhr und beschloss, endlich loszufahren. Er wollte kein Risiko eingehen, die restliche Zeit würde er auch in seinem Wagen warten können.

In kurzer Distanz zu dem Ort, wo sich alles abspielen sollte, parkte er und schritt die Umgebung noch einmal ab. Er konnte nirgends etwas Verdächtiges entdecken.

»Perfekt.«

Es war ein schmaler Fußgängerweg, der direkt zu dem Haus, in dem Jule wohnte, führte. Rechts und links standen hohe Büsche, somit war der Weg schwer einsehbar. Er würde sich hinter einem Busch verstecken, und wenn sie an ihm vorbeiginge, würde er sie überraschen und überwältigen. Das Betäubungsmittel hatte er dabei, diesmal würde er es nicht verlieren. Er hatte sogar kurz mit dem Gedanken gespielt, es ihr zu injizieren, aber im Internet hatte er widersprüchliche Angaben über die Wirksamkeit gefunden, daher musste die herkömmliche Methode ausreichen.

Eigentlich konnte also nichts schiefgehen.

Eigentlich!

Denn genau das hatte er bei Anika auch gedacht und es war gründlich danebengegangen.

»Bei Emma aber nicht.« Sofort korrigierte er sich. »Doch, sie war ja nicht das Ziel. Jule war das Ziel. Emma war pures Glück.«

Er ging zurück zu seinem Auto und setzte sich hinein.

»Nein, nein, diesmal geht nichts schief. Am Ende zählt doch, dass ich Emma entführen konnte, sie stand eh auf meiner Liste. Ich lasse mir meine Erfolge nicht schlechtreden. Jule wird die Krönung, und dann entscheide ich, ob ich dem Meister davon erzähle.«

Er spürte, wie wieder wirre Gedanken seinen Kopf erfüllten, diese vielen Stimmen, als würden mehrere gegensätzliche Persönlichkeiten in ihm wohnen.

Er nahm sein Handy und schaute auf Jules Instagramprofil. Sie war noch immer auf der Arbeit, da sie nichts postete.

Dass sie eventuell früher Feierabend hatte und bereits zu Hause war, schloss er aus. Es würde ihr auch nicht ähnlich sehen, ohne eine Story zu posten nach Hause zu gehen. Dennoch machte dieser Gedanke ihn nervös, denn das käme einem Super-GAU gleich. Sie aus ihrer Wohnung zu entführen, war viel zu gefährlich. So viel Mut hatte er nicht, dieses Risiko wollte er nicht eingehen.

»Entspann dich, sie ist auf Arbeit«, ermahnte er sich, nicht die Nerven zu verlieren. »Noch dreißig Minuten.« Er schloss die Augen und versuchte, ruhig zu atmen, seinen Puls zu kontrollieren, damit diese Stimmen, die Dämonen der Vergangenheit und seine Angst von ihm abließen und er nicht in das Loch fiele, was die Entführung unmöglich machen würde.

»Bei Jule wird alles anders. Es wird so sein, wie ich es von

Anfang an hätte tun sollen. Sie wird mein Kunstwerk und keine Kopie von Skorpion04. Endlich habe ich es verstanden. Ich bin ich.«

Zufrieden nickte er und schaute in den Rückspiegel. Seine Augen waren schmal, sein Gesicht etwas aufgedunsen und er sah blasser aus als sonst, aber ansonsten war er mit sich im Reinen. Die Atemtechnik hatte geholfen. Oder die Vorfreude auf sein neues Vorhaben.

Egal, Hauptsache, die bösen Geister waren weg und er konnte sich auf seinen Plan konzentrieren.

Jules Profil auf seinem Handy war offen, er wollte keine Story verpassen.

Endlich postete sie, dass sie Feierabend hatte. Sein Herzschlag erhöhte sich und er wurde deutlich nervöser, freudig erregt. Ein gutes Zeichen, dass sein Verstand wieder die Kontrolle über seinen Körper hatte und nicht die Dämonen der Vergangenheit.

Er wusste ungefähr, wie lange sie brauchen würde, um von der Arbeit aus bis zu dem schmalen Fußweg zu gehen. Demnach blieben ihm noch einige Minuten, er musste sich nicht jetzt schon hinter den Busch zwängen. Das Gefühl, so eingeengt zu sein, war nicht schön, das hatte er gemerkt, als er das Versteck vorhin ausprobiert hatte. Immerhin hatte ihn niemand dort bemerkt, es waren allerdings auch nur drei Passanten in der einen Stunde an ihm vorbeigegangen. Eine Stunde, die ihm viel abverlangt hatte. Er hasste Enge.

Wenigstens hatte er dadurch die Sicherheit gewonnen, dass kaum jemand diesen Weg entlang ging, vor allem nicht gegen Abend.

Er setzte ein künstliches Lächeln auf, atmete einmal tief durch und sprach dann in den Rückspiegel: »Die Spiele können nen beginnen.«

58

»Schlaf gut, mein Kind. Schön, dass du da warst.« Jutta hatte Lena zur Tür begleitet.

»Danke, Oma, du auch.« Lena gab ihr einen Kuss auf die Wange, was diese erwiderte.

»Du bist der Kleber dieser Familie, vergiss das nicht. Dein Bruder und dein Onkel sind Hitzköpfe, auch wenn sie sich tief im Herzen lieben, lassen sie sich viel zu sehr von ihren Emotionen lenken. Aber du nicht. Du bist so vernünftig wie dein Vater.«

»Ich versuche es.« Lena presste die Lippen zusammen und verließ die Wohnung ihrer Oma.

Der Gedanke an ihren Vater schmerzte noch immer, vielleicht weil sie seit jeher ein Papakind gewesen war, die kleine Prinzessin. Selbst ihr strenger Onkel hatte ihr viel mehr durchgehen lassen als Mads.

So gesehen waren sie und Mads nicht nur von ihren Eltern, sondern auch von ihrem Onkel erzogen worden, und Lena hatte, im Gegensatz zu ihrem Bruder, nie das Gefühl gehabt, dass ihr Onkel zu streng gewesen wäre. Gustav war eher derjenige, der ihnen gezeigt hatte, dass die Welt nicht immer rosig war, dass man achtsam sein musste, während ihr Vater ein Träumer gewesen war, der ihnen vermittelt hatte, dass die Welt voller Möglichkeiten war.

Trotz dieser Unterschiede konnte sie sich nicht daran erinnern, dass ihr Onkel und ihr Vater je gestritten hätten. Vielleicht lag es auch daran, dass ihr Vater so nachsichtig gewesen war und keinen Streit ertragen hatte. Sie wusste es nicht.

Nur eines wusste sie: dass sie ihn unendlich vermisste.

Sie kam an dem Apartment von Mads vorbei und überlegte kurz, ob sie sein Date crashen und klingeln sollte, beließ es aber bei dem Gedanken.

»Du wirst dich nie ändern, Bruder, und irgendwie will ich das auch nicht.«

Ihr Handy klingelte.

»Moin, Jule, was gibt es?« Sie war überrascht, dass Jule um diese Zeit anrief.

»Moin, Lena.«

»Rufst du wegen deines Instagramprofils an?«

»Das auch. Habt ihr was rausgefunden?«

Lena überlegte, ob sie ihr reinen Wein einschenken sollte. Ihr Onkel wollte das nicht. Sie hatten vereinbart, morgen früh über die nächsten Schritte zu beraten. Gustav hatte bereits den Staatsanwalt kontaktiert, um Jule Personenschutz zu gewähren. Ob das nötig sein würde, war noch nicht klar, aber den Staatsanwalt einzuweihen, war absolut richtig. Schließlich hatte der Täter nicht auf ihre kleine Falle im Darknet reagiert.

»Wir sind noch dabei, morgen kann ich dir mehr dazu sagen. Was hast du außerdem auf dem Herzen?«

»Sei bitte ehrlich, folgt mir dieser Wahnsinnige?« Jules Stimme klang nicht mehr nur besorgt, sondern beinahe panisch.

»Wir wissen es nicht, aber sollten wir davon ausgehen, stellen wir dir einen Personenschutz zur Seite. Vielleicht wäre es klug, wenn du für ein, zwei Wochen zu deinem Bruder nach München fährst und das nicht postest.«

»Also hat Mads doch recht.«

»Mads?«

»Dein Bruder hat mir erzählt, dass ich in Gefahr wäre. Er möchte dem Täter eine Falle stellen. Keine Ahnung, warum ich darauf eingegangen bin, aber – ich habe mich überreden lassen, mitzumachen, und jetzt ist mir gar nicht mehr wohl bei der Sache.«

»Was für eine Sache?«

»Er möchte mich als Köder benutzen. Ich soll nicht nach Hause, sondern Richtung Brodtener Steilufer gehen in der Hoffnung, dass der Täter sich meine Storys anschaut und mir folgt.«

»Spinnt der!«, platzte Lena heraus. »Du gehst jetzt nach Hause. Ich komme in zwanzig Minuten zu dir und dann reden wir in Ruhe.«

»Was ist mit Mads?«

Lena hörte heraus, dass Jule sich nicht traute, Mads Bescheid zu sagen. Was ihr Bruder sich bei dieser wahnsinnigen Aktion gedacht hatte, war ihr ein Rätsel. Er hatte Jules Gefühle eiskalt für seinen dummen Plan ausgenutzt, denn dass sie noch auf ihn stand, wurde ihr in diesem Moment wieder sehr deutlich. Wie Frauen für einen Kerl ihr Leben aufs Spiel setzen konnten, war ihr unbegreiflich, auch wenn dieser Kerl ihr Bruder war. Aber noch unbegreiflicher war ihr, dass Mads so skrupellos war und sie nicht eingeweiht hatte. Gustav würde platzen vor Wut und ihn in der Luft zerreißen, wenn er von dieser dummen Idee erführe.

»Mach dir um den Idioten keine Sorgen. Ich kümmere mich darum.«

»Nicht, dass er enttäuscht ist …«

»Jule, vergiss Mads. Ich kümmere mich darum. Du gehst jetzt nach Hause. Ist das klar?«

»Okay.«

»*Moin, Jule*«, hörte Lena jemanden im Hintergrund bei Jule sagen. Eine weibliche Stimme.

»Gut, wir sehen uns gleich bei dir«, sagte Lena.

»Alles klar«, sagte Jule, es trat kurz Stille ein. »*Sag mal, fährst du nach Hause?*«, sagte sie dann – vermutlich zu der Person im Hintergrund.

»*Ja, soll ich dich mitnehmen?*«, fragte die weibliche Stimme.

»*Gerne, das wäre sehr lieb.*«

Erst jetzt legte Jule auf. Dass jemand sie nach Hause fuhr, war Lena nur recht, auch wenn sie nicht glaubte, dass Jule auf dem Rückweg Gefahr drohte. Es war ja nicht einmal sicher, ob sie überhaupt in Gefahr war.

»Von wegen Date, dieser Idiot«, sagte Lena verärgert und rief ihren Bruder an.

»Moin, Schwesterherz, ist was?« Mads klang besorgt, vermutlich hatte er nicht mit ihrem Anruf gerechnet.

»Wollte nur mal fragen, wie dein Date läuft«, blieb sie zunächst freundlich. »Bin gerade an deinem Apartment vorbei.«

»Ich …« Mads hielt inne, dann sagte er: »Ich bin alleine. Du rufst doch nicht wegen meines Dates an.«

War ihre Stimme so verräterisch oder hatte Mads ins Blaue hinein geraten?

»Da hast du recht. Ich wollte mit dir über Jule sprechen.«

»Was ist mit ihr?«

»Was mit ihr ist? Das solltest du doch besser wissen.«

»Keine Ahnung, woher soll ich das wissen?«

»Dann will ich dir auf die Sprünge helfen. Du wolltest sie als Köder benutzen.«

»Hat sie gepetzt?« Noch immer wirkte Mads' Stimme ruhig, als hätte er nichts Verwerfliches getan.

»Verdammt, Mads, das hier ist kein Spaß. Du spielst mit ihren Gefühlen, für einen sehr gefährlichen Plan. Warum hast du mich und Gustav nicht eingeweiht?«

»Weil ihr nicht zugestimmt hättet. Ich habe alles unter Kontrolle. Heute könnten wir diesen Mistkerl schnappen.«

»Und wenn er heute nicht auftaucht?«

»Dann morgen.«

»Du allein willst das also auf eigene Faust durchziehen?« Lena drohte zu platzen. Dass ihr Bruder so gar keine Einsicht zeigte, machte sie rasend. Glaubte er wirklich, dass er den Täter allein würde überwältigen können? Das hier war nicht Afghanistan. Hier war die Polizei für Verhaftungen verantwortlich und kein Zivilist mit einer Spezialausbildung der Bundeswehr.

»Ja, ich alleine. Ihr müsst euch doch an tausend Regeln halten. Während wir hier einen unsinnigen Streit haben, kämpft Emma um ihr Leben.«

»Du hast nichts verstanden. Gar nichts. Sei froh, dass ich Gustav nichts von deinem dämlichen Plan erzähle. Ich fahre jetzt zu Jule und du bist raus aus den Ermittlungen. Wenn du das nicht akzeptierst, erfährt Gustav, was für eine Scheiße du vorhattest.«

* * *

Mads ärgerte sich. Der Schwachpunkt in seinem Plan war nicht der Täter gewesen, sondern Jule. Sie hatte kalte Füße bekommen und dann ausgerechnet Lena informiert. Schlimmer hätte es nicht kommen können.

Aber wenn Lena glaubte, dass er sich zurückziehen würde, hatte sie sich geirrt. Jetzt ging es auch nicht um sein Ego, sondern um das Leben von Emma. Die Polizei war einfach zu langsam, es lag in ihrer Natur.

Untätig herumsitzen konnte er auf keinen Fall, er musste etwas unternehmen, bevor Schlimmeres passierte.

»Ich muss mit Jule sprechen«, sagte er zu sich.

Allerdings würde Lena bei ihr sein.

Egal, dann muss ich mit beiden reden. Lena wird einsehen, dass mein Plan der bessere ist, und damit sie das auch wirklich einsieht, werde ich ihr anbieten, mich zu unterstützen. Sie ist meine kleine Schwester, sie wird meine Bitte nicht abschlagen.

Ob sie das tatsächlich nicht tun würde, konnte er nicht einschätzen. Aber bisher war es ihm immer gelungen, seine Schwester auf seine Seite zu ziehen.

Mittlerweile war er auf Höhe der Seebrücke. Hier hätte er darauf warten wollen, dass Jule in seine Richtung käme, bevor er weiter zum Brodtener Steilufer gegangen wäre. Aber das hatte sich ja erledigt.

Den Gedanken, Jule bei der Arbeit abzufangen, verwarf er. Lena hatte mit ihr telefoniert und Jule würde sich bereits auf dem Heimweg befinden.

Er musste zu ihr, sofort. Den Gedanken, dass sie durch diese Aktion wertvolle Zeit verloren, die Emma nicht hatte und sie womöglich das Leben kostete, wollte er lieber nicht weiterspinnen. Diese Niederlage würde er sich nie verzeihen, ebenso wenig wie die Vorstellung, dass er für ihren Tod verantwortlich wäre.

»Und wenn sie längst tot ist?«, war ein weiterer Gedanke, der ihm bitter aufstieß.

Auf dem Weg zu Jule überlegte er sich eine Strategie, wie er ihr und Lenas Vertrauen zurückgewinnen könnte.

Nur wenige Meter trennten ihn von Jules Wohnung, als er etwas Seltsames bemerkte. Ein Stück weiter vorn sah er eine Frau, die sich über die Schulter eines Mannes beugte. Sie wirkte benommen, vermutlich hatte sie zu viel getrunken. Der Mann konnte ihn nicht sehen, da er ein wenig versetzt hinter ihr stand. Jetzt öffnete er die hintere Tür seines Wagens und setzte die Frau auf die Rückbank, dann legte er ihr einen Gurt um, schloss die Tür, öffnete die Fahrertür und drehte sich dabei kurz um.

Mads wollte seinen Augen nicht trauen. Er kannte den Mann. Es war dieser komische Typ, dem er heute auf der Terrasse der *Seaside Lounge* begegnet war. Der Mann stieg ein und Mads lief los. Das hier konnte kein Zufall sein. Bevor er das Fahrzeug erreicht hatte, fuhr der Mann los.

»Mist«, platzte er heraus. Etwas auf dem Boden weckte seine Aufmerksamkeit. Es war ein Handy. Er hob es auf und es lief ihm eiskalt den Rücken herunter. Es war Lenas Handy.

59

Für einen Moment konnte Mads keinen klaren Gedanken fassen, er stand völlig neben sich. Doch dann atmete er tief durch und rief sofort Tim an.

»Moin, Mads, was gibt es zu dieser späten Stunde?«

»Ich brauche deine Hilfe. Ich glaube, dieser Mistkerl hat meine Schwester entführt. Er fährt einen schwarzen Skoda mit dem Kennzeichen …« Mads hatte es sich glücklicherweise merken können und gab es Tim durch. »Ich brauche so schnell wie möglich Name und Anschrift des Halters.«

»Hast du in fünfzehn Minuten. Ich hoffe, du irrst dich.«

»Danke, Tim, das möchte ich auch hoffen.«

Fünfzehn Minuten waren eine verdammt lange Zeit, aber welche Wahl hatte er? Einfach drauflosfahren konnte er nicht und Tim konnte keine Wunder vollbringen, wobei fünfzehn Minuten um diese Uhrzeit schon einem kleinen Wunder gleichkamen.

Mads lief nach Hause und rief währenddessen bei Jule an. Sie war bereits zu Hause, Lena war aber noch nicht bei ihr aufgetaucht. Somit gab es keinen Zweifel mehr: Der Psychopath hatte seine Schwester.

Am liebsten hätte Mads seine Faust in irgendetwas hineingeschlagen, um seine Wut herauszulassen.

»Du weißt nicht, mit wem du dich angelegt hast, du Mistkerl!«

Zu Hause angekommen, stieg er in sein Fahrzeug. Alles, was er brauchte, hatte er bereits in seinem Rucksack. Inzwischen hatte Tim ihm die Anschrift des Fahrzeughalters durchgegeben. Der Dreckskerl wohnte in Offendorf, keine zwanzig Minuten entfernt von Niendorf, am Hemmelsdorfer See.

»Du musst deinen Onkel informieren, glaub mir, das ist besser. Auch wenn ich gut verstehen kann, was du gerade fühlst.« Tims Worte hallten in Mads' Kopf nach.

»Er hat recht«, sagte er zu sich und rief Gustav an.

»Moin, Mads, was gibt es?« Seine Stimme klang überrascht.

»Der Wichser hat Lena entführt«, brach es aus Mads heraus. Er kämpfte mit den Tränen, er konnte es nicht verhindern.

»Lena? Wie das?« Gustav wirkte irritiert.

»Sie war auf dem Weg zu Jule und ich auch, da habe ich nur gesehen, wie sie in einen Wagen gezerrt wurde.«

»Hast du das Kennzeichen?«

»Ja, habe ich. Tim hat mir die Anschrift besorgt. Ich bin auf dem Weg zu diesem Arschloch und werde die Scheiße aus ihm rausprügeln. Vertrau mir bitte, Onkel, schick kein Sonderteam der Polizei. Der Wichser wird Lena töten. Er hat nichts zu verlieren. Wie skrupellos er ist, hat er am Strand gezeigt. Lass mich das machen. Ich bin eine ausgebildete Tötungsmaschine.«

Gustav antwortete nicht sofort, was Mads nicht zu bewerten vermochte. War es vielleicht doch ein Fehler gewesen, seinen Onkel einzuweihen?

»Gut, du hast womöglich recht. Gib mir die Anschrift durch, damit ich weiß, wo du bist. Wenn ich in einer Stunde nichts von dir höre, komme ich mit der Sondereinheit.«

»Danke«, erwiderte Mads erleichtert und gab ihm die Anschrift durch. Anschließend drückte er das Gaspedal durch und parkte den Wagen wenig später knapp einhundert Meter vor dem Wohnort des Entführers.

Das Haus lag recht einsam, einige Büsche und Bäume behinderten die Sicht, somit boten sie den perfekten Schutz vor neugierigen Blicken auf die perversen Abartigkeiten, die hier sicher vorgingen.

Mads spürte, wie das Adrenalin durch seine Adern schoss. Jetzt ging es nicht mehr nur um Emma, sondern auch um seine Schwester. Er wollte sich gar nicht ausmalen, wie es ihr gerade ging. Er hoffte, dass der Drecksack sie nur betäubt hatte. Eine ihm bis dahin völlig unbekannte Wut stieg in ihm auf, seine Angst um Lena überlagerte alles. Er war bereit, sein Leben zu geben, um sie zu retten.

Langsam näherte er sich dem Haus von Jochen Lesch, immer wieder prüfend, ob ihn jemand beobachtete oder er Gefahr lief, von dem Psychopathen entdeckt zu werden. Aber die Büsche und Bäume schützten ihn effektiv.

Mittlerweile war er an der rechten Außenwand angekommen. Hier gab es einige Fenster, die etwas höher lagen. Doch mit der Frage, wie er in das Haus hineinkommen könnte, würde er sich später beschäftigen, zunächst wollte er das Fahrzeug finden, um ganz sicherzugehen, dass er auch an der richtigen Anschrift war. Nicht, dass er an Tims Fähigkeiten zweifelte, aber es war durchaus möglich, dass der Sadist Lena woanders hingebracht hatte. Das wäre die schlimmste Option, denn damit hätte er Lenas Spur verloren.

Er erreichte die Rückwand des Hauses, wo sich ein großes Grundstück anschloss, und atmete erleichtert aus. Das Auto parkte hier.

Auf dem Weg hatte er vorhin eine Treppe gesehen, die in den Keller führte, dort würde er sich Zutritt ins Haus verschaffen. Seine Waffe hatte er bereits im Wagen an sich genommen, ebenso ein paar andere kleine Dinge, die er in den Seitentaschen seiner Cargohose verstaut hatte.

Er ging die Stufen hinunter und prüfte, ob die Kellertür verschlossen war. Natürlich war sie es. Immerhin war es nur ein Buntbartschloss, das hatte er aufgrund des Alters des Hauses bereits geahnt.

Solche Schlösser hatte er während verschiedener Einsätze im Irak, in Afghanistan und an anderen Orte zu hunderten geknackt. Ein Stück Draht reichte dafür aus. Den hatte er auch dabei, allerdings hatte er damit vorgehabt, den Täter an den Händen zu fesseln und ihm Schmerzen zuzufügen, falls notwendig. In Diktaturen wie Syrien wurde Draht häufig als Folterinstrument genutzt, indem er um die Finger der Geisel gewickelt wurde und die Enden in eine Steckdose gesteckt. Günstiger und einfacher konnte man niemanden foltern. Eine sehr effektive Methode, meistens jedenfalls.

Auch er war einmal auf diese Weise gefoltert worden, aber er hatte den Standort seiner Spezialeinheit nicht verraten. Nur ein Wunder hatte verhindert, dass er an diesem verdammten Ort nicht verreckt war.

Mads rollte den Draht ab und bearbeitete damit das Türschloss. In wenigen Sekunden hatte er es geöffnet. Er wickelte den Draht wieder zusammen und steckte ihn zurück in die Seitentasche seiner Hose.

Vorsichtig öffnete er die Tür, die Waffe entsichert und bereit, bei dem kleinsten Anzeichen von Gefahr sofort zu schießen.

Er betrat den Keller und sah als Erstes mehrere geschlossene Türen. Wieder schoss Adrenalin durch seine Adern. Er hoffte, dass hinter einer dieser Türen Lena oder Emma waren. Er trat an die erste Tür und versuchte, sie zu öffnen.

Abgeschlossen.

60

Hinter einem Strauch versteckt wartete er aufgeregt auf Jule. Die Nervosität war kaum auszuhalten, aber noch mehr Sorgen machte ihm diese Beengtheit. Es war inzwischen dämmrig geworden und der schmale Weg war schlecht beleuchtet. An sich spielte ihm das in die Hände, allerdings half es nicht, seine klaustrophobischen Gedanken besser in den Griff zu bekommen.

»Entspann dich, sie muss jeden Augenblick da sein.«

Dann sah er endlich eine Frau in seine Richtung kommen. Das konnte nur Jule sein, wer sonst sollte um diese Zeit hier entlang gehen.

Kaum war sie an ihm vorbei, sprang er aus seinem Versteck. Er nutzte den Überraschungseffekt, attackierte sie von hinten und drückte das in Betäubungsmittel getränkte Tuch auf ihren Mund. Sie wehrte sich mehr, als er befürchtet hatte, da er ihr aber körperlich überlegen war und das Betäubungsmittel schnell wirkte, konnte sie sich nicht befreien.

»Du dreckiges Miststück, was glaubst du, wer du bist?«, platzte er heraus, während sie in sich zusammensackte. Seine Wut veranlasste ihn dazu, sie mehrmals mit dem Fuß zu treten.

Dann hob er sie auf und erschrak.

Er hatte nicht Jule entführt.

»So ein Mist!«

Er wusste nicht, wen er hier hatte. Kurz überlegte er, ob er sie zurücklassen und die Flucht ergreifen sollte.

»Wo verdammt ist Jule?«

Egal, auf jeden Fall hatte er jetzt eine neue Mitbewohnerin für Emma. Wer sie war, würde er noch rechtzeitig herausfinden. Er hatte so viel Mühe und Zeit in dieses Vorhaben gesteckt, da konnte er diese Frau nicht einfach zurücklassen, also blieb er bei seinem Entschluss, sie mitzunehmen. Leise keuchend schleppte er sie zu seinem Fahrzeug, setzte sie auf die Rückbank und legte ihr den Gurt an – immerhin wollte er sie unversehrt in sein Versteck bringen. Dann durchsuchte er ihre Tasche, fand ihr Handy, warf es auf die Straße, stieg ein und fuhr los.

Während der Fahrt überlegte er, wo Jule steckte und wer diese Frau war, die er da entführt hatte. Zu Hause angekommen, war die Neugierde zu groß. Er öffnete Jules Profil und tatsächlich hatte sie eine Story gepostet. Sie war zu Hause.

»Wie konnte sie mir durch die Lappen gehen?« Er konnte sich das nicht erklären. Doch das war jetzt nebensächlich, zur Sekunde hatte er ein viel größeres Problem: die Frau auf der Rückbank.

Er stieg aus und zog sie aus dem Wagen, noch immer wirkte die Betäubung, sodass er nicht nachbetäuben musste. Sie war hübsch, ihre Gesichtszüge wirkten aber deutlich ernster als das liebliche Gesicht von Jule. Trotzdem hatte sie was. Seine Hand wanderte zu ihrem Busen, der wohlgeformt und straff war.

»Nicht jetzt«, ermahnte er sich, sich nicht den tierischen Trieben hinzugeben. »Bei ihr machst du es so, wie *du* es willst, und nicht, wie der Meister es sich wünscht. Sie gehört dir, deiner Lust, deiner Wut und deinen Machtfantasien.«

Er schleppte sie in den Keller, legte sie auf dem Boden ab und schloss einen Raum auf. Dort schob er eine Eistruhe zur Seite, unter der sich eine Falltür befand, und öffnete sie. Eine Treppe führte in einen Raum unter dem Keller, der vor Urzeiten als Lager für Kohle und Kartoffeln gedacht war. Er war knapp zwanzig Quadratmeter groß.

Vor fünf Jahren, als er im Darknet auf seinen Meister getroffen und sofort von der Idee fasziniert gewesen war, selbst Frauen gefangenzuhalten, hatte er begonnen, hier eine zweite

Wand hochzuziehen, um einen Raum zu schaffen, wo er die Frauen einschließen und beobachten konnte. Die Decke hatte er mit großen Holzplatten verkleidet und einige Kameras und Mikrofone installiert, die er hinter dickem Glas versteckte. Das Ganze hatte ihn mehr als ein Jahr Arbeit gekostet, doch die Mühen hatten sich mittlerweile absolut bezahlt gemacht.

In diesem Raum würde er auch diese unbekannte Frau einsperren. Vorsichtig stieg er mit ihr im Schlepptau die Stufen hinunter, damit sie nicht stürzte und sich womöglich das Genick brach, denn dann wäre alles für die Katz gewesen.

Unten angekommen, atmete er auf. Die Frau war schwerer als Emma, obwohl sie kleiner wirkte, oder kam ihm das nur so vor? Er legte sie auf den Boden, fischte seinen Schlüsselbund aus der Hosentasche und öffnete die Tür.

Ein fürchterlicher Gestank nach Urin, Kot und Tod erfüllte seine Nase.

Er drehte sich um, um die Frau zu packen und in den Raum zu schleifen, doch sie bewegte sich. Trotzdem gelang es ihm, ihr rechtes Bein zu erwischen, aber ihr Widerstand wurde größer.

»Geben Sie auf!«, hörte er sie sagen.

Diese Worte hinterließen ihn erstaunt, ja ratlos. Sie war doch in seiner Gewalt, wie konnte sie da so etwas sagen?

Er zerrte sie in den Raum, aber da spürte er einen Widerstand. Es war ihr gelungen, ihr freies linkes Bein gegen die Wand zu stemmen und sich geschickt aus seiner Umklammerung zu lösen. Das Betäubungsmittel musste seine Wirkung verloren haben, denn jetzt stand sie sogar auf den Beinen und holte mit der Faust aus. Der Schlag verfehlte ihn nur knapp, da er sich nach rechts drehte.

Jetzt schlug er auch zu und traf sie am Kopf, sie taumelte und wirkte etwas benommen, stürzte aber nicht zu Boden.

»Geben Sie auf, ich bin Polizistin! Es wird hier gleich nur so von Beamten wimmeln!«

»Sie lügen«, brüllte er und eine unbändige Wut übermannte ihn. Wie ein in die Ecke gedrängter Stier sprang er auf diese Lügnerin zu und schlug immer wieder auf sie ein. Sie versuchte, sich zu wehren, aber es musste noch einiges von der Betäubung in ihrem Körper stecken, denn ihre Schläge waren nicht präzise.

Es gelang ihm, sie an den Haaren zu packen, dann zerrte er sie in den dreckigen, finsteren, kleinen Raum. Sie versuchte ein letztes Mal, ihn mit einem Fußtritt außer Gefecht zu setzen, und traf seinen Intimbereich. Er schrie auf, wurde dadurch aber nur noch wütender, und schlug immer wieder auf sie ein. Dann packte er ihren Kopf in seiner Wut und knallte ihn gegen die Wand. Endlich fiel sie um wie ein nasser Sack und regte sich nicht mehr.

»Jetzt bist du tot, du Miststück, geschieht dir recht.«

61

Vorsichtig öffnete Mads die Tür und trat ein. Das Schloss der Kellertür war aufgrund der einfachen Technik schnell geknackt. In dem Kellerraum war niemand, er war vollständig leer. Warum er dann überhaupt abgeschlossen war, erschloss sich ihm nicht.

Er ging hinaus und steuerte den nächsten Raum an, auch dieser war verschlossen. Mit seinem Draht gelang es ihm erneut, das Buntbartschloss zu öffnen. Hier lagerten ein paar Sachen wie ein Fahrrad und eine Säge, aber es gab keine Spur von Lena oder Emma.

Ein paar Türen lagen noch vor ihm. Der dritte Raum diente augenscheinlich als Lager für Lebensmittel. Einige Säcke mit Kartoffeln lagen auf dem Boden, in Kisten wurde Gemüse wie Zwiebeln, Knoblauch oder Tomaten aufbewahrt. In den Regalen lagen Mehl, Nudelprodukte und jede Menge Konserven. Außerdem lagerten mehrere Kisten mit Wasser in dem Raum. Eine breite Tiefkühltruhe mit Klappdeckel stand leicht versetzt rechts davon, in ihr befand sich jede Menge Fleisch.

Hier wohnte offensichtlich ein Mensch, der Sorge hatte, zu verhungern oder auf irgendeinen regionalen oder globalen Ausnahmezustand vorbereitet sein wollte. Mads kannte solche extremen Vorratssammler nur aus Amerika, wo die Leute sich Bunker anlegten, um für den nächsten Weltkrieg oder eine Umweltkatastrophe gewappnet zu sein.

Er verließ den Raum und steuerte die nächsten an, mit dem gleichen enttäuschenden Resultat. Weder von Emma noch von Lena eine Spur.

Konnte es sein, dass der Psychopath sie woanders gefangen

hielt? Gab es eine Scheune, die er übersehen hatte, oder eine kleine Hütte?

Dass der Sadist die Frauen in den oberen Räumen eingeschlossen hatte, wollte er nicht so recht glauben. Aber er war sich sicher, dass er zumindest den Mörder dort antreffen würde, und sobald er diesen in Gewahrsam hätte, würde er dafür sorgen, dass der Mistkerl verriet, wo er die Frauen versteckt hielt.

Die Treppe, die nach oben führte, hatte er schnell gefunden. Kurz überlegte er, ob er nicht besser über die Kellertreppe nach draußen gehen sollte, um zuerst nach den Frauen zu suchen. Schließlich konnte deren Zustand sehr kritisch sein. Andererseits ging er nicht davon aus, dass auf dem riesigen Grundstück eine Scheune oder eine kleine Hütte stand. Ihm war nichts dergleichen aufgefallen, als er nach dem Wagen gesucht hatte, daher war es sinnvoller, sich den Sadisten gleich zu schnappen, um die Wahrheit aus ihm herauszuprügeln. Nur: Würde der Mann auch sprechen? Egal, wie sehr Mads ihn quälte?

Er musste es versuchen, welche Wahl blieb ihm?

Also stieg er die Treppe hinauf, dabei knarzte jede einzelne Stufe, als wollte sie dem Eigentümer einen ungebetenen Gast ankündigen. Dies war sicherlich, wenn überhaupt, der einzige Hinweis auf seine Anwesenheit, denn er hatte seit seiner Ankunft nirgendwo Überwachungskameras oder Ähnliches entdeckt.

Vorsichtig öffnete er die Tür zum Erdgeschoss, die zu seiner Überraschung nicht verschlossen war. Hinter der Tür lag die Küche. Mads trat leise ein, noch immer die Waffe entsichert und bereit, sie sofort zu benutzen.

Konzentriert schaute er sich um, dann verließ er die Küche und betrat den Flur. Vier Zimmer gingen von hier ab sowie eine Treppe, die in den oberen Stock führte. Leider waren keine Geräusche zu vernehmen, die verrieten, in welchem Zimmer oder Stock sich der Mörder aufhielt.

Dass er ausgeflogen war, glaubte Mads nicht. Auch im Keller hätte er es sicher gehört, wenn der Motor des Wagens gestartet worden wäre.

Vom Flur aus erreichte er das Wohnzimmer.

Niemand da.

Er ging weiter ins Schlafzimmer, auch dort war niemand. Gleich zu Beginn war Mads aufgefallen, dass die Räume unglaublich sauber und geradezu pedantisch aufgeräumt waren. Es wunderte ihn nicht, Psychopathen zeigten oft diese Eigenschaft.

Wo versteckst du dich?, überlegte er, als er das Badezimmer verließ.

Die Luft war wie elektrisiert, als würde sie flirren oder knacken, so extrem angespannt war Mads. Die Hand, mit der er die Waffe hielt, schwitzte leicht und ihm wurde wieder einmal schmerzlich bewusst, dass das hier mit keinem Einsatz seiner Spezialtruppe zu vergleichen war. Die Sorge um seine Schwester stieg ins Unermessliche und belastete seine Nerven über Gebühr.

In keinem der Zimmer im Erdgeschoss war der Mann, somit konnte er nur noch im Obergeschoss sein. Ein ungutes Gefühl beschlich Mads, als er vor der Treppe stand. Es war eine alte Holztreppe und sicherlich würde sie ebenso knarzen wie die Treppe zum Keller.

Aber was blieb ihm anderes übrig?

Vorsichtig betrat er die erste Stufe und behielt recht. Sie knarzte nicht so laut wie die Kellertreppe, doch für ein gut geschultes Ohr war es zu vernehmen. Langsam erklomm er Stufe um Stufe, bis er im Flur des ersten Stocks stand.

Hier sah er drei Türen.

Hinter welcher versteckst du dich?

Vorsichtig öffnete er die erste Tür und betrat das Zimmer. Es war ein weiteres Schlafzimmer, doch von dem Psychopathen keine Spur.

Mads verließ den Raum. Er fühlte, dass sich auf seiner Stirn unzählige kleine Schweißperlen gebildet hatten, und seine Sorge, dass der Täter nicht im Haus war, nahm zu.

Nun stand er vor der Tür zum nächsten Zimmer. Langsam öffnete er sie. Ein Schreibtisch und ein Rechner waren darin zu sehen.

Er machte einen Schritt hinein, dann einen zweiten, anschließend schob er die Tür weiter zur Seite und stand ganz im Zimmer. Es schien ein Arbeitszimmer zu sein. Etwas erweckte seine Aufmerksamkeit und brachte ihn kurz aus der Fassung: An der Wand hingen Ausdrucke von Bildern der Frauen. Von Emma, Jule und anderen.

Gerade als er diese böse Überraschung verdaut hatte, spürte er einen heftigen Schlag gegen den Kopf.

»Glauben Sie, dass Sie mir ans Bein pinkeln können? Scheißbulle«, hörte er eine männliche Stimme, als er benommen zu Boden stürzte.

Doch Mads fiel nicht in Ohnmacht, wie vermutlich von seinem Angreifer geplant, es dauerte nur einen Augenblick, bis er zu sich kam und wieder auf den Beinen war. Kaum stand er, schaute er in den Lauf seiner eigenen Waffe.

»Keine Dummheiten.«

»Wo ist Lena?«, platzte er heraus. Er ärgerte sich maßlos, dass dieser Mistkerl ihn hatte überrumpeln können. Er musste sich hinter der Tür versteckt haben, weil er sicherlich das Knarzen der Treppe gehört hatte. In der linken Hand hielt er einen Baseballschläger. Der blutige Abdruck darauf verriet, dass er gut getroffen hatte.

»Diese kleine fiese Bullenschlampe? Also hat sie doch noch gelogen, als sie sagte, dass es hier bald von euch Aasgeiern wimmeln würde.«

»Wo ist sie?«, wiederholte Mads und versuchte, seine zügellose Wut zu kontrollieren, weil er kein Risiko eingehen durfte. Jemand, der einer Frau die Kehle durchschnitt, war auch in der Lage, ohne mit der Wimper zu zucken die Waffe abzudrücken. Er musste den Psychopathen in ein Gespräch verwickeln und auf seine Gelegenheit warten, ihn zu überraschen, um die Waffe an sich reißen zu können.

»An einem Ort, wo sie niemand finden wird«, antwortete der Mann und kicherte irre. »Ich bin gespannt, wie lange es bei ihr dauert, bis sie verdurstet, ob sie zäher ist als Emma. Wobei – lange hat es Emma ja auch nicht gerade gemacht.«

Emma war tot? Mads schluckte und seine Wut wurde immer größer, dennoch musste er sich zügeln, er durfte kein Risiko eingehen.

»Hören Sie, hier wird es gleich vor Polizisten nur so wimmeln …«

»Verstehe! Die Bullen haben erst ihren Meuchelmörder geschickt …« Lesch knirschte mit den Zähnen, sein Blick wirkte wirr, gleichzeitig geradezu tödlich. Ein Mann, der nichts zu verlieren hatte. Er war nur ein wenig kleiner als Mads, jedoch von durchschnittlicher Figur und mit etwas mehr Bauch, sodass Mads überzeugt davon war, dass der andere in einem Kampf keine Chance gegen ihn haben würde.

»Wenn Sie mir sagen, wo Emma und Lena gefangen gehalten werden, kann ich beim Staatsanwalt ein gutes Wort für Sie einlegen.«

»Ein gutes Wort?« Die Stimme von Lesch wurde schrill. »Ein gutes Wort? Beim Staatsanwalt? Ein gutes Wort von der Gesellschaft? Wo waren denn der Richter und der Staatsanwalt, als ich sie gebraucht habe? Wo?« Die Augen des Mannes stachen regelrecht hervor, Speicheltröpfchen flogen durch die Luft, während er sprach. »Setzen Sie sich auf den Stuhl, bevor ich mich vergesse und Sie wie einen räudigen Hund erschieße!«

»Ganz ruhig, Herr Lesch. Ich bin nicht Ihr Feind.« Mads versuchte, ihn mit seinem Namen auf persönlicher Ebene zu erreichen, manchmal half das.

»Setzen«, brüllte Lesch.

Mads tat ihm den Gefallen und nahm auf dem Stuhl Platz, ohne zu ahnen, was als Nächstes geschehen würde. Nur eine leise Vorahnung beschlich ihn.

Lesch legte den Baseballschläger vor sich auf den Boden, öffnete die Schublade einer Kommode, die Waffe noch immer auf Mads gerichtet. Dieser überlegte kurz, ob er sich nicht blitzschnell mit dem Stuhl fallen lassen sollte, um ihn als Schutzschild zu benutzen. Wäre es nicht um Lena gegangen, wäre er das Risiko eingegangen, aber die Sorge um seine Schwester mahnte ihn zu viel größerer Vorsicht, als er sie für gewöhnlich walten ließ.

Lesch hielt jetzt Kabelbinder in der linken Hand. »Anlegen und Hände hinter den Stuhl.«

Er warf einen Kabelbinder zu Mads, der ihn auffing und um seine Handgelenke legte. »Sie sollten sich Gedanken über mein Angebot machen, in Kürze wird das gesamte Grundstück von Polizisten eingekreist sein.«

Lesch antwortete nicht sofort, seine Blicke wanderten durch den Raum, als suchte er in einer Ecke des Zimmers nach einer Antwort. »Sie kriegen mich nicht. Ich werde Sie zu dieser verdammten Lena in den Keller sperren und dann schauen wir mal, wer als Erster verreckt.« Er lachte gehässig, was ihn noch irrer erscheinen ließ. Wenigstens hatte er Mads einen unfreiwilligen Gefallen getan. Er wusste jetzt, dass seine Schwester im Keller gefangen gehalten wurde, was nur bedeuten konnte, dass es einen weiteren geheimen Raum da unten geben musste. Vielleicht hinter einer Geheimtür? Hinter den Regalen mit den Vorräten? Oder nein, unterhalb der Kellerräume. Alte Häuser verbargen manche Überraschungen.

Die Tiefkühltruhe? Sie war breit genug, um eine Falltür zu verdecken. Mads ärgerte sich, dass er die Truhe nicht zur Seite geschoben hatte.

»Ich könnte Sie auch einfach abknallen, das wäre ein Leichtes, aber ich hätte weniger Spaß. Ich werde untertauchen und aus der Ferne beobachten, wie lange Sie brauchen, bis die Arroganz aus Ihrer Fresse verschwindet und der Angst und dem Überlebenswillen Platz macht. Ob Sie am Ende diese Lena aufessen werden, um zu überleben?« Zum ersten Mal huschte ein Lächeln über das Gesicht des Mannes. »Ich glaube schon, Sie sind sehr von sich eingenommen. Sie wollen überleben, um jeden Preis.« Jetzt wurde die Stimme des Mannes ernst. »Ich sagte, Hände hinter den Stuhlrücken.«

Kipp den Stuhl um und mach den Wichser platt, dachte Mads, doch er tat, was der Sadist von ihm verlangte. Die Sorge um seine Schwester hielt ihn gefangen, dieses beklemmende Gefühl war unsagbar stark.

Wieder trat der Mann an die Kommode, öffnete eine Schublade und holte ein Seil daraus hervor. Mit dem Seil in der Hand trat er näher zu ihm an den Stuhl, blieb stehen und fixierte den Stuhl mit seinen Blicken, als überlegte er, wie er Mads daran festbinden könnte, ohne zu riskieren, dass Mads ihn angriff.

Doch genau das war sein Plan. Mads musste diese Chance nutzen. Wenn Lesch versuchen würde, ihn an den Stuhl zu binden, würde er nicht gleichzeitig die Waffe gezielt auf ihn richten können. Diese Sekunde war seine Chance, ihn zu überwältigen.

Lesch machte einen weiteren Schritt auf ihn zu, als Mads plötzlich eine vertraute Stimme hörte: »Waffe fallen lassen, Polizei.«

Lesch war überrascht und daher für einen Augenblick zu keiner Regung fähig, hatte aber noch die Waffe in der Hand. Gustav hielt ebenfalls seine Waffe an die Schläfe des Mannes. Diesen winzigen Moment der Unachtsamkeit nutzte Mads und trat mit dem rechten Fuß gegen die Hand des Mannes, dann warf er sich mit dem Stuhl zu Boden.

Lesch schrie auf, die Waffe fiel hin, während sich Mads befreite und sie vor dem Psychopathen zu fassen bekam. Er griff nach ihr, brachte Lesch mit einem gezielten Tritt zu Fall, sprang auf die Beine und zielte nun mit der Waffe auf den Täter.

»Du kommst spät, lieber Onkel«, konnte sich Mads einen Spruch nicht verkneifen. Wie dankbar er war, Gustav hier zu sehen, konnte er nicht in Worte fassen. Erst recht, weil er nicht damit gerechnet hatte, dass Gustav sich allein auf den Weg hierher machen würde. Dabei hätte er es besser wissen müssen, Gustav hätte niemals die vereinbarte Stunde abgewartet, vor allem nicht, wenn es um Lena ging. Und letztlich auch um ihn.

»Du kannst mir später danken. Wo ist Lena?«

»Sie wird im Keller gefangen gehalten.«

»Geh zu ihr. Ich rufe den Rettungswagen und die Kollegen. Den Mistkerl halte ich in Schach.«

»Danke«, sagte Mads. Für einen Moment hätte er seinen Onkel gerne kurz umarmt, stattdessen lief er an ihm vorbei und betrat keine Minute später den Kellerraum, wo die Kühltruhe stand. Er schob sie zur Seite und entdeckte tatsächlich eine Falltür, sie war abgeschlossen, aber mit seinem Draht konnte er das Schloss schnell öffnen.

Sein Herzschlag wurde immer lauter, die Nervosität nahm zu. Lebte Lena noch? Und was war mit Emma? Wurde sie auch hier unten gefangen gehalten?

Lebte sie noch?

Sie ist tot! Das hat der Sadist doch selbst gesagt, erinnerte er sich an die Worte von Lesch.

Hinter der Falltür befand sich eine Treppe, die nach unten führte. Eine Leuchtstoffröhre spendete kaltes Licht. Mads stieg hinunter und bemerkte sofort eine Wand, die hier offensichtlich nachträglich hochgezogen worden war. Die Tür darin war abgeschlossen. Sie zu öffnen, war jedoch nicht schwieriger als bei den anderen Türen. Ein entsetzlicher Gestank nach Urin, Kot und Blut schlug ihm entgegen. Mads hatte die schlimmsten Befürchtungen.

»Lena, Emma!«, rief er, aber keine Antwort.

Er betrat den viel zu kleinen, dunklen Raum und dann sah er die beiden Frauen. Der Schreck durchzuckte seinen Körper, keine von ihnen bewegte sich. Lena lag auf dem Boden und Emma auf einem Holzbett. Neben Lenas Kopf hatte sich eine Blutlache gebildet. Mads kniete sich hin und fühlte ihren Puls. Er war ganz schwach, vermutlich war sie ohnmächtig. Wie schwer die Kopfverletzung war, konnte er nicht einschätzen, er hoffte, dass am Ende nur eine kleine Delle bliebe.

»Wo bleibt der verdammte Rettungswagen?«, fluchte er und warf Emma einen Blick zu.

Sie regte sich nicht, ihr Anblick war kaum zu ertragen. Ihre Knochen waren unter der Unterwäsche deutlich zu sehen. Blut klebte an ihrem Körper, am Oberkörper waren große Hämatome, sie hatte aufgeplatzte Lippen und ein blaues Auge, das Monster musste sie so schrecklich zugerichtet haben. Mads konnte gar nicht aufzählen, was er alles sah.

Jetzt brach sich seine Wut endgültig Bahn und er schrie sie hinaus. Wie konnte ein Mann so etwas tun? Er bückte sich und fühlte Emmas Puls, aber da war nichts. Der Psychopath hatte recht behalten, er hatte Emma verhungern und verdursten lassen und bis dahin aufs Übelste gequält.

Am liebsten hätte er die beiden Frauen gepackt und nach draußen getragen, aber das durfte er nicht, weil er nicht wusste, ob sie innere Verletzungen hatten. Er musste auf den Rettungswagen warten, so schwer ihm das fiel, wobei er für Emma ohnehin zu spät kam.

Mads ertrug den Anblick nicht mehr, er lief aus dem Keller, rannte die Treppe hinauf und betrat das Zimmer, wo Gustav die rechte Hand des Sadisten mit Handschellen an einem Heizungsrohr befestigt hatte.

»Sie Psycho!«, brach es aus Mads heraus, er zog seine Waffe und drückte sie an die Schläfe des Mannes.

»Verdammt, Mads, was machst du da?«, brüllte sein Onkel, der das nicht hatte kommen sehen.

»Das einzig Richtige. Dieser Bastard hat es nicht verdient, zu leben.«

»Schießen Sie ruhig. Das ist eh nur eine leere Hülle. Ich bin längst gestorben, vor vielen, vielen Jahren, als mein Papa mit mir spielen wollte.« Die Stimme des Mannes klang monoton.

»Tu das nicht, Mads. Du wirst deines Lebens nicht mehr froh. Er wird für seine Taten büßen. Was ist mit Lena?«

»Sie ist ohnmächtig, sie hat was am Kopf abgekriegt, aber sie lebt.«

Gustav atmete erleichtert aus.

»Und Emma Falk?«

»Ich konnte keinen Puls fühlen. Er hat sie verhungern und verdursten lassen und sich an ihr ausgetobt, dieser Sadist.« Wieder kochte die Wut in ihm hoch und er drückte den Lauf der Waffe gegen die Stirn des Mannes.

»Mads, tu es nicht, ich bitte dich. Er ist es nicht wert, dass du dein Leben für ihn wegwirfst. Du weißt, was man im Knast mit Leuten wie ihm macht. Er wird sein Leben lang nicht vergessen, warum er einsitzt.«

Gustav machte einen Schritt auf seinen Neffen zu. Dieser atmete schwer, noch immer bohrte sich der Lauf der Waffe in die Stirn des Mörders.

»Schießen Sie endlich, Sie elender Feigling«, forderte der Mann. Mads wollte ihm den Gefallen tun, nichts wünschte er sich in diesem Moment sehnlicher als das, aber sein Onkel berührte ihn am Arm und er senkte die Waffe. Gustav nahm sie ihm ab.

Im selben Moment hörte Mads Sirenen. Der Rettungswagen kam. Wenigstens Lena würde weiterleben.

62

Einige Tage später …

Sie hatten ihren Mörder und Jörn wurde freigelassen. Doch eine Entschuldigung gab es weder vom Innenministerium oder der Leitung des LKA noch von der Lübecker Direktion.

Gustavs Gedanken kreisten um seine Nichte, als es an der Tür klopfte und seine Sekretärin Petra Wiese eintrat.

»Ja, bitte?«

»Der Bürgermeister möchte mit dir sprechen.«

»Ist er hier oder am Telefon?«

»Wenn er am Telefon wäre …« Petra hielt inne und schluckte offensichtlich den Spruch, der ihr auf der Zunge lag, herunter. »Er ist hier.«

»Lass ihn eintreten.«

Petra nickte, verließ das Büro und wenige Sekunden später trat Albert Lange ein.

»Moin, Gustav.«

»Moin, Albert. Was verschafft mir die Ehre?« Seit ihrem Streit hatten sie nicht mehr miteinander gesprochen. Gustav reichte ihm die Hand und Lange erwiderte den Handschlag.

»Wie geht es Lena?«

Gustav nickte, seine Lippen waren zusammengepresst. An Lena zu denken, weckte starke Gefühle in ihm, die ihn sehr traurig stimmten.

»Wir wissen es noch nicht. Sie liegt im Koma.«

»Das tut mir unendlich leid. Wenn ich irgendwie helfen kann, lass es mich bitte wissen.«

»Danke.« Gustavs Augen wurden feucht, weil er in so großer Sorge um Lena war. Aber vor Lange riss er sich zusammen.

»Hör zu …«, Lange machte eine kurze Pause. »Der Streit letztens – das alles tut mir unendlich leid. Du hattest mit allem recht. Ich war vor lauter Angst um die Saison total blind und egoistisch. Fast hätten wir den Falschen ins Gefängnis gesteckt. Dass ich dir nicht vertraut habe, ist ein nicht wiedergutzumachender Fehler. Ich hoffe, du kannst einem alten Freund diese Dummheit verzeihen?«

Lange konnte ein großes Arschloch sein, aber er versteckte sich nicht wie beispielsweise die Entscheider aus der Direktion in Lübeck oder andere Politiker, sondern er stand zu seinen Fehlern. Gustav nahm die Entschuldigung an.

»Was wissen wir über den Täter?«, fragte Lange.

»Jochen Lesch hatte viel Pech im Leben. Ich hatte ein langes Verhör mit ihm. Er leidet an unzähligen psychischen Störungen, darunter eine mehrfach gespaltene Persönlichkeit, affektive Dysregulation, sexuelle Funktionsstörung und paranoide Schizophrenie.«

»Dysregulation bedeutet doch, dass man zu starken Gefühlsausbrüchen und Gewaltausbrüchen neigt, wenn ich mich nicht irre.«

»Genau. Wenn das nicht rechtzeitig behandelt wird, können solche Menschen zu tickenden Zeitbomben werden. So wie ich die Akte über ihn verstanden habe, konnten die Ärzte nicht einschätzen, ob das eine oder andere psychische Problem bei ihm angeboren ist oder ob es sich erst später entwickelt hat. Vermutlich fehlen noch jede Menge Dokumente, die nach und nach ausgewertet werden müssen.«

»Was meinst du mit später?«

»Leschs Mutter starb recht früh. Er wuchs mit seinem gewalttätigen Vater …«

»Da haben wir es doch. Ganz sicher vererbt. Es ist inzwischen wissenschaftlich bewiesen, dass man psychische Krankheiten vererben kann.«

»Lass mich erst mal ausreden«, antwortete Gustav. »Das

mag alles stimmen, aber der Vater war nicht nur gewalttätig, sondern auch ein kranker Pädophiler.« Gustav holte Luft. »Er hat seinen Sohn jahrelang missbraucht. Nur durch Zufall kam der Missbrauch Jahre später heraus. Niemand wollte etwas gesehen haben, und so wie ich die Unterlagen deute, hat sogar das Jugendamt weggeschaut.«

»Das passiert leider viel zu oft. Das Versagen der Jugendämter züchtet die Killer von morgen«, kommentierte Lange bissig. »Ich nenne nur das Beispiel des jahrelangen Missbrauchs auf dem Campingplatz in Lügde, da hat das Jugendamt auch die ganze Zeit keinen Finger gerührt. Einfach nur widerlich. Es ging immerhin um den tausendfachen Missbrauch von Kindern.«

»Leider.« Gustav nickte. »Leschs Vater jedenfalls wurde verhaftet und kam ins Gefängnis, Lesch selbst in ein Jugendheim. Zu dieser Zeit war er eine Weile in psychologischer Behandlung. Nachdem er das Heim verlassen hatte, verlor sich seine Spur. Irgendwann stieß er dann im Darknet auf Thilo Heber. Er fand großes Interesse an dessen Taten und versuchte, ihm nachzueifern. Er wollte Anika entführen, aber Daniel Menges kam ihm in die Quere, sodass er beide tötete. Anschließend entführte er Emma Falk, obwohl er eigentlich Jule Becker haben wollte. Er hielt die junge Frau in einem kleinen Raum unter dem Keller gefangen und wollte sehen, wie lange sie ohne Wasser und Nahrung überleben würde. Der Raum wurde mit Kameras überwacht.«

»Er hat die Frau nicht missbraucht?«

»Nein, er ist aufgrund des eigenen Missbrauches unfähig zu körperlicher Liebe.«

»Was für eine kranke Person.«

»So ist es. Für jemanden wie uns ist sein Verhalten absolut irrational. Die einzige logische Erklärung ist, dass er verdammtes Pech im Leben gehabt hat. Der jahrelange Missbrauch und daraus folgend die psychischen Erkrankungen haben ein

Monster erschaffen, das sein Verhalten nicht kontrollieren konnte.«

»Ich hoffe, er kommt nie wieder frei.«

»Das ist das Mindeste, was wir für ihn und die Gesellschaft tun können«, sagte Gustav nachdenklich. So sehr er Lesch hassen wollte, gab es gleichzeitig einen kleinen Teil in ihm, der Mitleid mit dem Mann hatte, weil der Zufall der Geburt für Lesch entschieden hatte, dass er durch die Hölle gehen sollte, um später selbst zu einem eiskalten Psychopathen zu werden.

»Was ist aus dem Vater geworden?«

»Das ist die nächste Perversion. Sein Vater lebt seit einigen Jahren in einem Altersheim in Niendorf. Seitdem wohnt auch Lesch hier. Er hat ihn regelmäßig besucht, obwohl sein Vater dement ist und sich nicht mehr an seinen Sohn erinnern kann.«

»Was für ein kranker Scheiß ist das denn bitte?«, rutschte es Lange heraus. »Hat die Heimleitung keine Bedenken, dass er seinen Vater töten könnte?«

»Sie haben keine Handhabe gegen seine Besuche. Es lag nichts gegen ihn vor und am Ende ist er, egal wie krank das für uns erscheinen mag, immer noch sein Sohn. Ich frage mich nur, warum er sich das antut?«

»Ganz ehrlich, das ist mir so was von egal. Genug über Psychopathen gesprochen. Was hältst du davon, wenn ich dich zu einem Espresso ins *Café Wichtig* einlade? Etwas Ablenkung wird dir guttun.«

»Das ist sehr nett von dir, aber ich muss nachher nach Lübeck ins Krankenhaus.«

»Verstehe. Wie gesagt, falls ich helfen kann, lass es mich wissen.«

»Das werde ich. Lena ist in sehr guten Händen.«

»Davon bin ich überzeugt. Lass uns die Tage zusammen essen gehen, bitte.«

»Machen wir. Ich melde mich bei dir.«

Lange verabschiedete sich und Gustav blieb allein zurück. Seine Gedanken wanderten wieder zu seiner Nichte und dem einzigen Wunsch, dass sie bald aus dem Koma aufwachen und es ihr gut gehen würde.

Nachdem er schon seinen Bruder bei einem Einsatz verloren hatte, wollte er nicht noch seine Nichte auf ähnliche Weise verlieren. Auch wenn viele seiner Mitarbeiter glaubten, dass er hart im Nehmen war, die Wahrheit war eine andere. Die Sorge um Lena schmerzte ihn unendlich, sodass er keine Ruhe fand, nicht einmal in seinen Träumen.

»Es wird Zeit«, sagte er zu sich und verließ das Büro, verabschiedete sich von seiner Sekretärin und fuhr zu seiner Mutter, um mit ihr gemeinsam Lena zu besuchen.

* * *

Mads klopfte kurz an die Tür, dann trat er ein.

»Moin«, machte er sich bemerkbar.

»Hallo«, antwortete die Frau leise.

»Wie fühlen Sie sich?«

»Etwas besser, ich denke, es geht langsam aufwärts.«

Mads war erleichtert, das zu hören. Emma sah schon viel besser aus als noch vor einigen Tagen, als er sie aus diesem Kerker befreit hatte. Zu dem Zeitpunkt hatte er angenommen, dass sie bereits tot wäre, weil er keinen Puls hatte fühlen können. Aber Emmas Überlebenswille war groß, sie hatte überlebt. Welche psychischen Schäden sie davongetragen hatte, konnte Mads allerdings nicht beurteilen.

»Sie sind stark. Sie werden das schaffen.«

»Ich hoffe es.« Emma sah Mads an und wieder überkam ihn dieses Gefühl, das er bereits auf der Bücke gehabt hatte und das ihn sicher sein ließ, dass er sie immer wieder retten würde, ohne zu zögern.

»Danke«, fügte Emma hinzu.

»Wofür?«

»Sie haben mir das Leben gerettet. Der Arzt meinte, Sie wären es gewesen, der mich gefunden hat.«

»Ich habe nur meinen Job als …« Mads unterbrach sich. Fast hätte er den Satz mit »… als Polizist« beendet, dabei war er gar keiner. »Ich habe nur meiner Schwester geholfen«, spielte er deshalb seine Leistung herunter und hoffte, dass Emma nicht weiter darauf eingehen würde. Er wollte kein Lob von ihr oder dass sie sich zu irgendetwas verpflichtet fühlte, deswegen hatte er sie nicht gerettet.

»Wie geht es ihr?«, fragte sie leise.

Mads holte Luft. »Sie liegt im Koma.«

»Im Koma?«

»Der Mörder hat ihren Kopf heftig gegen die Wand geknallt, danach ist sie mit dem Kopf auf den Boden aufgeschlagen. Die Ärzte können noch nicht sagen, welche Schäden sie davongetragen hat und ob sie je aus dem Koma aufwachen wird. Sie hat ein Schädel-Hirn-Trauma.« Mads hatte Mühe, seine Tränen zurückzuhalten.

»Das tut mir sehr leid.« Emma sah ihn an. »Sie wird es schaffen. Ihre Schwester ist so tapfer wie ihr Bruder.«

»Nichts wünsche ich mir mehr.« Er spürte, wie sich Tränen in seinen Augen sammelten. Als er Lena auf diesem dreckigen, kalten Boden gefunden hatte, hatte er zunächst geglaubt, sie wäre nur ohnmächtig. An die Vorstellung, dass sie so schwere Verletzungen davongetragen haben könnte, hatte er wenig Zeit verschwendet. Ihr Zustand belastete ihn sehr und er machte sich schwere Vorwürfe, weil er sie nicht hatte beschützen können.

Emma hustete, das Sprechen fiel ihr noch nicht leicht. Es klopfte an der Tür und eine Krankenschwester trat ein. Sie grüßte beide und prüfte Emmas Puls und Temperatur.

»Sieht schon viel besser aus. Aber Sie brauchen noch Ruhe.« Dabei schaute sie Mads an, dann verließ sie das Krankenzimmer.

»Ich lasse Sie mal wieder allein. Ruhen Sie sich aus.«

»Danke, dass Sie da waren.«

»Gerne. Ich komme Sie morgen wieder besuchen.«

»Das wäre schön.«

»Bis morgen«, antwortete Mads. Ihre Blicke trafen sich und für einen Augenblick schien die Welt stehenzubleiben, alle Sorgen waren weit weg. Doch dann senkte Emma ihren Blick und er kehrte in die Wirklichkeit zurück, die ihm unwirklich und kalt erschien. Er verabschiedete sich von Emma und verließ das Krankenzimmer.

Mads mochte sie, daran bestand kein Zweifel. Was die Zukunft für sie beide bringen würde, konnte er nicht sagen und er hatte auch gerade keinen Kopf dafür. Seine Schwester lag im Koma, das war die einzige Sorge, die er hatte. Emma war außer Lebensgefahr, um sie musste er nicht mehr bangen.

So in Gedanken erreichte er die Intensivstation, wo zeitgleich seine Oma und Gustav ankamen. Sie begrüßten einander.

»Wie geht es Lena?«, erkundigte sich Gustav.

»Ihr Zustand ist nach wie vor sehr kritisch. Ich hatte vorhin ein Gespräch mit dem leitenden Arzt. Sie wissen nicht, ob sie je aus dem Koma aufwachen wird.«

Gustavs Gesicht verzog sich und seine Augen wurden feucht. Nur Jutta wahrte die Fassung, sie warf beiden Männern einen strengen Blick zu.

»Sie ist eine Johannsen. Sie wird es schaffen, und es ist verdammt noch mal unsere Pflicht, keine Sekunde daran zu zweifeln.«

Tief in seinem Herzen pflichtete Mads seiner Oma bei, aber es war furchtbar schwer, wenn man sie an den vielen Schläuchen sah und hörte, was die Ärzte sagten. Und selbst wenn sie aufwachen würde, hieß das nicht, dass sie je wieder gesund werden würde. Der Arzt hielt es nicht für ausgeschlossen, dass sie unter schweren Langzeitfolgen leiden und gravierende Behinderungen davontragen könnte. Die Untersuchungen liefen noch. Ein Schädel-Hirn-Trauma war eine sehr ernste Angelegenheit und schwer kalkulierbar. Bis zu dreißig Prozent der Patienten blieben schwerbehindert, auch das hatte der Arzt ihm in aller Deutlichkeit gesagt. Diese Information behielt er jedoch für sich. Seine Oma sollte sich nicht noch mehr sorgen. Er würde mit seinem Onkel in Ruhe darüber reden.

Eine Stationsschwester kam zu ihnen und sprach kurz mit Gustav.

»Nur fünf Minuten. Je kürzer, desto besser.«

»Danke«, antwortete Gustav und alle drei betraten das Krankenzimmer.

Mads würde sich nie an dieses Bild gewöhnen. Lena in diesem Bett, an diesen Schläuchen, völlig hilflos – das machte ihn fertig. Er hätte die Welt aus den Angeln gehoben, wenn er ihr nur hätte helfen können. Aber er war zum Zuschauen verdammt.

Als würde Jutta ahnen, welchen verzweifelten inneren Kampf er gerade mit sich austrug, griff sie nach seiner Hand und streichelte sie. »Deine Schwester ist stark.«

Die Worte seiner Oma beruhigten ihn.

»Ich würde gerne kurz neben Lena sitzen«, sagte sie. Kaum hatte sie das ausgesprochen, holte Gustav einen Stuhl, stellte ihn an das Bett und Jutta nahm Platz. Sie berührte ihre Hand ganz sanft. »Du bist stark, mein Kind. Du schaffst das. Wir stehen immer hinter dir.«

»Darf ich dich kurz sprechen?«, fragte Mads an Gustav gewandt. Er hatte bereits gestern einen Entschluss gefasst.

Gustav nickte. »Mama, wir warten draußen auf dich.« Er warf seiner Nichte noch einen kurzen Blick zu, dann folgte er Mads auf den Flur. »Worum geht es?«

»Ich habe mir lange Gedanken gemacht. Ich kann Lena unmöglich allein lassen.«

»Das kann ich sehr gut verstehen. Aber du weißt, dass deine Oma und ich uns um sie kümmern werden. Du musst dir keine Sorgen machen, es wird ihr an nichts fehlen.«

»Ich weiß.« Mads holte kurz Luft. »Gilt dein Angebot noch?«

»Du kannst morgen anfangen.«

»Danke.«

Gustav klopfte seinem Neffen auf die Schulter.

Mit einer anderen Antwort hatte Mads nicht gerechnet, trotzdem war er erleichtert. Solange Lena in diesem Zustand war, konnte er nirgendwohin. Niemand konnte sagen, ob und wann sie aus dem Koma aufwachen und was für Schäden sie davontragen würde. Sicher war nur eines: Sein Platz war hier in Niendorf. Und in diesem Falle war er bereit, seinen Schwur zu brechen.

Schon morgen würde er wieder Polizist sein.

— **Ende** —

Anmerkungen des Autors

Ende gut, alles gut? Leider nicht. Das Buch endet dramatisch. Lena liegt im Koma, niemand weiß, was aus ihr wird. Es bleibt unklar, ob sie je aufwachen wird und wenn ja, welche Schäden sie davonträgt. Sie finden es gemein, dass ich so ein Ende gewählt habe?

Das mag sein, aber diese Krimireihe soll sich von meinen anderen Krimireihen unterscheiden und dies ist ein Merkmal, denn die Küstenreihe wird am Ende immer eine dramatische Wendung haben, die den Leser – im optimalen Fall – erstaunen oder verzweifeln lässt.

Aber nicht nur das dramatische Ende unterscheidet die Küstenreihe von meinen anderen Krimis, sondern auch die Ermittler. Es ist eine deutschlandweite Premiere: Zum ersten Mal ermittelt in einer Buchreihe eine Familie von Polizisten.

Ich hoffe, dass die Idee und die Umsetzung Ihnen gefallen haben, und mich würde interessieren, welcher Charakter Sie am meisten gefesselt hat. Ich habe da ein, zwei Favoriten, die behalte ich aber für mich. Gerne dürfen Sie mir Ihre Favoriten auf meiner Facebookseite nennen.

Die Familie Johannsen mit ihren Konflikten ist wahnsinnig facettenreich und viele Fragen sind noch zu klären. Mads ist zurück in Gustavs Team, doch wird die Zusammenarbeit so reibungslos klappen, zumal Lena, die Schlichterin, nicht da ist? Buch zwei wird spannend, das kann ich Ihnen bereits jetzt versprechen, und es werden wieder dramatische Dinge passieren.

Wie alle meine anderen Krimis lebt auch dieser Krimi von der Spannung, das bedeutet, dass neben realen Hintergründen, Geschäften, Orten etc. aus dramaturgischen Gründen auch einiges erfunden ist. So gibt es den Imbiss von Ali und Oli in Niendorf nicht, dafür das *Ahoi Kaffee*. Ebenso existiert das Restaurant am Hermann-Löns-Blick nicht, den Ausguck auf den Hemmelsdorfer See gibt es jedoch. Sollten Sie einmal in der Ecke sein, gehen Sie hin, es lohnt sich. Überhaupt ist die gesamte Lübecker Bucht eine Reise wert, denn neben den kilometerlangen Stränden gibt es jede Menge anderer Dinge zu entdecken wie zum Beispiel die schöne Altstadt von Lübeck. Am Ende der Anmerkungen können Sie sehen, welche Gasstätten tatsächlich existieren. Besuchen Sie diese, ich kann jede einzelne empfehlen, denn ich war dort gern zu Gast.

Doch noch einmal zurück zum Fall. Wie fanden Sie den Täter?

Zum Gruseln?

Dann habe ich alles richtig gemacht. Leider beweist der Täter, auch wenn es einige nicht wahrhaben wollen, was Wissenschaftler längst herausgefunden haben: Wird man als Kind Opfer von extremer Gewalt, ist das Risiko, selbst als Erwachsener zum Täter zu werden, um ein Vielfaches höher.

Manche Leserinnen und Leser stören sich immer wieder an der Sprechweise meiner Täter, es fallen bestimmte Wörter, die ich als Autor im Alltag nicht benutze.

Warum?

Ganz einfach: Weil diese Kapitel aus der Sicht des Täters geschrieben sind, und das ist für die Authentizität nun mal sehr wichtig. Ein Psychopath und Sadist wie Jochen Lesch kann nicht wie der nette Nachbar sprechen, das würde ihn unglaubwürdig machen. Daher ist es notwendig, derbe und verletzende Worte zu benutzen. Wenn Sie die Wortwahl also stört, habe ich wohl einen Nerv getroffen und Sie setzen sich mit dem Buch und dem Täter auseinander, denke ich. Sehr gut, so soll es sein. Meine Bücher und meine Protagonisten sollen zum Nachdenken und Diskutieren anregen.

Sollten Sie Fragen, Anregungen oder Kritik haben, zögern Sie nicht, mich auf den bekannten Wegen zu kontaktieren. Nur im Austausch mit meinen Leserinnen und Lesern kann ich mich weiterentwickeln.

In diesem Sinne bleibt mir nur noch, Ihnen allen alles Gute zu wünschen. Bis zum nächsten Güler-Krimi!

Ihr *Salim Güler*

Wichtige reale Orte im Buch

Restaurant Wolkenlos (Timmendorfer Strand)
Restaurant Roof (Scharbeutz)
Seaside Strandhotel (Niendorf)
Seaside Lounge (Niendorf)
Café Strandvilla am Hafen (Niendorf)
Ahoi Kaffee (Niendorf)
Kaffeerösterei MOHA (Mannheim)
SEA LIFE Aquarium (Timmendorfer Strand)
Buddelbar (Timmendorfer Strand)
Hotel Strandhaus (Niendorf)
Hermann-Löns-Blick (Niendorf)
Café Wichtig (Timmendorfer Strand)

Der Autor

Salim Güler, aufgewachsen in Norddeutschland, studierte in Köln Wirtschaftswissenschaften und promovierte an der TU-Chemnitz.

Schon als Schüler begann er mit dem Schreiben von selbsterfundenen Geschichten und diese Leidenschaft ließ ihn bis heute nicht los.

In seinen Romanen finden sich immer wieder gesellschaftlich aktuelle Themen, die er geschickt in eine fiktive und hochspannende Geschichte einzubetten versteht.

Seine Bücher landen regelmäßig in den Bestsellerlisten der Amazon und Bild Verkaufs-Charts. Mit mehr als 1 Million verkaufter Bücher gehört er zu den beliebtesten und erfolgreichsten Krimi- und Thriller-Autoren Deutschlands.

Güler ist sehr am Austausch mit seinen Leserinnen und Lesern interessiert und freut sich daher über jeden Kontakt, entweder über Facebook oder über seine Homepage.

www.salim-gueler.de
https://www.facebook.com/salim.gueler.autor
https://www.instagram.com/salimgueler